D1844076

BLT

Mit der Welt auf Buchfühlung

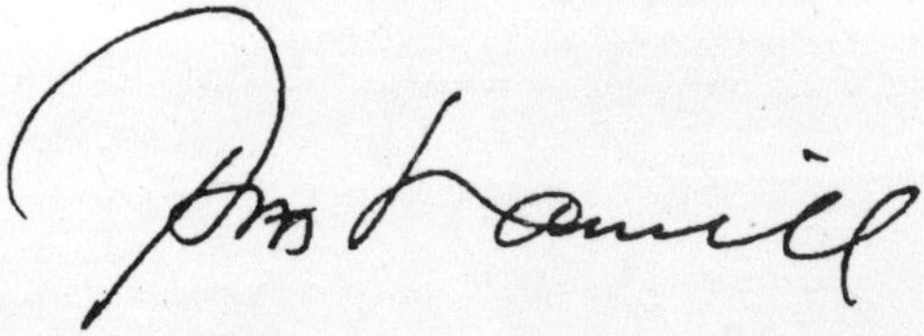

Pete Hamill begann seine journalistische Laufbahn als Nachtreporter. Seit den 60er Jahren erscheinen seine Artikel in allen wichtigen Zeitungen Amerikas. Er publizierte mehrere Romane und Kurzgeschichten. Pete Hamill ist Chefredakteur der New York Daily News und lebt in New York City.

Pete Hamill

Schnee im August

Aus dem Amerikanischen von
Christine Strüh

BLT

BLT
Band 92 080

1. Auflage: Juli 2001

Vollständige Taschenbuchausgabe

BLT ist ein Imprint der Verlagsgruppe Lübbe

Titel der amerikanischen Originalausgabe:
SNOW IN AUGUST
erschienen bei Little, Brown & Company, Boston 1997

Lizenzausgabe mit Genehmigung des Europa Verlags:
Verlagsgruppe Lübbe GmbH & Co. KG,
Bergisch Gladbach
Umschlaggestaltung: Gisela Kullowatz unter Verwendung einer
Illustration von Wustmann und Ziegenfeuter, Dortmund
Autorenfoto: © Fred R. Conrad
Satz: hanseatenSatz-bremen, Bremen
Druck und Verarbeitung: Elsnerdruck, Berlin
Printed in Germany
ISBN 3-404-92080-5

Sie finden uns im Internet unter
http://www.luebbe.de

Der Preis dieses Bandes versteht sich einschließlich
der gesetzlichen Mehrwertsteuer.

Dieses Buch ist meinem Bruder John gewidmet und der Erinnerung an Joel Oppenheimer, der im Sommer 1947 die Rufe »Jonkel! Jonkel! Jonkel!« durch die Zuschauerreihen brausen hörte.

Es ist aber der Glaube eine feste Zuversicht auf das, was man hofft, und ein Nichtzweifeln an dem, was man nicht sieht.

Hebräer 11;1

Ein Jude kann nicht leben ohne Wunder.

Jiddisches Sprichwort

1. Kapitel

An einem kalten, strahlenden Samstagmorgen, in einer städtischen Siedlung aus Wohnblocks, Fabriken und Straßenbahnen im Westen von Brooklyn, erwachte ein Junge namens Michael Devlin im Dunkeln.

In dieser letzten Woche des Jahres 1946 war er elf Jahre und drei Monate alt, und weil er in diesem Zimmer geschlafen hatte, solange er sich erinnern konnte, war für ihn die Dunkelheit weder geheimnisvoll noch Furcht einflößend. Er brauchte den roten Holzstuhl nicht zu sehen, der vor dem Fenster stand; er wusste, dass der Stuhl da war. Er wusste, dass seine Wintersachen über dem Haken an der Tür hingen, und er wusste auch, dass seine drei guten Hemden und die saubere Unterwäsche ordentlich in den zwei Schubladen der niedrigen grünen Kommode gestapelt waren, der *Captain-Marvel*-Comic, den er vor dem Einschlafen gelesen hatte, lag auf dem Boden neben dem schmalen Bett. Und er wusste, wenn er das Licht anknipste, würde er das Heft aufheben und es bei den anderen *Captain Marvels* einordnen, die er auf dem obersten Bord des Metallregals neben der Tür aufbewahrte. Dann würde er blitzschnell aufstehen, die Luft anhalten, um in der Unterwäsche nicht so zu zittern, seine Kleider packen und sich schleunigst auf den Weg in die warme Küche machen. Genau das tat er an jedem dunklen Wintermorgen.

Aber dieser Morgen war anders.

Wegen des Lichts.

Sein Zimmer im obersten Stockwerk des Wohnblocks in der Ellison Avenue 378 war gleichzeitig hell und dunkel, und in den blauen Schatten glitzerten silberne Perlen. Vom Bett aus sah Michael eine strahlende Helligkeit jenseits der schwarzen Jalousie und harte weiße Lichtstreifen an beiden Seiten. Da lag er unter seiner Decke, die Augen erfüllt von der gleißenden Dunkelheit. Ein heiliges Licht, dachte er. Das Licht von Fatima. Der Garten Eden. Die magischen Orte seiner Bücher.

Auf einmal war er ganz sicher, dass es das gleiche Licht war wie in der geheimnisvollen Höhle der Sieben Todfeinde des Menschen, in die der gesichtslose Mann im schwarzen Anzug Billy Batson brachte, um ihn mit dem altehrwürdigen ägyptischen Magier Shazam bekannt zu machen. Ja, genau so ein Licht musste der Zeitungsjunge gesehen haben. Dort unten, hinter dem U-Bahn-Tunnel, in der lang gestreckten Höhle, wo der weißbärtige Magier ihm jenes Zauberwort sagte, mit dem man den Blitz herabrufen konnte. Den Blitz, der den Jungen in Captain Marvel verwandelte, den mächtigsten Mann der Welt.

Michael wusste, dass das Zauberwort dasselbe war wie der Name des Magiers: *Shazam*! Und er hatte aus dem Heft gelernt, dass es die Anfangsbuchstaben von Salomo und Herkules, von Atlas, Zeus, Achilles und Merkur waren. Antike Götter und Helden. Außer Salomo, der ein weiser König aus der Bibel war. Mächtige Symbolfiguren für Stärke, Ausdauer, Mut und Können. Und auch nicht nur Namen in einem Comic, nein, Michael hatte sie alle im Lexikon nachgeschlagen. All ihre Fähigkeiten vereinten sich in Captain Marvel. In jener Nacht in der geheimnisvollen Höhle erklärte der Magier namens Shazam dem Jungen Billy Batson, dass man ihn dazu auserkoren hatte, die Kräfte des Bösen zu bekämpfen, weil er reinen Herzens war. Ganz egal, wie grimmig seine Feinde auch sein mochten, er brauchte ihnen nur das Zauberwort entgegenzuschleudern. *Shazam*!

Leider funktionierte das Zauberwort auf den Straßen des Bezirks nicht, weder für Michael Devlin noch für seine Freunde, und seit mindestens drei Jahren diskutierten sie, was der Grund dafür sein mochte. Vielleicht musste die Macht direkt von dem ägyptischen Magier übertragen werden. Vielleicht funktionierte das Wort nicht, weil sie nicht rein genug waren. Oder – wie Michaels Freund Sonny Montemarano es ausdrückte – vielleicht war Captain Marvel einfach nur eine beschissene Comicgeschichte. Trotzdem – darauf bestand Michael –, trotzdem konnte es wahr sein. Wer weiß? Vielleicht mussten sie nur fest genug daran glauben.

Der Wind brachte Michael mit einem Ruck zurück in die Gegenwart. Erst ein tiefes Seufzen. Dann ein hohes Pfeifen. Ein Posaunenchor, dann ein Sopransaxofon. Wie die Musik, die er aus dem Radio kannte. Für Michael klang es wie die Stimme des Lichts. Mit klopfendem Herzen setzte er sich auf. Wie spät war es? Hatte er verschlafen? Rasch schwang er die Füße auf den Boden. Sie landeten auf dem *Captain-Marvel*-Comic.

Manchmal waren die Verpflichtungen eines Ministranten wirklich furchtbar lästig. Michael wäre viel lieber im Bett geblieben und hätte dem Wind zugehört. Statt mich den ganzen weiten Weg zur Sacred-Heart-Kirche zu schleppen, dachte er, und dort eine Menge Kauderwelsch runterzuleiern in einer Sprache, die sowieso kein Mensch mehr spricht. Ich wollte, ich könnte in mein warmes Bett zurückkriechen, die Decke über den Kopf ziehen und einfach weiterschlafen.

Aber er widerstand der Versuchung. Vor seinem inneren Auge erschien das enttäuschte Gesicht seiner Mutter. Und dann ein verärgerter Father Heaney. Schlimmer noch: Womöglich beginge er die Sünde des Müßiggangs. Michael fuhr der Schrecken in die Glieder. Sogar Shazam warnte vor der Faulheit und zählte sie zu den sieben Todfeinden des Menschen, dabei war er nicht mal katholisch. Schon das Wort hatte einen unangenehmen Klang, und Michael erinnerte sich an das Bild eines Faultiers, das er in einem Lexikon gesehen hatte. Dick, pelzig, widerlich. Er stellte sich vor, wie es zur Größe eines King Kong heranwuchs und dann durch die Stadt watschelte, nach Dreck und Faulheit und Tiermist stinkend. Ein schmutziges gottverdammtes riesiges *Faultier,* auf das mit P-38er-Maschinengewehren geschossen wurde. Aber die Kugeln verschwanden in der Masse seines formlosen Körpers, und aus dem offenen Maul triefte der Speichel.

Michael zog nicht einmal die schwarze Jalousie hoch, sondern grapschte gleich nach seiner Hose. Das Gegenteil von Müßiggang muss Selbstverleugnung sein, dachte er, oder Bewegung. Oder ein Wort, das bedeutete, heb deinen Arsch, komm in die Gänge. Wenn die Priester, die Fratres und Nonnen sie nicht mit Synonymen und Antonymen und dem Elfer-Einmaleins drillten, dann ritten sie auf der Tugend der Selbstverleugnung herum. Deshalb versagte sich Michael, während er im Dunkeln seinen Hosenschlitz zuknöpfte, das Vergnügen, die Jalousie zur Seite zu ziehen oder sie aufzurollen und so die Quelle des strahlenden Lichts zu enthüllen. Er würde warten. Er würde die Vision verdrängen. Er würde seine Qual als Opfer für die leidenden Seelen im Fegefeuer darbringen, wie seine Lehrer es von ihm verlangten. Gut sein. Rein. Er würde den Schmerz hinnehmen und so diejenigen erlösen, die für ihre Sünden brennen mussten. Er hörte die Anordnungen seiner Katechismus-Lehrer genauso deutlich wie Shazam.

Ohne Hemd und barfuß hastete er durch das dunkle Wohnzimmer, an der geschlossenen Schlafzimmertür seiner Mutter vorüber in die Küche, von der aus man über den New Yorker Hafen blickte. Das Feuer im Kohleherd war über Nacht erloschen und der Linoleumboden unter seinen nackten Füßen eiskalt. Es kümmerte ihn nicht. Nun würde er nicht länger Entsagung üben. Er hob die Küchenjalousie, und sein Herz stockte.

Das also war der Ursprung des Lichts.

Schnee.

Eine lautlose Pracht, die stetig auf die Dächer und Hinterhöfe von Brooklyn herabfiel.

Schnee, so tief, so dicht, dass die ganze Welt in blendendem Weiß erstrahlte.

Seine Haut kribbelte. Seit zwei Tagen und Nächten schneite es nun schon, am ersten Tag in großen weißen Flocken, danach härter, feiner, vom Hafen herüber. So etwas hatte Michael noch nie gesehen. Nie. An sechs der elf Winter, die er auf der Welt war, konnte er sich erinnern, aber so viel Schnee hatte er noch nie gesehen. Es war wie in den Filmen über den Yukon, die er im Venus-Kino gesehen hatte. Wie die großen arktischen Schneestürme in den Geschichten von Jack London, die er in der Bücherei in der Garibaldi Street auslieh. Schnee, in dem sich Wölfe verstecken konnten, Schnee, der Autos zudeckte und Hütten zum Einstürzen brachte und die Straßenbahnen blockierte. Schnee, der in Lawinen den Eingang der Goldminen verschüttete und die Äste der Bäume im Prospect Park abbrechen ließ. Schnee von einem mächtigen Sturm. Am Abend zuvor hatte jemand im Radio gesagt, der Schneesturm lege die ganze Stadt lahm. Jetzt war der nächste Morgen, und der Schnee fiel immer noch vom Himmel und radierte die Welt aus.

Michael trat in das enge Badezimmer neben der Küche und schloss die Tür hinter sich. Die Fliesen waren noch kälter als das Linoleum. Seine Zähne klapperten. Er pinkelte, zog die Spülung und wusch sich dann rasch das Gesicht mit kaltem

Wasser. Gleich werde ich rausgehen, dachte er dabei, ich werde dem Sturm die Stirn bieten, ich werde auf die gefrorenen Hügel steigen, werde das Gesicht in den Wind halten und mich zur Kirche hinaufkämpfen. Dort wird Father Heaney, der Kriegsveteran, die Acht-Uhr-Messe zelebrieren, und ich werde ihm zur Seite stehen. Das einzige menschliche Wesen, das dem Sturm trotzen konnte. Heute werden es nicht mal die alten Ladys in Schwarz schaffen, diese seltsamen alten Klatschweiber, die sich sogar im strömenden Regen und bei brütender Hitze zur Kirche schleppen. Gegen diesen Sturm kommen sie nicht an. Die Kirchenbänke werden leer bleiben. Die Kerzen werden in der Kälte flackern. Aber ich werde da sein.

Beim Gedanken an diese große Herausforderung begann sein Herz zu pochen. Jetzt waren ihm die Seelen im Fegefeuer völlig gleichgültig. Ihm ging es nur um das Abenteuer. Er wünschte, vor dem Haus würde ein Hundeschlitten warten. Er wünschte, er könnte sich in Pelze hüllen, eine Lederpeitsche schwingen und die Schlittenhunde mit lauten Rufen anfeuern. Er trug das Serum in einem Beutel, und bei Gott, er würde es zu den Alaska-Goldgräbern nach Nome bringen!

Rasch kämmte er sich noch die Haare, und als er aus der Tür trat, war Kate, seine Mutter, gerade dabei, die Asche im Kohleherd zusammenzufegen. Sie hatte ihren Flanellbademantel eng um sich geschlungen, an den Füßen trug sie abgenutzte braune Hausschuhe, und vor ihrem Mund bildeten sich in der Kälte Dampfschwaden. Auf dem schwarzen, gusseisernen Herd stand ein Teekessel und wartete darauf, erhitzt zu werden.

»Lass mich das machen, Mom«, rief Michael. »Das ist *meine* Arbeit.«

»Nein, nein, du hast dich doch schon gewaschen«, entgegnete sie mit ihrem weichen irischen Akzent und einer Spur Gereiztheit. Die Asche aus dem Ofen zu holen, war eine von Michaels Aufgaben, die er in der Aufregung über den Schneesturm ganz vergessen hatte. »Geh und zieh dich an.«

»Ich mach das«, beharrte er, nahm ihr die flache Schaufel ab, fegte die Asche vom unteren Rost und schüttete sie in eine Papiertüte, wobei grauer Staub in die Luft stieg und sich mit dem Dampf seines Atems mischte. Dann schaufelte er frische Kohlen aus dem Eimer auf den Rost. Vom Aschestaub musste er niesen.

»Jetzt zieh dich doch in Gottes Namen endlich an!«, sagte seine Mutter und schob ihn beiseite. »Du holst dir noch den Tod in dieser Kälte.«

Wieder in seinem Zimmer am anderen Ende der Eisenbahnerwohnung, zog sich Michael das Unterhemd über den Kopf, darüber ein dunkelgrünes Hemd, das er ordentlich in die Hose stopfte. Nachdem er die Galoschen über die Schuhe gezerrt hatte, schob er die Jalousie hoch. Der Schnee war hoch gegen die Fensterscheibe geweht worden und reichte mindestens einen halben Meter über die Eisenstangen der Feuerleiter. Die Schneeflocken tanzten so dicht, dass er nicht einmal über die Ellison Avenue sehen konnte. Er lief zurück in die Küche. Jetzt brannte ein Feuer im Kohleherd, und der Gestank nach faulen Eiern verpestete die Luft. Wenn seine Mutter doch die blaue Kohle kaufen würde, für die in *The Shadow* immer Reklame gemacht wurde; die war härter – Anthrazit, nannten sie das Zeug in der Schule – und roch fast überhaupt nicht. Aber seine Mutter hatte ihm einmal erklärt, dass sie es sich nicht leisten konnten, und er hatte nie wieder danach gefragt.

»Du könntest bestimmt zu Hause bleiben, wenn du willst«, sagte sie, und jetzt war der gereizte Unterton aus ihrer Stimme verschwunden. »Die wissen doch, was für einen weiten Weg du hast.«

»Ich schaff das schon«, entgegnete er, während er sich noch

einmal die Haare kämmte. Aus den Hinterhöfen hörte man ein Geräusch, das wie das Heulen von tausend Wölfen klang.

»Aber es ist wirklich furchtbar weit bei diesem Wetter«, sagte sie, während sie zum Herd ging und Teewasser aufsetzte.

Er folgte ihrem Blick zur Wanduhr: fünf vor halb acht. Reichlich Zeit. Bestimmt schaute sie dabei auch zur gerahmten Fotografie seines Vaters. Thomas Devlin. Michael war nach dem Vater seiner Mutter genannt worden, der vor langer Zeit in Irland gestorben war. Das Foto seines Vaters hing neben dem Bild von Präsident Roosevelt, das sie aus den *Daily News* ausgeschnitten hatte, als er gestorben war. Einen Augenblick überlegte Michael, woran sie wohl dachte, wenn sie das Bild seines Vaters betrachtete. Er erinnerte sich kaum noch an diesen Mann mit den dunklen Haaren und den kratzigen Bartstoppeln, den sie Tommy nannte. Michael war sechs Jahre alt gewesen, als er zur Armee ging. Und er kam nicht zurück. Auf dem gerahmten Foto trug er Uniform, und seine Haut sah ganz glatt aus, viel glatter, als sie sich angefühlt hatte. Seine Haare waren von der Soldatenmütze verdeckt, aber an den Seiten waren sie heller als in Michaels Erinnerung. Braune Haare, eine tiefe Stimme und ein breiter irischer Akzent. Ein blauer Sonntagsanzug und glänzend polierte schwarze Schuhe. Ein Lied über die grünen Täler von Antrim. Geschichten von einem Hund, den er als Junge in Irland gehabt hatte. Er hieß Sticky und konnte mit seinem Schwanz ein Boot antreiben und über die Berge fliegen. Sicher erinnerte sich seine Mutter an viel mehr. Michael wusste, dass sein Vater im letzten Kriegswinter umgekommen war, und dachte: Vielleicht denkt meine Mutter wegen des Sturms an Tommy Devlin, der tot im Schnee liegt, weit weg von Brooklyn. Vielleicht ist sie deshalb so gereizt. Es liegt nicht an mir, sondern am Schnee.

»Wenn du wenigstens was essen könntest«, sagte sie, während sie ihren Tee trank. Für Michael schenkte sie erst gar keinen ein, denn sie wusste, dass er vor der Messe sowieso nichts anrühren durfte.

»Dann kann ich doch nicht zum Abendmahl, Mom.«

»Aber komm danach gleich nach Hause. Ich mach dir Eier und Speck.«

Gewöhnlich fühlte er sich morgens vor der Messe heißhungrig und durstig, aber heute war er viel zu aufgeregt wegen des Schneesturms. Er holte seinen Wollmantel aus dem Wandschrank neben der Wohnungstür.

»Setz eine Mütze auf, Junge«, rief seine Mutter.

»Der Mantel hat eine Kapuze«, erwiderte er, »und er ist ganz warm. Keine Sorge.«

Sie nahm das gestärkte Chorhemd von der Wäscheleine, packte es in Wachspapier und verschloss das Päckchen mit Klebeband. Dann küsste sie ihren Sohn auf die Wange, und schon war er zur Tür hinaus. Auf der Treppe blickte er noch einmal zurück; seine Mutter sah ihm nach, die Arme über der Brust verschränkt, und hinter ihr lächelte ihr Ehemann neben dem toten amerikanischen Präsidenten von der Wand herab.

Wenn sie doch nur nicht so traurig wäre, dachte er. Und dann sauste er weiter die dunkle Treppe hinunter und hinaus in den Sturm.

2. Kapitel

Als Michael aus der Halle in die Große Weiße Stille hinaustrat – so hieß es immer bei Jack London –, fühlten sich seine Augen an, als hätte er sie mit Sand gescheuert. In den ersten Sekunden hier unten im Zentrum des Sturms wirkte der Schnee nicht einmal weiß, sondern grau wie der Kristallkern eines Eisblocks. Oder wie die toten Augen von Blind Pew in der *Schatzinsel.* Unwillkürlich musste Michael ein paarmal blinzeln, weil ihm die Kälte die Tränen in die Augen trieb. Er wischte sie weg und spürte, wie sie ihm kalt über die Wangen liefen. Aber er rieb weiter, bis er endlich klar sehen konnte. Das Einzige, was sich um ihn herum bewegte, war der Schnee, den der Wind wie wild vor sich hertrieb.

Michael steckte die Hände suchend in die Taschen seines Mantels. Aber seine Handschuhe waren nicht da. Verdammt. Er erinnerte sich, sie zum Trocknen neben den Kerosinofen im Wohnzimmer gelegt zu haben. Wollhandschuhe, mit einem Loch im rechten Zeigefinger. Ob er rasch nach oben laufen und sie holen sollte? Nein, dachte er, ich hab keine Zeit mehr, sonst komme ich zu spät. Er hätte zu gern eine Armbanduhr gehabt. Jetzt musste er die Hände eben in die Taschen stecken. Wenn sie erfrieren, hab ich eben noch ein Opfer gebracht.

Dann ging er los, das eingepackte Chorhemd unter dem

rechten Arm, die Hände tief in den Manteltaschen vergraben. An diesem Stück der Ellison Avenue wurde er teilweise von den vierstöckigen Mietshäusern geschützt. Mühsam stapfte er durch die Verwehungen und wünschte sich, er hätte Schneeschuhe an den Füßen. Er kniff die Augen zusammen, um besser sehen zu können. Ein Satz von Jack London kam ihm in den Sinn – *der einzige Fleck Leben, der sich über die gespenstische Ödnis einer toten Welt bewegt* –, und es kribbelte ihn in allen Gliedern vor Aufregung.

Der Schnee lag höher als die Autodächer, er bedeckte den Zeitschriftenstand vor Slowackis Süßwarenladen, der zum ersten Mal seit Menschengedenken um diese Zeit nicht beleuchtet war. Auch alle anderen Läden in der Straße waren geschlossen; Schnee türmte sich vor den Ladentüren. Nicht einmal in Casement's Bar auf der anderen Straßenseite, wo Alfred, der Pförtner, sonst immer um diese Zeit sauber machte, brannte Licht. Keine Straßenbahn weit und breit, keine Autos, keine Spuren im Schnee. Vielleicht würde er auf Malemute Kid stoßen, wenn er weiterging. Oder auf Sitka Charlie. Am Ufer von Lake Lebarge würde er ein Feuer entfachen. Vor ihm lag Dawson. Der Chilkoot Pass. Und der vergessene Pfad zum All Gold Canyon. Michael Devlin kam sich vor wie die Männer in diesen Geschichten – der einzige Mensch auf der Erde.

Aber er hatte keine Angst. Seit drei Jahren war er jetzt schon Messdiener, und der Weg zur Sacred-Heart-Kirche war ihm ebenso vertraut wie die Wohnung, die er soeben verlassen hatte. Auch wenn die Wölfe heulen, auch wenn der Wind noch so braust, auch wenn der Himmel verschwunden ist. Hier bin ich in Sicherheit.

An der Ecke der Collins Street kam er an Pete's Diner vorbei, und da erwischte ihn der Wind. Kein normaler Wind, sondern ein wilder, heulender Sturm, der die Straße vom Hafen heraufgesaust kam, ein wütender Wind, der den riesigen Bäumen, den stolzen Häusern und den schwächlichen Menschen übel zusetzte. Dieser Wind hob Michael hoch und ließ ihn dann so unvermittelt wieder fallen, dass er das Gleichgewicht verlor und über die eisige Straße trudelte. Das Chorhemd fest an sich gepresst, versuchte Michael, sich mit der anderen Hand irgendwo festzuhalten, aber er bekam nur eisverkrusteten Schnee zu packen.

So wirbelte er herum, bis er schließlich gegen den orangenen Pfosten eines Feuermelders stieß.

»Herr des Himmels«, sagte er laut. »Herr des Himmels.«

Er schnappte nach Luft, wobei ihm Schneeflocken in den Mund gerieten, und auch seine Nase war eisverkrustet. Aber falls er sich etwas getan hatte, merkte er nichts davon, es war viel zu kalt. Ohne das Chorhemd loszulassen, rutschte er auf Händen und Knien herum, wobei er sich duckte und den Rücken an die windgeschützte Seite des Feuermelders stemmte. Hier war der Wind nicht ganz so schlimm. Nichts tat ihm weh. Nichts war gebrochen. Mit gesenktem Kopf blickte er sich um und merkte, dass der Wind ihn über sämtliche sechs Spuren der Ellison Avenue geblasen hatte. Er sah das schwere Neonschild von der Unbeatable Joe's Bar, das an einem Draht baumelte und gegen die Seite des Gebäudes schlug. Aber von der Collins Street konnte man nicht viel erkennen – er konnte nicht mal bis zum Homebase auf dem Stickballplatz sehen. Alles war weiß. Dann merkte er, dass sein Mantel voller Schnee war, und ihm fiel ein, dass die Leute in den Yukon-Geschichten immer erfroren, wenn sie sich nicht bewegten oder gar einschliefen. Sie kuschelten sich an ihre Hunde oder sogar an Wölfe, Hauptsache, es war warm. Oder sie liefen herum. Ich muss aufstehen, dachte Michael. Wenn ich hier hocken bleibe, ist das mein Tod. Er stopfte das Chorhemd unter seinen Mantel und rannte los.

Er lief geduckt in das Schneetreiben hinein und schaffte es tatsächlich, die Collins Street zu überqueren. Auf der anderen Straßenseite klammerte er sich an den Fabrikzaun der Universal Lighting Company. Über ihm erhob sich das Gebäude wie ein Eisberg vom Klondike, einem jener trügerischen Gipfel, die im Winter die Menschen erfrieren ließen und sie im Frühling ertränkten und in den Yukon River spülten. Die schwarzen Eisenstäbe des Zauns waren so kalt, dass sie seine bloßen Hände zu verbrennen schienen, und er befürchtete, es würde ihm die Haut von den Handflächen reißen. Aber nichts Dergleichen passierte, und er hangelte sich von einer Stange zur nächsten, bis er aus dem schlimmsten Wind heraus war.

An der Corrigan Street wiederholte er diese Methode: Mit gesenktem Kopf rannte er los, tief geduckt, fiel einmal hin, stand wieder auf, bis er die einigermaßen windgeschützte Ladenzeile erreichte. Ungefähr drei Häuserblöcke vor sich erkannte er die gespenstischen Umrisse eines Straßenbahnwagens. Er war beleuchtet, bewegte sich aber nicht. Hoch über der Straße bebten die Kabel wie die Sehnen eines Flitzebogens. Unter der windgepeitschten Markise des Venus-Kinos machte Michael Halt und warf einen Blick auf die Plakate von *Die vier Federn* und *Gunga Din.* Er hatte beide Filme schon mindestens dreimal gesehen und versuchte nun, sich die Hitze Indiens oder der endlosen afrikanischen Wüsten, wo die Afrikaner durch den Staub stürmten und britische Soldaten in der Hitze brieten, ins Gedächtnis zu rufen. Aber dadurch wurde ihm nur noch kälter, und zum ersten Mal bekam er Angst.

Ich muss weiter, dachte er. Um die Ecke, die Kelly Street hinauf, am Arsenal und der jüdischen Synagoge vorbei, dann über die MacArthur Avenue und beim Park rechts abbiegen. Ich muss los, jetzt sofort. Den Wind im Rücken. Nicht nur wegen der Messe, nein, aus einem noch wichtigeren Grund. Wenn ich umkehre, bin ich ein gottverdammter Feigling. Zwar würde mich niemand sehen. Aber ich wüsste es.

Er bog in die Kelly Street ein. Links waren dreistöckige Häuser, rechts die buckligen Umrisse geparkter Autos, und überall um sich herum hörte er ein hohes, dünnes, durchdringendes Heulen, das wilde, wortlose Wolfswinseln des Windes: Er fuhr ihm durch Mark und Knochen, ließ ihn fallen, trieb ihn an den Schneewehen und begrabenen Autos vorüber. Das unaufhörliche Heulen klang ihm erbarmungslos in den Ohren. Wer bist *du* denn, Michael Devlin, sagte die Stimme, dass du dir einbildest, *mir* trotzen zu können?

Dann blickte er auf, denn plötzlich war sein Weg verstellt. In einem Vorgarten war eine riesige Ulme umgestürzt, hatte den Zaun umgerissen, war aufs Dach eines geparkten Autos gestürzt und lag jetzt quer über der Straße. Die Äste ragten anklagend in den weißen Himmel empor, und Schnee sammelte sich auf dem sterbenden Stamm. Die Fenster des Autos waren zerschmettert, auf den Sitzen lagen dicke Schneehauben. Wenn der Baum mich getroffen hätte statt des Autos, dachte Michael, dann wäre ich jetzt tot.

Herr des Himmels.

Er kämpfte sich, bis zum Bauch in lockerem Schnee steckend, um den gefallenen Baum herum auf die andere Straßenseite. Aber das Arsenal bot keine Zuflucht. Hinter den vergitterten Fenstern beherbergte es einen Boxring sowie Dutzende alter Jeeps von Nationalgardisten, die sich »Wochenendkrieger« nannten. Aber seine Backsteinmauern ragten abweisend sechs Stockwerke über der Straße empor, und kein Eingang bot Schutz. Jetzt sah Michael, dass die kupfernen Regenrinnen geplatzt waren. Hoch über dem Boden hatten sich Eiszapfen durch die schartigen Nahtstellen gebohrt und trotzten dem Wind – dicke, an der Wurzel dreißig Zentimeter breite Eiszapfen, spitz wie Speere. Michael Devlin musste an die Fotos in der Enzyklopädie denken, an graue, tote Stalaktiten. Genauso drohend, urzeitlich und gemein sahen diese Eiszapfen aus, und alle schienen genau auf ihn zu zielen.

Rasch wandte er sich ab und stapfte weiter. Wieder wünschte er sich, eine Armbanduhr zu besitzen. Es kam ihm vor, als wären Stunden vergangen, seit er das Haus verlassen hatte, aber womöglich waren es ja nur Minuten. Ich weiß es nicht, und den Sturm kümmert es auch nicht. Vielleicht ist das alles verrückt. Was, wenn die Kirche auch geschlossen ist? Wenn Father Heaney einen Blick aufs Wetter geworfen und beschlossen hatte, die Messe allein im Pfarrhaus zu feiern? Wenn der Strom ausgefallen und der Altar dunkel ist? Angenommen, noch ein Baum fällt um oder einer dieser Monstereiszapfen stürzt herab – und trifft mich? Ohne Vorwarnung. Niemand ist da, der mich warnen könnte: Achtung, Kleiner! Es würde einfach passieren. Und dann wäre ich ganz allein mitten im Schnee, ohne einen Hund oder einen Freund oder einen Scout vom Goldgräbercamp. Meine Mutter müsste mich begraben, und dann wäre sie ganz allein. Oder ich könnte auch zum Krüppel werden, eine Last für sie und alle anderen. In einer Jack-London-Geschichte brach sich ein Goldgräber das Bein bei einem Unwetter, und sein bester Freund war gezwungen, dem Gesetz der Wildnis zu gehorchen und ihm einen Kopfschuss zu verpassen. Sonst wären sie alle beide gestorben.

Während er über einen Schneehaufen kletterte, stellte sich Michael seinen Vater in Belgien vor. Viele Amerikaner waren dort in der so genannten Ardennenschlacht von den Deutschen getötet worden. Tausende. Er sah seinen Vater in Uniform, mit Helm, schweren Stiefeln und Gewehr, der Schnee dichter als heute in Brooklyn, der heulende Wind, und die gottverdammten Deutschen irgendwo da vorn im Sturm: Vielleicht so nahe wie die MacArthur Avenue, wie die Synagoge. Versteckt. Unsichtbar. Zum Töten bereit. Hatte Tommy Devlin etwa daran gedacht, umzukehren und nach Hause zu laufen? Natürlich nicht. Er war ja kein gottverdammter Feigling. Aber hatte er wenigstens einen Freund bei sich gehabt? Oder war er allein, als er erschossen wurde, als sein Blut rot in den Schnee tropfte? Hatte er vor Kälte das Gefühl in Händen und Füßen verloren, ehe sie ihn getötet haben? Hat er geweint? Hat er Wölfe gehört? An Mom gedacht? An die Wohnung im obersten Stockwerk in der Ellison Avenue? An seinen blauen Anzug? An mich?

Auf einmal hörte Michael Devlin eine Stimme.

Eine menschliche Stimme.

Nicht den Wind, sondern die erste menschliche Stimme, die an sein Ohr drang, seit er von zu Hause losgegangen war.

Er hielt inne und sah sich in der menschenleeren Welt um.

Und dann entdeckte er durch das eisige Schneetreiben hindurch einen Mann, der aus der Seitentür der Synagoge spähte. Einen Mann mit einem Bart. In einem schwarzen Anzug. Wie der Mann, der Billy Batson aus dem dunklen Eingang der U-Bahn zu sich rief. Er winkte Michael.

»Hallo, hallo!«, rief der bärtige Mann, und seine Stimme schien aus großer Entfernung zu kommen, nicht nur von der anderen Straßenseite. »Hallo!« Wie aus einem anderen Land.

Michael stand da wie angewurzelt. Der Mann winkte.

»Hallo!«, rief der Mann. »Bitte zu kommen herüber ...«

Die Stimme klang sehr alt und wurde durch das Schneegestöber gedämpft. Aber es war eine Stimme, so klar und direkt wie ein Zauberbann. Noch immer rührte Michael sich nicht von der Stelle. Die Stimme kam aus der *Synagoge,* dem geheimnisvollen Gebäude, in dem die Juden ihren Gott anbeteten. Hundertmal war Michael daran vorbeigekommen, aber außer am Samstagmorgen waren die Türen fast immer geschlossen. In gewisser Weise gehörte die Synagoge gar nicht zum Bezirk, jedenfalls nicht wie die Sacred-Heart-Kirche oder das Venus-Kino oder Casement's Bar. Die Synagoge stand ganz normal in der Kelly Street, aber Michael hatte immer das Gefühl, jemand hätte sie in einer dunklen Nacht dort an der Ecke abgestellt.

Aber nicht nur das. Für Michael hatte die Synagoge etwas vage Bedrohliches, als fänden hinter ihren geschlossenen Türen irgendwelche geheimen Riten, ja vielleicht sogar schreckliche Verbrechen statt. Sagten nicht alle in der Ellison Avenue, dass die Juden Jesus umgebracht hatten? Und wenn sie den Sohn Gottes getötet hatten, was würden sie dann wohl einem ganz gewöhnlichen Jungen antun, der in einem Schneesturm herumirrte? Auf einmal sah Michael vor sich, wie der bärtige Mann ihn fesselte und in einen großen Ofen schubste oder einmauerte, wie der Kerl im »Fass von Amontillado«. Er sah die Schlagzeile in der *Daily News:* JUNGE IM SCHNEESTURM VERSCHWUNDEN. Hastig ging er weiter.

Aber der bärtige Mann rief ihn schon wieder.

»Bitte!«

Michael blieb stehen. In dem einfachen Wort *bitte* schwang etwas mit, Verzweiflung, als ginge es um Leben und Tod. Schmerz klang darin, Traurigkeit. Vielleicht war der bärtige Mann einfach nur das, was er zu sein schien: ein bärtiger Mann, der in einem Schneesturm um Hilfe rief. Kein Abgesandter des Teufels. Er und Michael waren wie zwei Menschen in der unberührten Arktis, zwei winzige Punkte in der gespenstischen Einöde einer toten Welt.

Wenn ich jetzt weglaufe, dachte Michael, dann nur aus einem Grund: weil ich Angst habe. Malemute Kid würde nicht abhauen. Genauso wenig wie Billy Batson. Mist, wenn Billy Batson vor dem Mann im schwarzen Anzug weggelaufen wäre, wäre er nie Captain Marvel geworden. Und mein Vater, Tommy Devlin – er würde niemals weglaufen. Nicht vor tausend gottverdammten Nazis. Und schon gar nicht vor einem Mann, der mit einer solchen Stimme *bitte* sagte.

Also ging Michael über die Straße, sich mühsam auf den Beinen haltend, fand im Schneegewirbel die Wand der Synagoge und tastete sich zur Seitentür vor. Jetzt sah er das Gesicht des bärtigen Mannes deutlicher. Unter dem schweren schwarzen Hut blickten blaue Augen durch eine dicke Hornbrille. Durch die kleine Nase wirkte sein Bart größer und dichter, als wäre er aus Holz geschnitzt. Er war dunkel, mit rostbraunen und grauen Strähnen, aber Michael konnte nicht beurteilen, wie alt der Mann war. Er stand unter dem Türrahmen, und ein dunkler Tweedmantel hing lose um seine Schultern. Alles, was er anhatte, war schwarz.

»Bitte«, sagte er. »Ich bin der Rabbi. Ich brauche eine Hilfe. Kannst du mir eine Hilfe geben?«

Ängstlich kam Michael näher. Der Wind hörte abrupt auf, als wollte er Atem holen. Michael starrte den bärtigen Mann an, sah seine schmutzigen Fingernägel, die verschlissenen Aufschläge seines Mantels und fragte sich erneut, welche dunklen Geheimnisse hinter ihm in der Synagoge lauerten.

»Nun, wissen Sie, Rabbi, ich –«

»Eine Minute es dauert nur«, unterbrach ihn da der Rabbi.

Zitternd vor Angst, Neugier und Kälte, suchte Michael nach Worten.

»Ich bin Messdiener oben in der Sacred-Heart-Kirche«, sagte er schließlich. »Verstehen Sie, ich bin katholisch. Und ich bin spät dran für die Acht-Uhr-Messe und –«

»Nicht mal eine Minute«, fiel ihm der Rabbi ins Wort. »Bitte«, fügte er hinzu und zog den Mantel enger um sich. »Bitte.«

Michael spähte an ihm vorbei in die unbeleuchtete Halle.

Eine etwa ein Meter fünfzig hohe Holzvertäfelung, oben mit einer Leiste abgeschlossen, darüber eine cremeweiß gestrichene Wand. Und wenn er jetzt Svengali ist, dachte er, der Bärtige aus dem Film, der die Leute hypnotisiert? Oder einer wie Fagin aus *Oliver Twist*, der Kinder für sich stehlen ließ? Aber nein – seine Stimme klang nicht nach einem dieser Halunken. Plötzlich kam der nächste Windstoß, wie ein Signal. Außerdem, dachte Michael, außerdem kann ich ihn zur Not immer noch die Treppe runterschubsen. Ihm die Brille von der Nase schlagen. Die Tür aufstoßen. Oder ihn in die Eier treten. *Bumm*! Er wusste, dass er sich selbst gut zuredete, um seine Angst zu überwinden.

»Okay«, sagte Michael abrupt. »Aber es muss wirklich schnell gehen. Was soll ich machen?«

Der bärtige Mann öffnete die Tür weit, und Michael trat ein. Ohne Wind war es bedeutend wärmer. Drei Stufen führten nach unten, und er blieb unschlüssig am Rand der obersten stehen.

»Ein wenig Licht, das wäre gut, ja?«, sagte der Rabbi und wedelte mit der Hand.

»Vermutlich schon.«

»Da, siehst du?«

Michael ging eine Stufe weiter hinab und spähte durchs Halbdunkel zur rechten Wand. In der dunklen Holzverkleidung war ein Schalter. Der Rabbi machte nervöse Handbewegungen, als wollte er ihn betätigen, ohne ihn dabei anzufassen.

»Sie meinen, ich soll das Licht anmachen?«, fragte Michael.

Der Rabbi nickte. »Ist ... eh ... ist dunkel, nein?«

Plötzlich wurde Michael wieder vorsichtig.

»Warum machen *Sie* das Licht denn nicht an?«

»Ist nicht ... nicht erlaubt«, antwortete der bärtige Mann, als fiele es ihm schwer, das richtige Wort zu finden. »Heute ist *Schabbes*, weißt du, und – ist ganz einfach, nein? Nur –«

Er stocherte mit den Fingern in der Luft herum. Michael holte tief Luft, trat die letzten beiden Stufen hinunter und betätigte den Schalter. Sofort war der Raum von einer Kugellampe über ihnen hell erleuchtet. Sie standen in einer kleinen Vorhalle; auf der gegenüberliegenden Seite führten drei Stufen zu einer anderen Tür. Der cremefarbene Deckenanstrich war rissig und bröckelte ab. Michael atmete langsam aus. Keine Bombe war explodiert. Keine Stahlwände waren aus der Decke herabgekommen. Keine Falltür hatte sich unter ihm geöffnet, er war in kein Verlies gestürzt. Der Lichtschalter war ein Lichtschalter. Der Rabbi lächelte, wobei er unregelmäßige gelbliche Zähne entblößte, und sah sehr zufrieden aus. Michael fühlte sich entspannt und warm.

»Danke dir, danke dir«, sagte der Rabbi. *»A dank.* Sehr guter Junge bist du. *Du bist saier gut-hartsik* ... sehr gut.«

Dann deutete er auf die Leiste über der Holzvertäfelung.

»Ist für dich«, meinte er. »Bitte zu nehmen. Für dich.«

Es war ein Fünfcentstück, das im Licht leise schimmerte.

»Für dich«, wiederholte der Rabbi.

»Aber nein, das ist doch nicht nötig ...«

»Bitte.«

Wieder wurde Michael nervös, jetzt wegen der Zeit und weil er noch vier Blocks durch den Schneesturm vor sich hatte. Er nahm das Geldstück und steckte es in die Manteltasche.

»Auf Wiedersehen«, sagte der bärtige Mann. »Und danke dir.«

»Gern geschehen, Rabbi.«

Damit öffnete Michael die Tür und eilte in den Sturm hinaus. Aber er fühlte sich größer, stärker und mutiger als vorhin.

3. Kapitel

Father Heaney sah aus, als wäre auch er lieber im Bett geblieben. Mit seinen zerzausten Haaren, den buschigen Augenbrauen und dem unrasierten Kinn wirkte er ziemlich ungepflegt. Nur seine Augen schienen noch dem Mann zu gehören, den Michael und viele andere Ministranten wegen seiner Heldentaten im Krieg verehrten. Seine Augen sahen heute besonders klein aus, und Michael stellte sich den Priester unwillkürlich als japanischen U-Boot-Kapitän vor, der für die Amerikaner spionierte. Das war gar nicht so absurd: Sie hatten von anderen Priestern gehört, dass Father Heaney in Nordafrika, Sizilien und Anzio Kaplan gewesen war; er war mit General Patton nach Deutschland einmarschiert. An der Ardennenschlacht hatte er nicht teilgenommen, obwohl er, als Michael ihn danach fragte, geantwortet hatte, er kenne einige Männer, die dort gefallen waren. Bei seinen Predigten und in der Sakristei sprach Father Heaney nie vom Krieg. Doch Michael war sicher, dass der Krieg über seinem Leben hing wie eine dunkle Wolke; schließlich hatte er noch vor nicht einmal zwei Jahren sterbenden Soldaten die letzte Ölung erteilt.

Allerdings beschränkte sich Father Heaneys Wortkargheit nicht auf den Krieg. Er schwieg bei den meisten Themen. Morgens vor der Messe sprach er nur selten mit seinen Messdienern, und heute war er stiller denn je. Als Michael atemlos zehn nach acht eintraf, grunzte er nur zur Begrüßung. Auch Michaels Entschuldigung wurde mit einem Grunzen quittiert, dann bedeutete ihm der Priester ebenso wortlos, vor ihm her zum Altar zu gehen.

Father Heaney las die Messe immer sehr schnell, als wollte er ein Pferderennen ansagen, und die anderen Messdiener machten Witze, dass er möglichst schnell zu seiner Flasche zurück wollte. Michael hatte ihn noch nie trinken sehen und auch noch nie bemerkt, dass sein Atem nach Whiskey roch. Auch an diesem arktischen Morgen blieb er bei seinem typischen Tempo. In der kalten, leeren Kirche hastete er durch die Messe, und Michael musste zusehen, dass er Schritt hielt. Für gewöhnlich gab es zwei Messdiener, aber Michaels Partner war wegen des Schnees nicht erschienen, und so war Michael allein für die lateinischen Antworten zuständig. An einem Punkt unterbrach ihn Father Heaney mitten im Satz, an einem anderen ließ er einen ganzen lateinischen Absatz einfach weg, als wäre ihm das altehrwürdige Ritual heute zu lang. Michael trug das schwere Messbuch von einer Seite des Altars zur anderen. Er hantierte vorschriftsmäßig mit Wein und Messkännchen. Als der Priester vor dem Tabernakel seinen Text murmelte – die Gipsstatue des blutenden Christus über sich –, versuchte Michael, für seinen Vater in seinem Grab in Belgien zu beten, für die Seelen im Fegefeuer und die hungernden Menschen in Europa und Japan. Doch nur der Impuls entstand in seiner Brust, die Worte wollten nicht folgen. Father Heaney ließ ihm keine Zeit, er war viel zu erpicht darauf, endlich die Ziellinie zu überqueren. Er segnete die dunkle Kirche und ließ die Predigt aus, während hoch über ihnen der Turm der römisch-katholischen Kirche des Heiligen Herzens Jesu im Sturm ächzte.

Da fiel Michael die Traurigkeit in der Stimme des bärtigen

Mannes ein, dieses seltsame *Bitte.* Und er kam zu dem Schluss, dass der Rabbi verzweifelt gewesen sein musste. Wenn Michael das Licht nicht angemacht hätte, wäre er den ganzen Tag unglücklich gewesen. Aber in dieser Stimme lag echter, viel tieferer Schmerz. Nicht nur wegen eines Lichtschalters. Ein ganz anderer Schmerz, der von dem Mann selbst ausging. Von diesem Rabbi. Diesem Juden.

Dann drang der Satz an sein Ohr: *Domine, non sum dignus ...*

Und ein Flüstern von Father Heaney: »Schlaf nicht, Junge. Wir haben zwei Gäste.«

Inzwischen waren sie beim heiligen Abendmahl angelangt, und aus der endlosen windgepeitschten Finsternis waren zwei alte Frauen aufgetaucht und zum Altar gekommen. Rasch nahm Michael den goldenen Hostienteller und folgte Father Heaney ans Altargeländer zu den knienden Frauen. Wie sind die bloß hergekommen?, fragte er sich. Sind sie durch den Sturm gelaufen, der mich platt auf den Boden geworfen hat? Hat jemand sie im Auto gefahren? Vielleicht *wohnen* sie hier. Lateinisch murmelnd, in der linken Hand das goldene Gefäß für die geweihten Hostien – das Ziborium –, legte Father Heaney eine Hostie auf ihre ausgestreckten Zungen, während Michael den Teller unter ihr Kinn hielt, damit kein Krümel der Hostie, die während der Konsekration in den Leib Jesu Christi verwandelt worden war, auf den blank polierten Boden fiel.

Die Augen der ersten Frau waren groß und glasig wie die eines Zombies im Kino. Die andere hatte sie fest geschlossen, als hätte sie Angst, das göttliche weiße Brot allzu unverhohlen anzuschauen. Sie hatte einen Leberfleck auf dem Kinn, auf dem weiße Haare sprossen – wie aus einem Kartoffelauge. Beide empfingen die Hostie auf die gleiche Weise: Die Lippen wurden darüber gestülpt, und der Mund blieb gewölbt, um eine kleine Höhle darüber zu bilden. Schließlich würde man mit der Hostie ein Stück von Jesus kauen. Dann verbeugten sie sich fromm und dankbar, standen auf und kehrten in die Dunkelheit der Kirchenbänke zurück, wo sie beteten, bis die Hostie weich genug war, dass sie sie hinunterschlucken konnten.

Jetzt kniete auch Michael vor dem Altar, und Father Heaney legte ihm ebenfalls eine Hostie auf die Zunge. Michael kniff die Augen zusammen, aber nicht ganz. Er sah, dass die Finger des Priesters nikotingelb waren, und erinnerte sich an die schmutzigen Nägel des Rabbis. Vielleicht waren die Wasserrohre in der Synagoge zugefroren und geplatzt wie die im Arsenal, vielleicht gab es kein Wasser. Vielleicht durfte sich der Rabbi die Hände nicht waschen, wie er auch den Lichtschalter nicht betätigen durfte. Aber dem Mann zu helfen war doch genau das, was im Katechismus als tätige Nächstenliebe bezeichnet wurde, richtig? Auch wenn man einem Rabbi half. Einem Juden. Das zählte bestimmt trotzdem. Man sollte ja den Bedürftigen helfen, den Armen und den Kranken. Und der Rabbi sah ziemlich arm aus, oder? Und er brauchte jemanden, der ihm das Licht anmachte. Aus irgendeinem geheimnisvollen Grund. *Ist nicht erlaubt ...* das Geheimnis des kurzen Augenblicks in der Synagoge wurde größer, als Michael seine aufgeweichte Hostie hinunterschluckte. Der Rabbi war nicht Svengali. Auch nicht Fagin. Aber er war sonderbar und mysteriös, wie eine Figur aus einem Buch, ein bärtiger Wächter von Geheimnissen. Ich will diese Geheimnisse kennen lernen, dachte Michael.

Schließlich war die Messe zu Ende. Father Heaney murmelte *Ite, missa est,* und Michael antwortete *Deo gratias,* dann verließ der Priester mit großen Schritten den Altar, und Michael folgte ihm. In der Sakristei mit ihrer Marmortheke und dem Keramikbecken zog Father Heaney sein Messgewand und seine

Stola aus, den Manipel, den Gürtel, das Schultertuch und die Albe. Darunter trug der Priester einen dunkelbraunen Rollkragenpullover und eine schwarze Hose. Auf seinen schwarzen Schuhen waren Streusalzflecken. Mit einem Seufzer nahm er eine Packung Camel und riss an der Schuhsohle ein hölzernes Streichholz an. Dann inhalierte er tief, und Zigarettenrauch erfüllte die Luft.

»Danke, junger Mann«, sagte er, und seine Augen huschten unter den geschwollenen Lidern hin und her. »Ach ja – wie bist du heute Morgen eigentlich hergekommen?«

»Zu Fuß, Father.«

Der Priester sog den Rauch ein und formte beim Ausatmen einen perfekten Ring.

»Du warst also zu Fuß unterwegs, ja? Wie viele Blocks?«

»Acht.«

»Kein Wunder, dass du zu spät gekommen bist«, meinte er und zog die schwarzen Augenbrauen hoch. »Nun, das kannst du als Opfer für die armen Seelen im Fegefeuer betrachten.«

»Das hab ich beim Gebet getan, Father.«

»Ich hoffe, du hast mich mit eingeschlossen«, sagte der Priester, ohne das Gesicht zu verziehen. Dann griff er zu seinem Armeemantel und ging hinaus, über den schneebedeckten Hof zum Pfarrhaus hinüber.

Aber Michaels Arbeit war noch nicht getan. Dies war die einzige Messe des Tages, deshalb ging er zum Altar zurück und löschte die beiden Kerzen mit einem vielbenutzten Gerät, das die Messdiener den »heiligen Ersticker« nannten. Die beiden alten Frauen waren weg, sie schienen sich in der Dunkelheit aufgelöst zu haben wie der Qualm der Kerzen, nachdem Michael sie mit der Messingglocke am Ende des Kerzenlöschers zum Verglühen gebracht hatte. Einen Moment lang starrte er ins Dunkel und stellte sich vor, die Bänke wären voll rauchiger alter Frauen mit Kinnhaaren. Hunderte. Tausende. Sie flüsterten italienisch und polnisch und lateinisch und erzählten von ihren toten Männern und Kindern. Wie Engel, die alt geworden waren, aber nicht sterben durften. Er konnte sie riechen – den Duft der Kerzen.

Rasch trat Michael vom Altar zurück, beugte die Knie und ging in die leere Sakristei. Dort zog er das Chorhemd über den Kopf, hängte das Unterkleid in den Schrank und schlüpfte wieder in seine Alltagssachen. Ehe er ging, knipste er noch die Altarlichter aus und spähte hinaus, um sicherzugehen, dass er alle erwischt hatte. Dann hörte er in der Finsternis des Kirchengewölbes den Wind heulen. Und durch den Wind eine Stimme.

Bitte, sagte die Stimme.

Bitte, kannst du mir eine Hilfe geben?

4. Kapitel

An diesem Nachmittag war Michael Devlin allein im Wohnzimmer, denn seine Mutter arbeitete um diese Zeit als Hilfsschwester im Wesleyan Hospital. Draußen in der weißen Welt heulte der Sturm, und Michael lag auf dem Linoleumfußboden vor dem Kerosinofen, ein Kissen unter dem Kopf, neben sich sein Stapel *Captain-Marvel*-Comics.

Nachdem er von der Messe zurück war, das versprochene Frühstück mit Eiern und Speck verzehrt hatte und seine Mutter weggegangen war, hatte er sich das Heft herausgesucht, in dem es um die erste Begegnung zwischen Billy Batson und Shazam ging. Genau genommen musste er sich mit der Nacherzählung der Geschichte zufrieden geben, denn die kostbare Erstausgabe der *Whiz Comics,* die vor langer Zeit, noch vor Kriegsbeginn, veröffentlicht worden war, besaß er leider nicht. In der Sonderausgabe von *Captain Marvel* hatte der Mann im schwarzen Anzug den Hut tief in die Stirn gezogen, um sein Gesicht zu verbergen. Aber abgesehen von den schwarzen Sachen ähnelte er dem Rabbi aus der Kelly Street nicht, genauso wenig wie der Zauberer Shazam. Der Zauberer war viel älter, hatte einen weißen Bart und trug eine lange, fließende Robe. Der Rabbi war jünger, kräftiger und sah mit seiner Hornbrille eher aus wie ein Lehrer aus dem Wilden Westen als ein ägyptischer Zauberer. Wie jemand, der Abraham Lincoln etwas beigebracht hatte.

Nach einer Weile legte Michael *Captain Marvel* beiseite und begann einen Krimi-Comic mit dem Titel *Crime Does Not Pay* zu lesen. Verbrechen lohnt sich nicht. Es ging um das blutige Leben und das noch blutigere Ende des grässlichen Killers Alvin Karpis. Eine völlig andere Welt als die von *Captain Marvel* mit ihren Zaubersprüchen, verrückten Wissenschaftlern und sprechenden Tigern, in der Kugeln von der Brust abprallten und der Held mit seinem goldgesäumten Cape durch die Luft fliegen konnte. Dagegen wimmelte es in dem Krimi-Comic von echten Gangstern in echten Städten. Keine Capes, keine Zaubersprüche – es wurde nur geraubt, geschossen und gestorben. Hier prallten die Kugeln nicht ab, sondern drangen ins Herz, und niemand flog hoch über den Wolkenkratzern durch die Luft. Männer, die einmal gute Jungen gewesen waren und aus Gegenden wie Brooklyn stammten, kamen zu einem bösen Ende. Wie die von der *Murder Incorporated*, Lepke Soundso und Gurrah. Pretty Boy Floyd. Dillinger. Oft genug kamen sie in einem Hinterhalt ums Leben. Sogar im Schnee, wie Tommy Devlin in Belgien, allerdings waren sie keine Helden. Und starben niemals für ihr Vaterland. Sie starben für Geld. Oder für eine schöne Frau.

Mitten in der Geschichte von Alvin Karpis merkte Michael plötzlich, dass der Wind sich gelegt hatte. Er lauschte, ob es kein Trick des Sturms war, hörte, wie auf den Gehwegen Schnee geschippt wurde, und wusste, dass es vorbei war. Er hätte es gern seiner Mutter erzählt, aber sie war ja im Krankenhaus. Also zog er sich an, holte seine trockenen Handschuhe und sauste die Treppe hinunter, um nach seinen Freunden zu sehen.

Sonny Montemarano war schon da und testete mit seinem

Fausthandschuh den Schnee. Sein dunkles Gesicht strahlte, seine Augen glänzten.

»Hast du so was schon mal gesehen?«, rief er voller Begeisterung.

»Noch nie«, antwortete Michael. »Drüben am Arsenal hängen Eiszapfen, die aussehen wie Raketen.«

»Wir sind nicht zur Tür rausgekommen«, berichtete Sonny. »Sie ist zugefroren. Da mussten wir aus dem beschissenen Fenster springen.«

»Heute Morgen hat mich der Wind quer über die Straße geschleudert«, sagte Michael. »Wie 'ne gottverdammte Feder.«

»So was hab ich noch nie erlebt. So ein beschissener Sturm.«

Sonny sagte dauernd *beschissen.* Michael hörte ihm furchtbar gerne zu, aber er brachte das verbotene Wort noch nicht recht über die Lippen, weil er Angst hatte, er könnte sich daran gewöhnen und es vor seiner Mutter in den Mund nehmen. Er benutzte lieber *gottverdammt.* Aber keiner von ihnen sagte das allerschlimmste Wort: *Hurensohn.* Letzten Sommer hatte Sonny es mal ausprobiert, aber da hatte Unbeatable Joe, dem die Kneipe an der Ecke gehörte, ihn am Schlafittchen gepackt und ihn angebrüllt: »Sag dieses beschissene Wort nie wieder, hörst du? Bloß Nigger benutzen dieses beschissene Wort.«

Dann kam Jimmy Kabinsky, eine dicke braune Wollmütze tief in die Stirn gezogen. Er war ein Zwangsumsiedler und hatte in der Sacred-Heart-Schule für viel Aufsehen gesorgt, weil er in nur drei Monaten Englisch gelernt hatte. Niemanden wunderte das mehr als Sonny Montemarano – seine Großmutter war vor einundvierzig Jahren aus Sizilien gekommen und konnte immer noch nicht viel mehr sagen als *Sonny, komm rauf zum Essen* oder *Sonny, halt den Mund.*

»Gibt es in Polen auch so viel Schnee?«, erkundigte sich Sonny.

»Da liegt der Schnee drei Stockwerke hoch«, antwortete Jimmy. Dann machten sie sich zu dritt auf den Weg in Richtung Collins Street.

»Du willst mich wohl verarschen«, meinte Sonny Montemarano ungläubig. »Drei Stockwerke hoch? Dann gäb's doch längst keine Polacken mehr, wenn ihr so viel beschissenen Schnee hättet.«

»Ich schwör's«, beteuerte Jimmy Kabinsky. »Mein Onkel hat's mir erzählt.«

»Oh«, meinte Sonny und warf Michael hinter Jimmys Rücken einen vielsagenden Blick zu. »Dein *Onkel.* Das ist natürlich was anderes.«

Jimmys Onkel war Lumpensammler. Er verdiente sich seinen Lebensunterhalt, indem er alte Zeitungen, Fahrradteile oder kaputte Radios in seiner Schubkarre sammelte und sie zu einem Lagerhaus am Flussufer brachte. Im letzten Kriegsjahr hatten ihn die Jungs gnadenlos gehänselt. Seine Arme waren ziemlich kurz, seine Schultern eingefallen und sein Körper immer gebückt, selbst wenn die Schubkarre ihn bergab zog. Außerdem hatte er keine Frau und keine Kinder und ging nie mit den anderen Männern in die Kneipe. Und zu allem Überfluss war er auch noch ausgesprochen hässlich, darüber waren sich alle einig: Seine Augen verschwanden fast unter der gewölbten Stirn, die Nüstern seiner dicken Kartoffelnase waren stets vor Ärger gebläht, und er hatte Segelohren und gelbe Zähne. Die Kinder nannten ihn Frankenstein – außer wenn Jimmy in der Nähe war. Als Jimmy bei ihm einzog, weil alle Flüchtlinge ja einen Bürgen brauchten, wurde daraus Onkel Frankenstein. Aber in Jimmys Gegenwart ärgerten sie ihn nicht, aus Respekt, weil Jimmys Eltern im Krieg umgekommen waren.

»Was glaubt ihr, wie hoch liegt der Schnee in Ebbets Field?«, fragte Jimmy.

»Bis zu den obersten Rängen«, meinte Sonny und zwinkerte Michael zu. »Meine Großmutter hat es im Radio gehört.«

»Den obersten Rängen?«, wiederholte Jimmy. »Also komm, das wären ja sechs Stockwerke!«

»Höher als im beschissenen Polen!« Sonny lachte und schubste Jimmy in eine Schneewehe. »Und der Wind bläst ins linke Feld, Ehrenwort.«

Kurz darauf balgten sie sich im Schnee, fielen mit dem Gesicht in die weiße Pracht, bewarfen sich und vorübereilende Passanten mit Schneebällen. Andere Kinder kamen mit Schlitten aus den Mietshäusern, sie wollten zum Prospect Park. Ein Straßenbahnwagen schob sich langsam die Ellison Avenue entlang. Aus dem Nichts tauchten ein paar Autos mit Schneeketten auf. Schließlich erschien auch Unbeatable Joe, rund und stämmig, mit Pelzmütze und einem dicken Militärmantel, um nach seiner Kneipe zu sehen. Kopfschüttelnd betrachtete er das Schild, das zerschmettert am Boden lag, und trat mit dem Fuß dagegen. Dann schloss er die Tür auf und ging hinein. Eine Minute später war er mit zwei Schaufeln wieder da und rief über die Straße: »He, ihr nichtsnutzigen, faulen Kerle, wollt ihr euch 'n bisschen was verdienen?«

Sie wechselten sich ab: Immer zwei schippten, während sich der dritte die Hände wärmte. Michael schaufelte um das Schild herum, das sechzig Zentimeter hoch, neunzig breit und etwa dreißig tief war. Die Neonbuchstaben waren zersplittert, die Metallseiten verbogen, die Stahlkabel durchgerissen – es war wirklich ein gottverdammter Sturmwind gewesen. Danach schaufelte Michael einen Weg für die Fußgänger frei und schob den lockeren Schnee in Richtung Bordstein. Das war der leichte Teil, aber unter dem weichen Schnee, der gegen Ende des Unwetters gefallen war, lag eine dünne vereiste Schicht, und die wollte nicht weichen.

»Lass mich mal«, meinte Sonny. Er nahm Michael die Schaufel ab, schob sie mit aller Kraft unter den festen Schnee, trat mit dem Stiefel auf die Schaufel und drückte. Ein Stück der Schicht pellte ab. »Siehste? Du musst versuchen, *drunter*zukommen.«

»Lass mich wieder, Sonny«, sagte Michael.

»Nein, nein, das macht Spaß.« Sonny lachte. »Du kannst ja Jimmy helfen.«

Als sie fertig waren, kam Unbeatable Joe wieder heraus.

»Ihr Faulpelze solltet euch bei der Straßenreinigung bewerben«, sagte er, zog einen Dollarschein aus der Tasche und gab ihn Sonny. »Vergnügt euch.«

Damit drehte er sich um und trat noch einmal gegen das Schild.

Slowackis Süßigkeitenladen war ihnen zu voll, deshalb gingen sie einen Block weiter zu Mister G's, einem kleineren, dunkleren Laden. Sonny kaufte einen Schokoriegel, Jimmy einen Beutel Erdnüsse, Michael eine Schachtel Good and Plenty. Hinter dem Ladentisch saß Mister G und las die *New York Post.* Er war schon älter, ein kleiner, untersetzter Mann mit spärlichem Haar und traurigen Augen hinter einer randlosen Brille. In der Ellison Avenue galt er als Unikum; beispielsweise erzählte man sich, dass er Giants-Fan war und seine Kinder aufs College gingen. Das war seltsam. Michael kannte nur Dodgers-Fans und niemanden, der aufs College gegangen war. Seltsam war auch, dass Mister G die *Post* las, wo doch in der Gegend alle Männer auf das *Journal-American* schworen. Und dass er mit seiner Frau in einer winzigen Wohnung hinter dem Laden wohnte. Man sagte, sie gehe »ins Geschäft«, was bedeutete, dass sie eine Stelle in einem Büro hatte, morgens sehr früh aufstand und in einem Kostüm oder Kleid zur U-Bahn ging. Es bedeutete außerdem, dass sie sich eigentlich eine normale Wohnung leisten konnten, aber zu geizig waren, um die Hinterzimmer des Süßwarenladens aufzugeben.

Mister G sagte nichts, während er die Preise in eine schwere vergoldete Kasse auf dem Bord hinter dem Ladentisch eintippte. Er gab Sonny das Wechselgeld und blätterte dabei geistesabwesend seine Zeitung um. Dass Mister G schwieg, wunderte niemanden: Den ganzen Tag gingen Kinder im Laden aus und ein, kauften Süßigkeiten für einen Penny aus den Schachteln oder für fünf Cent aus dem dreistöckigen Regal. Der Laden war aber nicht nur für Kinder. Erwachsene benutzten den Münzfernsprecher hinten im Laden. Oder kauften eine Zeitung. Und auf der rechten Seite der Theke hatte Mister G Zigaretten und Zigarren für zehn Cent ausgelegt.

»Mann, hoffentlich schneit es heute Abend weiter«, meinte Sonny. »Hoffentlich schneit's einen ganzen *Monat.* Dann sind wir reich.«

Gerade als er das Restgeld verteilte, kam Frankie McCarthy herein.

Sonny stopfte die Münzen in die Tasche und begann die Comics auf den Auslagen an der Wand zu begutachten. *The Spirit. Batman. Jungle Comics.* Plötzlich wurde Michael nervös. Frankie McCarthy war einer der älteren Jungs, mindestens siebzehn, der Anführer einer Gang namens Falcons. Michael hatte Angst vor ihm. Er hatte rote Haare, die vom Schnee jetzt ganz nass waren, Sommersprossen und wasserblaue Augen mit auffallend kleinen Pupillen. Die Lippen hielt er immer eng zusammengepresst, damit niemand seinen abgebrochenen Zahn sah. Vorigen Sommer hatte Michael beobachtet, wie Frankie auf dem Gehweg vor Unbeatable Joe's einen Betrunkenen so zusammengeschlagen hatte, dass der mit blutüberströmtem Gesicht liegen geblieben war. So etwas schien Frankie zu gefallen. Die Jungs von den Falcons waren genauso. Jedenfalls jubelten sie alle, als Frankie wegstolzierte, als wäre er Joe Louis. Dass diesem Kerl so etwas *gefiel,* machte Michael am meisten Angst.

»Was hast'n da in der Tasche, Kleiner?«, fragte er Sonny.

»Nichts, Frankie.«

»Du lügst, Kleiner«, sagte Frankie und wandte sich an Michael. »Er lügt, hab ich Recht? Ich hab euch vor Joe's schaufeln sehen. Ich hab gesehen, wie Joe dem Itaker hier was in die Hand gedrückt hat.« Er lächelte kalt. »Und das hat mich auf 'ne Idee gebracht.«

Michael wich den wasserblauen Augen aus. Mister G sah von der Zeitung auf und spähte über den Rand seiner Brille.

»Und zwar Folgendes«, fuhr Frankie McCarthy fort. »Ich finde nämlich, du solltest mir 'ne Limo kaufen, Kleiner. Und 'ne Packung Luckies. Ich denke, du bist 'n netter großzügiger Junge und tust das gern für 'nen Kerl aus der Nachbarschaft, der grade aus der Kälte reinkommt.«

Mister G räusperte sich.

»Hey, lass den Kleinen in Frieden«, sagte er sachlich.

»Was?«, fragte Frankie McCarthy und drehte sich um.

»Was war das?«

»Ich habe gesagt, lass den Kleinen in Ruhe«, wiederholte Mister G ärgerlich. »Er hat sich beim Schneeschippen abgerackert, also lass ihm sein sauer verdientes Geld.«

»Das geht dich einen Scheißdreck an, Freundchen.«

»Du bist hier in meinem Laden«, entgegnete Mister G. »Ich kann es nicht leiden, wenn hier jemand erpresst wird.«

»Judenschwein«, sagte Frankie McCarthy, ließ von Sonny ab und ging zum Ladentisch. »Wie würde es dir gefallen, wenn ich deinen Laden in einen beschissenen Parkplatz verwandle?«

Michael wich in den hinteren Teil des Ladens zurück, den Rücken zum Telefon. Gleich passiert was Schlimmes, dachte er. Ich wollte, ich könnte was dagegen tun. Ich wollte, ich wäre größer und stärker. Ich wollte, ich könnte Frankie McCarthy am Kragen packen und in den gottverdammten Schnee rauswerfen.

Inzwischen war Jimmy Kabinsky zur Ladentür geschlichen, und Sonny machte Michael Zeichen, mit ihnen in den Schnee hinauszulaufen. Michael machte sich vorsichtig auf den Weg und wollte sich an Frankie McCarthy vorbeidrücken.

Aber Frankie hatte ihn gesehen. »Bleib, wo du bist, Kleiner«, rief er mit vor Wut bebenden Nasenflügeln. »Ich will dir zeigen, wie man mit so 'nem Judenschwein umspringt.«

Mister G schlug mit der Faust auf den Ladentisch. »Nenn mich nicht noch mal Judenschwein, du ... du irischer Mistkerl!«

Jetzt verlor Frankie endgültig die Beherrschung. Mit einer Hand fegte er den Süßigkeitenständer von der Glasplatte der Theke, stieß mit der anderen die Zigarrenkistchen auf den Boden und trampelte auf den Zigarren herum; in seinem wutverzerrten Gesicht sah man den abgebrochenen Zahn ganz deutlich. Dann wirbelte er herum, riss das Regal mit den Comics herunter, trat in den Haufen *Blue Bolt* und *Sheena* und *Captain Marvel* und kickte die Hefte hoch in die Luft. Michael wollte etwas rufen, brachte aber kein Wort heraus.

Mitten in seinem Toben merkte Frankie, dass Mister G zum Telefon griff. Blitzschnell stürzte er sich auf ihn, packte das Telefon und knallte es auf die Glasplatte, dass sie zersplitterte, hob es wieder hoch und schlug damit auf Mister G ein. Blut spritzte aus der Nase des alten Mannes, die Brille baumelte von einem Ohr herab, und er hielt sich schützend die Hände vors Gesicht. Sonny und Jimmy liefen hinaus, die Tür knallte hinter ihnen zu. Michael stand da wie angewurzelt.

»So geht man mit 'nem Judenschwein um«, schrie Frankie McCarthy und grinste höhnisch mit zusammengekniffenen Lippen.

Und dann begann er, auf den zwischen Ladentisch und Regal kauernden Mann einzutreten, der leise wimmernde Protestlaute von sich gab. »Du Wichser, du blöder jüdischer Wichser!«, schrie Frankie McCarthy. »Du elender Hurensohn!« Er packte die goldverzierte Kasse, riss sie vom Bord, hievte sie grunzend über den Kopf und schleuderte sie dann mit aller Macht auf Mister G hinab. Klimpernd sprang die Kasse auf, und Kleingeld rollte über den Holzboden.

Ganz gelassen sammelte Frankie ein paar Scheine und Münzen auf. Dann drehte er sich zu Michael um.

»Du hast nichts gesehen, gar nichts, verstanden, Kleiner?«

Michael schwieg.

»Verstanden?«

Jetzt nickte Michael; Frankie McCarthy griff sich grinsend eine Schachtel Lucky Strikes und ging zur Tür.

»Dabei wollt ich bloß 'ne Schachtel Zigaretten von dem Judenschwein, Herrgott noch mal.«

Damit ging er hinaus, und durch die Tür, die er hinter sich offen stehen ließ, kam ein kalter Luftzug. Einen langen Augenblick verharrte Michael regungslos. Er wünschte sich sehnlichst, Sonny und Jimmy würden zurückkommen. Aber sie kamen nicht. Langsam ging Michael um den Ladentisch herum. Mister G weinte, das Gesicht zur Wand, die Hände blutverschmiert. Die Kasse lag auf der Seite, daneben die zerfledderten Seiten der *New York Post.* Mister G hatte die Augen fest geschlossen. Michael berührte ihn behutsam am Ellbogen.

»Mister G, es tut mir so Leid«, sagte er. »Kann ich Ihnen helfen? Vielleicht –«

Aber Mister G stöhnte nur. Michael wich zurück. Dann holte er das Fünfcentstück des Rabbis aus der Tasche, ging zum Münzfernsprecher, wählte die Vermittlung und alarmierte einen Krankenwagen.

5. Kapitel

Während seine Mutter an diesem Abend Tomatensoße über zwei Teller Spaghetti löffelte, versuchte Michael Devlin ihr zu erklären, was in Mister Gs Laden passiert war. Die Worte sprudelten nur so aus ihm heraus. Er berichtete, was gesagt worden war, wobei er die Flüche tunlichst ausließ, er erzählte, wie Sonny und Jimmy weggelaufen waren, wie Frankie McCarthy den Laden verwüstet hatte und dann auf Mister G losgegangen war. Sie lächelte, als er ihr erzählte, wie er den Krankenwagen gerufen hatte, aber das Lächeln erstarb, als er zu der Stelle kam, wie er entsetzt aus dem Laden gelaufen war, voller Angst, die Polizei könnte denken, er hätte etwas mit dem Überfall auf Mister G zu tun. Jimmy und Sonny waren verschwunden, aber Michael stand in der Haustür Ellison Avenue, Nummer 378, und sah zu, wie der Krankenwagen langsam zwischen den Schneewehen durchgefahren kam, gefolgt vom ersten der drei Polizeiwagen. Wegen des hohen Schnees am Bordstein mussten sie ein ganzes Stück von Mister Gs Laden entfernt halten. Aus Casement's Bar kamen Schaulustige, und Michael gesellte sich zu ihnen. Die Männer rauchten und redeten darüber, wie so ein Mist den Bezirk allmählich zu Grunde richtete, und Michael fühlte sich sicher in ihrer Gesellschaft. Sie würden nicht zulassen, dass Frankie McCarthy ihm etwas zu Leide tat.

Dann sah er Mister Gs Frau auf dem schneegesäumten Gehweg der Garibaldi Street entlangkommen, eine kleine, rundliche Frau in Mantel und Stiefeln, mit einer großen Einkaufstüte in der Hand. Er sah, wie sie einen Block entfernt stehen blieb und mit zusammengekniffenen Augen den Krankenwagen musterte, sah, wie sie zu laufen begann und auf dem festgetretenen Schnee schlidderte und rutschte. Als die Sanitäter aus dem Laden traten und Mister G auf einer Bahre über die Schneehaufen in den Rettungswagen hoben, hörte Michael, wie die Frau aufschrie und in panischem Schrecken losrannte. Die Tüte fiel ihr aus den Händen, platzte auf, und Suppendosen, eine Schachtel Wheaties und zwei Rollen Toilettenpapier rollten in den Schnee.

Das alles erzählte Michael seiner Mutter. Sie nahm ihn in den Arm und drückte ihn an sich. Dann holte sie ein kleines Glas vom Regal und goss sich ein wenig von dem Süßwein ein, den sie so gern mochte, ein dunkelviolettes Gebräu namens Mogen David.

»Herr des Himmels«, seufzte sie. »Die arme Frau. Der arme Mann.«

Michael sagte ihr nichts von seiner eigenen Verwirrung.

Auf der Straße und auf dem Schulhof hatte er gehört, dass die Juden habgierige, hinterlistige Jesusmörder waren. Aber als dieser Mann, dieser Jude, der arme Mister G, so barbarisch zusammengeschlagen worden war, hatte Michael keinerlei Hochgefühl verspürt. Wenn die Juden schlecht waren, dann müsste Frankie McCarthy ein Held sein. Aber es war genau andersherum: Mister G hatte Sonny verteidigt, während Frankie sich benommen hatte wie ein gemeiner Gangster und Sonny davongelaufen war. Das machte Michael schwer zu schaffen. Auch seine eigene Angst konnte er nicht ausdrücken, die tiefe Scham darüber, dass er dem alten Mann nicht geholfen hatte. Die Tatsache ließ sich nicht wegreden: Michael hatte tatenlos zugesehen, wie Frankie McCarthy auf Mister G einprügelte. Sonny ist weggelaufen, dachte er, aber ich war dafür wie gelähmt. Und als alles vorbei war, als Mister G blutend am Boden lag und Frankie mir gesagt hat, ich solle alles vergessen, da hab ich genickt.

»Er ist ein übler Kerl, dieser McCarthy«, sagte Michaels Mutter. »Er kommt aus einer schlechten Familie und wird in der Gosse enden.«

»Ich glaube, er ist noch dazu ein bisschen verrückt, Mom.«

»Gut möglich«, meinte sie. »Bleib weg von ihm.«

»Aber warum hat er das getan?«, fragte Michael. »Warum hat er Mister G zusammengeschlagen?«

»Böse Menschen tun böse Dinge«, erklärte sie, während sie die Spaghetti um die Gabel wickelte und mit einem großen Löffel nachhalf.

»Hat er es getan, weil Mister G Jude ist?«

»Ich will es nicht hoffen.« Sie hielt inne. »Aber nach allem, was du erzählst, scheint es schon eine Rolle zu spielen.«

Dann redete sie über Hitler, der die Juden so hasste, dass er Millionen von ihnen umbringen ließ. Die Nazis waren verrückte Judenhasser, sagte sie, und sie hatten auch Millionen anderer Menschen auf dem Gewissen. Nicht nur Juden.

»Aber warum hassen sie die Juden?«, fragte Michael.

»Ach Michael, ich glaube, der Grund dafür ist hauptsächlich Neid. Ganz simpel«, antwortete sie und nahm einen Schluck Wein. »Man will uns eine Menge Käse einreden, dass sie Jesus umgebracht haben und all so was, aber die gleichen Idioten, die das verzapfen, gehen selbst nicht mal in die Kirche. Hitler ist auch nicht zur Kirche gegangen. Und ich wette, Frankie McCarthy geht auch nicht.« Sie machte eine Pause und fuhr nachdenklich fort: »Die Juden sind gebildet, das ist das eine. Vielleicht macht das die Ungebildeten so wütend auf sie. Jüdische

Kinder machen ihre Hausaufgaben, sie gehen aufs College. Viele sind hergekommen, ohne ein Wort Englisch zu können, und sind trotzdem Ärzte und Anwälte geworden. Ich wünschte, unsere Leute könnten das auch von sich behaupten.«

»Ich hab gehört, Mister G hat drei Söhne auf dem College«, sagte Michael. »Sie arbeiten im Sommer immer im Laden, weißt du.«

»Siehst du«, meinte seine Mutter. »Hast du etwa je gehört, dass ein McCarthy aufs College gegangen wäre? Sie sind ein nutzloses Pack.« Sie musterte Michael durchdringend. »Werd in Gottes Namen bloß nicht wie die.«

Als sie ihre Spaghetti aufgegessen hatten, trank Michaels Mutter den letzten Schluck Wein, stand auf und trug die Teller in die Spüle. Mit raschen, geübten Handgriffen machte sie Tee. Dann holte sie Milch und Zucker und ein paar Plätzchen, wobei sie ein irisches Lied vor sich hin summte, das Michael nicht kannte. Sie sah irgendwie erleichtert aus, dass sie das Gespräch über die Juden und Mister G hinter sich hatte, deshalb hakte Michael auch nicht mehr nach, obwohl ihm einzelne Szenen des Vorfalls weiter im Kopf herumspukten. Als seine Mutter ihn fragte, worüber seine Freunde sich außer dem Schneesturm sonst noch so unterhielten, war er im Grunde auch erleichtert. Das Thema war einfach zu verwirrend und zu beängstigend. Er erzählte, dass die Dodgers endlich einen schwarzen Spieler in die Jugendliga aufnehmen wollten, Jackie Robinson. Aber in der Straße meinten alle, bis in die Major League werde er es niemals schaffen.

»Sie sagen, schwarze Spieler sind einfach nicht so gut wie weiße«, erklärte Michael. »Sie strengen sich nicht genug an oder so was.«

Seine Mutter kannte sich mit Baseball nicht sonderlich gut aus, und sie warf einen Blick hinauf zum Foto von Tommy

Devlin, als wünschte sie, er könnte sich mit Michael darüber unterhalten.

»Na ja, sie würden ihm sicher keine Chance geben, wenn er nicht bereit wäre, sich anzustrengen«, meinte sie, nippte an ihrem Tee und griff ein, als Michael sein Plätzchen eintunken wollte. »Bestimmt hat er nicht an der Straßenecke rumgestanden und dumme Bemerkungen gemacht, als sie ihn unter Vertrag genommen haben.«

Dann wuschen sie gemeinsam das Geschirr ab. Michaels Mutter sah sehr müde aus. Während Michael Teller und Gläser abtrocknete und in den Schrank räumte, ging sie schon ins Wohnzimmer. Seit Wochen las sie ein Buch von einem Autor namens A. J. Cronin. Als Michael fertig war, folgte er ihr. Sie saß in einem großen grauen Sessel und war ganz in ihr Buch versunken. Der Ölofen machte das Zimmer heiß und stickig. Michael malte mit dem Finger Gesichter auf die beschlagenen Fenster, starrte hinaus auf die verschneite Straße und wünschte, sie würde ihm eine ihrer irischen Geschichten erzählen, wie sie es früher getan hatte, als er noch klein war.

Diese Geschichten waren besser gewesen als seine Comics, besser als die Bücher aus der Leihbücherei in der Garibaldi Street. Magische Geschichten über Finn McCool, den großen irischen Krieger, der mitten in einem blutigen Kampf mit seinen riesigen Händen einen Erdklumpen aus dem Hügel gerissen und auf seinen Gegner geschleudert hatte. Finn war so groß und stark und der Erdklumpen so gigantisch gewesen, dass er im Meer gelandet und zu einer Insel geworden war, die man heute Isle of Man nannte. Oder die Geschichte von Usheen, Finns Sohn, der einer Frau mit goldenen Haaren ins Land der Jugend gefolgt war, wo er dreihundert Jahre lebte und nicht alterte, bis ihn schließlich das Heimweh nach Irland übermannte. Man sagte ihm, sein weißes Pferd kenne den

Heimweg, aber wenn er absteige, könne er nie zurückkehren. Bei dem Versuch, ein paar armen Männern zu helfen, die unter der Last eines riesigen Steines fast zusammenbrachen, fiel er vom Pferd und verwandelte sich augenblicklich in einen alten, blinden Mann. Es erinnerte Michael an einen Film, den er im Venus-Kino gesehen hatte. Er hieß *Der verlorene Horizont* und handelte von Menschen, die in einem Tal namens Shangri-La lebten und nicht alt wurden, außer wenn sie das Tal verließen.

Oder sie könnte ihm auch die Geschichte von Balor erzählen, der ein böses Auge hatte, so groß, dass acht Männer nötig waren, um es aufzubekommen, und wenn es offen war, lähmte ein einziger Blick daraus jeden feindlichen Krieger. Wäre Balor doch nur in Mister Gs Laden gewesen: Er hätte den gottverdammten Frankie McCarthy einfach versteinert. Und Finn McCool hätte ihn bis nach New Jersey geschleudert. Als Michael mit fünf, sechs Jahren gerade erst lesen lernte, erzählte ihm seine Mutter von den uralten Zeiten in Irland, von riesigen Töpfen, in denen das Essen nie zur Neige ging, von silbernen Bäumen, auf denen goldene, im Sonnenschein glitzernde Äpfel wuchsen, von Zauberern, die Menschen in einen vierzigjährigen Schlaf versenken konnten, von magischen Schwertern, die stets ihr Ziel trafen, von Druiden, die Regenschauer in Feuer verwandelten, Frauen in Mäuse und Mäuse in Krieger. Es gab einen Zauberkessel, den man in einem See gefunden hatte, und wenn man einen toten Krieger hineinwarf, kam er lebendig wieder heraus, allerdings für immer stumm. Oder sie erzählte Geschichten vom großen CúChulainn, der in jedem Auge sieben Pupillen hatte, an jeder Hand sieben Finger und an jedem Fuß sieben Zehen. CúChulainn konnte ein Auge auf den Hinterkopf drehen, um seine Feinde zu beobachten. Oder der Riesenstier von Cooley, der fünfzig Jungen auf seinem Rücken tragen konnte. Alles in Irland, wo sie geboren war, jenseits der Nebelmeere.

Aber jetzt war Kate Devlin müde; sie hatte die Schuhe ausgezogen, weil ihre Füße geschwollen waren. Michael versuchte sich daran zu erinnern, ob seine Mutter dabei gewesen war, als sein Vater die Geschichten von Sticky, dem Zauberhund, erzählte. Nein. Wir waren im Park. Es war Sommer. Auf einer Bank. Er sah, wie seine Mutter einnickte und wieder hochschreckte. Sie sah ihn an und lächelte.

»Hab ich lange geschlafen?«, fragte sie.

»Vielleicht zehn Sekunden«, antwortete er.

Kopfschüttelnd meinte sie: »Ich bin eingenickt und dachte, ich wäre in Irland.«

Sie blickte wieder in ihr Buch.

»Mom?«

»Ja, Michael?«

»Die Geschichten über Irland«, sagte er. »Du weißt schon, Finn McCool und CúChulainn und Balor und alles. Sind das wahre Geschichten?«

»Natürlich.«

»Im Ernst?«

Sie lachte leise. »Nun, als ich die Geschichten von meinem Vater – er ruhe in Frieden – gehört habe, da hat er mir gesagt, sie sind wahr.«

»Aber wo sind sie geblieben, Finn und Usheen und all die anderen?«

»Genau diese Frage habe ich ihm damals auch gestellt«, sagte sie, »und mein Vater hat gesagt, sie sind noch da, aber versteckt, unsichtbar. Nur wenn Irland sie braucht, dann kommen sie zurück.«

»Warum waren sie dann nicht da, als die Engländer einmarschiert sind?«

»Vielleicht wollten sie sich nicht die Hände schmutzig machen«, antwortete sie lachend.

Er freute sich, dass sie so gut gelaunt war, und ließ sie mit ihrem Buch allein. In seinem Zimmer sah er durchs Fenster auf die verschneite Feuerleiter und fragte sich, wie es Mister G in seinem Krankenhauszimmer ging, was Frankie McCarthy wohl gerade tat und ob der Rabbi in der Kelly Street wusste, was in dem Süßigkeitenladen in der Ellison Avenue passiert war. Er stellte sich CúChulainn auf einem mächtigen Pferd vor, einem *Ross,* wie sie es nannten, mit roten Augen und einem Bart wie aus Feuer, im Gürtel ein Schwert, so breit wie eine Tür. Er ritt die Ellison Avenue herab, um Frankie McCarthy zu suchen und zu bestrafen.

Dann setzte sich Michael auf den Boden, lehnte sich mit dem Rücken ans Bett und dachte an die *Captain-Marvel*-Comics auf dem Fußboden von Mister Gs Laden und daran, dass er mit keinem Zauberwort hatte verhindern können, dass einem wirklichen Menschen etwas angetan wurde. Er begann wieder *Crime Does Not Pay* zu lesen und überlegte dabei, ob es eines Tages Geschichten über Frankie McCarthy geben würde. Text von Charles Biro, Zeichnungen von Norman Maurer. Die Geschichte würde in Brooklyn beginnen, und man würde Frankie sehen, wie er den Betrunkenen vor Unbeatable Joe's verprügelte, dann, wie er mit dem Telefon auf Mister G einschlug, dass das Blut spritzte, wie er den alten Mann ein Judenschwein nannte und wie er schließlich mit der schweren Kasse drohend über dem am Boden Liegenden stand. Später würde Frankie groß im organisierten Verbrechen einsteigen, dicke Autos fahren und schicke Klamotten tragen und von New Yorker Nachtclub-Damen umringt sein. Irgendwann ging er dann zu weit, die Bullen jagten und fingen ihn, und schließlich saß er weinend auf dem elektrischen Stuhl.

Jawohl.

Nur kam in Comics nie das Wort *Judenschwein* vor.

Nicht mal *Jude.*

Während er so dalag und über all das nachdachte, sah er durchs Fenster, dass es wieder in großen, weichen Flocken schneite. Und er dachte an den Rabbi, wie er ihn heute Morgen durch Schneegestöber und Windgeheul zu sich gerufen hatte. Jetzt konnte er kaum glauben, dass er so viel Angst gehabt hatte, den dunklen Vorraum der Synagoge zu betreten und ein gottverdammtes Licht anzuknipsen.

Kurz entschlossen stand er auf und ging leise ins Wohnzimmer. Seine Mutter saß noch im Sessel, aber sie schlief, das Buch auf dem Schoß, den Daumen an die Stelle gelegt, wo sie zu lesen aufgehört hatte.

Behutsam schlich er an ihr vorbei zum Bücherregal, wo die blauen Bücher der Reihe *Wunderwelt des Wissens* standen, einer Enzyklopädie, für die seine Mutter Coupons an eine Zeitung schickte und für jeden Band zehn Cent beilegte. Er zog den *Jes-Min-Band* heraus, auf dessen Umschlag Bauarbeiter gezeichnet waren: Einer, der Stahlrohre schweißte, ein anderer, der Steine in einem Korb auf dem bloßen Rücken schleppte, in der Ferne waren Pyramiden zu sehen. Auf Seite 2080 fand er den Eintrag »Juden«.

Verfolgung, Not und Krieg haben die lange Geschichte der Juden geprägt, des semitischen Volkes, dessen Ursprünge auf die babylonische und ägyptische Zivilisation zurückgehen. Die sechzehn Millionen Juden auf der Welt haben eine unter den Menschen ansonsten seltene Rassenreinheit bewahrt, doch ihre Leistungen haben internationalen Charakter. Ihr größter Beitrag liegt im Bereich der Religion. Als das erste Volk, das an einen einzigen Gott glaubte, haben die Juden für das Christentum und andere Glaubensrichtungen, die sich auf dieses Prinzip berufen, den Grundstein gelegt.

Erstaunlich: Erst waren die Juden gekommen und *dann* erst die Katholiken! Während Michael den Text durchlas, wanderte sein Blick von einer Moses-Statue – heroisch, streng, muskulös wie Tarzan – zum Bild einer wunderschönen Frau namens Judith. Die Bildunterschrift erklärte ihm, dass Judith nur in Begleitung ihrer Dienerin in eine Stadt namens Bethulia ging, den assyrischen General ermordete und die Stadt übernahm. Auf dem Bild trug sie ein Stirnband, ihre langen schwarzen Haare waren zu Zöpfen gebunden, und sie war geschmückt mit juwelenbesetzten Armreifen, Halsketten und Ohrringen. Stolz aufgerichtet, mit schwingenden Armen kam sie auf den Betrachter zu. Links hinter ihr sah man einen bärtigen Mann auf einem Pferd. Offenbar blieb er hinter ihr, weil Judith der Boss war, der Gebieter. Rechts von ihr ging eine Frau mit bloßen Schultern, in einem gestreiften Kleid, den Kopf unter einem Schal gesenkt. Sie trug eine große Tasche. Vermutlich die Dienerin, dachte Michael, eine Art Zofe, die Judiths Armreife und Ketten und Ohrringe polierte. Außerdem gab es weitere Pferde und Männer mit Speeren und in der Ferne die Umrisse einer mit Mauern befestigten Stadt. Bethulia.

Fast wie eine Filmszene.

Michael stellte sich das Ganze auf der Leinwand des Venus-Kinos vor. Hedy Lamarr schleicht sich in die Stadt. Sie und die Zofe gehen herum, der General entdeckt sie, sieht sie auf diese ganz bestimmte Art an, die man aus dem Kino kennt, und befiehlt der Dienerin, sie soll draußen warten. Er erzählt ihr alles Mögliche, bietet ihr Wein an, und als er seinen Kelch hebt und sie einen Moment aus den Augen lässt, *schneidet ihm Hedy Lamarr kurzerhand die Kehle durch! Gottverdammt!*

Die Filmszene verblasste. Michael las weiter. Wie Moses die Zehn Gebote verkündete und so die Gesetze festlegte, nach denen die Juden leben sollten – die meisten waren übrigens wie die, die er aus dem Baltimore-Katechismus auswendig lernen musste. Allerdings stand da nichts über Lichtschalter. Und nichts ähnelte dem, was er auf der Straße gehört hatte. Kein Wort davon, dass die Juden Jesus getötet hatten. Kein Wort davon, dass die Juden habgierig und hinterhältig und rachsüchtig waren. Ob die Leute, die die Enzyklopädie verfasst hatten, vielleicht gezielt etwas verschwiegen?

In dem blauen Buch stand auch, dass die Juden bestimmte Gesundheits- und Hygieneregeln aufgestellt hatten, die für sie als nomadisches Volk wichtig waren. Und sie schenkten der Welt die Bibel und das erste Alphabet. Das gottverdammte *Alphabet*! Und auch noch eine eigene Musik!

Die jüdische Musik ist ein ganz besonderes Geschenk an die Kunst. Es ist eine einzigartige Musikform – voller Leidenschaft und Melancholie, doch wunderschön und zart.

Michael fiel ein, dass er noch nie jüdische Musik gehört hatte. Er kannte katholische Musik, wie beispielsweise »Tantum ergo« oder »Liebe Mutter, bet für mich«. Er kannte den Text auswendig, sogar auf Lateinisch. Vor einiger Zeit hatte er die Jazzmusik für sich entdeckt, und wenn er sie im Radio hörte, wünschte er sich immer, er könnte ein Instrument spielen. Klavier. Oder Trompete. Aber jüdische Musik ... wie klang sie noch mal? Er las sich die Beschreibung ein zweites Mal durch: *voller Leidenschaft und Melancholie, doch wunderschön und zart.* Vielleicht hörte sie sich so ähnlich an wie Blues.

Wieder blickte er hinaus in den fallenden Schnee, sah das verschwommene rote Neonschild von Casement's Bar und spürte aufs Neue diese unvermittelte Dunkelheit in seinen Gedanken. Was, wenn die Enzyklopädie Lügen verbreitete? Womöglich war es nur ein gemeiner Trick. Womöglich hatte ein Jude diesen Text verfasst. Oder jemanden dafür bezahlt, dass er ihn so schrieb, wie es den Juden in den Kram passte. Um die Christen an der Nase herumzuführen. Das sagte man jedenfalls auf der Ellison Avenue, und das würde er wahrscheinlich auch zu hören bekommen, wenn er das blaue Buch mit hinüber in Casement's Bar nehmen und die Männer dort fragen würde:

»Und was haltet ihr *davon,* Leute?«

Aber das konnte nicht sein. Der Text stand in einer *Enzyklopädie;* wenn die voller Lügen wäre, würde garantiert jemand an eine Zeitung oder an den Bürgermeister oder sonst ein hohes Tier schreiben, und schon käme alles raus. Falls es Lügen waren. Vielleicht waren aber auch die Geschichten, die man auf den Straßen hörte, gelogen. Er musste seine Mutter danach fragen. Oder Father Heaney. Obwohl ein harter Kerl, war er bestimmt kein schlechter Mensch. Zwar machte er nicht viele Worte, aber Gary Cooper war schließlich auch kein großer Redner. Father Heaney würde Michael die Wahrheit sagen. Auf das, was man auf der Straße hörte, war offensichtlich nicht hundertprozentig Verlass. Die Erwachsenen wussten mehr als er. Aber ein Teil dessen, was sie erzählten, fiel in die Rubrik, die man allgemein als Bockmist bezeichnete. Vor Roosevelts Tod hatte man beispielsweise eine Menge Bockmist über ihn erzählt. Über Jackie Robinson wurde auch eine Menge Bockmist verbreitet. Vielleicht also auch über die Juden.

Michael wandte sich wieder dem Buch zu und las den Text zu Ende. Er erfuhr etwas über *Talmud* und *Thora,* und eine lange Liste von Daten, die zurückging bis ins Jahr 722 vor Christi Geburt, berichtete über Dinge, die den Juden angetan worden waren, und wie sie trotz allem überlebt hatten. Zu gern hätte er mehr über Judith erfahren, aber sie wurde nicht mehr erwähnt. Gegen Ende der Eintragung wurden Michaels Augen immer größer.

Auch heute noch werden die Juden in manchen europäischen Nationen verfolgt und unterdrückt. In Deutschland raubt die

Diktatur Adolf Hitlers den Juden alle Bürger- und Menschenrechte. Die Folge ist ein zunehmender Exodus von Juden aus Deutschland. In Polen, wo es seit vielen Jahren Unterdrückungsmaßnahmen gibt, leben mehr als drei Millionen Juden ...

Hitler war tot, also musste das Buch vor dem Krieg geschrieben worden sein. Er sah sich das Kleingedruckte vorn auf dem Buchdeckel an: Copyright ... 1938?, das war fast neun gottverdammte Jahre her! Dann hatte man schon damals, vor langer Zeit, vor dem Krieg, im Jahr 1938, als Michael drei Jahre alt war, von Hitlers Machenschaften gewusst! Und was er noch im Schilde führte. Seine Mutter hatte Recht: Hitler hatte die Juden gehasst und Millionen umbringen lassen. Aber wenn die Menschen das gewusst hatten, warum hatte niemand ihn daran gehindert? Warum hatten sie gewartet, bis es zu spät war? Noch besser: Warum war keine Judith gekommen, um ihm seine gottverdammte Kehle durchzuschneiden?

In den Vereinigten Staaten, die mit ihrer Religions- und Meinungsfreiheit Juden aus allen Ländern anziehen, in denen sie unterdrückt werden, leben inzwischen die meisten Juden, erklärte das blaue Buch. *In den achtundvierzig Bundesstaaten und Besitzungen gibt es 4.229.000 Juden; davon leben allein zwei Millionen in New York City.*

Plötzlich wurde Michael klar, dass er fast keine Juden kannte. Natürlich gab es Mister G und Mr. Kerniss, den Vermieter, der ungefähr siebzig war und jeden Monat einmal vorbeikam, um vom Hausmeister die Mieten zu kassieren. Jetzt war noch der Rabbi aus der Kelly Street dazugekommen, aber den kannte er nicht richtig. Er hatte ihn *kennen gelernt,* aber er *kannte* ihn nicht. Nicht mal seinen Namen. Fast alle hier im Bezirk waren Iren, Italiener oder Polen – oder, wie manche sagten, Micks, Itaker oder Polacken. Natürlich waren sie genau genommen Amerikaner, aber sie definierten sich nach der Nationalität ihrer Eltern oder Großeltern. Michael war Ire. Wie seine Mutter, die aus Belfast in Nordirland stammte. Oder sein Vater, der in Dublin geboren war. Sonny Montemarano war Italiener. Jimmy Kabinsky ein Polacke. Fast alle waren katholisch. Zwar gab es ein paar Protestanten, die auf die staatliche Schule und in die evangelische Kirche in der White Street gingen und genauso auf der Straße spielten wie alle anderen, aber die waren in erster Linie Amerikaner. Ihre Eltern redeten nicht über ihre Heimat, sie benahmen sich, als hätten sie schon in Brooklyn gelebt, als noch die Indianer durch den Prospect Park gestreift waren.

Aber es gab keine jüdischen Kinder. Sogar Mister G's drei Söhne waren wie Phantome. Keiner sah sie in der Gegend herumhängen, sie spielten im Sommer nicht auf der Straße. Sie waren nur verschwommene Gesichter hinten im Laden. Noch nie hatte Michael junge Leute aus der Synagoge in der Kelly Street kommen sehen. Am Samstagmorgen gab es dort immer nur ein paar alte Männer und Frauen auf dem Gehweg. Wie war das möglich? Wenn es zwei Millionen Juden in New York City gab, wo wohnten sie alle? Und ihre Kinder? Spielten sie auch Sackball, die Straßenform von Baseball? Waren sie Dodgers-Fans? Warfen sie im Sommer Pennies, tauschten sie Comichefte, lasen sie *Captain Marvel?* Warum gab es nicht mehr von ihnen im Bezirk?

Am liebsten hätte Michael seine Mutter geweckt und sie mit diesen Fragen bestürmt. Er wollte ihr von seinen Entdeckungen berichten, von den jüdischen Gesetzen und Gesundheitsvorschriften und dem Alphabet. Er wollte sie fragen, wie Hitler es geschafft hatte, so viele Juden umzubringen, wenn alle doch schon vor dem Krieg Bescheid wussten, was er ausheckte? Er wollte sie fragen, ob sie jemals jüdische Musik gehört hatte und wo die zwei Millionen Juden in New York lebten.

Aber sie sah so erschöpft aus, so müde von dem langen Fußmarsch durch den Schnee am Morgen und dem noch anstrengenderen Heimweg, denn da hatte der Schnee noch höher gelegen. Ihr Kinn hing schlaff herunter, ihr Mund stand offen. Er stupste sie am Arm, und sie schlug die Augen auf.

»Mom«, sagte er leise, »Mom, du solltest lieber ins Bett gehen.«

Erschrocken sah sie auf. »Wie spät ist es?«

»Ziemlich spät«, antwortete er. »Geh ins Bett.«

Nachdem Michael sich die Zähne geputzt, seine Tür hinter sich geschlossen hatte und unter der warmen Decke lag, blieb er noch eine Weile wach. Die Wände schienen hell vom dichten Schnee draußen. Kein Wind, überhaupt kein Laut war zu hören. Wahrscheinlich saß Mister Gs Frau im Hinterzimmer des Ladens und weinte, während der Schnee unablässig auf den Gehweg fiel. Ihr Mann war im Krankenauto abtransportiert worden, bewusstlos, das Gesicht geschwollen und blutig. Alle hatten das Krankenauto und die Streifenwagen gesehen, aber niemand hatte etwas gesagt. Auch vor den Türen und auf den Stufen und dem Dach der Synagoge in der Kelly Street häufte sich der Schnee, und Michael war ganz sicher, dass der bärtige Mann mit den traurigen Augen jetzt dasaß und jüdische Musik hörte, wunderschön und zart.

Der Rabbi stammte von drüben, aus Europa, das hörte Michael an seinem Akzent. Nicht von hier. Aber wie war er geflohen? Die Zeitungen hatten geschrieben, dass etwa sechs Millionen Juden getötet worden waren. Warum nicht er? Kam er auch aus Polen? Waren die Nazis an seiner Tür erschienen? Hatte er sich auf einem Speicher oder in einem Wandschrank versteckt? Hatte er zur Waffe gegriffen und gekämpft? Der Rabbi hatte eine Geschichte, das war klar, und Michael hätte zu gern gewusst, was für eine.

Kurz bevor er einschlief, dachte er sich aus, wie es sein

mochte, Judith kennen zu lernen, die schöne Frau mit ihren Armreifen und Ohrringen und den Juwelen im Haar. Wie sich wohl ihre goldene Haut anfühlte. Dann verbannte er auch sie aus seinen Gedanken für den Fall, dass es doch eine Sünde war, und flüsterte ein *Gegrüßet seist du, Maria*, um sich so rein zu halten wie der frisch gefallene Schnee im Prospect Park.

6. Kapitel

Morgens nach der Messe klingelten Sonny und Jimmy an der Haustür, und Michael sauste gleich die Treppe hinab. In der Eingangshalle umarmte ihn Sonny.

»Wir wollten wiederkommen, Michael«, erklärte er. »Aber dieser beschissene Frankie McCarthy war mit seinen Jungs überall, alles voller beschissener Falcons, da mussten wir uns verstecken.«

»Wir sind im Haus geblieben«, meinte Jimmy. »Haben Radio gehört.«

»Hab ich mir gedacht«, entgegnete Michael, der gern glauben wollte, dass sie ihn in Mister Gs Laden nicht wirklich im Stich gelassen hatten. Also erzählte er seinen Freunden auch nicht, was er empfunden hatte, und auch nicht, dass er den Krankenwagen gerufen hatte. Das war Vergangenheit, heute war heute. Sie machten sich auf den Weg zum Park. Die Luft war kalt und frisch. Michael fand, dass die dicken Schneehaufen, die von den Schneepflügen an den Straßenecken zusammengeschoben worden waren, aussahen wie wilde Gebirgsformationen, und sie fingen an, ihnen Namen zu geben. Mount Collins. Mount MacArthur.

»Diese beschissenen Berge halten sich wahrscheinlich bis zum Sommer«, meinte Sonny. Sie lachten und beobachteten kleinere Kinder, die in den Hügeln herumbuddelten. Schwer vorstellbar, dass die Straßen irgendwann wieder heiß und sommerlich waren.

Sie folgten den Kindern, die Schlitten zogen oder Schlittschuhe trugen, in den Park. An einem Stand neben dem Zoo kaufte Sonny einen Becher heiße Schokolade und teilte sie mit Jimmy und Michael. Die einzigen Tiere, die sich heute sehen ließen, waren die Eisbären, und sie sahen zufriedener aus denn je.

»Wie es Mister G geht?«, meinte Sonny nach einer Weile nachdenklich.

»Was glaubst du?«, erwiderte Michael. »Frankie hat ihm die gottverdammte Kasse über den Schädel gehauen.«

Sonny schüttelte den Kopf und sah zu dem verschneiten Wald hinter dem Zoo hinüber. »Ich weiß jedenfalls, dass ich mich beschissen fühle. Der Mann hat sich für mich eingesetzt, erinnert ihr euch?«

Und ob Michael sich erinnerte!

»Das ist vorbei«, sagte er.

»Von wegen«, brummte Sonny.

Die nächsten zwei Tage blieb Mister Gs Laden geschlossen. Zu allen möglichen Tageszeiten sahen Michael und seine Freunde zwei Kriminalbeamte in einem Zivilwagen durch die schneebedeckten Straßen gondeln. Jeder kannte die beiden, und man nannte sie nur Abbott und Costello, weil einer groß und dünn und der andere klein und dick war, genau wie die beiden berühmten Komiker. Aber sie waren natürlich keine. Man hörte allerlei Schauergeschichten über das, was sie im dritten Stockwerk des Polizeireviers in der McGuire Avenue mit Verbrechern anstellten, und keiner war scharf darauf, es am eigenen Leib zu erfahren.

Um die Mittagszeit des zweiten Tages hielten Abbott und

Costello vor Unbeatable Joe's, gingen zusammen hinein, tranken ein Bier an der Bar und gingen wieder. Costello saß hinter dem Steuer. Dann fuhren sie zum Star Pool Room, der Billardhalle gegenüber vom Venus-Kino, und eilten hinein. Kopfschüttelnd kamen sie nach kurzer Zeit wieder heraus. Sie sprachen miteinander, und Costello watschelte ins Venus-Kino, während Abbott draußen im Schnee wartete, die rechte Hand unter seinem grauen Mantel verborgen. Michael sah, wie er in den Schnee spuckte. Schließlich erschien Costello wieder, sie stiegen beide in den Wagen und fuhren davon.

»Die suchen Frankie«, sagte Sonny. »Wegen der Sache mit Mister G.«

Die Jungen standen im Eingang des Kleinkaufhauses neben Slowackis Süßwarenladen und stampften mit den Füßen, um sich warm zu halten.

»Ich hab sie auch in seinem Haus gesehen«, berichtete Jimmy.

»Hoffentlich kriegen sie ihn«, meinte Michael. »Hoffentlich stecken sie den gottverdammten Kerl ins Kittchen.«

»Was?«, fragte Sonny. »Du hoffst, dass sie ihn kriegen?«

»Was Frankie mit Mister G gemacht hat, war gemein«, erwiderte Michael. »Er ist ein Schwein. Und ein Feigling, Sonny, ein gottverdammter Irrer! Wie kann man einen alten Mann zusammenschlagen? Außerdem hat Mister G sich für dich eingesetzt.«

Sonny zögerte. »Ja«, meinte er schließlich, »aber das solltest du lieber nicht laut sagen. Du willst doch nicht, dass man dir das Zeichen des Verräters aufdrückt.«

»Was meinst du damit?«, wollte Jimmy wissen. Bei jedem Wort kamen dicke Dampfschwaden aus ihren Mündern.

»Sie nehmen ein Messer und setzen es mit der Spitze *hier* an.« Sonny bohrte den Zeigefinger direkt unter dem Kiefergelenk in die Wange. »Da machen sie ein Loch, ja? Und dann« – er führte den Finger zum Mundwinkel –, »dann machen sie 'nen Schnitt bis runter zum Mundwinkel. Damit jeder weiß, dass du das Maul nicht halten kannst. Bis an dein Lebensende.«

»Himmel«, sagte Jimmy betroffen.

Michael schauderte.

»Das ist schlimm«, fuhr Sonny fort. »Sehr schlimm. Das Zeichen des Verräters.«

»Trotzdem ...«, begann Michael.

»Wenn die Polente dir Fragen stellt, Michael, dann hast du nichts gesehen«, fiel Sonny ihm ins Wort. »Basta. Das gilt nicht nur für dich, sondern für uns alle drei.«

Michael dachte daran, was Frankie McCarthy gesagt hatte, als er mit der Packung Lucky Strikes den Laden verließ. Du hast nichts gesehen. Das war eine der Spielregeln.

»Okay«, lenkte er ein. »Aber was passiert mit Frankie?«

»Nichts, wahrscheinlich.«

»Aber das ist doch nicht richtig, Sonny.«

»Nein, aber so ist es eben.«

»Du meinst, er kommt ungeschoren davon? Er schlägt einen alten Mann zusammen. Er hätte *uns* zusammenschlagen können. Und wer bestraft ihn dafür?«

»Ich weiß es nicht. Vielleicht Gott.«

Jimmy Kabinsky lächelte. »Mein Onkel sagt, Mister G hat gekriegt, was er verdient.«

»Wie meinst du das?«, fragte Michael.

»Er ist ein dreckiger Jude«, erklärte Jimmy. »Mein Onkel sagt, drüben in der Heimat hätte man ihn umgebracht.«

»Weshalb?«, fragte Sonny. »Weil er sich gegen einen Überfall gewehrt hat?«

»Nein, nur so im Allgemeinen, weißt du.«

»Dein Onkel ist ein gottverdammter Idiot«, sagte Michael.

»Was meinst du, ein Idiot? Er ist –«

»He, kommt schon, hört auf damit«, griff Sonny ein. »Wozu sollen wir über die Juden streiten? Herr des Himmels!«

»Mein Onkel sagt, sie haben Jesus umgebracht, und dafür müssen sie zahlen.«

»Wann ist Jesus gestorben? Vor beschissenen fünftausend Jahren oder was?«, konterte Sonny. »Ich garantiere dir, dass Mister G bestimmt nicht dabei war.«

»Schon, aber –«

»Kein aber, Jimmy. Sieh mal, ich mag die Juden auch nicht. Aber es ergibt nun mal keinen Sinn, Mister G für was zu verprügeln, wofür er wirklich nichts kann.«

»Richtig«, warf Michael ein. »Es ging nicht um Jesus, sondern um *uns.*«

»Tja ...«

»Na los, gehen wir lieber Schneeschippen«, rief Sonny.

Sie wanderten die schneebedeckten Gipfel und eisigen Berggrate der Ellison Avenue entlang, erzählten sich Witze, die sie vor den Weihnachtsferien in der Schule gehört hatten, und spekulierten, dass sie womöglich nie mehr zur Schule mussten, wenn es weiter so schneite. Dann stritten sie darüber, wer das Telefon erfunden hatte, und wünschten sich eines, und in jedem Laden machten sie Halt und boten ihre Dienste als Schneeschaufler an. Die Ladenbesitzer hatten eigene Schippen, und manche hatten Kinder, die die Arbeit für sie erledigten. Trotzdem verdienten die drei Freunde immerhin sechzig Cents. Damit gingen sie zu Slowacki, setzten sich an den Tresen und bestellten heiße Schokolade.

»Hört mal, ich muss euch was beichten«, sagte Michael.

»*Du* hast Mister G verprügelt«, feixte Sonny und lachte.

»Nein«, widersprach Michael, »was ganz anderes.«

Dann erzählte er ihnen von seinem Besuch in der Synagoge.

Wie der Rabbi im Schneesturm aufgetaucht war und ihn gebeten hatte, das Licht für ihn anzumachen. Den Klang seiner Stimme konnte er nicht richtig beschreiben, und er gestand auch nicht, wie sehr er sich gefürchtet hatte. Aber er erwähnte, dass der Rabbi seiner Meinung nach ein ziemlich guter Mensch sei.

»Das ist also der Grund, weshalb du dich vorhin so geärgert hast«, rief Jimmy. »Du steckst mit denen unter einer Decke.«

»Ich hab ihm bloß das gottverdammte Licht angeknipst«, wehrte sich Michael und nahm einen Schluck von dem dicken, süßen Kakao. Mrs. Slowacki war mit anderen Kunden beschäftigt. Jetzt, wo bei Mister G geschlossen war, hatte sie noch mehr zu tun als sonst und verkaufte massenweise Süßigkeiten an die Kinder und Zigaretten an die Männer der Gegend.

»So kriegen sie dich«, meinte Jimmy.

»Was? Meinst du, dieser Rabbi will mir einen Streich spielen und mich in einer Falltür verschwinden lassen? Jimmy, ich bin hier, ich lebe noch.«

»Woher willst du wissen, dass er dich nicht hypnotisiert hat?«

Sonny hob beschwichtigend die Hände.

»Moment mal, Moment mal«, rief er. »Das könnte doch ganz prima werden.«

Michael drehte sich zu ihm um.

»Was denn?«

»Na, der Schatz.«

»Welcher Schatz?«

»Erzähl mir nicht, du hast noch nie was von dem Schatz gehört, Michael. Jeder kennt doch die Geschichte.«

»Ich hab auch noch nie was von 'nem Schatz gehört«, schaltete sich Jimmy ein.

Sonny senkte die Stimme und beugte sich ganz nahe zu seinen Freunden. »Alle Juden geben ihren Rabbis Geld und Juwelen und Rubine und Gold und so'n Scheiß. Aber die Rabbis, die bringen das Zeug nicht zur Bank. Die vergraben es. Die verstecken es. Und wenn sie dann eines Tages schnell abhauen müssen, dann packen sie alles im Handumdrehen in eine Tasche und verschwinden.«

Michael dachte an die verschlissenen Ärmelaufschläge des Rabbis, seine schmutzigen Hände, die abblätternde Farbe an den Wänden der Vorhalle.

»Ich hab schon viel von dem Schatz in der Synagoge in der Kelly Street gehört«, fuhr Sonny fort. »Meine Onkel und meine Tante Stephanie auch. Der ist da oben versteckt. Juwelen, Diamanten, Gold, was ihr wollt. Vor dem Krieg hat mein Cousin Lefty sogar mal nachts mit ein paar Freunden danach gesucht. Aber die Rabbis haben den Schatz wohl ziemlich gut versteckt.«

Mit vor Aufregung funkelnden Augen hielt er inne und blickte um sich, ob auch niemand im Laden mitgehört hatte.

»Und?«, fragte Michael.

»Jetzt hast du deinen Fuß in der Tür, Michael. Geh ganz rein. Such den beschissenen Schatz.«

Michael sank das Herz in die Hosen.

»Du meinst, damit wir ihn *klauen* können?«, flüsterte er.

Sonny wandte den Kopf zur Seite, und sein Blick wanderte zum Regal mit den Comics und Groschenromanen.

»Nee. Nicht, um ihn zu klauen. Um ihn zurückzuholen, meine ich. Das ist doch Geld von unserer Miete und von überhöhten Preisen in ihren Läden und all so'n Scheiß.«

»Ach komm, Sonny«, wandte Michael ein. »Das ist Stehlen.«

»Na und? Hättest du nicht auch gern ein Haus für deine Mutter? Drüben in Flatbush oder so? Mit 'nem Vorgarten und 'nem Baum und 'ner Garage, womöglich mit 'nem Auto drin?

Würdest du ihr nicht gern sagen, Ma, du brauchst nicht mehr in dem beschissenen Krankenhaus zu arbeiten, ich hab was für dich?«

»Sie würde mich bloß auslachen. Oder gleich die gottverdammte Polente rufen.«

»Das ist Bockmist, und das weißt du auch, Michael«, sagte Sonny. »Geld bleibt Geld. Du brauchst dir bloß 'ne gute Lüge auszudenken, die sie dir abkauft. Niemand hetzt die Polente auf den eigenen Sohn.«

»Wenn du deinen Anteil nicht willst«, mischte sich Jimmy ein, »dann gib ihn mir. Mein Onkel ruft garantiert nicht die Polente.«

»Ich hab den Rabbi gesehen«, entgegnete Michael. »Er ist arm. Seine Kleider sind abgetragen. Seine Schuhspitzen sehen aus wie gottverdammter verbrannter Speck. Wenn er einen Schatz versteckt hat, warum kauft er sich nicht wenigstens 'nen ordentlichen Mantel?«

»Vielleicht weiß er ja gar nicht, dass der Schatz da ist«, gab Sonny zu bedenken. »Er ist neu hier, oder nicht? Du hast ihn noch nie gesehen, stimmt's? Vielleicht ist der letzte Rabbi gestorben und hat dem neuen nichts von dem Schatz gesagt.«

»Und vielleicht gibt's gar keinen Schatz.«

»Dann finde es doch raus.«

In diesem Moment kam Costello, der Fette der beiden Polizisten, herein und bestellte keuchend bei Mrs. Slowacki eine Packung Pall Mall. Die Jungen verstummten. Der Polizist warf ihnen einen kurzen Blick zu, ehe er wieder hinausmarschierte und dabei das Zellophanpapier von den Zigaretten abmachte. Abbott saß wartend draußen im Wagen, der windschief auf einem Eisbrocken stand. Er nickte, als der Dicke sich wieder ans Steuer setzte.

»Fett wie 'ne Tonne«, meinte Sonny.

»Harter Bursche«, meinte Jimmy.

»Also, was ist, Michael?«, fragte Sonny.

»Ich glaub die Geschichte einfach nicht«, sagte Michael und wünschte, er hätte seinen Besuch in der Synagoge für sich behalten.

»Du glaubst an *Captain Marvel*, aber nicht an den Schatz?«

»Wer sagt denn, dass ich an *Captain Marvel* glaube?«

»Du hast mir letztes Jahr selbst gesagt, es könnte wahr sein.«

»Das war letztes Jahr.«

»Dann geh dieses Jahr in die Synagoge und sieh nach, was du rauskriegst.«

Michael trank seinen Kakao aus.

»Ich lass es mir durch den Kopf gehen«, sagte er.

7. Kapitel

An Silvester wurde gehupt, die Kirchenglocken läuteten, manche Leute saßen auf den Feuerleitern und schlugen auf Töpfe, aber es war nicht wie im Jahr zuvor, dem ersten Neujahr nach Kriegsende. Es lag einfach zu viel Schnee, der den Lärm verschluckte, und zu viele Männer und Frauen hatten ihre Arbeit in den Waffenfabriken verloren. Michael blieb zu Hause. Seine Mutter ging nach unten zu einer Party bei Mrs. Griffin im ersten Stock, und er war ganz allein, als Guy Lombardo um Mitternacht »Auld lang Syne« im Radio sang, um das Jahr 1947 zu begrüßen. Er überlegte, was das eigentlich hieß. *Auld* war klar – alt. Aber was bedeutete *lang*? Und erst recht *syne?* Er fand beides nicht im Wörterbuch und nahm sich vor, seine Mutter am nächsten Morgen danach zu fragen. Im Bett las er noch ein bisschen in *Die drei Musketiere,* wobei er dachte, dass er und Sonny und Jimmy Kabinsky ein bisschen waren wie Athos, Portos und Aramis und dass sie noch einen D'Artagnan brauchten. Eigentlich waren es ja vier Musketiere, aber letztlich spielte das keine Rolle. Wichtig war ihr Motto: Alle für einen, einer für alle. Und das galt auch für Sonny und Jimmy und ihn. Selbst wenn sie in manchen Dingen unterschiedlicher Meinung waren, hielten sie doch zusammen. Freunde. Musketiere. Auf ewig. Daran dachte er, als er einschlief.

Am darauf folgenden Samstag, dem letzten Ferienwochenende, war Michael für die Sieben-Uhr-Messe in Sacred Heart eingeteilt. Inzwischen hatte es aufgehört zu schneien, aber die Autos waren immer noch eingefroren, und die Eiszapfen in der Kelly Street streckten ihre messerscharfen Spitzen noch bedrohlicher aus den zerfetzten Rohren am Arsenal. Die riesige umgestürzte Ulme war von einem Schneepflug zur Seite geschoben worden, aber das zerquetschte Auto und der zertrümmerte Zaun – beides eisverkrustet – waren noch da, als Michael am Venus-Kino vorbeikam. Ein scharfer Wind vom Hafen blies ihm kalt auf den Rücken.

Die Synagogentür war geschlossen. Keine Stimme rief *bitte* aus der Dunkelheit, und Michael spürte eine gewisse Erleichterung. Die ganze Woche über hatte Sonny ihn gedrängt, dort zu spionieren. Sich mit dem Rabbi anzufreunden. Den verborgenen Schatz ausfindig zu machen. Kurz, den Mann mit der traurigen Stimme und den verschlissenen Ärmelaufschlägen und der unbekannten Vergangenheit zu hintergehen. Einen Moment zögerte Michael und überlegte. Sollte er anklopfen und den Rabbi fragen, ob er jemand brauchte, der ihm das Licht anknipste? Aber er tat es nicht. Er ging, ohne anzuhalten, hinauf zur Kirche auf dem Hügel.

Aber während Father Heaney durch die Messe hetzte, dachte Michael an den Rabbi. Er wusste, dass er eigentlich über das Leiden Jesu Christi nachdenken und den auswendig gelernten lateinischen Sätzen eine persönliche Bedeutung geben sollte. Aber der Rabbi ging ihm nicht aus dem Kopf. Nicht nur wegen des Schatzes. Ob es einen gab oder nicht – Michael hätte es sowieso nicht übers Herz gebracht, in die Synagoge zu schleichen und ihn zu stehlen. Außerdem, wenn die Juden schlecht waren, weil sie sich hinterhältig und betrügerisch benahmen, war er dann nicht genauso schlecht, wenn er etwas so Hinterhältiges und Betrügerisches tat? Beim Offertorium stritt er in Gedanken mit Sonny. Sonny, es ist falsch. Sonny, wir dürfen nicht mal an so was denken, weil es gottverdammt falsch und schlecht ist. Er hörte Sonny lachen. Er sah Sonny die Achseln zucken. Er hörte, wie Sonny ihn daran erinnerte, dass ihr Motto lautete: Alle für einen und einer für alle.

Dann war es Zeit für das Abendmahl, die alten Ladys kamen von den Kirchenbänken herauf, dann ein paar junge Frauen und zwei ältere Männer, und Michael hielt den Hostienteller und rief sich das Gesicht des Rabbis vor Augen. Vielleicht schlief er noch. Schließlich war ich letzte Woche zur Acht-Uhr-Messe unterwegs, nicht zu der um sieben, vielleicht wartet er um zehn vor acht auf mich. Womöglich ist er krank. Oder er hat gehört, was Frankie McCarthy mit Mister G gemacht hat, und fürchtet sich jetzt, die Tür zu öffnen. Michael grübelte darüber nach, während Father Heaney den Gläubigen die Hostien auf die Zunge legte. Als Michael sich vorstellte, jemand anderes wäre vorbeigekommen, um das Licht anzuknipsen, spürte er plötzlich einen eifersüchtigen Stich im Herzen. Das sollte kein anderer machen! Michael hatte es letzte Woche getan, er wollte es diese Woche wieder tun.

Das Abendmahl war zu Ende. Father Heaney sprach hastig das Schlusswort, Michael gab mechanisch die lateinischen Antworten. Aber er war in Gedanken nicht bei der Messe, er hatte viel zu viele schwierige Fragen im Kopf. Warum bin ich vorbeigegangen? Weil ich Angst hatte, zu spät zur Messe zu kommen? Oder weil es so kalt war? Natürlich nicht. Ich hatte Angst, den Schuppen auszuspionieren. Oder der Versuchung zu erliegen, den Schatz zu suchen. Aber was sollten wir denn mit einem Schatz anfangen? Beantworte nur mal diese Frage, Sonny. Sollten wir ihn zu Stavenhagens Pfandleihhaus bringen und dort verkaufen? Oder einem Hehler am Garfield Place? Wenn drei

Jungs mit Diamanten und Rubinen auftauchen, weiß die Polente in spätestens zwei Stunden Bescheid. Das ist doch ein Witz. Noch was, Sonny: Die Synagoge ist ein Gotteshaus. Und die Christen haben ihre Religion von den Juden. Sie glauben an denselben Gott! Und sie haben die Bibel geschrieben, Mann. Das steht im Lexikon. Die Juden waren vor Jesus da. Sie haben das gottverdammte Alphabet erfunden, Sonny! Es wäre das Gleiche, als wollten wir eine *Kirche* ausrauben! Er hörte Sonny lachen. Noch schlimmer, er sah, wie Sonny sich von ihm abwandte und ihre Freundschaft für immer vorbei war.

Aber vielleicht bin ich ja auch aus einem anderen Grund weitergegangen. Einem viel einfacheren Grund. Vielleicht bin ich weitergegangen, weil der bärtige Mann ein Jude ist. Vielleicht ist es so einfach.

Nach der Messe hängte Michael sein Unterkleid in den Schrank, faltete das Chorhemd zusammen, nahm seinen Mantel und lief rasch über den Korridor, der den Umkleideraum der Messdiener mit der Sakristei verband. Die Acht-Uhr-Messe hatte bereits begonnen, und er hörte draußen Father Mulligans hohe, aber wesentlich ruhigere Stimme.

Father Heaney hatte sich ebenfalls umgezogen und saß nun auf einem Klappstuhl, breitbeinig, gedankenversunken, eine Camel im Mund. Als Michael hereinkam, blickte er nicht einmal auf.

»Father Heaney?«, sagte Michael vorsichtig und stellte sich vor ihn hin.

»Ja?«

»Darf ich Sie was fragen?«

»Aber sicher, Junge.«

»Haben die Juden Jesus umgebracht?«

Jetzt blickte ihm der Priester direkt ins Gesicht, und Michael sah, dass seine Augen rot und wässrig waren.

»Warum stellst du mir am frühen Morgen so eine dumme Frage?«, entgegnete er scharf.

»Ich, eh, na ja, manche Jungs sagen, wissen Sie, manche Jungs in der Ellison Avenue sagen, die Juden haben Jesus umgebracht, und –«

»Das sind doch Idioten.«

»Die Juden?«

»Nein, die Hohlköpfe in der Ellison Avenue, mit denen du dich unterhältst.«

Father Heaney stand auf, zog ein letztes Mal an der Camel und drehte den Wasserhahn über dem Keramikbecken auf. Er hielt die Kippe unters Wasser und warf sie in den Müllschlucker, der eigentlich für verwelkte Blumen bestimmt war. Dann ließ er Wasser in die zusammengelegten Hände laufen, spritzte es sich ins Gesicht, drehte den Hahn zu und griff nach dem Handtuch. Sorgfältig trocknete er sich das Gesicht ab und rieb sich die Augen, jede Bewegung schien Teil eines Rituals zu sein.

»Die Römer haben Jesus getötet«, erklärte er, und seine Stimme klang angeekelt. »Sie hatten damals das Sagen in Jerusalem, nicht die Juden, und sie haben in Jesus eine Bedrohung ihrer Macht gesehen. Wie die meisten Politiker. Oder besser, wie das organisierte Verbrechen. Also haben sie ihn um die Ecke gebracht. Genau wie die Gangster das machen. Wenn deine hohlköpfigen Freunde aus der Ellison Avenue lesen könnten, wüssten sie das.«

Michael liebte Father Heaneys Ausdrucksweise. Wenn Humphrey Bogart Priester wäre, würde er auch sagen, man hätte Jesus um die Ecke gebracht.

»Außerdem war Jesus selbst Jude«, sagte Father Heaney und fügte seufzend hinzu: »Obgleich man das nicht vermuten würde, wenn man sich ansieht, was aus der Welt geworden ist.«

Er ging zum Schrank, holte seinen Soldatenmantel heraus, streifte ihn über und ging zur Tür.

»Such dir andere Freunde, Junge«, sagte er, dann war er verschwunden.

Das Lexikon hatte also Recht! Michael war begeistert. Jesus war Jude. Und wenn das stimmte, dann stimmte auch alles andere in dem blauen Buch. Über die Juden. Über andere Sachen. Er spähte durch die offene Tür und sah, dass sich die Gemeindemitglieder zum Abendmahl einfanden. Er verließ die Sakristei, ging durchs Kirchenschiff, vorbei an den alten Ladys mit ihren gesenkten Köpfen, und atmete den dichten Geruch von Weihrauch und brennenden Kerzen ein. Ohne sich umzusehen, trat er aus der Vordertür auf die Straße und sog die saubere, kalte Januarluft ein.

Die Römer haben Jesus getötet!

Als er den eisigen Hügel hinabmarschierte, kamen ihm Szenen ins Gedächtnis, wie die Römer es getan hatten. Männer mit Eisenhelmen stießen dem gekreuzigten Jesus ihre Speere in die Seite. Andere würfelten um sein Gewand. In seiner Fantasie ähnelten sie Frankie McCarthy. Ein Haufen gemeiner Arschlöcher.

Auf dem Heimweg ging Michael direkt zur Seitentür der Synagoge und klopfte laut. Einen Moment musste er warten, dann öffnete der Rabbi. Als er Michael erkannte, erhellte sich sein Gesicht sofort. Er trug denselben verschlissenen Mantel sowie den schwarzen Hut, und die Hornbrille baumelte an einem Band von seinem Hals. Die Vorhalle hinter ihm war dunkel.

»Haben Sie jemanden gefunden?«, fragte Michael. »Sie wissen schon – der Ihnen das Licht anknipst.«

»Nein«, grinste der Rabbi. »Einen *Schabbes-Goj* hab ich nicht gefunden.«

»Einen was?«

»Einen *Schabbes-Goj*. Heute ist Schabbes. Sabbath.« Er

machte die Tür ein Stück weiter auf. »Komm herein. Bitte komm herein. *Komm arajn, bitte ...*«

Ohne dass der Rabbi ihn darum gebeten hatte, streckte Michael die Hand nach rechts aus und betätigte den Schalter. Das Deckenlicht ging an. Die blauen Augen des Rabbis glitzerten, und er schloss die Tür vor dem Schnee in der Kelly Street. »Danke dir«, sagte er. Dann ging er die drei Stufen auf der anderen Seite des Vestibüls hinauf und winkte Michael, ihm zu folgen.

»Komm herein, bitte«, sagte er noch einmal. »Sehr kalt es ist hier.«

Für einen Moment erwachte die alte Furcht in Michael. Vielleicht ließ der Rabbi jetzt die Falle zuschnappen? Vielleicht grinste er deshalb so. Was könnte sich hinter dieser zweiten Tür verbergen? Warum sollte ich ihm trauen? Vielleicht hat Father Heaney Unrecht, vielleicht sind die Lügen wahr, vielleicht ... Michael zögerte und kämpfte mit dem Drang, wegzulaufen. Und hörte wieder Sonnys Stimme, der ihn drängte zu spionieren.

»Hier ich brauche auch einen *Schabbes-Goj*«, meinte der Rabbi. »Um Tee zu machen, ich brauche einen Herd und ...«

Seine Stimme verlor sich, als er die Tür öffnete. Michael holte tief Luft und folgte ihm in einen viereckigen, niedrigen Raum, in dem es nach sauren Gurken roch. Auf einem Tisch in der Mitte des Zimmers lagen Zeitungen, daneben ein Rotstift und ein dicker Wälzer, der aussah wie ein Wörterbuch. Links von Michael war ein Waschbecken an der Wand. Daneben ein Gasherd mit einer angeschlagenen Backofentür. Der Rabbi zeigte darauf und machte mit der rechten Hand drehende Bewegungen, bis Michael begriff und eine Gasflamme unter einem Wassertopf andrehte.

»Ist kalt«, meinte der Rabbi. »Besser, wenn wir trinken jetzt ein Glas Tee. Du magst Tee? Guter heißer Tee an kaltem Tag.«

»Okay.«

»Gut.«

»Rabbi?«

»Ja?«

»Wie heißt das Wort, das Sie vorhin gesagt haben? Schaps?«

Der Rabbi dachte etwas nach, dann strahlte er. »Schabbes! Sabbath, sagt ihr. Am Freitagabend fängt er an und ist Samstag den ganzen Tag. Gottes Tag. Der Tag der Ruhe.«

»Und das andere Wort?«

»Goj? Ist ein Wort ... bedeutet ein Mensch, der nicht Jude ist. Wie du. Schabbes-Goj ist ein Mensch, der kein Jude ist und am Schabbes das Licht oder den Herd oder den Boiler anmacht. Solche Dinge. Wir können es nicht.«

»Warum nicht?«

»Das sind die Vorschriften«, antwortete der Rabbi mit einem Achselzucken. »Ein Jude wie ich, er kann am Schabbes nicht arbeiten. Ist Vorschrift so. Manche Juden arbeiten sieben Tage in der Woche. Ich bin ein Jude, der sich an Vorschrift hält. Licht anmachen – Arbeit. Herd anmachen – Arbeit. Brief schreiben – alles Arbeit. Geld darf man nicht anfassen. Das ist die Vorschrift. Zur Ehre Gottes.«

Das ist die gottverdammt blödeste Regel, die ich je gehört habe, dachte Michael.

»Warum kann ich das alles tun?«, fragte er.

»Weil du ein Goj bist«, antwortete der Rabbi. »Ein Goj, für den es ist okay, das zu tun, aber nicht für einen Juden.«

»Aber es ist doch derselbe Gott, oder? Ich meine, ich hab gelesen, dass die Christen von den Juden kommen. Sie dienen demselben Gott. Wenn es derselbe Gott ist, warum hat er ein anderes Gesetz für die Juden als für die Gojs?«

»*Gojim.* Viele: Gojim.«

»Warum gibt es andere Vorschriften für die ... Gojim?«

»Gute Frage.«

»Aber wie lautet die Antwort?«

Der Rabbi wandte sich ab, um nachzusehen, ob das Teewasser kochte.

»Das weiß ich nicht«, sagte er. »Für manche Fragen wir haben keine Antwort.«

Wieder begann er zu gestikulieren. Michael drehte für ihn den Wasserhahn auf und dachte: Deshalb hatte er letzte Woche schmutzige Hände – er konnte das Wasser nicht anmachen. Dann versuchte er sich vorzustellen, dass ein Priester auf etwas keine Antwort wusste. Sogar bei Father Heaney fand er das schwierig. Während der Rabbi sich die Hände wusch, schielte Michael zu der Zeitung hinüber, in der einige Wörter rot eingekringelt waren. Auch in dem Wörterbuch war einiges umrandet. Er blickte sich weiter um und sah noch zwei Türen. Eine war massiv, mit einem Messingknauf und länglichem Schlüsselloch. Die andere kleiner und einen Spaltbreit offen. Vielleicht führte die große Tür in die Schatzkammer.

An der gegenüberliegenden Wand standen ein kleines ungemachtes Bett und ein voll gestopftes Bücherregal, in dessen oberstes Fach ein verblichenes Foto in einem dunklen Rahmen gequetscht war. Es zeigte ein schmales Frauengesicht, die Haare zurückgebunden, glänzend dunkle Augen. Michaels Blick wanderte weiter zu den Büchern, dann wieder zu der Frau, aber er versuchte, nicht allzu naseweis zu wirken. Er fuhr mit den Fingerspitzen über die Bücherrücken und dachte dabei an einen Film, in dem ein Polizist gegen ein Bücherregal drückt, bis sich dieses dreht und ein Geheimzimmer freigibt.

»Dir gefallen meine Schätze?«, fragte der Rabbi, und Michael zuckte zusammen.

»Was?«

»Meine Bücher«, erklärte der Rabbi und berührte die Bücher

in der zweiten Reihe unter dem Bild der dunkelhaarigen Frau. »Nicht viel, was ich habe, ist aber ein Schatz, ja?«

Michaels Herzklopfen beruhigte sich wieder, und er nahm die Bücher genauer in Augenschein. Die Titel waren in einer Sprache geschrieben, die er nicht verstand, teilweise sogar mit unbekannten Buchstaben.

»Du magst Bücher?«, erkundigte sich der Rabbi.

»Ja«, antwortete Michael. »Ich liebe Bücher. Aber – sind die in jüdischer Sprache geschrieben?«

Der Rabbi deutete auf die Ledereinbände einiger besonders dicker Wälzer.

»Nicht jüdisch, *hebräisch* sind diese hier«, erklärte er. Dann berührte er einige kleinere Ausgaben mit zerrissenen Papiereinbänden. »Und diese sind jiddisch.«

»Was ist der Unterschied?«

»Hebräisch ist, eh, die, eh ...« Seine Augen wanderten Hilfe suchend zum Wörterbuch. »Die Sprache Israels.«

Michael verbesserte seine Aussprache, und der Rabbi nickte, wobei seine buschigen Augenbrauen sich hoben.

»Gut, ich brauche deine Hilfe. Bitte sage mir, wenn ich mache Fehler. Gut. Hebräisch ist Sprache von Thora und Talmud –«

»*Die* Sprache«, unterbrach ihn Michael und dachte dabei an den endlosen Grammatikdrill in der Schule. »Das nennt man einen Artikel«, erklärte er. »Einen bestimmten Artikel, um genau zu sein. *Die* Sprache, *der* Tisch, *der* Herd.«

Der Rabbi lächelte. »Der Tee!«

Er ging zum Herd, hob den Kessel mit dem kochenden Wasser hoch und goss es in eine Kanne.

»Bald wir haben *den* Tee!«

»Was sind die anderen Bücher?«, fragte Michael. »Sie wollten gerade sagen –«

»Jiddisch«, antwortete der Rabbi. »Die Sprache des Volkes. Die normalen Menschen. Nicht die Rabbis. Normale Menschen.«

»Was steht in den Büchern?«

Der Rabbi stellte sich vor das Regal.

»Alles Mögliche«, meinte er und holte eines heraus. »Religion. Die Geschichte der Juden.« Er hielt Michael einen schmalen Band unter die Nase. »Aber auch Balzac. Kennst du Balzac?«

»Nein.«

»Sehr gut, Balzac. Ein sehr kluger Franzose. Du solltest lesen Balzac. Er weiß alles. Und das, das ist Heinrich Heine. Sehr gute Gedichte. Und hier, Tolstoi, großartig.«

Michael ging in die Hocke, zog ein Buch aus dem untersten Regalfach und schlug es auf.

»Ist das Hebräisch oder Jiddisch?«

Der Rabbi setzte seine Hornbrille auf die Nase.

»Jiddisch.«

»Wie heißt es?«

»Es ist eine sehr lustige Geschichte. Auch sehr traurig. Der brave Soldat Schwejk. Ein tschechischer Soldat, er weiß, dass Krieg verrückt ist. Sicher so etwas auch in englischen Büchern steht.«

Der Rabbi holte zwei Gläser von einem Bord über dem Waschbecken und goss den Tee hinein. Dann faltete er die Zeitung zusammen, schob sie beiseite, stellte die Gläser auf den Tisch und bedeutete Michael, sich zu setzen. Michael hatte Tee noch nie aus einem Glas getrunken. Nachdem der Rabbi eine Zuckerschale mit Löffel zwischen sie gestellt hatte, beugte er sich plötzlich unbeholfen vor und hielt Michael die Hand hin. Michael schüttelte sie.

»Ich bin Rabbi Hirsch«, stellte er sich vor. »Judah Hirsch.«

»Michael Devlin«, erwiderte sein Gast.

»Du bist ein guter Junge«, sagte der Rabbi. Michael setzte das Glas an die Lippen und nahm einen kleinen Schluck. Das Glas war heiß in seiner Hand.

»Das schmeckt großartig«, sagte er und stellte das Glas zum Abkühlen wieder auf den Tisch.

»Ist schwer, in Amerika den guten Tee zu machen«, sagte der Rabbi. »Vielleicht das Wasser?«

Also kam er wirklich aus Europa, wo das Wasser anders war. Michael dachte an die blauen Bücher und fragte: »Sind Sie aus Polen?«

»Nein. Aus Prag. Weißt du, wo ist Prag?«

»Ich kenne das Jesuskind von Prag, die Statue, die angeblich Wunder bewirkt oder so. In Sacred Heart werden Miniaturen davon verkauft. Aber ich bin nicht ganz sicher, wo Prag liegt.«

»In der Tschechoslowakei«, erklärte der Rabbi. »Wunderschöne Stadt, Prag. *Schain. Saier schain* ... Schönste Stadt in Europa.«

Michael hörte wieder die unterdrückte Traurigkeit in der Stimme des Rabbis. Unwillkürlich musste Michael an seine Mutter denken, die sich ähnlich benahm, wenn sie bestimmte Lieder über Irland sang. Die Heimat, das alte Land, sagte sie immer. Jetzt lebte sie in einem neuen.

»Warum du denkst, ich bin aus Polen?«

»Ich habe gelesen, dass es vor dem Krieg drei Millionen Juden in Polen gab.«

»Stimmt. Und jetzt? Keine mehr. Alle tot.«

Abrupt wandte er sich der Zeitung zu.

»Englisch, das ist sehr seltsame Sprache.«

»Haben Sie jemanden, bei dem Sie es lernen?«

»Nein, nein, ich bin selbst mein Lehrer. Aber ist sehr schwer.« Er hielt die letzte Seite der *Daily News* hoch und zeigte auf die Überschrift. »Schau, was bedeutet das?«

Die Zeile lautete: FLOCK NIMMT ROBBIE UNTER VERTRAG.

»Tja, da geht's um Baseball«, sagte Michael.

Zum ersten, aber nicht zum letzten Mal führte Michael den Rabbi aus Prag in die Geheimnisse des Baseballs ein. Er begann mit dem Wort *Flock*, mit dem die Brooklyn Dodgers gemeint waren. Flock bedeutete Vogelschwarm, und man nannte die Dodgers so, weil sie sich vor Jahren »Robins« genannt hatten. Und Robins waren Vögel, Rotkehlchen. Zwar hatten sie sich jetzt umbenannt, aber sie blieben immer noch ein Vogelschwarm.

»Heute nennt sie eigentlich niemand mehr so«, erläuterte Michael, »nur die Zeitungen. Hier nennen wir sie einfach nur die Dodgers. Oder die ›Bums‹.«

Der Rabbi blickte ihn fragend an.

»›Bums‹?« Er wartete. »Das bedeutet?«

»Nun, das heißt eigentlich Landstreicher, nutzlose Personen.«

»Dann man mag sie nicht?«

»Nein, im Gegenteil – wir lieben sie. Aber wenn sie verlieren, nennen wir sie hier in Brooklyn ›Bums‹. Wissen Sie, Rabbi, so ist das eben hier. Im Kino oder im Radio, da spricht man anders ...«

Baseball war wirklich schwer zu erklären. Nicht einmal Michaels Mutter kapierte es richtig. Wahrscheinlich musste man es von Geburt an mitkriegen. Der Rabbi starrte den Jungen stirnrunzelnd an, als wäre ihm gerade wieder einmal klar geworden, dass Englischlernen nicht leicht war. Dann deutete er auf das andere Wort.

»Was ist Robbie? Ein Dodger?«

»Das wissen wir noch nicht.«

Dann erklärte Michael, dass Robbie ein Baseballspieler war und eigentlich Jackie Robinson hieß. Er war ein Farbiger, ein

Neger, und in der Major League hatte noch nie ein Schwarzer gespielt. Deshalb besagte die Schlagzeile, dass die Dodgers einen Vertrag mit Jackie Robinson abgeschlossen hatten, und wenn Robinson das Frühjahrstraining schaffte, sollte er ab Mitte April in Ebbets Field spielen. Dieses Jahr. Neunzehnhundertsiebenundvierzig. Der erste Neger in der Major League.

»Was ist Major League?«, wollte Rabbi Hirsch wissen.

»Na ja, genau genommen gibt es zwei Major Leagues. Die Dodgers sind in der National League, wie die Giants, die drüben in Manhattan in einem Stadion namens Polo Grounds spielen. Aber die Yankees aus der Bronx, die sind in der American League. Dann gibt es noch eine Menge Minor Leagues, also untere Ligen, vor allem jetzt, wo der Krieg vorbei ist ...«

Er versuchte alles möglichst stark zu vereinfachen. Aber das Gesicht des Rabbis war schon jetzt fast erstarrt vor Konzentration und Anstrengung.

»Ich muss lernen all das«, meinte er kopfschüttelnd. »Wenn ich in Amerika sein soll, ich muss lernen.« Er sah Michael an. »Vielleicht du kannst mein Lehrer sein?«

»Ach, Rabbi, ich weiß nicht. Ich lerne ja selbst noch.«

»Nein, nein, du sprichst gut. Du kannst sein mein Lehrer. Ich weiß das.«

Plötzlich fühlte sich Michael in die Enge getrieben. Auf einmal wollte der Rabbi etwas viel Komplizierteres von ihm als Lichtanmachen.

»Geld zum Bezahlen ich nicht habe«, fuhr der Rabbi fort. »Aber ich habe Jiddisch. Ich kann dein Lehrer sein. Du gibst mir Englisch. Ich gebe dir Jiddisch.«

Michael blickte hinüber zum Bücherregal. Der Rabbi sah arm aus. Dieses Zimmer war so karg, wie es für den Bezirk typisch war; im Vergleich zur Synagoge war Sacred Heart ein Palast. Wenn der Rabbi einen versteckten Schatz sein Eigen nannte, benutzte er ihn jedenfalls bestimmt nicht für sich selbst. Aber er hatte einen anderen Schatz, hier, direkt vor Michaels Nase: diese geheimnisvollen Bücher mit ihrem fremdartigen Alphabet. Einen Moment lang sah Michael Menschen aus diesen staubigen Bänden hervortreten: bärtige Männer und dunkelhaarige Frauen, einen Soldaten, der den Krieg hasste, einen Franzosen, der alles wusste, und alle redeten Sprachen, die er noch nie gehört hatte. Sie stiegen aus dem Regal wie ein Nebel.

Er wollte mit ihnen sprechen, wollte hören, was sie ihm zu sagen hatten. Vielleicht war es ja möglich. In diesem tiefen, endlosen Yukon-Winter gab es nachmittags nicht viel zu tun, man konnte nicht Baseball spielen, nicht mit Freunden durch die Gegend ziehen. Er hatte Zeit. Mehr als genug.

»Sie glauben wirklich, Sie können mir Jiddisch beibringen?«, vergewisserte er sich.

»Na klar«, antwortete der Rabbi, sehr zufrieden mit diesem Ausdruck.

»Tja, wir könnten es versuchen«, meinte Michael.

Der Rabbi lächelte breit.

»Gut! Sehr gut!« Er trank seinen Tee aus und wischte sich mit dem Ärmel den Mund ab. »Jiddisch ist eine sehr großartige Sprache, aber nicht schwer. Nicht schwer wie Englisch. Du kannst lernen.« Er klopfte Michael auf die Schulter. »Wie sagt ihr? Abgemacht!«

Auch Michael trank seinen Tee aus und schaute zur Uhr. Aber es gab keine. Auch kein Radio. Er blickte hinüber zu der großen Tür.

»Ist da die Kirche?«, erkundigte er sich und kam sich dabei vor wie ein Spion.

»Ja«, antwortete Rabbi Hirsch. »Aber keine Kirche. Wir sagen –« Er blätterte im Wörterbuch und fuhr mit dem Zeigefinger über eine Seite. »Heiligtum.« Es klang seltsam aus seinem

Mund. Michael sagte es ihm vor, und der Rabbi wiederholte das Wort mehrmals.

»Darf ich mal zur Messe kommen, oder wie immer Sie das nennen? Ich meine, das ist nichts Geheimes, oder?«

»Nein, nein, ist nicht das Geheimnis. Du kommst einmal.«

Also war es nicht die Tür zu einer Schatzkammer mit Truhen voller Golddukaten, mit Rubinen und Smaragden, die im Dämmerlicht schimmerten. Bloß eine Kirche. Jetzt musste er nur noch Sonny davon überzeugen. Er wandte sich zum Gehen, aber da fiel sein Blick noch einmal auf das Bild der Frau.

»Heißt sie Judith?«

»Nein.« Der Rabbi zögerte. »Leah. Sie heißt Leah.« Lange starrte er das gerahmte Foto an. »Meine Frau.«

»Sie ist sehr schön.«

»Ja«, sagte Rabbi Hirsch. »Aber tot.«

»Das tut mir Leid, Rabbi«, sagte Michael.

»Es ist schwer für einen Jungen zu verstehen Tod.«

»Mein Vater ist auch tot«, entgegnete Michael. »Er ist im Krieg gefallen.«

Der Rabbi wandte sich von dem Foto ab.

»Entschuldige mich, ich bin ein Dummkopf. Ich denke, ich bin einziger Mensch, der einen Toten hat.«

»Ist schon okay, Rabbi.«

»Nein. Tod ist nicht okay für jemand, der so jung. Ich wenigstens, ich ...« Er fand nicht die richtigen Worte. »Es tut mir sehr Leid.«

»Vergessen Sie's«, sagte Michael. »Mir tut es Leid wegen Ihrer Frau, und Ihnen tut es Leid wegen meinem Vater. Also fangen wir nächste Woche mit dem Englischunterricht an.«

»Mit dem Jiddischunterricht«, verbesserte ihn der Rabbi.

»Beides«, sagte Michael.

»Ja, beides.«

8. Kapitel

Im Januar jagte ein Sturm den anderen. In der ersten Woche sah Michael einen Lastwagen vor Mister Gs Laden ankommen. Seine Hartgummireifen rutschten über die Eiskrusten und den frischen Schnee. Dann trugen Mister Gs Söhne mehrere Kisten, einen Tisch, Koffer, ein Bett und eine Couch heraus, stiegen schließlich in den Laster und fuhren mit Sack und Pack davon. Sie blickten nicht zurück, und Frankie McCarthy erschien auch nicht, um Lebewohl zu sagen.

Einige Tage später trommelte Unbeatable Joe ein paar seiner Stammkunden zusammen, organisierte Leitern, Stützen und einen Flaschenzug und machte sich daran, das Kneipenschild in alter Schönheit wiederauferstehen zu lassen. Die Männer schufteten, tranken Whiskey, hievten, stöhnten, fluchten und tranken mehr Whiskey. Michael, Sonny und Jimmy sahen aus einer warmen Vorhalle auf der anderen Straßenseite zu und gaben ihre Kommentare ab. Unbeatable Joe und ein anderer Mann kletterten auf die Stützen und untersuchten die Stahlkabel, die das Schild halten sollten. Unbeatable Joe signalisierte den anderen, das Schild hochzuziehen, und so geschah es. Im Triumph.

Aber in diesem Augenblick kam ein übler Windstoß, die Männer fluchten und zogen an den Seilen, wichen zurück und brachten sich eilig in Sicherheit, ehe das gigantische Schild erst hochflog und dann mit einem ohrenbetäubenden Krachen auf dem Gehweg aufschlug, samt Leitern, Stützen und Unbeatable Joe. Die Jungen lachten und kamen aus dem Haus, um genauer sehen zu können, wie Unbeatable Joe auf einem Fuß hopste und sich den anderen festhielt. Die übrigen Männer fluchten und tranken noch mehr Whiskey, um sich warm zu halten.

Doch da kam Unbeatable Joe mit einer riesigen Feueraxt aus der Kneipe gehumpelt, und in blinder Wut, mit gesträubten Haaren und bebenden Nasenflügeln begann er, das Schild kurz und klein zu schlagen. Als er nicht mehr konnte, reichte er die Axt einem seiner Helfer, der ebenfalls eine Weile auf das Schild einhieb, die Axt dann weitergab und so weiter, bis sie wieder bei Unbeatable Joe ankam. Inzwischen hatte sich eine jubelnde Menschenmenge eingefunden, Männer aus der Fabrik gegenüber, Frauen mit Einkaufstüten, Jugendliche aus der Pearse Street, und alle feuerten die Männer mit erhobenen Fäusten an. Schließlich tauchte ein Streifenwagen auf, hielt an, und die Polizisten stiegen aus, aber die Männer droschen weiter auf das Schild ein, bis nur noch ein Haufen Scherben übrig blieb. Die Menge brüllte begeistert, einschließlich der Polizisten.

»Bringt mir einen Besen«, rief Unbeatable Joe. »Wir müssen das beschissene Schild zusammenfegen.«

Als Michael ein paar Tage darauf Rabbi Hirsch von dem Vorfall berichtete, funkelten dessen blaue Augen, und er hielt sich den Bauch vor Lachen.

»Die Gojim sind verrückt«, kicherte er.

Michael erzählte ihm lieber nicht, dass einige der Gojim auf eine ganz andere, weit weniger lustige Art verrückt waren. Am Tag der Zerstörung des Schilds saß Michael mit Sonny und Jimmy auf dem Korridor neben der Speichertür. Und allmählich begann es Michael zu dämmern, was Jack London mit Hüttenkoller meinte.

»Also, was gibt's Neues?«, fragte Sonny.

»Was meinst du?«

»Na, mit der Synagoge. Was hast du rausgefunden?«

Michael seufzte.

»Das gibt's nichts rauszufinden«, antwortete er. »Der Rabbi ist noch ärmer als wir, Sonny. Er hat kein Telefon, kein Radio, er wohnt in einem winzigkleinen Zimmer wie ein Bettler.«

»Das könnte ja eine, wie sagt man gleich, eine Tarnung sein.«

»Ach komm schon, Sonny. Wenn er einen Schatz hätte, könnte er ihn drüben in New York verscheuern und irgendwohin abhauen, wo's warm ist. Florida oder so. Wozu sollte er den ganzen Tag im Mantel in der Synagoge rumsitzen?«

»Um uns für dumm zu verkaufen«, meinte Jimmy.

»Du meinst, um *mich* für dumm zu verkaufen«, entgegnete Michael. »Dich und Sonny kennt er ja gar nicht.«

»Ist doch Jacke wie Hose«, beharrte Jimmy. »Alle für einen und einer für alle, richtig?«

»Richtig, aber ...«

Sonny beugte sich vor.

»Vielleicht weiß *er* ja auch nichts von dem Schatz.«

Michael und Jimmy sahen ihn an.

»Vielleicht ... vielleicht ist er vergraben oder in der Wand eingemauert oder so was in der Art, und der letzte Rabbi hat es gewusst oder hatte eine Schatzkarte oder irgendeinen Geheimcode, und dann ist er gestorben, ehe er das Geheimnis weitergeben konnte. Vielleicht ist das der Grund, warum der jetzige Rabbi so tut, als wäre nichts da.«

Michael wurde es ganz kalt. Noch vor einer Woche hatte er dasselbe gedacht.

»Aber wenn es so wäre, was würden wir dann tun?«, fragte er. »Hast du vielleicht vor, das ganze Gebäude einzureißen?«

»Nee, nichts so Aufwändiges.«

»Was denn dann?«

»Halt die Augen offen, weiter nichts. Erst mal abwarten.«

Sonny sagte das, als hätte sich Michael auf die Verschwörung eingelassen, und dieser meldete keinen Widerspruch an. Er kam sich wie ein Verräter vor. Er mochte den Rabbi. Er mochte seinen Akzent. Er mochte sein gutes Herz. Er mochte es, dass der Rabbi ihn nicht wie ein Kind behandelte und keine Angst hatte, in der neuen Sprache Fehler zu machen. Aber das sagte er Sonny Montemarano nicht. Er wollte nicht wählen müssen zwischen dem Rabbi, den er kaum kannte, und jemandem, der seit dem ersten Schuljahr sein Freund war. Er schwieg, obwohl er wusste, dass Sonny das als Einverständnis auslegen würde. So wie er auch wortlos zugestimmt hatte, als Frankie McCarthy ihn daran erinnerte, dass er in Mister Gs Laden nichts gesehen hatte. Also sagte er nichts. Die Augen hielt er sowieso offen, während er den Rabbi immer besser kennen lernte, und auf diese Weise hielt er sein Versprechen. Aber wenn er nichts entdeckte, brauchte er Sonny auch nichts zu berichten.

Später, als er den Rabbi besuchte, um mit dem Unterricht in Jiddisch und Englisch zu beginnen, erwähnte er weder Sonny noch die Gerüchte von dem versteckten Schatz. Stattdessen lernte er, auf Jiddisch bis fünf zu zählen, und brachte damit den Rabbi dazu, vor Freude in die Hände zu klatschen. Er erzählte von der Schule, und als der Rabbi ihm sagte: »Lerne, lerne, lerne!«, musste Michael an seine Mutter denken, die ihm erklärt hatte, dass die Juden immer ihre Hausaufgaben machten und vielleicht deshalb von den anderen gehasst wurden.

Der Rabbi lauschte aufmerksam, während Michael ihm von seiner Mutter erzählte, wie sie 1930 aus Irland nach New York gekommen war, nachdem ihre Mutter gestorben war, und wie sie ein paar Jahre später beim Tanzen Tommy Devlin kennen gelernt hatte. Viel mehr wusste Michael nicht über dieses Thema. Sein Vater stammte aus Dublin, aber er liebte Amerika und meldete sich freiwillig zum Militär. Er war Waise, genau wie Michaels Mutter, und Michael hatte auch nie Onkel oder Tanten oder Cousins kennen gelernt.

»In der Welt überall gibt es Menschen ohne Cousins und Onkel«, meinte der Rabbi. »Aber du hast deine Mutter. Da hast du Glück.«

Michael erzählte nichts von Mister G oder Frankie McCarthy, er erzählte auch nichts von manchen anderen Ereignissen in der Ellison Avenue. Eines Samstagabends gab es wieder einen Schneesturm, wenn auch nicht ganz so schlimm wie am Tag nach Weihnachten. Am frühen Nachmittag versammelten sich die Männer aus dem Bezirk in Casement's Bar, und sie tranken und sangen zusammen. Michaels Mutter hatte ihm erklärt, dass die Kneipe ihren Namen von Roger Casement hatte (wie die Collins Street nach Michael Collins, einem irischen Märtyrer, hieß). Ehe er an diesem Abend zu Bett ging, sah Michael auf das gelbe Licht der Kneipe hinab und konnte durch die beschlagenen Fensterscheiben verschwommen die Silhouetten der Männer erkennen. Es waren keine Frauen bei ihnen, und Michael dachte: Meine Mutter hat keinen Mann, und diese Männer haben keine Frauen.

Irgendwie passt das nicht zusammen. Sie ist hübsch. Sie ist klug. Sie arbeitet hart. Warum fragt sie kein Einziger, ob sie mal mit ihm ins Kino geht? Warum führt keiner von denen sie zum Tanzen aus?

Am nächsten Morgen gab es in der Collins Street einen großen Menschenauflauf. Daneben stand ein Streifenwagen mit offenen Türen. Michael rannte sofort hin, aber einer der Polizisten in Uniform verscheuchte ihn. Eine Frau packte ihn am Arm, zog ihn weg und sagte: »Schau nicht hin.« Aber er sah den erfrorenen Mann trotzdem, der zwischen zwei schneebedeckten Autos eingeklemmt war, sah die verfaulten braunen Zähne. Die farblosen Augen waren angstvoll aufgerissen, in der Nase klebte gefrorener Rotz. Jemand rief: »Er heißt Shields, Officer. Jack oder Jimmy, ich weiß nicht genau. Ein Säufer unten vom Hook.« Der Polizist schrieb alles in sein Notizbuch. Michael starrte den Toten an, mit seinen halb erhobenen Armen und den für den Schnee viel zu dünnen Sachen, und er überlegte, ob der Mann wohl eine Frau und Kinder hatte.

Dann legte sich in seiner Fantasie das Gesicht seines Vaters über das Gesicht des Toten, und auf einmal war er nicht mehr in Brooklyn. Michael sah seinen Vater im Schnee liegen, in einem vereisten belgischen Wald. Den Bäumen um ihn herum fehlten die Wipfel. Überall standen zerschossene, schneebedeckte Panzer. Andere Soldaten beugten sich zu seinem Vater herab. *Schau nicht hin,* sagte die Stimme der Frau im Schnee von Belgien, aber es war keine Frau zu sehen. Michael starrte in die Augen seines Vaters. Sie sahen ihn, sie erkannten ihn, drängten, als wollten sie ihm etwas sagen. Aber dann war das Bild verschwunden, und Michael war wieder in Brooklyn.

Später, in der Schule, konnte er Bruder Donard dieses Bild des toten Mannes im Schnee nicht erklären, konnte nicht beschreiben, wie es sich mit dem Gesicht seines Vaters vermischt hatte. Er versuchte es nicht einmal. Auch Rabbi Hirsch gegenüber erwähnte er es nicht, denn der hatte schon genug mit dem Tod zu tun gehabt. Stattdessen arbeitete er im Unterricht fleißig mit, machte seine Hausaufgaben in den Freistunden und notierte sich Stichworte von dem, was Bruder Donard sagte. Den meisten anderen Schülern war das zu mühsam. Sie starrten lieber aus dem Fenster. Oder zeichneten Flugzeuge. Sie schnitten

Grimassen und versuchten einander zum Lachen zu bringen. Aber Michael hatte entdeckt, dass die Notizen ihm halfen, sich an Dinge zu erinnern. Wenn er etwas aufschrieb, prägte sich das in sein Gedächtnis ein, und wenn er es brauchte, tauchte es wieder auf. Er wusste nicht, warum. Die Fratres brachten es den Schülern jedenfalls nicht bei. Aber für Michael funktionierte diese Methode. Außerdem konnte er sich die Worte anschauen, wenn er für eine Klassenarbeit büffelte, und dann erinnerte er sich an alles, was dazu gehörte. Es war wie ein Zauber. Die Worte waren verschwunden, weg, aus der Welt, und plötzlich – *Shazam!* – waren sie wieder da, wenn er sie brauchte.

Für Michael hatten Worte eine ganz eigene Kraft, ein ganz eigenes Geheimnis. Auf Lateinisch oder Jiddisch waren sie wie der Code von Spionen oder von einem Geheimbund. Manchmal schrieb er sich die Codes auf, wenn er *Captain Midnight* im Radio hörte. Aber selbst auf Englisch waren sie nicht so einfach, wie man dachte. Wenn man die Buchstaben einfach kombinieren konnte und es kam beispielsweise Pferd dabei heraus, wusste man noch lange nicht, was für ein Pferd gemeint war. Gene Autrys Pferd Champion? Roy Rogers Pferd Trigger? Und der andere Cowboy, Ken Maynard, hatte ebenfalls ein Pferd, das Tarzan hieß, obwohl es doch im ganzen Wilden Westen kein einziges gottverdammtes Tarzanbuch gab. Es gab große Polizeipferde, es gab kleine Pferde, auf denen die Leute im Sommer durch den Prospect Park ritten, es gab die Rennpferde, auf die die Männer in Casement's Bar bei Brendan, dem Buchmacher, wetteten. Es gab Fohlen und Hengste und Ponys und Einjährige, Schecken und Wildpferde, Rösser und Mustangs, und das war nur eine Auswahl von denen, die er in den Filmen im Venus-Kino kennen gelernt hatte.

Über solche Dinge grübelte Michael nach, wenn er spät in der Nacht wach lag und nicht wieder einschlafen konnte. Die richtigen Worte halfen, die schrecklichen Versuchungen zu vertreiben, die Bilder von Frauen, die ihm durch den Kopf gingen: Judith mit ihrer goldenen Haut, Hedy Lamarr und die Französin aus dem Tarzanfilm, den er im Venus-Kino gesehen hatte. Denise Darcel. Völlig unvermittelt tauchten ihre Augen, ihre Haut, ihre Haare oder ihre Zähne in seinen Gedanken auf, und dann fühlte er sich ganz seltsam, sein Penis wurde hart, und er wollte ihn anfassen. In solchen Fällen leistete er Widerstand mit Worten. Mit Zauberworten. Europa. Kirchtürme. Der Vatikan. Japan. Pferde. Korridore. Tauben. Jeeps. Jedes Wort war wie ein Kreuz, das er Dracula entgegenstreckte. Jedes Wort war wie das Zauberamulett, das Tiny Tim in den Sonntagscomics der *Daily News* benutzte.

Inzwischen hatten die Worte noch eine andere Bedeutung angenommen, und zwar wegen Rabbi Hirsch. Manche Worte kannte er, ohne sich daran zu erinnern, sie jemals gelernt zu haben; er kannte sie einfach, wie er die Baseballregeln kannte. Rabbi Hirsch jedoch kannte diese Worte nicht auf Englisch, deshalb musste Michael sie ihm erklären, buchstabieren, im Wörterbuch nachschlagen. Und wenn er dem Rabbi diese Worte beigebracht hatte, machte der sie sich zu eigen. Wenn Michael seine Aussprache verbesserte, machte der Rabbi seinen alten Fehler nicht mehr. Er wiederholte das Wort, schrieb es in ein Schulheft und probierte es in neuen Sätzen aus. Oft stimmte der Rhythmus dieser Sätze nicht, vor allem die Verben standen an der falschen Stelle. Aber der Rabbi behandelte Worte, als wären sie Edelsteine. Er liebkoste sie, ließ sie sich auf der Zunge zergehen, wiederholte sie voller Freude, drehte sie um und betrachtete sie von allen Seiten. Wenn Michael an diesen Januarnachmittagen dem Rabbi zusah, wie er sich auf die Worte stürzte, konnte er gar nicht mehr glauben, dass er jemals Angst vor ihm gehabt hatte, und er wünschte, alle in der Gemeinde würden erfahren, wie dieser Mann sich bemühte, ein richtiger Amerikaner zu werden.

Außerdem lernte der Rabbi natürlich anhand von Beispielen. Michael wurde plötzlich klar, wo der Unterschied zum Lateinischen lag. Michael wusste kaum, was die lateinischen Worte bedeuteten, und er hätte sich nie auf Lateinisch unterhalten können. Die Priester von Sacred Heart übrigens auch nicht. Sie sprachen alle Englisch miteinander. Die Priester und die Messdiener *rezitierten* Latein wie Schauspieler in einem Theaterstück. Oft lasen die Priester die lateinischen Gebete aus Büchern vor, und die Ministranten mussten die Antworten irgendwie aus dem Gedächtnis abrufen. Father Heaney hastete durch die lateinischen Gebete, als wären sie ihm lästig. Zwar gefielen Michael die lateinischen Wörter, der Klang der Vokale, die abrupten Konsonanten, aber sie waren Teil eines Codes, den er nicht vollständig durchschaute.

Angespornt von Rabbi Hirschs Vorbild, ging er zu Father Heaney, borgte sich eine Übersetzung der Messeliturgie, und innerhalb weniger Tage hatte er den lateinischen Code zu einem großen Teil geknackt. Doch das neue Wissen ernüchterte ihn. Der Text der Messe verlor sein Geheimnis. *Ite, missa est* beispielsweise bedeutete einfach nur: Geht, die Messe ist zu Ende. *Deo Gratias* bedeutete Gott sei Dank. Als er das las, musste er lachen, weil er genau so empfand, wenn eine lange, ermüdende Messe endlich vorbei war. Gott sei Dank sind wir jetzt fertig, und ich kann die Brötchen beim Bäcker holen und zu Hause frühstücken. *Deo Gratias.*

Doch Michaels plötzliches Interesse an der lateinischen Sprache war längst nicht so leidenschaftlich wie sein Wunsch, Jiddisch zu lernen. Anfangs hatte er mehr aus Höflichkeit zugestimmt, sich mit der Sprache des Rabbis zu beschäftigen, manchmal hatte er sich sogar dazu gezwungen gefühlt. Aber dann wurde der Unterricht immer mehr zum Abenteuer. Zwar war es sicher nicht so, als würde er den Tadsch Mahal besuchen – wie Richard Halliburton in den dicken Wälzern, die in der Bücherei herumstanden. Oder Frank Buck, der die menschenfressenden Tiger in Indien jagte. Aber Michael hatte das Gefühl, als würde er ein anderes Land betreten, indem er diese Sprache lernte.

Und noch etwas. Weil er es sein Leben lang gehört hatte, war Latein ihm vertraut wie die meisten Dinge im Bezirk: die Kirche, die Fabrik, die Polizeistation, die beiden Kinos, das Venus und das Grandview. Jiddisch jedoch war fremd, geheim, etwas Besonderes. In den Grenzen des Bezirks gehörte es ihm allein. Schließlich war es auch kein englisches oder lateinisches Zauberwort, das Billy Batson vom ägyptischen Zauberer erhielt, sondern ein Geheimwort in einer Geheimsprache. Und selbst wenn Michael richtig Latein lernte, konnte er es mit niemandem sprechen. Es war eine tote Sprache, das stand auch in den blauen Büchern. *Ende des achten Jahrhunderts nach Christus war Latein keine allgemein gesprochene Sprache mehr, sondern entwickelte sich weiter im Spanischen oder Französischen und in anderen Formen ...* Jiddisch war anders. Hier, auf Seite 3067 im *Wunderland des Wissens*, stand es schwarz auf weiß.

Aus Osteuropa kam das Jiddische, eine extrem flexible Sprache, hauptsächlich unter Juden gesprochen. Es basiert größtenteils auf dem Deutsch des Mittelalters, doch durch die Einbeziehung aramäischer, hebräischer und slawischer Wörter und Sätze unterscheidet es sich deutlich vom heutigen Deutsch. Obgleich jüdische Gelehrte das Jiddische eher verächtlich betrachteten und es für eine ordinäre Sprache hielten, wird es inzwischen als eine Sprache mit hohen literarischen Verdiensten angesehen. Zahlreiche anspruchsvolle Werke der Weltliteratur sind auf Jiddisch verfasst worden; hervorragende Schriftsteller haben es zu ihrem Medium auserkoren, und es gibt eine ganze Reihe von jiddischen Zeitungen. Aus Russland, Polen und den Vereinigten Staaten stammt der Hauptteil der jiddischen Literatur ...

Wenn er Jiddisch lernte, konnte er die Zeitung lesen, die gelegentlich auf Rabbi Hirschs Tisch lag – den *Forvertz* – und herausfinden, was dort über die Gojim stand, in der Sprache, die die Gojim nicht lesen konnten, und wie über die Sache mit Jackie Robinson berichtet wurde. Und er konnte sich die Bücher aus Rabbi Hirschs Regal ausleihen. Balzac interessierte ihn brennend. Er schrieb seine Bücher auf Französisch, was aus dem Lateinischen stammte, und hier standen sie auf Jiddisch, was sich aus dem Deutschen entwickelt hatte. Wäre es nicht wundervoll, wenn ein irischer Junge diese Bücher lesen könnte, nachdem sie den ganzen weiten Weg nach Brooklyn gekommen waren? Es wäre, als könnte er Latein, Französisch, Deutsch und Jiddisch auf einmal lesen und in seinem Kopf alles gleichzeitig ins Englische verwandeln. Auch in der Leihbücherei gab es ein paar Bücher von Balzac, aber Michael versuchte nicht mal, sie zu lesen. Er wollte warten, bis er genug Jiddisch konnte, genauso wie er gewartet hatte, ehe er sich am Morgen des Sturms den Schnee ansah. Aber mehr als alles andere wünschte er sich eine Geheimsprache. Hier bei seinen Freunden und Schulkameraden, den Priestern und Ladenbesitzern, in einer Welt, in der Frankie McCarthy mit seinen Falcons herumzog und arme alte Säufer im Schnee starben – hier würde Jiddisch ihm ganz allein gehören.

Ende Januar hatte er mit dem Rabbi Regeln für ihren Unterricht eingeführt. Die Samstage waren frei, denn da musste der Rabbi sich um das Heiligtum kümmern. Eine kleine Gruppe Gläubiger kam früh und blieb manchmal den ganzen Tag, und der Rabbi musste immer verfügbar sein. Allerdings kam Michael jeden Samstagmorgen vorbei, um die Arbeit des Schabbes-Goj zu erledigen. Er nahm kein Geld dafür an, trank aber immer ein Glas Tee. Manchmal brachte er dem Rabbi ein süßes Brötchen von Ebinger's Bakery mit, wo die Teilchen vom Vortag für nur drei Cent verkauft wurden. Manchmal unterhielten sie sich kurz übers Wetter. Dann verabschiedete sich Michael bis Dienstag. Der Unterricht fand dienstags und donnerstags statt, gleich nach der Schule, sodass Michael danach noch Zeit für seine Freunde hatte.

Nicht nur die Verpflichtungen des Rabbis verhinderten den Unterricht am Samstag. Gegen Ende des Monats änderte sich Michaels Wochenrhythmus. Als er eines Abends von der Straße in die Wohnung heraufkam, fand er seine Mutter gut gelaunt und pfeifend vor dem Radio.

»Ich hab großartige Neuigkeiten«, verkündete sie und stellte das Radio leiser. »Wir werden Hausmeister. Und ich hab eine neue Stelle.«

Sie wendete die Hamburger in der Bratpfanne auf dem Kohleherd und rührte in den kochenden Karotten. Die McElroys im Erdgeschoss zogen nach Long Island, erklärte sie weiter, und Mr. Kerniss, der Hausbesitzer, hatte sie gefragt, ob sie die hausmeisterlichen Tätigkeiten übernehmen wollte.

»Als erstes will er den verdammten Kohleofen rausschmeißen und uns einen Gasherd besorgen«, sagte sie. »Wie findest du das?«

»Nie mehr Gestank nach faulen Eiern!«, lachte Michael.

»Und wir müssen keine Miete mehr zahlen«, fügte seine Mutter hinzu und sah so glücklich aus wie noch nie. »Einmal die Woche müssen wir den Korridor fegen und wischen, dafür sorgen, dass die Mülltonnen rausgestellt werden, und kaputte Glühbirnen ersetzen. Und Kohle in den Ofen im Keller schaufeln, fürs heiße Wasser. Das ist harte Arbeit, aber mit deiner Hilfe können wir es schaffen, Michael.«

Ein unbeschreibliches Gefühl durchströmte Michael. Zum ersten Mal in seinem Leben sollte er Männerarbeit verrichten. Jetzt konnte er seiner Mutter wirklich helfen, was bei ihrer Arbeit im Krankenhaus nie möglich gewesen war. Dann berichtete sie ihm den Rest der Neuigkeiten.

»Am ersten Februar höre ich im Krankenhaus auf«, erklärte sie, und an ihrem Gesicht sah er, dass auch das, was jetzt kam, eine gute Nachricht war. »Und ich fange als Kassiererin beim RKO-Kino in der Grandview Avenue an. Da bekomme ich ein bisschen mehr Geld, und weil wir keine Miete mehr zahlen müssen, sind wir mächtig reich.« Sie lächelte breit. »Na ja, nicht wirklich. Aber 1947 wird bestimmt ein besseres Jahr als 1946.«

Auf einmal war sie den Tränen nahe, und für einen Moment hätte Michael sie gern umarmt. Er wollte ihr sagen, dass 1946 für ihn gar nicht so schlimm gewesen war. Sie hatten nicht gehungert. Sie mussten nicht von Sozialhilfe leben wie die Kanes oder die Morans. Er war in der Schule gut vorangekommen. Und am Ende des Jahre hatte er Rabbi Hirsch kennen gelernt. Es war ein gutes Jahr gewesen.

Doch er sagte nichts und spürte nur, wie stolz er auf die Veränderungen in seinem Leben war. Das RKO Grandview war eines der größten Kinos. Nicht wie das Venus, in dem manche Filme jedes Jahr von neuem auftauchten, wie *Die vier Federn* oder *Gunga Din*, *Frankenstein* und *Franksteins Braut*, zusammen mit den Serien und Zeichentrickfilmen und Vorankündigungen. Das Venus war klein und ziemlich heruntergekommen. Die meisten Leute in der Gemeinde nannten es spöttisch den Juckschuppen, weil man sich auf den harten Sitzen Flöhe holen konnte.

Aber das RKO Grandview war ein Palast. Schon das Foyer allein war größer als ihre ganze Wohnung, mit römischen Wandgemälden, auf denen Männer Flöte spielten und Frauen mit bloßen Schultern sie bewundernd anstarrten. Manche davon ähnelten Judith aus dem Lexikon oder zumindest Hedy Lamarr. Der zur Leinwand hin leicht abschüssige Saal hatte mehr als hundert Plätze, und über den letzten zwanzig Reihen gab es ein Zwischengeschoss mit Logen wie der, in der Lincoln erschossen worden war, und darüber einen Balkon. Wie viele Plätze es auf dem Balkon gab, konnte Michael nicht einmal schätzen. Zigaretten glommen aus der scheinbar endlosen Dunkelheit herab wie Dutzende von Glühwürmchen, und die Decke war so weit entfernt wie das Gewölbe von Sacred Heart.

Genau genommen war Michael erst dreimal dort gewesen. Einmal an seinem fünften Geburtstag, als seine Mutter mit ihm *Der Zauberer von Oz* angesehen hatte. Das war lange her. Als sie nach dem Film heimgekommen waren, hatte seine Mutter getanzt und das Lied von der Reise zum Zauberer gesungen, und Michael hatte sich in der Küche auf den Schoß seines Vaters gesetzt, sein stoppeliges Kinn gespürt, seinen Tabakatem gerochen und ihm vom Zinnmann, vom Feigen Löwen und von der Vogelscheuche erzählt. Sein Vater hatte gelacht und ihm dann ganz ernst erzählt, wie Sticky, der Hund, einmal nach Afrika geschwommen war und Löwen und Elefanten angeheuert hatte, um für Irland zu kämpfen.

»Die Affen haben ein Schiff gebaut, das größer war als die Arche Noah, und sie hätten den König von England aufgefressen, wenn das Wetter nicht so schlecht gewesen wäre. Aber es war so kalt, dass die Löwen und Elefanten ins Wasser sprangen und zurück ins schöne Afrika schwammen. Deshalb kam Sticky allein nach Hause zurück ...«

Das zweite Mal hatte ihn sein Vater in den dunklen Kinopalast mitgenommen. Es war nach Kriegsbeginn, und sie saßen auf dem riesigen Balkon, damit Tommy Devlin rauchen konnte. Der Film hieß *Sein letztes Kommando.* Errol Flynn spielte einen Soldaten namens Custer, und das Ende des Films war furchtbar traurig. Michael hatte vorher noch nie einen Film gesehen, in dem der Held starb. Er hätte gern geweint, aber sein Vater weinte auch nicht, und Michael war sicher, er würde ihn auslachen. Auf dem Heimweg hatte Tommy Devlin seinem Sohn versprochen, ihn wieder ins Grandview mitzunehmen, sobald er heimkam. Doch er kam nicht mehr heim. An diesem Montag zog er in den Krieg und kehrte nicht zurück.

Seine Mutter nahm ihn noch einmal mit, als sein Vater in Nordafrika war. Sie rauchte nicht, deshalb saßen sie im Parkett. Aber den ganzen Film hindurch – es war ein Musical mit dem Titel *The Gang's All Here* – musste Michael an seinen Vater denken. Am liebsten wäre er die teppichbelegten Stufen hinaufgegangen, vorbei an den Automaten mit den Süßigkeiten, den Toiletten und dem Aufgang zum Zwischengeschoss, ganz hinauf auf den Balkon. Er wünschte sich, er könnte die Sitzreihen entlanggehen und würde irgendwo seinen Vater finden, der allein dasaß und rauchte. In seinem blauen Anzug und seinen schwarzen glänzenden Schuhen, die zu Hause immer noch im Wandschrank standen. Hätte er doch nur seine tiefe Stimme hören, auf seinen Schoß klettern und einer seiner Geschichten lauschen können.

Danach, als sie wussten, dass Tommy Devlin tot war, wollte Michael lange nicht mehr ins Grandview gehen. Seine Mutter erwähnte ihren Mann nie, wenn sie sich über Filme unterhielten, die im Grandview liefen. Sie sagte nur, es wäre »zu kostspielig«. Neunzig Cents Eintritt, wo man doch im Venus samstags und sonntags vor fünf Uhr nur zwölf bezahlte. Trotzdem sehnte sich Michael nach dem Grandview genauso, wie er sich manchmal nach seinem Vater sehnte. Auf manchen Spaziergängen ging er daran vorbei, spähte ins Foyer mit den Wandgemälden und studierte die Plakate mit den Vorankündigungen in den Glasschaukästen. John Garfield. Betty Grable. Humphrey Bogart. John Wayne. Im Venus spielten sie immer nur alte Filme, oft mit schlechten, zerkratzten Kopien. Ins Grandview kamen die Filme direkt aus Manhattan. Vielleicht brauchte er sich jetzt keine *Vier Federn* mehr anzusehen. Vorbei mit *Frankenstein*! Aus Loyalität zu seiner Mutter konnte er nun in die neuen Filme gehen, auch wenn auf dem Balkon ein Geist umging.

»Kommen wir umsonst rein?«, fragte er.

»Das müssen wir noch sehen«, meinte seine Mutter und lachte leise. »Zuerst muss ich mal mit der Arbeit anfangen.«

Die Abmachung wurde eingehalten. Eines Samstagmorgens erschienen drei Männer, befreiten den Kohleherd mit Hammer und Meißel von seinem verkrusteten Zementfundament, zogen das Ofenrohr aus der Wand, verstopften das Loch mit einem Aluminiumdeckel und schleppten den Herd weg. Dann brachten sie den Gasherd: weiß, glänzend, mit vier Kochstellen und einem Backofen, mit Beinen, die aussahen wie die einer Frau. Sogar eine Uhr war da. Die Männer schlossen ihn an die Gasleitung an, testeten die Kochstellen und den Backofen und stapften wieder die Treppe hinunter. Zurück blieben Eisenstückchen, Linoleumfetzen, Schwaden von Kohlenstaub und ein Meißel. Die anderen Mieter konnten sich für hundertdreißig Dollar einen Gasherd anschließen lassen – vorausgesetzt, sie konnten es sich leisten –, aber momentan hatten die Devlins den einzigen Gasherd im ganzen Haus – und das auch noch umsonst.

»Also«, meinte Kate Devlin, »dann kochen wir uns doch mal einen Tee. Den Dreck machen wir später weg.«

Die Hausmeisterarbeit teilten sie sich: Michaels Mutter wechselte die Glühbirnen im Treppenhaus, wenn sie ausbrannten, und polierte alle zwei Wochen die Messingbriefkästen. Zusammen rollten sie die verbeulten metallenen Abfalltonnen vom hinteren Korridor rechtzeitig für die Müllabfuhr hinaus auf den Gehweg. Mit den wesentlich schwereren Aschentonnen hatten sie ziemlich zu kämpfen, denn sie waren randvoll mit der Asche sämtlicher Kohleöfen im Haus und des mit Kohle befeuerten Boilers im Keller. Die anderen Mieter kamen vorbei, um Kate Devlins großartigen Gasherd zu bewundern, denn sie mussten immer noch ihre Kohleherde zum Kochen und auch zum Heizen der Küche benutzen. Im Wohnzimmer gab es Ölöfen. Die Frauen waren voller Neid, aber auch voller Hoffnung, bald selbst ein solches Prachtstück zu besitzen, wenn ihre Ehemänner nur endlich aufhörten, ihr Geld in Casement's Bar zu versaufen, oder endlich im Lotto gewannen. Mr. Kerniss ließ verlauten, er werde im nächsten Jahr Zentralheizung installieren lassen – Dampfheizung! –, würde aber die Miete erhöhen müssen, um den neuen Heizkessel, die Rohre und die ganzen Heizkörper zu bezahlen. Momentan jedenfalls mussten sie sich noch mit den Kohleöfen und den Aschebergen abfinden. Da Michael für gewöhnlich in der Schule war, wenn werktags die Müllwagen kamen, brachte seine Mutter die leeren Tonnen allein zurück. Jeden Abend schaufelte Michael vor dem Essen Kohlen aus dem Verschlag in die Feuerung, damit alle im Gebäude warmes Wasser bekamen. Wenn es geschneit hatte, schaufelte er den Gehweg und streute Asche aus, damit niemand auf dem Eis ausrutschte.

All diese Pflichten verrichtete er sehr gewissenhaft, aber eine Arbeit machte ihm ganz besonders Spaß: das Treppenhausputzen. Jeden Samstagmorgen nach der Messe, wenn er in der Synagoge gewesen war, das Licht angeknipst und hungrig in Rabbi Hirschs Gesellschaft Brötchen verspeist und heißen Tee getrunken hatte, rannte er zurück in die Ellison Avenue. Er begann mit dem Besen an der Tür zum Dach zu fegen und arbeitete sich die vier Stockwerke bis ins Erdgeschoss hinunter. Jedes Mal staunte er wieder, wie viel Müll sich in sieben Tagen angesammelt hatte: Limonadenflaschen, zerknüllte Zeitungen, Einwickelpapier, Steine, Vogelfutter, undefinierbarer Dreck. Michael sah nie, wie jemand das Zeug in die Gegend warf – es schien alles einfach aus dem Nichts aufzutauchen. Aber egal, woher es kam, er musste es entfernen. Im Erdgeschoss fegte er den ganzen Müll auf ein Kehrblech und schüttete ihn in eine Papiertüte, die er in die Mülltonne stopfte.

Dann begann er wieder ganz oben, diesmal mit dem Mop und einem Eimer voll heißem Wasser. Den neuen Achtlitereimer aus Aluminium samt Abroller und dickem Mopp hatte Mr. Kerniss für sie gekauft. Nachdem Michael gefegt hatte, verspritzte seine Mutter Westphine-Desinfektionsmittel auf der Treppe, und der stechende Geruch stieg Michael in die Nase, während er hinter ihr herwischte. Einmal war er so stark, dass Michael japsend in die Wohnung zurücklief, um sich die Augen mit kaltem Wasser auszuwaschen und gründlich die Nase zu putzen. Aber eigentlich liebte er den Geruch: Er vertrieb den Mief nach altem Essen, abgestandenem Bier, toten Kakerlaken und ungewaschenen Menschen.

Während Michael das Treppenhaus wischte, fegte seine Mutter die Wohnung, räumte auf, wechselte die Bettwäsche, wusch von Hand die Unterwäsche im Becken und hörte dabei Martin Block in ihrem knisternden alten Radio. Normalerweise bei offener Tür. Bei Musik fiel Michael die Arbeit leichter, irgendwie lief alles glatter, wurde regelrecht ein Vergnügen. Er schwang den Mopp im Rhythmus der Tanzmusik, und auf seiner Haut erschienen Schweißperlen, egal, wie kalt es war. Das statische Knistern störte nicht. So summte er mit bei Benny Goodman und Glenn Miller, sang mit Bing Crosby, Buddy Clark und Frank Sinatra und kam sich dabei vor wie im Film, wo die Leute immer Musik um sich hatten. Auch aus den anderen Wohnungen hörte man Musik – Opern bei Mr. Ventriglio, Klassik bei Mrs. Krauze –, und manchmal überlegte sich Michael, wie jüdische Musik klingen mochte und welche Lieder der Rabbi wohl sang, wenn er allein war. Vielleicht hatte er mit seiner Frau vor langer Zeit in Prag dazu getanzt.

9. Kapitel

Mit einem harten Lappen schrubbte der Rabbi den Herd und murmelte dabei die Litanei seiner kostbaren neuen Worte: Herd, putzen, Teekanne, Reiniger, Backofen, Kochstelle, Streichhölzer. Gelegentlich korrigierte Michael seine Aussprache. Überall im Zimmer hingen mit Klebestreifen befestigte Zettel mit den englischen Bezeichnungen der Gegenstände – Tür, Tisch, Waschbecken, Wand, Bücherregal – und darunter den jiddischen: *Tir, tisch, waschtisch, want, bicherschrank.* Manchmal hielt der Rabbi mitten im Satz inne, zeigte zur Tür, und Michael rief: *»Tir!«* Oder er berührte die niedrige Decke, und Michael antwortete prompt: *»Sofit!«* Ihr Unterricht war kontinuierlich und praxisbezogen, hatte aber stets einen geheimnisvollen Unterton. Wie zwei Zauberer zeigten sie einander, dass nichts das war, was es zu sein schien, dass sich hinter einem Namen, den man einem Gegenstand gab, leicht ein anderer verbergen konnte. Ein geheimer Name.

Eines Nachmittags kauerte sich Michael vor das Bücherregal und zog einen dicken Lederband hervor. Er schlug ihn auf und sah das Bild eines riesigen, hoch aufragenden Schlosses mit Zinnen, die sich in den Nebel reckten. Es sah aus wie das Schloss von Dracula in dem Film, aus dem Michael eines Samstagnachmittags ins helle Sonnenlicht geflohen war.

»Ist das Prag?«, fragte er und hielt dem Rabbi das aufgeschlagene Buch hin. Der Text war hebräisch.

Der Rabbi ließ die Brille auf die Nase herabrutschen.

»Ja«, antwortete er. »Prag.«

Er betrachtete das Bild und beugte sich näher über das Buch.

»Das ist der Sankt-Veits-Dom im Hradschin«, erklärte er. »Die Burg.«

»Mann, sieht die unheimlich aus.«

»Ja.«

»War Prag unheimlich?«

»Manchmal«, antwortete der Rabbi. »In den schlechten Zeiten.« Er nahm Michael das Buch aus der Hand. »Aber auch schön.«

Während er das offene Buch auf den Tisch legte, wiederholte er: »Ja, schön.«

Jetzt ließ der Rabbi das Putzen sein, setzte sich an den Tisch und erzählte dem Jungen aus der Ellison Avenue von Prag. Michael lauschte, und der Rabbi beschrieb ihm einen Frühlingsmorgen in Prag, wenn man im hellgrünen Licht unter den knospenden Bäumen an der Moldau entlangspazierte. Michael versuchte sich die Menschen vorzustellen, die sich im Sommer auf den Brücken drängelten. »Überall hübsche Mädchen, zusammen mit ihren Freunden«, sagte der Rabbi. »Priester. Alte Rabbis ...« Während er langsam die Seiten umblätterte, wanderte Michael mit ihm durch den Palast, in dem sich die Habsburger niedergelassen hatten. Er betrachtete die Wachen, die – auch wenn König und Königin nicht anwesend waren – davor patrouillierten, mit ihren blank polierten Stiefeln und federgeschmückten Helmen und goldenen Schwertscheiden. Er schlenderte mit Rabbi Hirsch durch den Schlossgarten, wo die Habsburger ihre leuchtend bunten Tulpen in langen farbenfrohen Reihen züchteten. Gemeinsam blickten sie über die orangeroten Ziegeldächer, die kopfsteingepflasterten Straßen und die Trauerweiden der Kleinseite am Fuß der Burg am linken Flussufer, und Michael sah die alten Aristokraten und die reichen Künstler, hörte, wie ihre Pferde nach einem Sommerregen mit klappernden Hufen über die nassen Steine trotteten.

Michael ging mit dem Rabbi zurück in die Zwanzigerjahre, und jetzt begleitete sie der Vater des Rabbis auf ihren Gängen. Sie hörten von der Geschichte der Stadt und machten Halt vor Häusern aus dem dreizehnten Jahrhundert. Man stelle sich vor: Auf diesen Straßen war einst Schiller entlanggegangen, den Kopf voller Gedichte. Und dort unten, am Ende des Wegs, auf den der Vater des Rabbis zeigte, hinter den sprudelnden Brunnen und den großen Buchen, befand sich der Waldstein-Garten.

»Waldstein, der war ein *Meschuggener,* ein Verrückter, ein General, einer von denen, wie sagt man ... ein Mann des Schicksals?« Rabbi Hirsch lächelte. »Der Dreißigjährige Krieg, der begann mit einem Mord. Nein, mit *drei* Morden! Drei von seinen Feinden er hat aus dem Fenster der Burg geworfen. Aber seine Geschichte war eine mit gutem Ende, eins, das du würdest mögen. Er ist von einem Iren ermordet worden! Ein Dragoner hat ihm einen Dolch ins Herz gestoßen!«

»Was hatte ein Ire in Prag zu suchen?«

»Sich seinen Lebensunterhalt verdienen«, antwortete der Rabbi. »Töten damals war ein Beruf.«

Dann waren sie in einer anderen Straße der Kleinseite, und in einem Eckhaus wohnten die Geigenbauer, ein Stück weiter lagen das Wälsche Spital und das Palais Lobkowitz. In Michaels Fantasie erschienen Nonnen in gestärkten weißen Gewändern, die über hell erleuchtete Korridore wandelten, und eine Prinzessin, die barfuß im Mondlicht über Marmorböden spazierte.

Und dieses schmale Haus dort drüben? Da hatte Mozart gewohnt, als er zur Weltpremiere von *Don Giovanni* in Prag war.

»Als ich habe gesehen *Don Giovanni*«, sagte der Rabbi, »ich bin gewesen in deinem Alter. Noch niemals zuvor ich habe so etwas gesehen. Diese Musik. Diese Schönheit.«

Zwar hatte Michael keine Ahnung, wer Mozart war oder worum es in *Don Giovanni* ging, aber er lauschte hingerissen und stellte sich das Orchester vor, Männer im Smoking, die Balkone vollbesetzt mit gepuderten Frauen, die glitzernden Kronleuchter, genau wie im *Phantom der Oper* mit Claude Rains. Und dort in der Menge, ohne Bart, mit großen blauen Augen, der junge Rabbi Hirsch.

Dann gingen sie an einem Werktag den Fluss entlang und überquerten eine Brücke zu der kleinen Insel, die, so sagte der junge Judah Hirsch, Kampa genannt wurde. Sie waren im selben Alter und sahen den Frauen zu, die am Flussufer Wäsche wuschen. Oder es war Sonntag, und Familien picknickten auf der Wiese. Überall gab es Maler, ein Wald von Staffeleien säumte das Flussufer, Männer mit Baskenmützen zeichneten die Brücken und die Türmchen der Karls-Universität auf der anderen Seite des Flusses, und über allem spannte sich der weite Himmel.

»Und die Vögel«, sagte der Rabbi. »Tausende bekommen Essen vom Fluss.«

Wieder blätterte er eine Seite weiter und erklärte Michael, dass hinter ein paar dort abgebildeten kleinen Häusern der jüdische Friedhof gewesen war, den man aber untergegraben und als Bauplatz freigegeben hatte. Jetzt war er im Dunkel der Zeit verschwunden, und die Gräber und Namen der Toten hatte man vergessen.

»Die alten Leute, sie haben immer gesagt, dass die Geister der verlorenen Gräber, alle die Seelen für immer schwebten in den Himmel, nach Hause«, sagte er. »Jetzt sie haben viel Gesellschaft bekommen.«

Michael sah Hunderte von Seelen in der Luft, die Purzelbäume schlugen, hin und her sausten, sah Männer, die ihre Frauen suchten, und Kinder ihre Eltern, hoch über den Türmen von St. Veit, und zwischen ihnen die Anhänger von Finn McCool, die *fianna*, und alle kreisten sie wie ein riesiger Schwarm Rotkehlchen. Während er dem Rabbi zuhörte, wie er sich seine eigenen Kinderängste ins Gedächtnis rief, stand er auf der Kampa-Insel und beobachtete, wie sich die Türme von der Kathedrale lösten und langsam zum Himmel emporschwebten, über Prag kreisten, wie sie die Geister und Engel und die *fianna* zerstreuten, ehe sie durch den Geisterschwarm auf das Judenviertel hinabstießen.

Die Augen des Rabbis waren auf der Reise in die Vergangenheit schläfrig geworden, sein Gesicht weich und entspannt. Aber dann war er wieder ein junger Mann und nahm Michael mit in die Kellercafés, wo die Luft blau war vom Zigarettenqualm, wo an den Wänden Plakate von Alfons Mucha hingen, auf denen Frauen mit üppigen Locken und roten Lippen zu sehen waren. Alle, Judah Hirsch und Michael Devlin und ihre Freunde, unterhielten sich über Naturalismus und Symbolismus, über Mallarmé, Nietzsche und Rilke. Die Namen sagten Michael nichts, aber er spitzte die Ohren und versuchte, das Leben des Rabbis in seiner Fantasie erstehen zu lassen, es mit ihm zu leben.

»Das war eine Zeit, die erste Zeit, in der ich versuchte, ohne Gott zu leben«, sagte der Rabbi, und sein Blick wanderte hinüber zur Tür ins Heiligtum. »Ist eine Überraschung, dass ein Rabbi versucht zu leben ohne Gott, ja?«

»Ja«, bestätigte Michael.

»Wir waren sehr jung«, erklärte der Rabbi.

Dann sprach er weiter, genauso zu sich selbst wie zu Michael, versuchte die Welt der Zwanzigerjahre zu erklären, als er und seine Freunde und die meisten anderen Tschechen geglaubt hatten, Kultur würde alle Menschen vereinen. Michael verstand nicht genau, was *Kultur* eigentlich bedeutete, und musste immer an die Bilder reicher Leute denken, die er im *Daily Mirror* gesehen hatte. Aber der Rabbi sprach von einer Zeit, als die Menschen in den Kellercafés glaubten, Kultur sei das Fundament von Prag, stark genug, um Christen, Juden und Atheisten zusammenrücken zu lassen, Männer und Frauen, Jung und Alt. Kultur würde die alten Streitigkeiten in Europa beenden, würde Blutvergießen, Hass und Grausamkeit verhindern.

»Gott wir brauchten nicht«, meinte er, »solange wir hatten Vermeer. Oder Picasso. Oder Mondrian. Auf jede Wand ihre Bilder waren geklebt.«

Michael kannte diese Bilder nicht, aber er sah sich neben dem jungen Judah Hirsch, wie sie in einer verrauchten Ecke des Café Montmarte in der Celetnà neben dem ersten Radio saßen, Zigaretten rauchten und fremden Sprachen lauschten. Michael konnte sie nicht voneinander unterscheiden, aber er wusste, dass es Deutsche, Slawen, Österreicher und Russen waren, die da sprachen, und er wünschte, Father Heaney wäre da, denn der war in Europa gewesen und verstand ein bisschen etwas davon.

Dann erzählte der Rabbi, wie die ersten Grammofone in Prag auftauchten, und Michael sah seinen Freund Judah Hirsch eine Victrola aufziehen und die Nadel auf die Platte aufsetzen. Und er hörte, wie Judah seinen Freunden prophezeite, dass sie in dieser neuen Tschechoslowakei, diesem neuen Europa, ohne Hass und ohne Krieg gemeinsam der Musik von Dvořák und Mahler und Smetana lauschen würden. Namen, die Rabbi Hirsch aussprach, als wären es Heilige, die Michael aber noch nie gehört hatte, geschweige denn wusste er, wie man sie schrieb. Aber plötzlich sehnte er sich danach, diese Musik zu hören. Er wünschte, seine Mutter könnte genug Geld für ein Grammofon zusammensparen – selbst wenn es eine alte Victrola war, gebraucht von der Heilsarmee, wo man so etwas billig bekam –, damit er die Musik dieser Männer hören konnte und natürlich auch *Don Giovanni.* Plötzlich fiel ihm auf, dass der Rabbi, der über Musik sprach, als käme sie direkt von Gott, hier in der Synagoge ohne Radio lebte. Er konnte nicht einmal Bing Crosby oder Benny Goodman hören.

»Modern waren wir alle«, fuhr der Rabbi fort, ohne Musik in der Stimme. »Das war unsere neue Religion. Modernismus.« Er hielt inne und blickte in Michaels fragendes Gesicht. »Zu modern waren wir, um an Gott zu glauben.«

Solche Sätze machten Michael unruhig. Es fiel ihm schwer, sich vorzustellen, dass ein Mann Gottes, ein Rabbi, irgendwann einmal nicht an Gott geglaubt hatte. Die Priester von Sacred Heart hatten bestimmt keine Zweifel. Sie schienen zu Priestern geboren, auserwählt von Gott höchstpersönlich. Falls sie doch Zweifel hatten, würden sie bestimmt nicht mit Michael darüber sprechen. Aber als Rabbi Hirsch von den Zweifeln seiner Jugend erzählte, fühlte sich ihm Michael nur noch näher, denn er selbst hatte seine unausgesprochenen Zweifel, seine eigenen Fragen.

»Eh, du bist ein Junge«, sagte der Rabbi, als wäre ihm schlagartig klar geworden, dass er zu weit von Prag, den Namen von Gebäuden, Straßen und Flüssen abgekommen war. »Ich rede zu viele Dinge für Erwachsene.«

Damit wandte er sich wieder den Bildern zu, als wären sie eine Landkarte, zeigte ihm das Altstädter Rathaus mit der astronomischen Uhr, in der sich zu jeder vollen Stunde zwei Türchen öffneten und die Apostel, Christus und Judas vorüberzogen und die so akkurat ging, dass die vorbeikommenden jüdischen Kaufleute emporblickten und ihre Taschenuhren kontrollierten. Dann stand Michael auf den Stufen des Nationalmuseums und blickte mit Judah Hirsch und seinem Vater über den Wenzelsplatz, wo der große Masaryk zu einer halben Million jubelnder Tschechen über Demokratie und Hoffnung sprach.

»Wie erinnern Sie sich nur an all die vielen Dinge?«, fragte Michael.

»Ein Jude, er muss beobachten, er muss sich erinnern«, antwortete der Rabbi und lächelte seltsam distanziert. »Wenn er will überleben.«

»Das ist wie bei den Iren und den Engländern«, meinte Michael, dem plötzlich die Geschichten einfielen, die seine Mutter ihm erzählt hatte. Von britischen Soldaten auf den Straßen von Belfast im Jahr 1923, als sie noch ein Mädchen war.

»Ja«, bestätigte der Rabbi. »Genau so.«

Wieder blätterte er einige Seiten weiter, und dort, bei den Zeichnungen der Altstadt und des Judenviertels, war das Haus, in dem er mit seinen Eltern gewohnt hatte. In einer Straße namens U Prasne. Michael sah den Vater vor sich, ernst, selbstsicher, mit einem gepflegten grauen Bart und einem Zwicker auf der Nase, und jedesmal kontrollierte er seine Taschenuhr, wenn er unter der Uhr mit den Aposteln vorbeikam. Neben Judah Hirsch beobachtete Michael, wie der Vater durch den Schnee von seinem Textilgeschäft nach Hause kam, sich mit grauem Gesicht in den Sessel neben dem Kamin sinken ließ, genau wie Michaels Mutter, wenn sie mit ihrem Buch von A.J. Cronin im Wohnzimmer saß. Dann spielte Judahs Mutter Mozart auf dem Klavier, und allmählich kehrte die Farbe ins Gesicht des Vaters zurück.

»Perfekt war es nicht«, sagte der Rabbi. »Aber manche Nacht ich denke daran.«

»Haben Sie Bilder von Ihren Eltern?«

»Alle verloren.«

»Ihre Mutter –«

»Von der Schule kommte, eh, kam ich eines Tages, und sie ist weg«, fiel ihm der Rabbi ins Wort. »Kleider weg. Schmuck weg. Mein Vater diesen Abend ... er sagte, nie mehr soll ihr Name in diesem Haus gesprochen werden. Dreizehn Jahre bin ich zu der Zeit. Im Bett, als ich fertig bin mit Weinen, ich höre ihn in seinem Zimmer. Auch er weint. Und niemals mehr wir sagen ihren Namen.«

»Tut mir Leid, Rabbi. Ich wollte nicht –«

»Ist okay. In dem Leben geschehen schlimmste Dinge.«

An jenem Tag erzählte der Rabbi keine weiteren Geschichten von Prag. Er klappte das Buch zu, stellte es zurück aufs Regal und bat Michael dann, ihm das Neueste von Jackie Robinson zu berichten.

Doch zu Hause in seinem dunklen Zimmer dachte Michael darüber nach, wie es sein mochte, wenn die eigene Mutter verschwindet, wenn man ihren Namen einfach aus allen Gesprächen streicht. Er konnte es sich nicht vorstellen. Seine Mutter hätte sich niemals auf Nimmerwiedersehen nach Boston oder Chicago oder in die Bronx davongemacht. Er versuchte sich in den Rabbi als Jungen hineinzuversetzen, in Judah Hirsch, der in seinem Zimmer in Prag im Bett lag und wusste, dass er seine Mutter für immer verloren hatte. Gewiss hatte sich Judah Hirsch so gefühlt wie Michael in jener Nacht, als zwei Soldaten die Treppe heraufkamen und mit seiner Mutter sprachen. Als sie zum ersten und letzten Mal geweint und dann ihrem Sohn gesagt hatte, dass sein Vater nicht mehr nach Hause kommen würde.

Das war erst zwei Jahre her, aber sie kamen ihm vor wie hundert. In dieser Nacht hatte er geheult wie ein Baby, und seine

Mutter musste ihn trösten, ihn in die Arme nehmen und ihm versichern, dass er seinen Vater eines Tages im Himmel wiedersehen würde. Sie sagte ihm, dass er für seinen Vater – für Tommy Devlin, Gefreiter der Armee der Vereinigten Staaten, Gott gebe seiner Seele Frieden – beten und seinen eigenen Schmerz als Opfer für die Seelen im Fegefeuer darbringen solle. Aber er hatte auch im Krieg jeden Abend für seinen Vater gebetet, und jetzt war er trotzdem tot – warum sollte er weiter für ihn beten? Schließlich kann Daddy nicht im Fegefeuer sein, sagte er zu seiner Mutter, er ist ja für sein Vaterland gestorben. Aber seine Mutter meinte, er müsse trotzdem beten, und wenn Tommy Devlin ihre Gebete nicht benötigte, würde er sie an jemanden abtreten, der niemanden hatte, der für ihn beten konnte. Es gab Waisenkinder, die im Krieg gestorben waren, Babys, die nie getauft worden waren, Juden, Chinesen und Russen. Alle möglichen Menschen sterben in diesem schrecklichen Krieg, sagte sie, und wir müssen für sie beten.

Als er aufgehört hatte zu weinen, trocknete seine Mutter ihm die Tränen und sagte, dass er jetzt der Mann in der Familie war, dass er seinen Kummer vor Fremden nicht zeigen dürfte, dass sie beide ihre Gefühle für sich behalten müssten, in diesen vier Wänden. Das hatte Michael auch getan, er hatte sich geweigert, bei seinen Freunden Mitleid zu heischen, er wurde verlegen, wenn ein Lehrer den Kindern sagte, sie sollten für Michael Devlins Vater beten, der im Krieg gefallen war.

Aber wenn sich die Tür hinter ihm geschlossen hatte, rief er seinen Vater ins Leben zurück, sah ihn vor sich mit seinen muskulösen Armen und hörte seine tiefe Stimme, sein dröhnendes Lachen. Er hörte ihn singen. Er ging mit ihm im Park spazieren und entdeckte einen Schwarm Rotkehlchen. Er saß mit ihm auf dem Balkon des Grandview. Wenn er sich an alle Sticky-Geschichten erinnert hatte, die er von seinem Vater kannte, dann erfand Michael neue. Wenn er einen Softgrounder am zweiten Base vorbeigeschlagen hatte, tauchte Sticky auf, und Michael ritt auf dem großen Hund um sämtliche Bases. Wenn ein gemeiner Raufbold ihn auf dem Schulhof zu Boden rang, packte Sticky den brutalen Kerl am Gürtel und schleuderte ihn fünfzehn Meter durch die Gegend. Manchmal sah er seinen Vater, allein wie Custer, umringt von Deutschen im wirbelnden Schneegestöber von Belgien, und da kam Sticky durch den dichten Wald geprescht, um ihn zurück nach Brooklyn zu holen.

Vor anderen weinte Michael nie, und dabei war ihm seine Mutter das größte Vorbild – er sah sie nie wieder weinen. In jener Nacht, zwei Jahre, nachdem sie das letzte Mal geweint hatte, dachte Michael daran, wie traurig Rabbi Hirschs Stimme geklungen hatte, als er vom Weggang seiner Mutter erzählte, und wie froh er, Michael, war, dass er diesen seltsamen bärtigen Mann kennen gelernt hatte. Der Rabbi weinte nicht. Jedenfalls nicht vor anderen. Der Rabbi wollte kein Mitleid.

An einem kalten Donnerstag eine Woche später lag das große ledergebundene Buch über Prag wieder auf dem Tisch, und der Rabbi zeigte Michael den Schulweg, den er als Junge in Michaels Alter gegangen war, in das jüdische Viertel, das man Josefstadt nannte. Jetzt waren seine Worte voller Magie, als wären sie ihm wieder eingefallen. Michael ging mit ihm an schwarzen Sonnen und einer schwarzen Muttergottes vorüber. Vor dem Altstädter Rathaus stellte sich Michael die Juden im vierzehnten Jahrhundert auf dem Scheiterhaufen vor, flammenumzüngelt, in der Luft ihre Schreie und der Geruch verbrannten Fleisches. Männer in schwarzen Gewändern schichteten das Holz auf. Kinder weinten.

Dann kam er mit Judah Hirsch aus dem Haus, und gerade überquerte ein junger Mann die Straße, Franz Kafka, ein

Schriftsteller. Kafkas Vater gehörte das Herrenausstattungsgeschäft um die Ecke. Es befand sich in einem Gebäude namens Kinsky-Palais, und vielleicht lief Kafka deshalb immer in einem schwarzen Anzug, mit einer eng gebundenen Krawatte und manchmal sogar einer Melone herum. Dann machten sich die beiden Jungen auf den Weg, die Schönheiten der Pariser Straße in Augenschein zu nehmen. Zwar war es nicht wirklich wie Paris, sagte der Rabbi, aber schon ziemlich gut. Sie sahen Kafkas Vater, der sich mit Judahs Vater stritt ... wie hieß das Wort? Sie debattierten. Michael hörte die Stimme von Kafkas Vater, hoch, ärgerlich, rechthaberisch, und Michael musste über seine Wut lachen. Dann spielten sie an einem Brunnen mit Kafkas Schwestern – Ottla, Valli, Elli. Sie waren jünger als der Schriftsteller.

»Alle drei sterben im Lager«, sagte Rabbi Hirsch, und seine Augen wurden glasig. »Kafka selbst, er hatte Glück. Vor Hitler er starb an TB. Die Mädchen, sie kamen ins Lager.«

In diesem letzten Satz lag eine Endgültigkeit, die Michael ein sonderbares Gefühl vermittelte, als hätte seine Neugier den Rabbi in Gefilde geführt, die er lieber nicht betreten wollte. Vielleicht war der Bann gebrochen. Vielleicht würde er das Buch jetzt schließen und Prag verlassen. Michael fehlten die Worte, aber er wollte nicht, dass der Rabbi aufhörte zu erzählen. Schließlich stammelte er:

»Erzählen Sie mir von der Josefstadt.«

Der Rabbi rutschte auf seinem Stuhl herum, räusperte sich, blätterte eine Seite um, und dann war er wieder in der Vergangenheit. Er sprach über eine Straße namens U Stareho Hrbitova, die in dem Buch abgebildet war. Wenn man an der grauen Steinmauer entlangging, kam man ins Herz des alten Ghettos. Michael kannte das Wort aus den blauen Büchern. Der Rabbi erzählte, dass die Juden vor den Tschechen da gewesen waren, vielleicht schon seit der Vertreibung aus Jerusalem. Doch die Mauern, die das Ghetto einschlossen, wurden erst tausend Jahre später gebaut. Er beschrieb Michael die porösen, moosigen Steine, die riesigen Holztore und dass innerhalb dieser Tore alles anders war als sonst in Prag. Es gab ein jüdisches Gericht, ein jüdisches Gefängnis, sogar ein jüdisches Postamt.

»Das war aber dumm«, meinte Michael.

»Ja, aber eine lange Zeit dauerte die Dummheit, bis etwa 1850«, entgegnete der Rabbi. »Und weißt du, was war das Dümmste? Als die Christen uns sperrten *hinein,* da sperrten sie selbst sich *hinaus.*«

»Wovon?«

»Vom Lernen. Von der Tradition.« Er machte eine Pause. »Von den Wundern.«

Michael wusste, dass es hier nicht um katholische Wunder ging, nicht um die Speisung der Fünftausend oder um Wasser, das in Wein verwandelt wurde.

»Sie meinen Wunder wie ... wie Magie?«

Der Rabbi blickte von dem Buch auf und zog eine Augenbraue hoch.

»Vielleicht«, antwortete er. »Magie, möchtest du wissen etwas darüber?«

»Ja.«

Der Rabbi atmete tief ein, blätterte um und nahm Michael mit in ein anderes Prag, eines, das nicht mit Geometrie oder Wissenschaft erklärt werden konnte. Eine Zauberstadt mit Gnomen und Geistern und »Doppelgängern«, einer Art böser Zwillinge, wie der Rabbi erläuterte. In dieser Stadt sah Michael, wenn er aufblickte, die Engel. Keine fetten kleinen Putten wie auf Kitschpostkarten, sondern große silbernschimmernde Kreaturen mit ausladenden Schwingen, die zwischen den Wolken tanzten und um Kirchtürme kreisten. So groß wie Finn McCool. In einer schmalen Straße namens Goldenes Gässchen entdeckte er einen Mann in einem dunklen, mit silbernen Sternen übersäten Gewand, der aussah wie der Zauberer Shazam in jungen Jahren. Rabbi Hirsch sagte, man nenne ihn einen Alchimisten, teils Wissenschaftler, teils Astrologe. Michael wusste, dass ein Astrologe aus den Sternen lesen und Horoskope erstellen konnte. Horoskope gab es auch in der *Daily News* – sie sagten angeblich die Zukunft vorher, bewahrheiteten sich aber so gut wie nie. Diese Alchimisten, so fuhr der Rabbi fort, versuchten, billiges Metall wie Blei oder Zink oder Eisen in Gold zu verwandeln.

In Prag gab es Hunderte von ihnen, die ein verrückter Kaiser namens Rudolf aus ganz Europa hergebracht hatte. Rudolf musste im Schatten des Hradschin leben, weil sein Gesicht aus Obst und Gemüse bestand. Es gab sogar ein Gemälde, auf dem er Rettiche, Karotten und Zwiebeln anstelle von Nase, Kinn und Ohren hatte. Einer von Rudolfs Alchimisten hatte einen Spiegel erfunden, in dem man durch mattes Glas die Zukunft sehen konnte. Ein anderer war bereits alt und krumm, weil er sein Leben lang nach dem Stein der Weisen gesucht hatte, der aus den verborgenen Mineralien der Erde bestand und alle Weisheit und das Geheimnis ewigen Lebens barg. Wieder ein anderer hatte eine silberne Nase und reiste mit einem Zwerg, der behauptete, 312 Jahre alt zu sein. Alle trugen Phiolen mit Schwefel und Quecksilber mit sich herum. Sie studierten Sterne und Meteore und den Lauf der Planeten. Sie beteten namenlose Götter an.

Überall in dieser alten Stadt spürte Michael Geheimnisse und Wunder. Sie kamen an zwei unglücklichen Alchimisten vorbei, die mit golden bemalten Seilen an einem golden bemalten Galgen erhängt worden waren, weil sie Rudolf allzu viel versprochen und nichts gehalten hatten. Ein unschuldiger Mann wurde aus dem oberen Stockwerk des Hradschin geworfen, und zwei Engel schwebten herab, um ihn zu retten. Eine Hure wurde in eine Kuh verwandelt. Aus einem Vogel wurde ein Soldat. Esel schwangen das Tanzbein. Metallene Bäume trugen Eisenfrüchte. Schnee fiel im August, der Regen erhob sich aus der Moldau und stieg in die Wolken empor. Sterne explodierten und überschütteten die Erde mit Kristallen. Raben kreisten am Abendhimmel und flogen durchs Höllentor aus und ein.

»Magie überall«, sagte der Rabbi. »Bei den Juden auch. Vielleicht noch mehr.«

»Was für Magie?«

Er starrte auf seine Hände.

»Bei den Juden die Magie der Kabbala«, antwortete er dann. Das Wort allein klang in den Ohren von Michael Devlin schon magisch: Er dachte an exotische Orte, Männer mit Krummschwertern und Frauen mit nacktem Bauch, an Minarette, die in der Sonne glänzten ... Kabbala, *Wo sie tanzte.*

Aber natürlich waren diese Filmszenen ganz falsch. Er richtete seine Fantasie wieder auf Prag und lauschte, als der Rabbi von Formeln berichtete, die über Generationen vererbt werden, von einem jüdischen Weisen zum nächsten, seit der Zeit Adams. Kabbala, das geheime Wissen. Die Kabbala enthielt besondere Alphabete und Zauberworte, und das Wichtigste, Mächtigste und Ehrfurcht Einflößendste war der geheime Name Gottes.

»Was *ist* der geheime Name Gottes?«, fragte Michael.

»Wenn ich dir verrate, ist es noch Geheimnis?«

»Nein, aber warum hat Gott einen geheimen Namen? Reicht es nicht, wenn wir ihn ›Gott‹ nennen?«

»Du sollst nicht fragen, warum Gott Dinge tut.«

Die Kabbala war der wahre Stein der Weisen und ebenso wirklich wie die Zeichnungen in dem ledergebundenen Buch. Michael hätte gern mehr über die Kabbala und den geheimen Namen Gottes erfahren, aber Rabbi Hirsch wechselte das Thema und fuhr mit dem Finger über das nächste Bild: ein Ort, den Judah Hirsch sehr oft mit seinem Vater besucht hatte.

»Der alte jüdische Friedhof«, erklärte er mit gesenkter Stimme. »Nicht der, den man zum Bauplatz hat gemacht. Der Friedhof, auf dem schlafen die Toten.«

Auf dem Bild sah Michael Hunderte von Grabsteinen. Nein, nicht Hunderte – Tausende! Als er neben Judah Hirsch zwischen den engen Mauern des Friedhofs umherwanderte, sah er, dass die Steine sich windschief aneinander lehnten, manche halb in der Erde versunken waren. Hier lagen die Toten in zwölf Schichten begraben, erläuterte der Rabbi, und für jeden gab es eine hebräische Inschrift. Michaels Schuhe sanken in den Schmutz, und plötzlich verlor er den Boden unter den Füßen. Ihm wurde angst und bange. Mit aller Kraft hob er den Fuß, dass der Schlamm schmatzte, dann packte ihn sein Freund Judah am Arm und zog ihn auf den sicheren Kiesweg zurück. Ein silberner Regen begann zu fallen. Manche Steine trugen Symbole, die der Rabbi erklärte: eine Schere auf dem Grab eines Schneiders, Schale und Stößel für einen Apotheker, ein Buch für einen Drucker. Michael konnte die Namen und Daten auf den nassen Grabsteinen nicht lesen, denn sie waren allesamt hebräisch. Selbst wenn er Hebräisch gekonnt hätte, wäre es unmöglich gewesen, denn die Buchstaben waren von Wind und Wetter fast unleserlich geworden. Auf dem alten jüdischen Friedhof hatte nicht nur Gott einen geheimen Namen.

Der Rabbi deutete auf die Statue eines Mannes, die sich über die anderen Gräber erhob. Auf dem dazugehörigen Bild sah man einen Mann mit einem Faltengewand und einem topfartigen Hut; Augen und Gesicht lagen im Schatten. Wie ein echter Zauberer. Nicht irgendein Alchimist. Michael glaubte ganz deutlich ein blaues Leuchten im Schatten zu sehen.

»Ein sehr wichtiger Mann«, sagte der Rabbi.

»Wer ist er?«, fragte Michael. »Er hat den größten Grabstein auf dem ganzen Friedhof.«

Der Rabbi schwieg einen Moment, dann antwortete er: »Das ist Rabbi Loew.«

»L-O-E-W?«, buchstabierte Michael und dachte dabei an Loew's Metropolitan in der Fullerton Street.

»Ja, Judah Loew. Ich bin genannt nach ihm.«

»Warum hat er ein Bild für sich allein?«

»Weil er ist der berühmteste Rabbi in der Geschichte von Prag.«

»Kannten Sie ihn?«

Rabbi Hirsch lachte. »Nein. Er ist aus dem sechzehnten Jahrhundert, und ich bin geboren 1908.«

Siebenundvierzig weniger acht. Neun. Eins im Sinn. Neununddreißig ist er also, dachte Michael und musterte Rabbi Hirsch. Vielleicht achtunddreißig, wenn er erst nach Februar Geburtstag hat. Nur ein paar Jahre älter als meine Mutter. Aber er sieht viel älter aus.

»Warum war er so berühmt?«, fragte er.

»Eine lange Geschichte«, antwortete der Rabbi. »Eine große Geschichte ... Eine ... wie heißt das Wort? *Schreckliche* Geschichte. Aber eine Geschichte, die ist zu lang für heute Abend.«

Doch Michael wollte nicht gehen. Er wollte die dunkle Magie von Prag nicht verlassen und auf die ganz normalen Straßen Brooklyns hinaustreten. Er wollte mehr über die Wunder der Welt erfahren.

Den Namen Gottes.

Kabbala.

Magie.

Aber dann hörte er sich selbst gute Nacht sagen.

10. Kapitel

An einem Montagabend, als seine Mutter im Grandview arbeitete, kam die Polizei zu Michael. Er saß am Küchentisch und erledigte gerade in Windeseile seine Hausaufgaben, um sich endlich einen neuen *Captain Marvel* und ein *Crime Does Not Pay* vornehmen zu können, die er mit Jimmy Kabinsky getauscht hatte. Auf dem Tisch lagen seine Bücher, die leinene Schultasche stand offen neben ihm auf dem Boden. Seine Finger waren tintenverschmiert, weil sein Füller immer kleckste. Der Eintopf, den seine Mutter auf dem Herd hatte stehen lassen, war noch warm. Michaels Teller wartete in der Spüle darauf, dass er ihn vor der Heimkehr seiner Mutter abwusch und wegstellte. Im Radio lief leise WNEW. Harry James, »Ciribiribin«. Er war mit einer langen Divisionsaufgabe fertig und halb mit der englischen Grammatikaufgabe und schielte schon sehnsüchtig auf die Titelgeschichte von Pretty Boy Floyd, als er schwere Schritte vor der Wohnungstür hörte. Dann vernahm er ein tiefes Stimmengemurmel, schließlich wurde zweimal laut geklopft.

»Wer ist da?«, rief Michael.

»Polizei«, ertönte eine Stimme. »Aufmachen.«

Michaels Herz begann heftig zu pochen. Polizei in ihrer Wohnung – das hatte es noch nie gegeben. Wenn wenigstens seine Mutter da gewesen wäre.

»Na los«, rief die harte Stimme. »Wir haben nicht die ganze Nacht Zeit.«

Michael öffnete die Tür, und vor ihm standen Abbott und Costello, die beiden Kriminalbeamten, die seit Wochen in der Gegend herumschnüffelten. Aus der Nähe wirkte Costello noch fetter, mit seinen dicken Backen, dem kleinen Mund und der winzigen Nase. Abbott hatte eine graue Haut, schwarze Ringe unter den Augen, eine flache Boxernase, und zwischen seinen Fingern klemmte eine kalte Zigarre. Sie trugen Mäntel und graue Filzhüte.

»Bist du Michael Devlin?«, fragte Costello.

»Ja.«

»Ist deine Mutter da?«

»Nein. Sie ist bei der Arbeit.«

»Und dein Vater?«

»Der ist tot.«

Die beiden schielten an Michael vorbei in die Küche.

»Bist du allein?«

»Ja.«

Da gingen sie einfach an ihm vorbei, auf jeder Seite einer, traten in die Küche, und Abbott machte die Tür hinter sich zu. Sie nahmen so viel Platz ein, dass die Küche viel kleiner wirkte.

»Wir sind von der Kriminalpolizei«, erklärte der Fette. Sie standen da und ließen ihre Blicke durch die Küche und die anderen dunklen Zimmer wandern.

»Kennst du Mr. Greenberg? Yossel Greenberg? Den alle Mister G nennen?«

»Ich war manchmal in seinem Laden. Aber er ist weggezogen.«

»Er ist ins Krankenhaus gezogen, Junge«, erklärte der Graugesichtige. Er steckte die Zigarre in den Mund, nahm sich Feuer und begann in tiefen Zügen zu rauchen. Blauer Qualm kräuselte sich aus seinem Mund. »Sein Schädel ist an zwei Stellen gebrochen. Kann sein, dass er nicht mehr lebend rauskommt.«

»Wir haben gehört, du warst im Laden, als dieser Saukerl Frank McCarthy ihm den Schädel eingeschlagen hat«, meinte Costello.

Michael antwortete nicht. Er spürte, wie das Messer sich am Kiefergelenk in seine Wange bohrte und von da zum Mundwinkel herabglitt, um ihn für den Rest seines Lebens als Verräter zu brandmarken. Er starrte zu Boden. Wenn er lang genug auf den Boden starrte, würden die beiden Männer vielleicht verschwinden.

»Und?«, drängte der graugesichtige Abbott.

»Ich weiß nicht, wovon Sie reden«, sagte Michael.

Costello seufzte tief. Dann deutete er mit dem Finger auf Michaels Katechismus.

»Bist katholisch, richtig?«, fragte er.

»Ja.«

»Ich auch«, meinte Costello mit einem betrübten Schnaufen. »Und da drüben seh ich ein Chorhemd hängen, du bist also Ministrant, richtig?«

»Richtig.«

»Ich war auch mal einer«, meinte Costello. »Vor Jahren. *Ad Deum qui laetificat* und so weiter.«

»Zwei Ministranten, stell dir das mal vor«, stimmte der Graugesichtige ein.

Costello trat vor Michael, nahm den Katechismus in die Hand und legte ihn wieder hin.

»Und du studierst den Baltimore-Katechismus?«

»Ja.«

»Dann weißt du doch, dass Lügen eine Sünde ist, oder?«

»Ja.«

»Warum lügst du uns dann an, Michael?«

Michael schwieg.

»Vielleicht sollten Sie zurückkommen, wenn meine Mutter da ist«, meinte er dann leise und sah weg.

»Glaubst du, deine Mutter würde dir sagen, du sollst lügen? Sie ist auch katholisch. Es geht hier um ein brutales Verbrechen. Deine Mutter würde bestimmt einsehen, dass wir diesen Frankie McCarthy nicht ohne Zeugen drankriegen. Und du bist ein Zeuge, Junge. Unseren Informationen zufolge ... Warum willst du uns denn anlügen?«

»Vielleicht haben wir hier die Erklärung«, mischte sich jetzt Abbott wieder ein. Er hatte einen kleinen jiddischen Sprachführer in der Hand; Costello nahm ihn ihm ab und hielt ihn in seinen Wurstfingern hoch.

»Ein *jiddischer* Sprachführer?«, rief er. »Na, da wird uns doch einiges klar. Vielleicht hast du dich bei Mister G ein bisschen bedient, während Frankie ihn zusammengeschlagen hat?«

»Nein!«, rief Michael entsetzt und wollte ihm den Sprachführer aus der Hand reißen. Aber Costello ließ sich das Buch nicht abnehmen.

»Woher hast du es denn dann?«, wollte der fette Polizist wissen.

»Rabbi Hirsch hat es mir gegeben«, antwortete Michael.

»Wer zum Teufel ist Rabbi Hirsch?«

»Von der Synagoge in der Kelly Street«, erklärte Michael. »Ich bin sein Schabbes-Goj.«

»Was sagt man dazu?«, wandte sich Costello an den Graugesichtigen. »Ein Ministrant, der Hebräisch spricht!«

Abbott kicherte.

»Vielleicht kann er auch auf Hebräisch sagen: Du kommst ins beschissene Kittchen.«

Dann schlug der Fette mit der Hand an die Tür der Eistruhe.

»Wenn du die beschissenen Juden so gern hast«, brüllte er,

»dann hilf uns, den Saukerl dranzukriegen, der einen Juden verprügelt hat!«

Am liebsten hätte Michael losgeheult, aber er verbiss sich die Tränen. Er zitterte.

»Mister G ist im Kings County Hospital«, sagte der Fette etwas ruhiger. »Mit eingeschlagenem Schädel. Möglicherweise stirbt er. Weißt du, was das bedeutet? Es bedeutet, Frank McCarthy hat eine Mordanklage am Hals. Und weißt du auch, was das für *dich* bedeutet? Du machst dich der Beihilfe zu einem Mord schuldig. Wenn du nicht mit der Wahrheit rausrückst, bist du auch dran. Du deckst einen *Mörder*, Bürschchen! Du und deine Freunde, ihr habt euch den ganzen Tag im Laden von diesem Mister G rumgedrückt. Ihr alle seid dran. Und ich werde persönlich dafür sorgen, dass ihr hinter Schloss und Riegel kommt.«

»Stell dir die Blamage vor«, sagte Abbott und zog an seiner Zigarre. »Es würde deiner Mutter das Herz brechen.«

Der Fette zeigte auf das gerahmte Foto an der Wand.

»Ist das dein Vater?«

»Ja.«

»Im Krieg gefallen?«

»Ja.«

»Wo?«

»Ardennenschlacht.«

Costello seufzte.

»Die schlimmste Schlacht des ganzen Krieges.«

»Viel schlimmer als Pearl Harbor«, bestätigte auch der Graugesichtige.

»Glaubst du, er ist umsonst gestorben?«, fragte Costello und bohrte seinen Zeigefinger in Michaels Brust.

»*Nein!* Er ist für sein Vaterland gestorben!«

»Du glaubst, er ist gestorben, damit ein Scheißkerl wie Frankie McCarthy einen Juden zusammenschlagen kann?«

»Nein.«

»Glaubst du, er wäre stolz auf dich, weil du einen Saukerl wie Frankie McCarthy deckst?«

In diesem Moment ging hinter ihnen die Tür auf, und Kate Devlin kam herein. Mit überraschtem Gesicht musterte sie die Szene. Michael ging zu ihr und musste sich sehr anstrengen, nicht doch noch zu weinen.

»Jesus, Maria und Joseph, was ist denn hier los?«, rief sie. »Wer zum Teufel sind denn diese beiden Kerle?«

Der Fette griff in die Gesäßtasche und holte seine Brieftasche hervor. Michael sah seinen Revolver, glänzender blauer Stahl in einem abgewetzten Lederhalfter.

»Entschuldigen Sie, Ma'am«, sagte er, »Kriminalpolizei.« Er zeigte ihr seine Marke und drückte ihr eine Visitenkarte in die Hand. Da Kate die Karte nicht nahm, legte er sie auf den Tisch. »Wir führen die Ermittlungen wegen des Überfalls auf Mr. Greenberg vom Süßwarenladen durch. Möglicherweise stirbt der Mann, wissen Sie. Und –«

Michaels Mutter betrachtete sie mit einem finsteren Blick.

»Verlassen Sie auf der Stelle meine Wohnung«, sagte sie.

»Hören Sie, wir glauben, dass Ihr Sohn –«

»Wenn Sie nicht freiwillig verschwinden«, sagte sie, »werfe ich Sie raus.«

Die beiden Polizisten lüfteten ihre grauen Hüte und zogen sich in Richtung Tür zurück. Kate Devlin drückte ihren Jungen an sich.

»Wir kommen wieder«, sagte der Graugesichtige.

»Das kann ich mir denken«, entgegnete sie scharf. »Gute Nacht.«

Sie verriegelte die Tür hinter ihnen. Dann atmete sie rief aus, ließ Michael los und setzte sich an den Tisch.

»Was war denn *das*?«

Er erzählte es ihr. Als er fertig war, schüttelte seine Mutter traurig den Kopf, stand auf und ließ Wasser in den Teekessel laufen.

»Du bist irischer, als ich dachte«, meinte sie, nicht ohne einen gewissen Stolz. »In der alten Heimat gab es nichts Schlimmeres als einen Polizeispitzel. Verräter galten als Abschaum. Die elenden Briten haben sie jahrhundertelang gegen uns eingesetzt. Sie haben schwache Männer dazu benutzt, sie haben ganze Familien zerstört.« Während der Teekessel auf dem Gasherd summte, wusch sie Michaels Teller ab. »Das geht zurück bis auf Judas, der Jesus für Geld verraten hat. Viele Feiglinge haben das Geld des englischen Königs eingesteckt, sind nach Australien oder nach London abgehauen und haben eine Menge Elend hinterlassen. Ich bin stolz auf dich, mein Sohn.«

»Aber was ist mit Frankie McCarthy?«, fragte Michael. »Er hat es doch getan!«

»Wenn die Polizei ihn nicht bestraft«, sagte sie, »dann wird es Gott tun.«

Sie schenkte zwei Tassen Tee ein.

»Mach doch bitte mal das Fenster auf, Michael. Ich kann diesen Zigarrengestank nicht ertragen.«

11. Kapitel

In den nächsten Unterrichtsstunden drängte Michael den Rabbi, ihm mehr von dem geheimnisvollen Mann zu erzählen, dessen Statue auf dem alten Judenfriedhof in Prag stand, von Rabbi Judah Loew aus dem sechzehnten Jahrhundert. Dem Mann, der die Geheimnisse der Kabbala kannte und wie ein Zauberer aussah. Rabbi Hirsch ging nicht darauf ein, sondern tat so, als gäbe es Wichtigeres zu besprechen: Baseballregeln, Wörter für irgendwelche alltäglichen Tätigkeiten, die Namen ehemaliger Präsidenten. Was war ein Foul, warum nannte man Fabrikarbeiter »blue collar«, wie sprach man »Coolidge« aus? Michael bekam das Gefühl, dass die Geschichte von Rabbi Loew mehr Energie erforderte, als Rabbi Hirsch momentan aufbrachte. Oder dass die Geschichte eine bestimmte Art Wetter oder Musik oder Stimmung verlangte.

An einem regnerischen Nachmittag jedoch, nachdem Rabbi Hirsch Tee gekocht hatte, begann er zu erzählen, wobei er ein paar der ledergebundenen Bücher als Gedächtnisstütze heranzog. Schon bald fühlte sich Michael in ein zugiges Steingebäude versetzt, der Regen prasselte aufs Dach, und ein Feuer brannte im Kamin. Allmählich kam der Rabbi in Fahrt, und Michael ließ sich von seinen Worten davontragen.

Wieder befand er sich in Prag, diesmal in jener schrecklichen

Zeit des sechzehnten Jahrhunderts, als die Juden in ganz Europa gnadenlos verfolgt wurden. Rabbi Loew stand der Altneu-Synagoge im jüdischen Ghetto vor, das man damals das fünfte Viertel nannte. Rabbi Loew war ein schlanker, ernster, bedächtiger Mann, ein fürsorglicher Ehemann, seiner Tochter ein guter Vater, er war freigiebig gegenüber den Armen und lebte in einem bescheidenen Haus mit einem kleinen ummauerten Garten. Gleich nebenan war die Synagoge, in der der Rabbi die meiste Zeit verbrachte. Wenn er nicht im Gotteshaus war, so saß er in seinem Studierzimmer, umgeben von seinen Büchern. Jeder wusste, dass Rabbi Loew kein Interesse an weltlichen Gütern hatte; wenn er ein neues Buch brauchte, um sein Wissen zu vergrößern, verzichtete er einfach eine Woche lang aufs Essen. In Prag respektierte man ihn so, dass er sich überall in der Stadt frei bewegen konnte und nicht im Ghetto zu bleiben brauchte.

Am meisten respektierte, ja fürchtete ihn Kaiser Rudolf. Michael sah Rudolf im Hradschin – einen großen Mann mit wilden Augen wie der Schauspieler John Carradine, der riesige Sammlungen von Kunstgegenständen, Tieren und allen möglichen Raritäten besaß. In seinem Privatzoo gab es einen zweiköpfigen Alligator, Schlangen mit Beinen, eine Kuh mit dem Euter am Rücken. Und da – zwei Nägel aus der Arche Noah! Erde von einem Ort namens Hebron, wo Gott Adam nach seinem Bild erschaffen hatte. Und das Horn eines Einhorns!

Dann fuhr Kaiser Rudolf, das Gesicht hinter einer weißen Maske aus Japan verborgen, in einer Kutsche über das Kopfsteinpflaster von Prag – er war unterwegs zu Rabbi Loew. Er besuchte ihn in seinem Studierzimmer mit den vielen Büchern, wo der Rabbi die Vorhänge zuzog, Kerzen anzündete und den Klagen des Kaisers lauschte: verräterische Alchimisten, Spione der habgierigen Engländer, Grenzscharmützel mit den Türken.

Nickend empfing der Kaiser Rabbi Loews Ratschläge, umarmte den weisen Mann und eilte zurück in das nebelumwaberte Schloss.

Aber es war nicht nur Rabbi Loews Wissen, das den Kaiser zu ihm trieb. Der Rabbi besaß noch etwas anderes, das der Kaiser sich nicht kaufen, das er nicht sammeln konnte, etwas, was er gleichzeitig wünschte und fürchtete.

Magie.

Die Magie der Kabbala.

Michael sah Rabbi Loew in seinem großen grünen Sessel im Studierzimmer, ein Feuer brannte im Kamin, ein Stück Papier lag auf seinem Schoß. Eine Hand hielt er an die Schläfe, die Augen waren geschlossen. So nahm er mit den Rabbis überall in Europa Verbindung auf, und plötzlich bewegte sich seine Hand, mit der er die Schreibfeder hielt, und auf dem Papier erschienen Worte in einer Sprache, die niemand kannte. Sie berichteten von Judenverfolgungen, von der Entführung jüdischer Frauen, von erzwungenen Religionsübertritten, von Verbrennungen auf dem Scheiterhaufen. Rabbi Loews Ratschläge gelangten nach Russland, Italien und Belgien, ohne dass ein Wort gesprochen wurde, ohne dass Rabbi Loew auch nur die Augen aufschlug. Magie.

Wie in einem Kinofilm beobachtete Michael, in welcher Weise der Hohe Rabbi seine Kräfte einsetzte. Beispielsweise beim ersten Mal, als der Kaiser sein Haus betrat. Ein eifersüchtiger Gehilfe des Rabbis – ein kleiner, fetter, habgieriger Mann, der trotz des kalten Winternachmittags stark schwitzte – fälschte einen Brief an den Kaiser und lud ihn zu einem offiziellen Bankett im Haus des Rabbis ein. Dies geschah in der Absicht, den Rabbi in Verlegenheit zu bringen, dessen enge, mit Büchern voll gestopfte Behausung für ihn und seine Familie ganz in Ordnung war, sich aber natürlich nicht für ein Diner mit einem gottverdammten Kaiser eignete. Der Kaiser schickte eine Nachricht, er werde kommen. Rabbi Loew wusste, dass es für die Juden schlecht gewesen wäre, wenn er nun absagte. Deshalb wandte er sich an die Kabbala.

Michael sah ihn in seinem Studierzimmer, wie er die magischen Alphabete zu Rate zog, wie er tief konzentriert Worte in einer Geheimsprache vor sich hinmurmelte. Dann kam der Abend des so genannten Banketts. Kaiser Rudolf schickte sich an, das Schloss inkognito in einer Verkleidung zu verlassen, und Rabbi Loew trat vor sein Haus, um den Himmel zu betrachten. Dort erschien, nur für ihn sichtbar, eine große Schar Engel mit einem Marmorpalast, den sie aus einem fernen Königreich mitgebracht hatten.

Engel. Die in der Luft umherschwebten. Flügelschlagend. Mit Muskeln wie von Ringkämpfern.

Diese Engel setzten den Palast auf einem leeren Grundstück des Judenviertels ab, und plötzlich wurde er für alle sichtbar.

Michael wanderte durch den Bankettsaal des Palastes, einen riesigen Raum, erleuchtet von zehntausend Kerzen, und musterte Rudolf, der flüsternd auf Rabbi Loew einredete. Diener glitten an ihm vorüber und trugen große Platten mit gefüllten gebratenen Vögeln und dicken Keulen oder silberne Suppenschüsseln auf, und die Luft war erfüllt vom Duft des Festmahls. Michael lauschte den Musikern, die traurige, melancholische Weisen zum Besten gaben. Er sah den Jongleuren und Akrobaten zu, die den Kaiser zum Lachen brachten. Er sah den missgünstigen Gehilfen in der Nacht verschwinden, sicherlich auf Nimmerwiedersehen. Das Bankett wurde ein sensationeller Erfolg, und als der Kaiser in den frühen Morgenstunden zum Hradschin zurückkehrte, war er zutiefst beeindruckt.

»Ehe der Kaiser erreicht sein Schloss«, berichtete Rabbi Hirsch, »da tragen die Engel den Palast zurück an seinen Herkunftsort. Später Rabbi Loew erzählt dem Kaiser von den Engeln und dem hinterhältigen Gehilfen, der verursacht hat das Problem, und der Kaiser sagt: ›Rabbi, das nächste Mal ich komme in dein richtiges Haus.‹ Und das er hat getan. Aber danach niemand kann mehr zu dem Wunder Fragen stellen. Wenn sie es tun, sie nennen den Kaiser einen Narren.«

Danach tauchte zum ersten Mal der Schurke der Geschichte auf: Bruder Thaddeus, ein Riese ohne ein einziges Haar auf dem Kopf, ohne Wimpern, ohne Augenbrauen. So kahl wie Dr. Sivana in *Captain Marvel* oder Lex Luthor in *Superman*. Er war Rabbi Loews schlimmster Feind und der schlimmste Judenhasser. Oft erzählte er Lügen, um seine Jünger aufzuhetzen. Um das Passahfest herum war er am gefährlichsten und verbreitete Gerüchte, die Juden hätten Christenbabys umgebracht und ihr Blut mit dem ungesäuerten Brot gemischt, das man Matzen nannte. Warum? Um Aufstände zu provozieren – Pogrome –, um den Mob anzustacheln, die Juden zu töten oder zu vertreiben und ihre Häuser und Läden zu übernehmen. Rabbi Loew musste seine ganze Macht einsetzen, um solche Pläne zu durchkreuzen.

Plötzlich kauerte Michael in einem Hauseingang, und der Mob marschierte aufs Judenviertel zu, alte Männer und junge Frauen wurden mit Steinen beworfen, Fensterscheiben gingen zu Bruch, zugespitzte Stangen – so genannte Piken – wurden geschwungen. Bruder Thaddeus stand auf seinem Balkon und grinste höhnisch. Doch dann – *Shazam!* – verwandelten sich die Steine mitten in der Luft in Rosen. Große, dicke weiße Rosen! Ihre Blütenblätter rieselten herab wie Schneeflocken, und Bruder Thaddeus wurde furchtbar wütend. Er brüllte Befehle, und der Pöbel warf noch mehr Steine. Aber sie verwandelten sich wieder in Rosen, und bald häuften sich die Blumen kniehoch in den Straßen. Eine Gruppe junger Juden tauchte auf, um sich dem Mob entgegenzustellen. Sie verbeugten sich tief und bedankten sich für die Blumen. Aus seinem Studierzimmer beobachtete Rabbi Loew die Vorgänge. Aber er lächelte nicht.

Dann wechselte die Szenerie: Wieder rottete sich der Pöbel zusammen, diesmal auf einem Kirchplatz. Die Menschen beluden Körbe mit Steinen und wetzten Messer, während Bruder Thaddeus Gott um seinen Segen für die Unternehmung bat. Doch da wurde es plötzlich dunkel, ein Blitz schrieb zuckend eine Warnung an den Himmel, und die Wolken rissen über der Stadt auf. Über eine Stunde lang regnete es Hunde, Tausende von Hunden, die weich auf ihren vier Pfoten landeten, bellten und jaulten und die Zähne fletschten. Bruder Thaddeus suchte Schutz in der Kirche. Seine Anhänger zitterten und zagten vor Angst, ließen die Steine fallen und rannten davon. Michael war sicher, dass ein Vorfahre von Sticky dabei gewesen war.

Rabbi Hirsch erklärte, dass Rabbi Loew durch den Zauber der Kabbala zu den Hunden und Vögeln sprechen konnte und dass sie oft zu ihm kamen, um ihn zu warnen, wenn Bruder Thaddeus etwas ausheckte. So erfuhr er auch von der geplanten Revolution gegen Kaiser Rudolf. Bruder Thaddeus redete seinen Anhängern ein, der Kaiser sei wahnsinnig geworden und müsse gestürzt werden. Daraufhin horteten sie Waffen und bereiteten einen Umsturz vor.

Spät an einem Abend schrieb Rabbi Loew einen langen, ausführlichen Brief an den Kaiser, warnte ihn, dass sich ein Aufstand zusammenbraute, und bat ihn, das Judenviertel zu beschützen. Er versiegelte den Brief mit Wachs und gab ihn Michael, damit er ihn zum Schloss brachte. Schließlich war Michael ja ein Schabbes-Goj. Ihn würde man auf den Straßen außerhalb des Ghettos nicht anhalten. Der Junge nahm den Brief und machte sich auf den Weg durch das nächtliche Prag, durch enge Gassen, wo die Gebäude windschief aneinander lehnten und Ratten durch die Dunkelheit huschten. Er ging an den Mauern menschenleerer Plätze entlang, überquerte den Fluss hinüber zur Kleinseite und stieg den endlosen Weg hinauf zur Burg. Als er schon ganz nah war, erschienen sechs Wachen, die Gesichter hinter eisernen Visieren verborgen, Lanzen und Streitäxte in den Händen. Sie entrissen Michael den Brief und sagten ihm, er solle sich nach Hause scheren. Von den Burgmauern sah man Feuer in den Bergen. Eine Wache lachte und meinte, das seien Freudenfeuer. Sie schicken die Juden zur Hölle, sagte er.

Michael berichtete Rabbi Loew vom Ausgang seiner Unternehmung, aber ein Rabe hatte ihm die Nachricht bereits überbracht. Überall im Königreich wurden Juden getötet, wenn sie sich außerhalb des Ghettos aufhielten. Als Nächstes würden die Mörder die Ghettomauern stürmen. Wir warten drei Tage, erklärte der Rabbi Michael, dann müssen wir drastische Maßnahmen ergreifen.

Drei Tage verstrichen. Mehr Juden wurden umgebracht. Von Rudolf kein Wort. Da ergriff der Rabbi die Initiative.

Er beschloss, den Golem zu machen.

»Den was?«, fragte Michael in der Synagoge in Brooklyn.

»Den Golem«, antwortete Rabbi Hirsch. »Das Wort, es bedeutet im Wörterbuch so etwas wie Roboter. Aber das englische Wort, weißt du, ist nicht wirklich wahr. Nicht gut genug. Nicht *richtig.* Für Rabbi Loew hatte der Golem eine andere Bedeutung.«

Die Geschichte vom Golem hatte ein Jahr zuvor begonnen, als Rabbi Loew dem Kaiser im Schloss einen nächtlichen Besuch abstattete. In der Sammlung des Kaisers befand sich unter den Tausenden von Kunstgegenständen auch ein schwerer Silberlöffel, fast fünfzig Zentimeter lang, auf dessen Stiel hebräische Schriftzeichen eingraviert waren. Kaiser Rudolf bat Rabbi Loew um eine Übersetzung. Voller Bestürzung las Rabbi Loew den Text, und er übersetzte dem Kaiser nicht alles. Er log ihn nicht an, er sagte ihm nur nicht jedes Wort. Aus gutem Grund: Er hatte Angst vor dem, was da stand.

Dann wurde der Löffel weggelegt, und der Kaiser zeigte dem Rabbi voller Begeisterung einen Affen, der Klavichord spielen konnte, und ein Bild der Jungfrau Maria, das echte Tränen weinte. Doch am Ende des Abends überreichte der Kaiser dem Rabbi den Löffel als Geschenk.

»Er sagt, nimm ihn mit, benutz ihn für Suppe«, erzählte Rabbi Hirsch. »Rabbi Loew nimmt ihn mit, aber er macht nicht Suppe.«

Auf dem Heimweg durch die nebligen Straßen klopfte Rabbi Loew vor Aufregung das Herz bis zum Hals. Er wusste, dass er den Löffel geschenkt bekommen hatte, der im Buch der Schöpfung erwähnt wurde. Mit diesem Löffel konnte er aus Lehm einen Menschen formen. Und wenn er die richtigen Worte aus der Kabbala sprach, konnte er die Lehmgestalt zum Leben erwecken.

Das bedeutete, er konnte durch die Weisheit Gottes den Golem machen.

Den Golem, die riesige Kreatur, über die in den geheimen Büchern und in den Psalmen geschrieben wurde.

Der Golem, der nicht zerstört werden konnte.

Der Golem, der tun musste, was immer die Juden von ihm verlangten.

»Wie in *Frankenstein*«, warf Michael leise ein. »Kennen Sie den Film? *Frankenstein*, mit Boris Karloff?«

»Ich habe nicht gesehen diesen Film«, entgegnete Rabbi Hirsch.

Michael erzählte ihm die Geschichte und dass Boris Karloff das Monster spielte, das Dr. Frankenstein aus Leichenteilen geschaffen hat. Der Film wurde jedes Jahr im Venus gezeigt.

»Der Golem«, meinte Rabbi Hirsch, »der Golem ist kein Film.«

Dann erzählte er, wie Rabbi Loew drei Tage lang fastete und betete und seinen Körper reinigte. Dann verließ er in einer mondlosen Nacht in Begleitung zweier junger, unschuldiger Gehilfen durch einen Geheimgang das Ghetto. Michael sah, dass er den Silberlöffel dabeihatte und unter seinem Mantel ganz in Weiß gekleidet war. Die drei Männer gingen zum Ufer der Moldau. Im Schweiß ihres Angesichts und ohne ein Wort zu sprechen, begannen sie aus dem Lehm des Flussufers den Körper eines Mannes zu formen.

Dann sah Michael, wie Rabbi Loew ein Stück Pergament aus seiner Jackentasche zog und darauf einige hebräische Worte schrieb. Schriftzeichen, die nur er kannte. Ein *shem*, nannte man das. Auch der Name Gottes gehörte dazu. Er führte das *shem* in den Mund des Golem ein, beugte sich über ihn und flüsterte ihm ein geheimes Gebet ins Ohr. Dann ritzte er ein Wort auf die Stirn des Golem, ein Wort, das Michael nicht lesen konnte. Nun entfernte Rabbi Loew das *shem* wieder, er und seine Gehilfen tanzten im Kreis hierhin und dorthin, wobei sie siebenmal den geheimen Namen Gottes sangen. Michael verstand die Worte nicht.

Aber da färbte sich der Lehm rot, als würde er gebrannt, es erhob sich ein geheimnisvoller Wind, er kühlte wieder ab, und ganz langsam erhob sich der Golem am Flussufer.

Er lebte.

»Der Golem ist über zwei Meter groß, seine Haut hat die Farbe von Lehm«, flüsterte Rabbi Hirsch. »Er steht nackt am Ufer, bis einer der Gehilfen ihm gibt ein Gewand. Sie merken, er kann nicht sprechen, der Golem, aber seine Augen und was er tut, sagen ihnen, dass er versteht alles.«

»Auch Jiddisch?«

»Selbstverständlich. Und Hebräisch. Und Deutsch. Und Tschechisch und vielleicht ein bisschen Griechisch. Er versteht, was er verstehen muss.«

Shazam!

»Wie Captain Marvel«, sagte Michael.

»Wer?«

Ein wenig verlegen antwortete Michael: »Das ist bloß ein Comic.« Dann beugte er sich vor und bat: »Erzählen Sie den Rest der Geschichte.«

»Den Rest?«

»Was hat der Golem gemacht?«

Rabbi Hirsch sah unbehaglich drein.

»Wozu die Juden ihn brauchen«, antwortete er.

Dann lehnte sich Rabbi Hirsch mit halb geschlossenen Augen in seinem Stuhl zurück und entführte Michael zurück nach Prag, um ihm die Taten des Golem zu zeigen. Michael sah, wie der Golem durch die Nacht schritt und ein jüdisches Mädchen befreite, das gegen seinen Willen getauft wurde. Er sah, wie der Golem eine Million Vögel am Himmel zusammenrief, damit sie den Legionen von Bruder Thaddeus auf den Kopf kackten. Er sah, wie der Golem im dunklen Hauseingang von Bruder Thaddeus stand und die Schlösser mit Mörtel füllte, sodass Bruder Thaddeus drei Tage und drei Nächte nicht herauskam und sich seine Anhänger nicht verschwören konnten.

»Konnte er sich auch unsichtbar machen?«, fragte Michael, dem Claude Rains in *Der Unsichtbare* einfiel.

»Sicher. Wenn Rabbi Loew es will.«

Aber Michael war bald klar, dass der Golem gelegentlich auch ohne Anweisungen von Rabbi Loew handelte. Das seltsame Wesen wusste, dass er ein Soldat in einem Krieg war, und er hatte einige ganz persönliche Einfälle, wie er geführt werden sollte. Eines Abends betrat er unsichtbar das Haus von Bruder Thaddeus, der gerade Besuch von einem Judenhasser aus Wien hatte. Der Golem machte Michael ebenfalls unsichtbar und nahm ihn mit in die riesige Küche. Dort sah Michael zu, wie der Golem in die Weinflaschen pisste und die Servierplatten vertauschte. Er stand daneben, als die glänzenden Silberschalen an der Tafel aufgedeckt wurden und Bruder Thaddeus und seine Gäste voller Entsetzen auf die gebratenen Überreste von Ratten starrten.

»Großartig!«, rief Michael und lachte laut.

»Ja, der Golem, er hat Humor«, sagte der Rabbi und lächelte ebenfalls. Der Golem hatte Zauberkräfte, erklärte er, aber er war kein Gott; in gewisser Hinsicht war er wie ein großes Kind.

Bei einem anderen Besuch in Bruder Thaddeus' Haus zeigte der haarlose Mönch zwei adligen Damen seine Kunstsammlung, die in einer großen Galerie mit zahlreichen Ecken und Nischen untergebracht war. Thaddeus war sehr reich, weil alle Leute, die die Juden hassten, ihm Geld gaben. Unter seiner Mönchskutte trug er blank polierte Lederstiefel, genau wie die Nazis, und seine Absätze klickten, wenn er den Korridor hinunterging. Bruder Thaddeus trat also mit der parfümierten Gräfin und der in Seide gehüllten Prinzessin und ihren Zofen in eine der Nischen. Die ganze Zeit über kommentierte er die Kunstwerke und vor allem seinen eigenen erlesenen Geschmack und prophezeite, wie viel besser die Kunst werden würde, wenn man erst einmal die Juden los wäre.

Vor einem Werk, das nicht einmal Bruder Thaddeus kannte, hielten sie inne: zwei riesige Terrakottakugeln, die im rechten Winkel aus der Wand ragten. Bruder Thaddeus erging sich in Erläuterungen darüber, welche gloriosen Überreste der etruskischen Kultur in Italien entdeckt worden waren, über Glasur, das Brennen und die Lagerung. Neugierig rückten die Ladys näher, und eine von ihnen berührte ehrfürchtig die vermeintlichen Terrakottakugeln.

Sie waren ganz weich!

»Siehst du, sie hat angefasst den Hintern des Golem!«, erklärte Rabbi Hirsch. »Den er durch das Loch streckte, das er gemacht hat in die Mauer. Und dann gibt er ihnen – wie sagt man?«

Er blätterte im Wörterbuch.

»Effluvium! Er lässt in die Luft ein *Effluvium*!«

»Einen Furz!«

»Ja! Ja! Einen dicken großen *Furz*! Und die Ladys fallen um, als ob es wäre giftiges Gas, und Bruder Thaddeus beginnt zu schluchzen, und der Golem läuft weg und lacht und lacht!«

Eine Weile lachten sie beide über den Triumph des Golem. Dann wurde der Rabbi allmählich wieder ernst.

»Aber Bruder Thaddeus, er gebte, er *gab* einfach nicht auf«, sagte er. »Danach er hat geplant ein schreckliches Verbrechen. So schrecklich, dass er muss bestraft werden.«

In der Woche vor dem Passahfest verschwand ein kleines Christenmädchen, und in einem Traum sah Rabbi Loew, dass dies Teil eines hinterhältigen Plans war und dass die Schuld dafür den Juden in die Schuhe geschoben werden sollte. Zwei Worte hallten durch den Traum des Rabbis: Fünftes Palais. Michael stellte ihn sich vor, wie er in seinem kerzenerleuchteten Studierzimmer aus dem Traum emporschreckte und murmelte: »Fünftes Palais, Fünftes Palais ...« Schließlich erklärte er Michael, diese Worte seien der Schlüssel, wie man die üblen Pläne von Bruder Thaddeus abwenden könnte. Nachdenklich spielte er mit seinem Bart.

Das »Fünfte Palais« war ein verfallenes Schloss, das einem

Kaiser gehört hatte, der verrückt geworden war, ehe Rudolf nach Prag gekommen war. Dieser Kaiser hatte sich eingebildet, von allen möglichen Feinden verfolgt zu werden, deshalb baute er ein Netzwerk von Geheimgängen vom Fünften Palais zu anderen Gebäuden der Gegend. Sein Leben lang war er auf der Flucht. Ein Tunnel führte sogar in den Keller der Altneu-Synagoge, wo er sich als Jude verkleiden und im Nebel verschwinden konnte. Ein weiterer Gang war mit dem Grünhaus verbunden, in dem Bruder Thaddeus jetzt wohnte. Als der Kaiser endlich abdankte, zerstörten seine Feinde das Fünfte Palais. Jetzt lagen die Eingänge in Trümmern, und es gab keine Karten oder Pläne mehr.

In dieser Nacht folgte Michael Rabbi Loew und dem Golem durch die Straßen, vorbei an Spionen und Polizisten, bis sie zum Fünften Palais kamen. Der Golem räumte Steinbrocken und Balken beiseite, bis sie endlich eine Treppe fanden, die zu einer verschlossenen Tür führte. Der Golem riss sie aus den Angeln, als spielte er mit einem Puppenhaus. Rabbi Loew trat ein. Vor ihnen lag ein dunkler, feuchter Tunnel. Ratten huschten ihnen um die Füße. Wasser tropfte von der Decke. Michael bewegte sich durch die Finsternis der Geschichte und sah doch alles.

Dann zündete der Rabbi zwei *Hawdolah*-Kerzen an, und er und der Golem betraten den Tunnel. Nach einer Weile kamen sie an eine Art Kreuzung, wo andere Gänge in verschiedene Richtungen abzweigten. Der Golem hielt inne und schnüffelte. Mit einem Kopfnicken bedeutete er dem Rabbi schließlich, ihm in den rechten Tunnel zu folgen. In der Luft lag ein metallischer Geruch. Rabbi Loew sah aus, als beträte er den Vorhof der Hölle.

Schließlich jedoch gelangten sie in einen großen Raum mit glänzenden Steinwänden, voller vermoderter Tische, mit Spinnweben behangener Töpfe, Becher, Röhren: die verlassene Werkstatt eines Alchimisten. Selbst Rabbi Loew verspürte einen kalten Schauer, den Michael jetzt noch, vierhundert Jahre später, nachfühlen konnte.

Dann wurde der Golem aufgeregt, knurrte, und seine Nüstern blähten sich. Er eilte in eine dunkle Ecke und kam mit zwei Körben zurück. An ihnen hingen keine Spinnweben, und Rabbi Loew fand darin fast dreißig Fläschchen mit frischem Menschenblut. Auf jedem davon klebte ein Etikett mit dem Namen eines bekannten Juden. Im anderen lag, in einen jüdischen Gebetsschal, einen *Talles*, gehüllt, die Leiche eines Kindes.

»In diesem Augenblick kennt Rabbi Loew den Plan«, flüsterte Rabbi Hirsch.

Es war eindeutig: Kurz vor dem Passahfest wollte Bruder Thaddeus die Leiche und die Fläschchen mit Blut durch den Geheimgang in den Keller der Altneu-Synagoge bringen lassen. Von dort würden seine Handlanger die Fläschchen im Judenviertel verteilen und die Leiche des Kindes in Rabbi Loews Haus legen. Dann konnte Bruder Thaddeus die Polizei rufen und »beweisen«, dass die Juden Menschenopfer darbrachten.

Welch eine Verleumdung!

Rabbi Loew handelte rasch. Er beauftragte den Golem, das Kind durch die Geheimgänge zurückzutragen und im Keller von Bruder Thaddeus' Villa zu verstecken. Der Golem lächelte und machte sich mit der Leiche auf den Weg, während Rabbi Loew für die Seele des Kindes betete. Als der Golem zurückkam, ließ ihn der Rabbi ein tiefes Loch in den Lehmboden graben und die Fläschchen mit dem Blut darin verbergen. Der Golem tat, wie ihm geheißen, und bedeckte das Loch mit Erde, Steinen und Balkenstücken. Dann gingen sie zurück. Die Ratten waren verschwunden.

Am nächsten Morgen – es war der Tag vor dem Passahfest –

führte die Polizei anhand der Liste von Bruder Thaddeus eine Razzia im Judenviertel durch. Michael sah sie in Pferdekutschen vor dem Haus des Rabbis ankommen, zwei Polizisten in Zivil, einer groß und grau, der andere klein, dick und rotbackig. Ihnen folgten über dreißig berittene Polizisten in Uniform. Danach traf Bruder Thaddeus in seiner Prachtkutsche ein, denn er wollte sich nichts entgehen lassen, und seine Lederstiefel klickten auf dem Kopfsteinpflaster.

Die Polizei fand nichts. Bruder Thaddeus war zutiefst bestürzt. Als er mit der Polizei an den Ruinen des Fünften Palais vorbeikam, schlug er vor, die Polizisten sollten den Keller des Palastes und die nahe gelegene Altneu-Synagoge durchsuchen, und erinnerte sie daran, dass es schon seit langem Gerüchte über Geheimgänge gab.

Die Polizisten taten, was er ihnen sagte, und suchten stundenlang. Aber sie waren erfolglos. Michael sah, wie Bruder Thaddeus erblasste. Schweißperlen erschienen auf seiner Glatze. Er blinzelte mit seinen wimperlosen Lidern und eilte davon, um seine Handlanger zu suchen und herauszufinden, was schief gegangen war. Doch diese waren aus Angst vor seinem Zorn in die Berge geflohen, als sie merkten, dass die Fläschchen verschwunden waren.

So verliefen die acht Tage des Passahfestes ohne das beabsichtigte Pogrom. Dann kam Ostern. Bruder Thaddeus lud alle wichtigen Prager Persönlichkeiten zu einem üppigen Bankett ein, unter ihnen auch den Bürgermeister und den Polizeichef, der die beiden Kriminalbeamten als Leibwächter mitbrachte. Alle waren um die Tafel versammelt, als Bruder Thaddeus einen Diener in den Weinkeller schickte, um einen der ältesten und feinsten Jahrgänge zu holen. Nach einigen Minuten erschien der Diener mit schreckgeweiteten Augen.

»Sie ist da unten!«, schrie er. »Da unten im Keller!«

Und plötzlich war die Hölle los.

Alle rannten zum Weinkeller, alle – außer Bruder Thaddeus.

Als sie zurückkamen, trug der Polizeichef ein totes Kind auf den Armen. Michael sah sein aschfahles Gesicht. Die Kriminalbeamten sahen erst einander und dann Bruder Thaddeus an. Der Mönch wich in eine Ecke zurück, wie ein Tier in der Falle. Der Bürgermeister verkündete: »Das wart Ihr!« Und da begann Bruder Thaddeus zu weinen.

Ein langes Schweigen senkte sich über die Synagoge in Brooklyn.

»Hat man ihn aufgehängt?«, fragte Michael schließlich. »Ihm den Kopf abgehackt?«

»Nein. Sie nicht wollten ihn zum Märtyrer machen, und Rabbi Loew war einverstanden. So man schickte Bruder Thaddeus ins Gefängnis, für zwölf Jahre. Dort er ist gestorben und hat den Juden gegeben auch dafür die Schuld.«

»Und was wurde aus dem Golem?«

»Er – nun, das ist andere Geschichte. Traurig. Weil es ist eine Liebesgeschichte, und alle Liebesgeschichten sind traurig.«

Einen Moment sah Michael seine Eltern vor sich, die sich langsam im Tanz drehten, wie ein Paar in einem melancholischen Film. Sein Vater trug Uniform, seine Mutter ein Ballkleid. Sie tanzten in einem Marmorsaal. Rabbi Hirsch starrte auf seine Hände, und zum ersten Mal bemerkte Michael den Ehering an seiner linken Hand.

»Das Problem ist einfach«, meinte der Rabbi. »Der Golem ist gemacht aus Lehm, ja. Er ist sehr groß, ja. Sehr stark, ja. Er kann nicht sprechen und muss jedem Befehl gehorchen, den ihm gibt Rabbi Loew. Aber er hat auch eigene Gedanken, eigene Pläne. Schlimmer, viel schlimmer – er hat Gefühle eines Menschen.« Er stockte. »Und als Bruder Thaddeus sitzt im Gefängnis, als die große Gefahr ist vorüber für die Juden – jedenfalls für eine kleine Weile –, da ruht sich Rabbi Loew ein wenig aus. Und auch der Golem. Er macht normale Dinge, Gartenarbeit, und Rabbi Loew gibt ihm sogar einen Namen: Yossel. Wie Joseph. Joseph Golem.«

Dieser Joseph Golem nun begann sich für eine junge Frau namens Dvorele zu interessieren, eine Waise. Ihre Familie war von Bruder Thaddeus' Anhängern vernichtet worden, ihr Haus in einem der Feuer abgebrannt, die so viele jüdische Heimstätten auf dem Land zerstört hatten. Nach monatelangem Umherirren hatte sie im Haushalt des Rabbis Zuflucht gefunden. Dort arbeitete sie in der Küche, unter der Aufsicht der Frau des Rabbis. Sie half beim Putzen, sie wusch die Wäsche, sie lernte lesen und schreiben. Michael sah sie deutlich vor sich: klein und dunkel, mit riesigen braunen Augen wie Rosalie Caputo in der sechsten Klasse in Sacred Heart, ziemlich schweigsam, noch immer wie gelähmt von dem Grauen, das ihre Eltern, ihre drei Brüder und zwei Schwestern das Leben gekostet hatte.

»Joseph Golem beobachtet sie«, sagte Rabbi Hirsch, »er hilft bei ihrer Arbeit, und bald – o weh! – entsteht Liebe in seinem Herzen.«

Michael musste an Boris Karloff in *Frankenstein* denken, wie er mit den Blumen und dem kleinen Mädchen am See spielte. Er sah, wie der Golem Dvorele zu erklären versuchte, was er für sie empfand, wie er versuchte, ihr die Regungen seines Herzens zu vermitteln. Aber er konnte nicht sprechen. Er rollte die Augen. Er machte ein trauriges Gesicht. Er legte die Hände an die Stirn. Er deutete auf sein Herz und dann auf Dvorele. Aber sie wich ihm aus und machte sich ans Kartoffelschälen oder Staubwischen. Joseph Golem verzehrte sich vor Sehnsucht. Nachts lag er auf seiner Zweimeter-Pritsche im Keller, und manchmal weinte er.

In einer kalten Nacht hörte Rabbi Loew Joseph Golems markerschütterndes Schluchzen. Er stand auf, zündete eine Kerze an und ging hinunter, um nach ihm zu sehen. Beim Anblick des Golem, der sich in Qualen auf seinem Bett herumwälzte, mit den Zähnen knirschte und die Hände rang, überkam den Rabbi großes Mitleid.

»Joseph Golem braucht Worte«, erklärte Rabbi Hirsch, »aber er hat keine Sprache. Nicht Jiddisch. Nicht Hebräisch. Nicht Deutsch. Nicht Tschechisch. Und bei Liebe es geht fast immer um Worte.«

In dieser Nacht tröstete Rabbi Loew den Golem, flüsterte Gebete für ihn und beschwichtigte sein verwirrtes Herz. Schließlich fiel Joseph Golem in einen tiefen Schlaf. Rabbi Loew starrte ihn lange an, ehe er in sein eigenes Bett zurückkehrte.

»Er denkt, Zeit ist kurz für dieses arme Wesen«, erzählte Rabbi Hirsch. »Er muss beten, um zu finden heraus, was zu tun ist.«

Am nächsten Tag jedoch musste Rabbi Loew beruflich nach Pilsen reisen, und er hatte keine Zeit, Gott um Rat zu fragen. Sobald er abgereist war, suchte Joseph Golem Dvorele im kleinen Garten des Rabbi-Hauses auf. Es war Frühling, Bienen summten, Wasser plätscherte in dem Brunnen, den einer der Sephardim zur Erinnerung an Andalusien gebaut hatte. Joseph Golem lächelte, nahm Dvoreles kleine Hand und deutete auf die fernen Berge.

Komm mit mir, schien er zu sagen.

Komm mit in die Berge von Böhmen, zu den klaren Bächen und grünen Wiesen.

Komm, süße Dvorele, komm mit mir.

Aber Dvorele war jenseits dieser Berge aufgewachsen, und sie glaubte, Joseph Golem wollte sie zu den Schrecken zurückbringen, denen sie entflohen war, und sie begann zu schreien.

Laut, aus vollem Hals. Und sie rannte vor Joseph Golem davon.

Messer und Speere konnten dem Golem nichts anhaben, aber jetzt begann er zu wüten, so verletzt und enttäuscht war er. Michael stellte sich vor, wie er den Brunnen umwarf, Äste von den Bäumen riss und den Schuppen zerstörte, in dem der Gärtner seine Geräte aufbewahrte. Und mitten in den Trümmern fand er eine Axt.

Mit dieser Axt zerschmetterte er das Gartentor und stürmte in die Stadt hinaus. In der stummen, verzweifelten Wut eines gebrochenen Herzens hieb er wahllos auf alles ein, was ihm in den Weg kam: auf Wagenräder, Türen, die Karren der Fisch- und Gemüsehändler. Er zerschlug das Tor zum Haus des Jüdischen Rates, machte Mauern zu Schutt und Mörtel zu Staub. Michael sah, wie die Menschen vor ihm die Flucht ergriffen. Für Joseph Golem war dies nur eine weitere Zurückweisung und ließ seinen wortlosen Zorn nur noch höher auflodern.

Hinter einem Gemüsekarren versteckt, beobachtete Michael, wie einer der Stadträte auf ein Pferd sprang, um Rabbi Loew nachzureiten. Aber Joseph Golem setzte sein Werk der Zerstörung fort. Türen, Fenster, Brunnen, Gärten: alles wurde ausgerissen, zerschlagen, vernichtet. Er entdeckte ein Bild von den Bergen und ging mit der Axt darauf los. Es war, als suchte der Gigant im Viertel nach etwas, was er doch niemals finden würde.

Bei Sonnenuntergang kehrte Rabbi Loew endlich zurück. Als er aus seiner Kutsche stieg, nahm er Michael nicht wahr, er hatte nur Augen für das Chaos, das ihn empfing. Er fand Joseph Golem auf einem menschenleeren Platz, die Axt an seinen riesigen Schenkel gelehnt. An den Augen des Golem sah Rabbi Loew, dass er untröstlich war. Langsam und vorsichtig näherte sich der Rabbi, sagte aber kein Wort.

Und zum ersten Mal wandte sich der Golem gegen den

Mann, der ihm das Leben geschenkt hatte. Er warf den Kopf zurück und stieß ein wortloses Heulen aus, das man im Umkreis von sieben Meilen hörte. Dann packte er die Axt und marschierte direkt auf den Rabbi zu. Michael dachte: In seinen Augen ist Rabbi Loew der Verursacher seines Leids. Hätte ihm der Rabbi kein Leben eingehaucht, müsste er jetzt nicht die Qualen der Liebe erleiden.

Der Golem schritt vorwärts. Er hob die Axt. Doch ehe Rabbi Loew ihm einen Befehl erteilen konnte, klang eine kleine Stimme über den leeren Platz.

»Halt!«

Es war Dvorele.

Mit ruhigen Schritten überquerte sie den Platz zwischen dem Rabbi und dem Golem. Der Gigant senkte die Axt.

»Leg sie weg, Joseph«, sagte sie leise.

Doch der Golem blickte misstrauisch von Rabbi Loew zu dem Mädchen. Aber sie fürchtete sich nicht; Gott hatte ihr Kraft verliehen. Sie trat vor und nahm Joseph Golems freie Hand. Dann stellte sie sich auf die Zehenspitzen und streichelte über sein Gesicht. Unbeholfen ging der Golem in die Knie, und Dvorele küsste seine Wange. Der Zorn erstarb, der Golem schien dahinzuschmelzen.

»Komm«, sagte Dvorele zu Joseph Golem und wandte sich dann an den Rabbi: »Gehen wir heim.«

So führte sie den Golem an der Hand zurück zu Rabbi Loews Haus. Der Rabbi hielt ihm die Tür auf, und er trat in die Vorhalle.

»Du musst schlafen«, sagte Dvorele zu ihm.

Der Golem nickte. Rabbi Loew ging mit ihm die Treppe hinauf in sein eigenes Schlafzimmer. Er nahm ein paar Kissen vom Bett, das zu klein war für den Golem, und legte sie auf den Boden. Schon bald schlief Joseph Golem tief und fest.

Jetzt handelte Rabbi Loew in aller Eile. Er rief die beiden Gehilfen, die mit ihm am Ufer der Moldau gewesen waren. Er nahm den Silberlöffel aus einem Geheimschrank. Er kleidete sich ganz in Weiß. Er holte das *shem* aus dem Pergamentkasten. Dann stellte er sich zu Füßen des Golem, wie er damals am Flussufer an dessen Haupt gestanden hatte. Er und seine Gehilfen beteten über dem schlafenden Wesen. Schließlich steckte er ihm das *shem* in den Mund und sprach mit trauriger Stimme die Worte der Kabbala, nur diesmal rückwärts.

Der riesige Körper des Golem begann zu zucken. Er schlug die Augen auf, und sie waren voller Angst und Schmerz.

Und dann zerfiel er und wurde wieder zu Lehm.

Die Gehilfen trennten den Lehm von den Kleidern, die der Golem getragen hatte. Diese schüttelten sie aus und falteten sie säuberlich. Ein Gehilfe brachte zwei Kisten, die aussahen wie kleine Särge. Mit dem Silberlöffel schaufelte Rabbi Loew den Lehm in eine Kiste und machte sie zu. Die Gehilfen legten die andere mit einem dicken Brokatstoff aus, und Rabbi Loew legte das *shem* und den Silberlöffel darauf. Diese Kiste versperrten die Gehilfen mit Nägeln.

»Arme Kreatur«, flüsterte einer der Gehilfen.

Rabbi Loews Augen füllten sich mit Tränen.

»Ja«, sagte er und sah hinüber zu der nicht vernagelten Kiste. »Ihr müsst den Lehm am Ufer der Moldau vergraben. Wir müssen für ihn beten, für unseren lieben Golem.«

»Werden wir ihn je wiedersehen?«, fragte der andere Gehilfe.

»Wenn wir ihn brauchen«, antwortete Rabbi Loew.

Er trug die kleine zugenagelte Kiste auf den Speicher der Altneu-Synagoge und verstaute sie zwischen den abgegriffenen, ausgedienten Thora-Schriftrollen und verschlissenen heiligen Gewändern. Rabbi Loew befahl, kein Mensch außer dem Hohen Rabbi dürfe den Speicher je wieder betreten, sodass nur dieser das Geheimnis der Erschaffung des Golem kennen würde.

»Und so war es auch«, sagte Rabbi Hirsch. »Jahrhundertelang.« Dann senkte sich wieder ein langes Schweigen über den Raum.

Schließlich räusperte sich Michael.

»Und Dvorele?«, fragte er. »Was ist mit Dvorele geschehen?«

Rabbi Hirsch lächelte.

»Eines Tags kommt daher ein hübscher Junge«, sagte er. »Auch ein Waise. Er verliebt sich in Dvorele und heiratet sie, und neun wundervolle Kinder sie haben zusammen.«

Michael atmete tief ein und dann ganz langsam wieder aus. Er wusste, dass die Geschichte zu Ende war. Die meisten Geschichten und die meisten Filme hatten ein glückliches Ende, und das war eines.

Der Rabbi schielte nervös zur Tür des Allerheiligsten.

12. Kapitel

Michael rannte durch die winterliche Dunkelheit die Kelly Street hinunter. Sein Kopf war voll von Prag und dem Golem und fernen Kirchtürmen. Männer schritten durch den Nebel. Ratten huschten durch unterirdische Gänge. Steine verwandelten sich in Rosen. Liebe schuf Wut. Er fragte sich, wer wohl in diesem Moment durch Prag ging, wer in der Altneu-Synagoge war, ob die Überreste des Golem in dem kleinen Sarg sicher waren. Er dachte an die Zauberworte der Kabbala und den unaussprechlichen Namen Gottes.

Und gerade als er die dunkle Gasse hinter dem Venus-Kino erreichte, spürte er einen Schlag im Nacken, er wurde gepackt und gegen die Mauer gedrückt.

Vor ihm in der Dunkelheit stand Frankie McCarthy. So nah, dass Michael seinen sauren Bieratem riechen konnte.

»Hallo, Mr. Messdiener«, zischte Frankie. »Wie geht's denn dem kleinen Itzigfreund?«

Michael schauderte und schwieg.

»Warst ganz schön lange mit dem Bärtigen zusammen, oder? Was hat *das* denn zu bedeuten?«

»Ich helfe ihm beim Englisch«, murmelte Michael.

»Ach, du bist jetzt Lehrer? Ich frier mir da den Arsch ab, während ich auf dich warte, und du bist ein beschissener *Lehrer*?«

Frankie zündete eine Zigarette an, und im Streichholzschein sah Michael ihn grinsen. Dann trat er einen Schritt zur Seite, fuhr blitzschnell herum und schlug Michael hart ins Gesicht, dass dem Jungen die Ohren klangen. Seine Wange brannte.

»Du würdest doch wohl einem Juden nichts über Dinge verraten, die ihn nichts angehen, oder? Ich meine, beispielsweise über das, was Mister G passiert ist, oder?«

»Nein.«

»Aber wie ich höre, hattest du Besuch«, fuhr Frankie fort. »Anscheinend war die Polente bei dir und zwar ziemlich lange. Du hast *denen* nicht zufällig irgendwas erzählt, oder, kleiner Lehrer?«

»Nein.«

»Warum kann ich dir das nur nicht glauben, Lehrerchen? Wie kommt es, dass ich denke, du könntest genauso gut ein perfekter kleiner Kanarienvogel sein?«

»Die Polente war bei uns. Meine Mutter hat sie rausgeschmissen. Ich hab denen nichts gesagt, kein Wort.«

Plötzlich hielt Frankie ein breites Klappmesser in der Hand.

»Dann sieh zu, dass es so bleibt, Kleiner. Wär besser für dich. Du solltest lieber gar nichts sagen, weder zu dem alten Itzig noch zu dem Priester noch zu deiner Mutter – und zu den beschissenen Polypen schon gar nicht. Wenn du plauderst und mir was Böses zustößt, zahl ich's dir heim, darauf kannst du Gift nehmen. So ist das bei Frankie McCarthy. Frankie McCarthy zahlt alles zurück. Ich weiß, wo du wohnst. Jeder von den Falcons weiß das. Ich weiß, wo deine Mutter arbeitet.«

Lass meine Mutter aus dem Spiel, du Arschloch, dachte Michael, aber er sagte nichts. Frankie grinste böse. Dann ließ es das Messer wieder zuschnappen.

»Vergiss das nicht, Lehrerchen«, sagte er. »Denk dran, was passieren wird, wenn du über die falschen Dinge quatschst.«

Damit warf er die Kippe in die Gasse, drehte sich um und ging langsam zur Straßenecke. Michael musste sich einen Moment an die Wand lehnen. Sein Herz klopfte zum Zerspringen. Er sah Frankie McCarthy nach, der die Ellison Avenue überquerte und dann hinter der beschlagenen Tür des Star Pool Room verschwand.

»Du Arschloch«, sagte Michael laut. »Verdammter Scheißkerl.«

Den ganzen restlichen Heimweg wünschte sich Michael, er könnte den Golem rufen.

13. Kapitel

Beim nachmittäglichen Unterricht sagte Rabbi Hirsch ein Wort auf Englisch, und Michael antwortete mit dem jiddischen.

»Ja!«

»Joh!«

»Danke!«

»A dank!«

»Gern geschehen!«

»Nischto ... nischto ...«

»Nischto far wos!«

»Nischto far wos!«

Rabbi Hirsch lächelte. »Gut, nicht zu *gojisch*.«

»Es muss aber gojisch sein«, entgegnete Michael. »Ich bin ein Goj.«

»Vielleicht ist es wahr, dass die Iren sind ein verlorener Stamm Israels.« Dann unbewegt: »Was?«

»Wos?«

»Das!«

»Dos!«

»Wo?«

»Wu?«

»Da.«

»Doh.«

»Wann?«

»Wen?«

»Jetzt.«

»Itzt.«

»Wer?«

»Wer?«

»Jetzt noch die Zahlen«, sagte der Rabbi und streckte die Finger hoch, während Michael die entsprechenden Worte sagte.

»Ains, zwai, drei, fir, finf, seks, siben, acht, nein, zen, elef, zwelf, dreizen ...«

»Warte, warte, meine Schuhe muss ich ja schon ausziehen!«

Natürlich zog der Rabbi zum Zählen nicht wirklich die Schuhe aus. Er kochte Tee. Michael trug eine Jarmulke, ein seidiges schwarzes Käppchen, das der Rabbi ihm gegeben und erklärt hatte, dass im Haus Gottes eine Kopfbedeckung getragen werden müsse. Das machte keinen Juden aus Michael; Rabbi Hirsch hatte längst klargestellt, dass er ihn nicht zum Judentum bekehren wollte. Die Jarmulke war nur ein Zeichen des Respekts vor den Regeln dieses besonderen Gotteshauses. Michael erzählte dem Rabbi, dass in Sacred Heart nur die Frauen den Kopf bedecken mussten; die Männer hielten während des Gottesdienstes den Hut in der Hand. Der Rabbi zuckte nur die Achseln. Wieder einmal fragte sich Michael, warum Gott für unterschiedliche Leute unterschiedliche Regeln gemacht hatte, aber er sprach die Frage nicht aus.

»Tai?«, fragte der Rabbi und deutete auf den Teekessel.

»Saier gut«, antwortete Michael. *»A Dank.«*

Während der Rabbi Tee machte, ging Michael zum Bücherregal und sah sich ein paar Bücher an, doch er konnte die Titel immer noch nicht lesen. Zwar hatte ihm der Rabbi einige grundlegende Schriftzeichen erklärt, aber Michael konnte sie sich einfach nicht merken. Das frustrierte ihn, denn seit er die Geschichten von Golem gehört hatte, war er ganz erpicht darauf, die in den alten Schriften verborgenen Geheimnisse kennen zu lernen. Das Alphabet Gottes, nannte er es. Das Alphabet der Welt.

Er liebte es, die dicken Bände aufzuschlagen und sich die wunderschön ausgestatteten Seiten anzusehen; sie waren wie die riesigen Messbücher, aus denen die Priester von Sacred Heart bei der Hochmesse die Gregorianischen Gesänge sangen. Sie vermittelten ihm ein ähnliches Gefühl von Ordnung, Perfektion und Mysterium.

»Später du kannst lesen lernen«, meinte der Rabbi, als er zwei Gläser Tee zum Tisch brachte. Er schob einen offen daliegenden Brief zur Seite. »Zuerst sprechen. Menschen haben zuerst gesprecht, eh, *gesprochen,* dann später geschrieben.«

»Hat Moses die Zehn Gebote so aufgeschrieben?«

»Niemand weiß das«, antwortete der Rabbi, während er sich drei Stück Zucker in den Tee warf und den Löffel dann Michael reichte, der dasselbe tat. »Die Originaltafeln, sie sind weg. Sie mögen sein eine – wie sagt man? – eine Legende. Wie der verlorene Stamm ... manche sagen, Moses sprach Ägyptisch. Ganz bestimmt nicht Aramäisch. Das ist die Sprache von Jesus. Das wir wissen sicherlich. Aramäisch ...«

So ging es weiter, während sie ihren Tee tranken. Dann warf der Rabbi einen Blick auf den Brief und sagte, er müsse ins Heiligtum, um ein Buch zu holen. Michael folgte ihm. Der Raum war viel kleiner als die ebenerdige Kirche von Sacred Heart, aber für Michael hatte er eine noch heiligere Ausstrahlung. Vor ein paar Wochen hatte Rabbi Hirsch ihm den Schrein gezeigt, in dem die Thora-Schriftrolle aufbewahrt wurde. Das, so erklärte er, war das Symbol der Tradition, ein Wort, das er oft benutzte, wenn er Juden wie sich selbst beschreiben wollte: ein Anhänger der TRADITION. Wenn er dieses Wort aussprach, sah es Michael immer in Großbuchstaben vor sich.

»All die Jahrhunderte der Juden«, sagte der Rabbi. »Tausende und Tausende von Jahren. Bis zu diesem Ort wir alle sind verbunden. Das wir Juden meinen mit Tradition. Das ist, was wir bewahren in einer Synagoge. Alles, was jemals geschehen ist.«

»Ist das Wort Synagoge hebräisch oder jiddisch?«

»Keines von beiden«, erwiderte der Rabbi, der langsam durch die Reihen ging, Gebetsbücher hochhob, sie aufschlug, den eingetragenen Namen las und sie wieder zuklappte. »Es ist griechisch. Die meisten Juden wissen das nicht. Synagoge ist griechisch! Erstaunlich! Es bedeutet – eh, eh – Versammlungsort. Ich es habe nachgeschaut.«

»Ich habe es nachgeschaut«, verbesserte Michael.

»Ja, habe es nachgeschaut.«

Solche Momente liebte Michael. Der Rabbi war ein erwachsener Mann, aber er lernte dauernd etwas Neues und wurde aufgeregt wie ein Zehnjähriger, wenn er auch Michael etwas Neues vermitteln konnte. Eines Nachmittags sprach er über die amerikanische Verfassung und die Bill of Rights. Ein anderes Mal über den Bau der Brooklyn Bridge in den achtziger Jahren des letzten Jahrhunderts, wie diese Brücke New York verändert hatte, indem sie Brooklyn für immer mit Manhattan verband. Wissen ließ seine Augen leuchten und sein Gesicht jünger erscheinen. Er wanderte in dem winzigen Zimmer auf und ab, fuchtelte mit den Händen, bewegte graziös die Finger, um eine bestimmte Musik zu beschreiben, ballte die Fäuste, um Wut oder Leidenschaft auszudrücken. Bei manchen Dingen war natürlich Michael der Lehrer. Bei amerikanischen Dingen. Baseball. Kinofilme. Comics. Aber die meiste Zeit lehrte Rabbi Hirsch.

An solchen Nachmittagen wünschte sich Michael, er könnte seinem Vater erzählen, was er hier erfuhr. Zwar lauschte auch seine Mutter aufmerksam, wenn er ihr darüber berichtete, aber sein Vater hätte sich sicher noch mehr dafür interessiert. Wenn Tommy Devlin nach Hause zurückgekommen wäre, hätte er auf Grund des Sondererlasses für GIs, von dem der Rabbi Michael erzählte, sogar aufs College gehen können.

»Stell dir vor«, sagte der Rabbi, »der Sohn eines Schreiners, eines Bauern, er kann gehen auf die Universität! Wie ein Reicher. Ist ein großartiges Land, Jungchen.«

Michael stellte sich vor, wie sein Vater in der Küche saß und seine Collegebücher am selben Tisch studierte, an dem er selbst seine Hausaufgaben machte. Sie könnten darüber reden, dass das Judentum der Vorläufer des Christentums war. Michael könnte ihm von der Synagoge und ihren drei Bestimmungen erzählen. Sie war ein Haus Gottes, genau wie Sacred Heart. Sie war ein Haus des Volkes, wo die Juden sich treffen konnten. Und sie war ein Haus des Lernens. Michael hätte das alles seinem Vater gern erklärt und ihm gesagt, wie traurig Rabbi Hirsch aussah, wenn er darüber sprach.

»Fast niemand kommt zu dieser Synagoge noch«, meinte der Rabbi mit einer ausladenden Handbewegung. »Die Juden aus dieser Gegend? Tot. Weggezogen.« Deshalb blieb das obere Heiligtum stets verschlossen; Michael hatte es noch nie gesehen. »Haben wir Gottesdienst dort? Nein. Alle sind allein. Und noch etwas: Wir haben nicht das Geld für Heizung.« Die Gemeinde bestünde hauptsächlich aus älteren Menschen, sagte er, die es durch den Schnee kaum zur Synagoge schafften. »An Florida sie denken mehr als an Gott«, meinte der Rabbi, »und wer kann es übel nehmen?« Er machte sich nur Sorge, dass er irgendwann an einem Schabbes keine *minjen* mehr zusammenbekam. Die Tradition bestand auf einer *minjen* – einem Minimum männlicher Teilnehmer –, um einen Gottesdienst abhalten zu können »Neun Männer und eine Frau? Nicht genug. Nicht mal eine schöne intelligente Frau. Ein alter Mann ohne Zähne und mit wenig Hirn ist in Ordnung, aber keine Frau. Manchmal ...«

Er seufzte tief angesichts der oft so rätselhaften Wege Gottes. Vor Jahren, als Rabbi Hirsch noch nicht in Brooklyn lebte, war das obere Heiligtum voll gewesen. »Die alten Menschen mir es haben erzählt.« Es gab sogar mittwochs Gottesdienste, und samstags war die Synagoge den ganzen Tag über voll. »Wie wunderbar muss das gewesen sein. Wie in Prag, als ich ein Junge war. Jetzt ist es nicht so wundervoll. Nicht in Prag, nicht hier. Ich bete und bete, aber es wird nicht Haus des Volkes. Nicht voller Singen und Beten und Lachen. Und du und ich, wir sind die Einzigen, die lernen.« Kopfschüttelnd fügte er hinzu: »Der Rabbi und sein Schabbes-Goj.«

Jetzt wanderte Michael zum hinteren Teil des Heiligtums, wo eine Doppeltür unter einem kleinen Vordach auf die MacArthur Avenue hinausging. Hier gab es drei Schlösser, und ein Riegel verhinderte, dass die Tür von außen aufgedrückt werden konnte. Hebräische Schrifttafeln waren in die Wand eingelassen. In der rechten Ecke befand sich eine schmale Tür aus Eichenholz.

»Wohin geht diese Tür, Rabbi?«

»Nach oben.«

»Kann ich mal reinsehen?«

»Nein, ist geschlossen«, entgegnete der Rabbi. »Nun, vielleicht eines Tages.«

Er hielt inne, ein Buch in der Hand. »Ah, hier ist das Buch. Greenberg, Yossel.« Er lächelte. »Wie der Golem.«

Mit einem flauen Gefühl im Magen trat Michael zu ihm.

»Wie heißt er?«

»Greenberg.«

»Das ist Mister G.«

»Du kennst ihn?«

»Ich war dabei, als man ihn zusammengeschlagen hat.«

»Du warst dabei?«

»Ja«, antwortete Michael. Dann wurde ihm schlagartig bewusst, dass er sich verplappert hatte. Er wandte sich ab.

»Ist sehr traurige Geschichte«, meinte Rabbi Hirsch. »Sein Sohn mir schreibt einen Brief. Er sagt, sein Vater ist in – heißt das Wort Koma? Ja. Aber vielleicht hat er das Leben auch einfach aufgegeben. Er sagt, Greenberg liegt im Hospital im Dunkeln, immer. Das Hospital hilft ihm nicht. Sein Kopf ist kaputt und tut weh die ganze Zeit. Schläuche sind in seinen Armen. Sie ihm geben Medizin und Essen. Aber Greenberg sagt nichts. Sein Sohn schreibt einen Brief zu mir und sagt, vielleicht hilft das alte Gebetbuch. Der Sohn, er sagt, vielleicht öffnet Greenberg die Augen für sein altes Buch.«

Michael dachte daran, wie der alte Mann sich den Kopf gehalten hatte, die Finger blutverschmiert, wie die Kasse mit einem scheußlichen Krachen auf ihm gelandet war; er sah wieder die Glasscherben und zerfetzten *Captain-Marvel*-Hefte auf dem Boden. Er dachte daran, wie Mister G dagelegen hatte, in einer Blutlache. Er dachte an Frankie McCarthys Fratze. Der Rabbi starrte ihn an.

»Hast du gesagt der Polizei, wer es getan hat, dieses Prügeln von Mr. Greenberg?«

»Nein.«

»Warum?«, hakte der Rabbi leise nach.

»Ich wais nichts.«

»Du weißt nicht, warum?«

Michael wich dem Blick des Rabbis aus.

»Ich kann es den Polypen nicht sagen«, sagte er. »In der Gegend hier macht man mit denen nicht gemeinsame Sache. Die sind, ich weiß auch nicht – die sind der Feind. Und ich bin Ire, Rabbi. Wenn ich mit den Polypen rede, bin ich ein Spitzel, und meine Mutter sagt, das sind die Schlimmsten, auch in Irland.« Er rang um Fassung und schob das Bild des blutüberströmten Mister G aus seinen Gedanken. »Hier nennt man einen Spitzel eine Ratte oder einen Verräter. Einem Verräter wird das Gesicht vom Mundwinkel bis zum Ohr aufgeschlitzt, man –«

»Du kannst es der Polizei nicht sagen im Geheimen?«

»Nein! Wenn ich es ihnen sage und meinen Namen nicht nenne, nützt es nichts. Aber wenn sie meinen Namen haben, bin ich ein Zeuge, und dann wissen alle Bescheid. Hören Sie, ich muss jetzt gehen.«

Er wollte an dem kleinen Geländer entlang nach draußen laufen. Auf einmal war die Welt verschwommen. Er zitterte, er hatte Angst, er würde gleich anfangen zu weinen, und er hatte Angst, Rabbi Hirsch zu verlieren.

»Warte!«, rief der Rabbi ihm nach.

Michael blieb stehen, und der Rabbi trat neben ihn.

»Ich habe nicht gesagt, du sollst gehen zur Polizei«, erklärte er. »Ich will nur wissen, warum du es nicht getan hast.« Er hielt inne. »Jetzt weiß ich es. Du hast – wie sagt ihr? – du hast Bammel.«

»Ja.«

»Vor dem Mann, der das hat angetan Yossel Greenberg?«

»Nicht nur vor dem.«

»Vor wem noch?«

»Vor allen.«

»Vor deiner Mutter?«

»Nein.«

»Vor mir?«

»Nein.«

»Dann gibt es zwei Leute. Jetzt wir wissen, dass es nicht sind alle.«

Michael versuchte zu lächeln, aber seine Augen waren voller Tränen.

»Michael, du bist ein sehr guter Junge«, fuhr der Rabbi fort. »Du bist freundlich. Du arbeitest gern, das ich kann sehen. Aber du bist jung. Du kennst noch nicht manche schweren Dinge in dem Leben. Und ein schweres Ding ist das: Schweigen über Verbrechen ist manchmal genauso schlimm wie Verbrechen selbst.« Er machte eine Pause und fuhr dann fort: »Glaube mir, ich weiß.«

14. Kapitel

Zwei Tage lang machte Michael einen Bogen um die Synagoge. Die Worte des Rabbis gingen ihm nicht aus dem Kopf, sogar in der Schule während des Unterrichts dachte er daran. *Schweigen über Verbrechen ist manchmal genauso schlimm wie Verbrechen selbst.* Er überlegte, ob er mit seiner Mutter darüber sprechen sollte. Wenn er den Polypen sagte, was er gesehen hatte, war er dann wirklich ein Verräter? Ja, antwortete er sich selbst. Außerdem wäre auch seine Mutter in Schwierigkeiten. Möglicherweise würde man sie unter Druck setzen. Sie würden umziehen müssen. Irgendwohin. Womöglich zurück nach Irland. Weit weg von Sonny und Jimmy und den Spielen auf der Straße und den Dodgers in Ebbets Field. Weit weg von zu Hause. Und wenn dann jemand in Irland erfuhr, was Michael getan hatte? Dann hatten sie möglicherweise noch mehr Probleme am Hals.

Wenn er nachts in seinem dunklen Zimmer einzuschlafen versuchte, gingen ihm alle möglichen Bilder im Kopf herum: Frankie McCarthys Messer, Mister Gs zerschmetterter Schädel, Rabbi Hirschs Blick, als er Michael gebeten hatte, sein Schweigen zu erklären. An Mister G war ein Verbrechen begangen worden. Ohne jeden Zweifel. War sein Schweigen auch ein Verbrechen? Um die Bilder loszuwerden, versuchte er, sie durch andere zu ersetzen, durch Comics oder Filme. Doch Frankie und Mister G und der Rabbi ließen sich nicht verscheuchen. Schließlich erschien auch noch Custer, direkt aus dem Westen, und er saß mit seinem Vater auf dem Balkon im Grandview, und Michael wünschte, Tommy Devlin könnte ihm einen Rat geben.

Wenn er morgens zur Schule ging, stellte er sich vor, wie es wäre, wenn er Rabbi Hirsch nie wiedersehen würde. Er war sicher, dass der Rabbi ihn widerlich fand. Schließlich war Mr. Greenberg aus seiner Synagoge, und er konnte es sich wirklich nicht leisten, noch einen von den Männern zu verlieren. Vielleicht kann ich Mister Gs Kopf nicht heilen, aber ich kann helfen, Frankie beizubringen, dass sich Verbrechen nicht lohnen. Wie in den Comics.

Aber ich will kein Verräter sein. Ich kann nicht. Ich kann einfach nicht. Aber ich will auch weiter die Sprache des Rabbis lernen, ich will seine Geschichten hören. Wenn ich ihn nie wiedersehe, dann ist das, als würde ich ein Buch lesen, bei dem die Hälfte der Seiten leer ist. Ich muss wissen, was mit Leah war – wie sie gestorben ist. Und wie der Rabbi nach Brooklyn kam. Vielleicht kann ich ihn all das fragen und mich dann verabschieden, ihm für alles danken und ihm sagen, wie Leid es mir tut, dass es so ausgegangen ist. Ja. Ich muss ihn sehen. Ich kann nicht einfach verschwinden. Ich darf kein Feigling sein.

An diesem Nachmittag klopfte Michael nach der Schule an die Tür der Synagoge. Einen Augenblick dachte er daran, wieder wegzulaufen, aber dann öffnete der Rabbi die Tür und lächelte ihn an.

»Gut, gut«, sagte er. »Heute wir lernen die Worte für Essen.«

So einfach. Niemand erwähnte die Polizei. Auch nicht Mister G, Verbrechen oder Gerechtigkeit. Der Rabbi brachte Michael bei, dass Brot *brojt* hieß und dass *putter* Butter war und dass jüdisches Essen koscher sein musste. Sie machten einfach dort weiter, wo sie aufgehört hatten. Alles war wie vorher. Nur nachts nicht, wenn Michael in der Dunkelheit die Gesichter sah.

Natürlich verbrachte Michael nicht jeden Nachmittag bei Rabbi Hirsch. Nicht jeder seiner Tagträume zeigte ihm die drohende Gestalt von Frankie McCarthy und sein Messer. Als der Schnee schmolz und ein kühler Frühling ins Land zog, nahm das Thema Jackie Robinson ihn und seine Freunde immer mehr in Anspruch. Für Michael waren solche Fachsimpeleien eine große Erleichterung, denn so vermied er Diskussionen über die Bilder, die ihm den Schlaf raubten.

»Das ist doch bescheuert«, meinte er eines Nachmittags, als sie im eher rauen Frühlingswetter gemeinsam durch die Straßen von Brooklyn zogen. Sie trugen noch immer ihre Wintersachen. »Dieses Jahr trainieren die Dodgers in Kuba, nicht in Florida. Wegen Jackie Robinson.«

»Warum denn das?«, erkundigte sich Jimmy Kabinsky.

»Weil er ein Neger ist, Jimmy«, antwortete Michael. Seine Mutter behauptete, das Wort Neger sei die einzig höfliche Bezeichnung für farbige Menschen. »In Florida lassen sie Neger nicht in die Hotels.«

»Ich kann mir nicht vorstellen, wie sie das machen«, meinte Sonny Montemarano. »In Florida wimmelt es doch von Farbigen.«

»Woher willst du denn das wissen?«, sagte Jimmy. »Du warst doch noch gar nicht in Florida.«

»Mein Bruder hat's mir erzählt. Er war im Krieg da unten. Er sagt, in manchen Orten gibt es mehr Farbige als Weiße.«

»Und wo übernachten die dann, wenn sie unterwegs sind?«, fragte Michael.

»Es gibt extra Hotels für Farbige, glaube ich. Weißt du, wo nur Farbige reinkönnen.«

»Wieso kann Jackie Robinson dann in Kuba ins Hotel?«, fragte Jimmy.

»Weil es in Kuba so viele Farbige gibt«, erklärte Sonny. »Wahrscheinlich dürfen sie überall hin, weil sie so viele sind.«

So ging es weiter, während sie durch die Gemeinde wanderten. Das Star Pool Room mieden sie, und wenn sie eine Gruppe Falcons entdeckten, die mit wehenden Schlaghosen daherstolzierten, dann wechselten sie rasch die Straßenseite. Michael bemerkte etwas: Wenn er mit seinen Freunden zusammen war, dann musste er sich aufspielen, als wäre er älter, das heißt härter, zynischer, erfahrener; wenn er bei Rabbi Hirsch war, konnte er sich seinem Alter gemäß benehmen. Er hatte sogar einen anderen Gang bei seinen Freunden und verfiel in den wiegenden Schritt, den Sonny seinerseits von den Falcons abkupferte.

Dadurch kam es ihm manchmal vor, als hätte er zwei Persönlichkeiten. Er versicherte seinen Freunden, er behielte die Synagoge im Auge, während er dem Rabbi Englisch beibrachte, aber bisher gäbe es keine Spur eines Schatzes. Im Grunde genommen sagte er die Wahrheit: Es gab keinen Schatz, abgesehen von Rabbi Hirschs Geschichten und den Büchern auf dem Regal. Aber er sagte nicht die ganze Wahrheit. Er erwähnte nicht, wie gern er Rabbi Hirsch mochte. Er erzählte nichts von Prag und Rabbi Loew, von Bruder Thaddeus und dem Golem. Das alles gehörte ihm. Es war etwas Besonderes und in seinem Kopf ebenso lebendig wie Sonny und Jimmy Kabinsky. Gelegentlich kamen die Geschichten auch in seinen Träumen vor. Aber wenn er seinen Freunden zu viel davon erzählte, wurden sie vielleicht argwöhnisch und hielten ihn für weich oder gar für einen Abtrünnigen. Er konnte sich gar nicht vorstellen, was sie tun würden, wenn sie ihn je mit einer Jarmulke erwischten.

Baseball war ein wesentlich einfacheres Thema. Es gab wenig Streit darüber, ob Jackie Robinson fähig war, in der Major League zu spielen. Alle Sportjournalisten glaubten das. Sie wussten, dass er schlagen konnte, dass er laufen konnte und sich auch als Feldspieler eignete. Aber in der Ellison Avenue unterhielt man sich über seine Hautfarbe.

»Der Kerl war in der Army, stimmt's?«, sagte Sonny. »Also ich finde, wenn er für sein Land kämpfen kann, dann sollte er auch für die Major League spielen. Fall erledigt.«

»Warum sollte er da spielen, wenn man ihn nicht will?«, wandte Jimmy ein.

»Weil er kann!«

Aus den Zeitungen wussten sie, dass Robinson in der 1946er-Saison für die Montreal Royals gespielt hatte. In Kuba stand er sogar noch auf der Liste von Montreal. Der *Brooklyn Eagle* und die *Daily News* berichteten, die Royals würden im Frühjahrstraining eine Serie von Freundschaftsspielen gegen die Dodgers absolvieren, und dann würde Branch Rickey, der Boss des Brooklyn-Teams, entscheiden, ob Robinson aufgestellt würde. Aber in der Presse wimmelte es von einem Wort, das für Michael und seine Freunde neu war: *Differenzen.* Die Sportjournalisten sprachen darüber, als wäre es eine tödliche Krankheit.

»Dieses Zeug, diese Differenzen, wisst ihr, die können eine Mannschaft kaputtmachen«, meinte Sonny.

»Wozu brauchen die denn so was überhaupt?«, wollte Jimmy wissen. »Warum kümmern die sich um so was, statt einfach zu gewinnen?«

»Mir gefallen diese Differenzen nicht«, sagte Sonny.

Bei den Differenzen ging es immer um den farbigen Spieler. Die Zeitungen berichteten, dass Dixie Walker für den Fall, dass Robinson ins Team aufgenommen würde, bereits um seine Versetzung gebeten hatte. Dixie Walker kam aus dem Süden. Aus Alabama oder Georgia oder so. »Wisst ihr«, meinte Sonny, »da unten, wo sie die ganzen Jahre noch Sklaverei hatten.« Jeder in der Ellison Avenue hielt Dixie Walker für einen der besten Feldspieler in der Geschichte der Dodgers. Auch die Jungen wussten, dass Walker 1944 mit einem Trefferdurchschnitt von 357 die Batter-Championship gewonnen hatte, und die Dodgers-Fans waren es ansonsten nicht gewohnt, allzu viele Preise einzuheimsen. Aber jetzt behaupteten die Zeitungen, dass Dixie Walker sich mit der schrecklichen Differenzen-Krankheit angesteckt hätte. Und er war nicht der Einzige. Es gab noch eine Menge andere, unter ihnen auch Eddie Stanky, der Second Baseman.

»Bei ihm geht's nicht um Differenzen«, meinte Sonny. »Der hat doch nur Angst um seinen Job.«

»Wie meinst du das?«, fragte Jimmy.

»Er ist *Second Baseman*, Jimmy. Robinson auch!«

»Himmel, daran hab ich gar nicht gedacht.«

»Denk nach, Jimmy, denk nach. Manche von den Jungs haben ganz eigene Vorbehalte!«

Während sie unter den tropfenden Bäumen am Park entlangschlenderten, unterhielten sie sich darüber, in welcher Position Robinson spielen sollte und dass der Manager Leo Durocher niemals Stanky durch einen Anfänger ersetzen würde. Aber vielleicht konnte Robinson das erste Base übernehmen oder das dritte, denn auf dieser Position waren die Dodgers schwach. Außerdem – vielleicht zerbrachen sie sich ja auch umsonst den Kopf. Vielleicht wurden die Differenzen so groß, dass Durocher entschied, es würde das Team auseinander reißen, wenn man einen Farbigen holte, und dann blieb Jackie Robinson einfach in Montreal. Wie konnte Dixie Walker jemals den Arm um Jackie Robinsons Schulter legen und sagen: Alle für einen und einer für alle?

Nachts versuchte Michael, sich auf all das einen Reim zu machen. Wenn Jackie Robinson doch nur weiß wäre wie alle anderen! Wenn er weiß wäre, würde man ihn zum gottverdammten First Baseman machen und damit basta. Keine Differenzen. Keine Probleme. Kein Frühjahrstraining im gottverdammten Kuba. Warum um Himmels willen musste Jackie Robinson unbedingt schwarz sein?

Aber er war nun einmal schwarz. Und in der Ellison Avenue prophezeite man schon Rassenunruhen in Ebbets Field. Wenn Jackie Robinson einen Ball ins Aus schlug oder von einem Wurf getroffen wurde, würde es noch schlimmer werden als bei Harlem 1943 oder bei den Unruhen in Detroit und Los Angeles, wo es Hunderte von Schuss- und Stichwunden gegeben hatte. Sie sagten, Robinson würde die Dodgers durch die Differenzen kaputtmachen und man könnte froh sein, wenn sie Fünfter wurden. Michael fragte sich, ob Dixie Walker vielleicht mehr darüber wusste als er. Vielleicht hatte Dixie Walker Angst, dass mehr und mehr Farbige in die Major League kommen und sich auch die weißen Spieler bald als Hurensöhne beschimpfen würden.

Zum Thema Neger wusste Michael nicht viel. Außer Ebony in *The Spirit* und Fat Stuff in *Smilin' Jack* gab es in den Comics keine Farbigen. Es gab keine Farbigen im Kino. Es gab keine schwarzen Cowboys, keine schwarzen Geheimagenten, keine schwarzen Piloten. Es gab ein paar Schwarze in den Tarzanfilmen, aber das waren Eingeborene, die Tarzan durch den Dschungel jagten. Sie stammten nicht aus Orten wie Brooklyn.

Hier im Bezirk gab es nur einen einzigen Schwarzen, einen Hausmeister, der im Keller eines Mietshauses auf der anderen Seite des Parks wohnte. Er war groß und knochig, und seine Haut war sehr dunkel. Manchmal sah man ihn, wenn er morgens die Mülltonnen vors Haus schleppte. Er hatte keine Frau und keine Kinder, er sagte nie etwas, nicht einmal guten Morgen und erst recht nicht Hurensohn. Aber er arbeitete sehr viel. Keiner wusste, wie er hieß. Er war ein schwarzer Mann mit einem grauen Overall.

In dieser Regennacht wälzte sich Michael eine Stunde lang hin und her, zermürbt von seiner Unwissenheit. Schließlich stand er auf, knipste das Licht an, schlich ins Wohnzimmer und suchte den Band *Min-Pea* vom *Wunderland des Wissens.* Dann sauste er zurück in sein Zimmer und las den Abschnitt über Neger. Er wusste, dass sie Sklaven gewesen waren, dass arabische Händler sie gefangen und über den Atlantik verschifft hatten. Aber es war ihm neu, dass die Sklavenhalter die Neger nicht zur Schule gehen lassen wollten.

Die Neger kamen sozusagen durch die Hintertür nach Amerika, und als die Sklaven im Süden in die Freiheit entlassen wurden, entstanden zahlreiche Probleme, die bis heute noch nicht vollständig gelöst sind. Das schlimmste Problem, meinte das Buch, war die mangelhafte Bildung der Neger, und dieser Umstand zeigte seine negativen Auswirkungen, als sie nach dem Bürgerkrieg in die Städte des Nordens zogen. Aber Michael dachte: Das ist hier auch ein Problem – Kerle wie Frankie McCarthy werden bestimmt nie als Lehrer oder Büroangestellte arbeiten. *Als sie sich in den Städten niederließen, nahmen die Neger Wohnviertel in Anspruch, in denen zuvor andere Menschen gewohnt hatten, was zu einer drastisch verschärften Wohnungsnot führte.* Wie bei uns, dachte Michael wieder. Wir wohnen in einer Gegend, in der vorher andere Leute gewohnt haben, und wir haben unsere Schwierigkeiten damit, vor allem seit die Kriegsveteranen zurückkommen und merken, dass für sie kein Platz mehr ist. Letztes Jahr ist das Dach eines Hauses auf dem Saracen Place eingestürzt, weil es so alt war. Drei Menschen kamen dabei ums Leben. In vielen Häusern gibt es Ratten. In unserem Haus sind sechs Wohnungen; nur eine davon hat einen Gasherd, und es gibt keine Zentralheizung. Was soll also das Geschwätz über Neger? Nicht nur für Neger ist das Leben in New York schwer, eine Menge anderer Leute haben auch Probleme damit.

Aber trotz ihrer mangelhaften Bildung, so fuhr das Buch fort, hatten die Neger einen wertvollen kulturellen Beitrag geleistet. *Der angeborene Rhythmus der äußerst gefühlvollen schwarzen Rasse ist zu einer vitalen Antriebskraft für die amerikanische Musik geworden; die moderne Musik, zu der auch der Jazz gehört, wurde grundlegend von den Spirituals und vom Blues beeinflusst und inspiriert, zwei Musikrichtungen, die völlig anders sind als alles, was wir in der Musik sonst vorfinden.*

Dieser Abschnitt machte Michael stutzig. Angenommen, man würde Count Basie in Amerika nicht spielen lassen? Oder Duke Ellington. Oder Louis Armstrong. Was, wenn jemand plötzlich bestimmen würde, dass ihre Platten nur in schwarzen Gegenden verkauft werden durften? Was, wenn Teddy Wilson und Lionel Hampton plötzlich nicht mehr in Benny Goodmans Band mitmachen dürften, weil sie Neger waren? Wenn man in der Musik die Baseball-Regeln befolgen wollte, müssten schwarze Bands für Schwarze und weiße Bands für Weiße spielen. Und die Musiker könnten nie zusammen Musik machen. Roy Elridge beispielsweise nicht mit Gene Krupa. Das wäre doch blödsinnig.

Aber vielleicht war Baseball etwas anderes.

Nein, das wäre noch blödsinniger.

Michael klappte das Buch zu und kletterte ins Bett zurück. So ein Quatsch, dachte er. Ich wollte, Jackie Robinson wäre weiß. Aber er ist schwarz. Und er kann Baseball spielen. Und er würde uns helfen zu gewinnen. Punkt. Fall erledigt, wie Sonny immer sagte.

Außerdem – was hatte denn die Hautfarbe zu bedeuten? Es war einfach nur die Farbe der Haut, weiter nichts. Man wurde damit geboren. Wie manche Leute mit großen Füßen oder blauen Augen. Man hatte keine Wahl. Die Eltern vielleicht. Oder Gott. Gott hatte Jackie Robinson zu einem Neger gemacht. Gott hatte das entschieden, nicht Dixie Walker. Was hatte Rabbi Hirsch gesagt?

Wos Got git ist gut ... Was Gott gibt, ist gut ...

In Michaels müdem Kopf verschwammen Jackie Robinson, die Juden, die Katholiken in Belfast, Benny Goodman und Lionel Hampton, Gene Krupa und Roy Elridge, Rabbi Loew und Dvorele miteinander. Und aus dem Nebel erschienen, gehässig und hart, die Nazis und Bruder Thaddeus und Frankie McCarthy mit seinen Falcons.

Wos Got git ist gut ...

Sein geborgtes Jiddisch vor sich hinmurmelnd, voller Sehnsucht nach der Klarheit des Sommers, versank Michael schließlich in einen tiefen Schlaf und träumte von Jack Roosevelt Robinson, der unter der Sonne von Havanna den Second Baseman spielte.

15. Kapitel

Eine ganze Woche lang trommelte der Regen gleichermaßen gegen die bunten Glasfenster der Sacred-Heart-Kirche und die Fenster der Synagoge. Tag für Tag wechselte sich monotones Geniesel mit plötzlichen windgepeitschten Schauern ab, die Schirme zerstörten, Hüte von Köpfen rissen und die Zeitungen im Ständer vor Slowacki's vollspritzten, sodass Mrs. Slowacki herausrannte und sie mit einem Wachstuch zudeckte und mit Winkeleisen feststeckte. Mehrere Keller standen unter Wasser. Gullys liefen über. Äste brachen von den Bäumen und lagen in den Vorgärten. Schuhe gingen kaputt, und Sohlen schlappten lose wie schwarze Zungen. Kleider rochen muffig. In den Wohnungen der Ellison Avenue, an die der Regen vom Hafen her wie flüssiges Eis klatschte, stopften die Mieter Handtücher in die Fensterritzen und unterhielten sich in den feuchten Treppenhäusern darüber, wie sich das Wetter seit der Atombombe verändert hatte, wie viel wilder und bösartiger es geworden war.

Für Michael war der stürmische Frühling eher wie aus einem Film über die Südsee: ein Monsun-Film, ein Film über Hurrikane. Mit Jon Hall und Dorothy Lamour und dem üblen Gefängniswärter John Carradine, der aussah wie Kaiser Rudolf von Prag. Die Macht der Stürme war eine Herausforderung, keine Strafe. Die Stürme hatten etwas Reinigendes, etwas Neues, das Michael Devlin glücklich machte. Er wollte in ihnen herumrennen, in die kleinen Bäche im Straßengraben hüpfen, spritzen und toben und lachen und tanzen.

Inzwischen war der Schnee geschmolzen, und Wasser lief von den Hügeln Brooklyns hinunter in den Hafen. Im Radio hörte Michael die Reportagen der Dodgers-Spiele. Aus dem winzigen Lautsprecher des kleinen Radios klangen Red Barbers Reportagen oft verzerrt und kratzig, die Worte waren verstümmelt, die Lautstärke wechselte abrupt. Aber Michael hörte in seiner Stimme blauen Himmel und Palmen. In diesen Radioberichten gab es keine Diskussionen um Robinson, es wurde nicht über Differenzen gesprochen. Doch Barbers freundliche Reportagen waren eine Garantie, dass die Saison direkt vor ihnen lag. Und jeder wusste, dass Jack Roosevelt Robinson schon allein dadurch Geschichte machen würde, dass er mitspielte.

»Ich will euch mal sagen, weshalb ich mir wünsche, dass Robinson ins Team kommt«, sagte Michael eines Nachmittags zu seinen Freunden. »Weil es das nämlich noch nie gegeben hat.«

»Es hat auch noch nie ein Erdbeben in Brooklyn gegeben«, warf Sonny ein. »Möchtest du deshalb gern eines?«

»Hey, vielleicht würde Frankie McCarthy in eine Spalte stürzen und verschwinden«, meinte Michael.

»Ich wollte, er würde in seiner eigenen Arschspalte verschwinden«, sagte Sonny, und alle lachten.

An einem verregneten Abend, als seine Mutter nicht im Kino arbeitete, kam Michael nach oben in die Küche und sah einen großen Pappkarton. Daneben stand seine Mutter und strahlte. Al Jolson sang laut von »April Showers«, und es klang, als wären sie ein freudiges Ereignis. Denn schließlich folgten auf die Regengüsse bald die Maiblumen. Kate Devlin wies strahlend in die Richtung, aus der die Stimme kam, und Michael sah auf einem Regal zwischen Küche und dem ersten Schlafzimmer ein neues Radio stehen, das aussah wie eine kleine Kathedrale.

Triumphierend sang Michaels Mutter den Refrain mit und rief dann: »Ein Hoch auf die Republik!« – wie immer, wenn sie sich besonders freute. Sie hatte gespart und gespart, und nun hatten sie endlich ein neues Radio, und auch noch eins von Philco. Aus der Rückwand schlängelte sich eine Antenne über die Wand, zum Fenster hinaus in den Hof. Kein statisches Knistern störte die Stimmen, alles kam kristallklar. Das Radio hatte auch Kurzwelle, und die Namen der fernen Orte waren in winzigen Buchstaben auf der gelb leuchtenden Skala zu lesen: Kopenhagen. London. Dublin. Paris. Moskau. Und da, wer hätte das gedacht? *Prag!*

»Es ist wunderschön, Mom«, sagte Michael. »Ich kann es gar nicht glauben.«

»Ich auch nicht«, erwiderte sie. »Und dabei war es ein richtiges Schnäppchen.«

Er fragte nicht, wie viel sie bezahlt hatte, denn er wusste, dass man sie lieber nicht dazu brachte, über Geld zu reden. Stattdessen wandte er sich zu dem alten ausrangierten Admiral-Radio, das auf einem Stuhl neben dem Gasherd lag. Kabel und Stecker baumelten ein paar Zentimeter über dem Linoleumboden. Es sah so traurig aus wie ein Mann, der seine Arbeitsstelle verloren hat.

»Was machen wir mit dem alten, Mom?«, fragte Michael.

»Ich weiß nicht. Vielleicht geben wir's der Heilsarmee und hoffen, dass irgendeine arme Seele noch Freude daran hat.«

Pause.

»Darf ich es Rabbi Hirsch schenken?«

»Ach Michael, es ist doch so ein schrecklich oller Kasten. Womöglich wäre der Rabbi beleidigt.«

»Nein, nein! Er wäre – Mom, er ist *arm*. Er hat fast überhaupt kein Geld. Ich *weiß*, wie gern er Musik hört. Deshalb ...«

Sie lächelte. »Mach damit, was du willst«, sagte sie und suchte die Einstellung für das *Lux Radio Theater*.

Am nächsten Tag regnete es nicht. Nach der Schule sauste Michael gleich nach Hause, holte das alte Radio und eilte den Hügel hinauf zur Synagoge. Als Rabbi Hirsch aufmachte, drückte ihm der Junge das Gerät sofort in die Hand.

»Was ist das?«

»Für Sie«, antwortete Michael. »Sicher nicht das beste, aber es funktioniert.«

Der Rabbi hielt das Radio in beiden Händen und rührte sich nicht – als hätte er etwas Heiliges in Empfang genommen. Michael stellte sich vor, wie Rabbi Hirsch als junger Mann mit seinen Freunden den vielen verschiedenen Sprachen Europas gelauscht hatte.

»A schejnen dank«, sagte er. Schönen Dank. Er drückte das Radio an seine Brust, als wäre es ein kostbarer Schatz, und Michael sah Tränen in seinen Augen. *»A schejnen dank.«*

»Gern geschehen, Rabbi. *Nischto far wos.*«

»Komm«, sagte Rabbi Hirsch, und das Zittern in seiner Stimme war nicht zu überhören. »Komm Musik hören.«

Er schob ein paar Bücher zur Seite und stellte das Radio neben dem Foto seiner Frau Leah aufs Regal, suchte eine Steckdose und schloss das Gerät an. Dann starrte er es eine Weile an und gestikulierte schließlich mit der Hand, Michael sollte es einschalten. Er wunderte sich, denn es war doch nicht Schabbes, und außerdem konnte es unmöglich Arbeit sein, das Radio anzustellen.

»Machen Sie es doch an, Rabbi«, sagte Michael und legte die Hände auf den Rücken.

»*Nejn*, nein, mach du es, Jungchen.«

»Ich weigere mich«, sagte Michael. »Das ist jetzt Ihr Radio, also stellen Sie es auch an.«

»Eines Tages ich will jemand erzählen, dass ein Junge ist gekommen, hat ein Radio mir geschenkt und Musik gebracht in meine Welt.«

»Na gut. Dann erzählen Sie aber, dass *Sie* die Musik angestellt haben.«

Seufzend und fast ehrfürchtig streckte der Rabbi die Hand nach dem Knopf aus, fast wie Father Heaney, wenn er zum Messkännchen griff.

Und plötzlich war der kleine Raum voller Musik.

Bing Crosby.

Let me straddle my own saddle
Underneath the Western skies ...

Michael stimmte ein, wie seine Mutter bei Al Jolson, während der Rabbi herumhüpfte, sich auf die Schenkel schlug und rief: *»Wos is dos? Wos is dos?«*

»›Don't Fence Me In!‹ Bing Crosby!«, antwortete Michael. Und sang weiter.

Eine Weile hielt das Hüpfen und Tanzen noch an, dann war Bing Crosby fertig.

Michael hatte den Rabbi noch nie so fröhlich gesehen. Sie probierten alle Sender aus, hörten Nat Cole und Perry Como und Doris Day. Zwar waren weder Benny Goodman noch Count Basie aufzutreiben, aber Michael zeigte dem Rabbi die Frequenzen, auf denen es gute Musik gab und auch, wo er Nachrichten und Baseballberichte finden konnte.

»Noch mal möchte ich hören Bing Crosby«, sagte Rabbi Hirsch. »Über die Sperren.«

Michael stellte WNEW ein und hörte die Goodman-Band.

Ein Trompeter spielte *»And the Angels Sing«*. Der Rabbi bewegte den Kopf im Rhythmus. Dann stutzte er.

»Diese Musik?«, fragte er mit großen Augen. »Ich kenne diese Musik. Aus Prag. Bei Hochzeiten sie spielen das, nur langsamer. Und tanzen dazu.«

Michael warf einen kurzen Blick auf das Foto von Leah. »Haben Sie auf Ihrer Hochzeit danach getanzt?«

Im Gesicht des Rabbis zuckte es nervös. »Nein. Wir nicht hatten die Zeit.«

Plötzlich sah Michael seine Eltern zu der Melodie tanzen. Einen langsamen Jitterbug, und sein Vater sang mit: *»Wenn du sprichst, dann singen die Engel ...«*, und seine Mutter lachte. Michael wünschte sich, er hätte sie zusammen gesehen, beim Tanzen, glücklich. Dann versuchte er, sich den Rabbi mit Leah genauso vorzustellen. Eine Spur Traurigkeit lag in der Luft. Michael lenkte ab, nannte Rabbi Hirsch den englischen Titel des Liedes und erklärte ihm, dass der Trompeter Ziggy Elman hieß.

»Er ist Jude?«, fragte der Rabbi, und sein Gesicht leuchtete auf.

Michael war nicht sicher, aber Ziggy Elman spielte in Benny Goodmans Band, und Benny Goodman war Jude. Das hatte er in einem Zeitungsartikel gelesen. Er erzählte dem Rabbi, dass Goodman Klarinette spielte und dass seine Band fast so groß war wie die von Count Basie. Goodman hatte sogar Neger in seine Band aufgenommen, lange bevor man im Baseball auch nur daran dachte. Lionel Hampton, Teddy Wilson. Der Rabbi lächelte und bewegte den Kopf im Takt.

»Diese Musik«, flüsterte er. »Ich kenne.«

Nach *»And the Angels Sing«* kam eine Werbepause.

»Ziggy Elman«, murmelte der Rabbi, als spreche er ein Gebet. »Ziggy Elman. *Ziggy* Elman? Ziggy Elman ...«

Dann folgten die Sechs-Uhr-Nachrichten, und für Michael

wurde es Zeit zu gehen. Rabbi Hirsch fuhr mit der Hand vorsichtig über das alte Radio und verbeugte sich vor Michael.

»Ist das Schönste, was mir ist passiert in Amerika bis jetzt«, sagte der Rabbi. »Bitte zu danken deiner Mutter, wenn du gehst heim und lernst.«

Er begleitete Michael zur Tür.

»Ziggy Elman!«, wiederholte er. »Wenn mein Vater mich genannt hätte Ziggy, ich wäre geworden ein ganz anderer Mensch. Stell dir vor, ein Rabbi, der heißt Rabbi *Ziggy*!«

Auf dem Heimweg war Michael erfüllt von dem Glück, das der Rabbi ausgestrahlt hatte. So hingerissen war er von der Musik und den Worten gewesen, dass die Luft in der winzigen Synagoge zu funkeln schien. Es war, als hätte er einem Tauben das Gehör geschenkt.

Diese Freude beschäftigte Michael noch, als er an der Gasse hinter dem Venus-Kino vorbeikam und in die Ellison Avenue einbiegen wollte. Doch dann war sie schlagartig verschwunden. Vor dem Star Pool Room hatte sich eine kleine Menschenmenge gebildet. Zwei Streifenwagen und der Plymouth, den die beiden Kriminalbeamten benutzten, standen halb auf dem Bürgersteig. Die Eingangstür war offen, und Michael sah, dass die grünen Billardtische leer waren. Die Falcons standen an der Wand, vor ihnen Abbott und Costello. Michael schlenderte zur Menge hinüber, die von zwei uniformierten Polizisten zurückgehalten wurde.

»Was ist los?«, fragte er einen Mann mit einer Mütze voller Gewerkschaftsanstecker.

»Die Polypen sperren diesen Frankie McCarthy ein«, antwortete der Mann. Michael begann zu zittern.

»Weswegen?«

»Weil er wohl irgendeinen Juden verprügelt hat, hab ich gehört.«

Dann traten alle ein paar Schritte zurück, und die Kriminalbeamten führten Frankie McCarthy aus dem Billardraum. Frankie hatte den Mund verächtlich verzogen, wie ein Gangster im Film. Seine Hände waren mit Handschellen auf den Rücken gefesselt; Abbott und Costello hielten ihn an den Ellbogen.

»He, Frankie-Boy«, rief jemand. »In einer Stunde sehn wir uns wieder!«

Die Menge lachte mit den Falcons, die unter der Tür der Billardhalle standen. Ein paar hatten sich ihre Queues über die Schulter gelegt wie Baseballschläger.

»Das sind alles nur Hirngespinste«, knurrte Frankie McCarthy und schob trotzig den Unterkiefer vor, wie Cagney oder Bogart. »Die haben überhaupt nichts gegen mich in der Hand.«

Dann fiel sein Blick auf Michael, der ganz hinten in der Menge stand, und seine Augen glitzerten kalt.

Die Kriminalbeamten schubsten Frankie auf den Rücksitz des Plymouth, sodass Michael aus Frankies Blickfeld verschwand. Abbott setzte sich neben ihn, die kalte Zigarre im Mundwinkel. Costello ließ den Motor an und fuhr los. Die Menge geriet in Bewegung, und der Vorfall wurde eifrig diskutiert. Einer der Falcons schloss die Tür der Billardhalle.

»Der ist vielleicht 'ne Nummer, dieser Frankie«, meinte der Mann mit den Gewerkschaftsansteckern.

»Ja, tut alles dafür, ein richtiger Saukerl zu werden«, stimmte ihm Charlie Senator zu, der im Bohack-Lebensmittelgeschäft arbeitete. Er war ein stiller, trauriger Mann, der nicht viel sagte und von allen geschätzt wurde. Ein Grund dafür war sein Holzbein, über das er sich nie beklagte. Michael hatte irgendwo gehört, dass er das Bein bei Anzio verloren hatte.

»Das würdest du ihm vermutlich nicht ins Gesicht sagen.«

»Wahrscheinlich nicht«, räumte Senator ein. »Kerle wie der lauern dir im Dunkeln auf. Aber er ist trotzdem ein Saukerl.«

»Was hat er denn Schlimmes getan?«

»'ne Menge«, erwiderte Senator und hinkte davon.

Dann bemerkte Michael, dass zwei der Falcons ihn durch das Fenster der Billardhalle anstarrten. Rasch wandte er sich ab und ging nach Hause.

Als er die Treppe hinaufstieg, fiel ihm plötzlich auf, wie dunkel es hier war, voller finsterer Ecken, in denen jemand ihm auflauern konnte. Warum hatte Frankie ihn so angesehen? Warum hatten ihm die Falcons nachgeglotzt? Jetzt, wo Frankie auf der Polizeiwache saß, sannen sie auf Rache. Er dachte an Frankies Messer. Er sah Mister G vor sich, mit eingeschlagenem Schädel. Jemand musste bei der Polizei geplaudert haben. Michael wusste, dass er es nicht gewesen war. Aber irgendjemand hatte gesungen. Und nur er, Sonny und Jimmy waren an jenem Tag in Mister Gs Laden gewesen. Ihm war flau im Magen. Er kannte doch seine Freunde. Oder nicht? Vielleicht hatte einer von den beiden doch Angst bekommen und Frankie McCarthy verpfiffen. Und wenn einer von ihnen so etwas getan hatte, war es auch möglich, dass er die Schuld auf einen andern geschoben und den Falcons erzählt hatte, es wäre Michael gewesen. Um seinen eigenen Arsch zu retten.

Aber nein – das konnte nicht sein. Sie waren seine Freunde. Alle für einen und einer für alle. Sie waren keine Verräter. Sie würden es nicht darauf ankommen lassen, als Verräter gebrandmarkt zu werden. Bestimmt hatten die Polypen einen anderen Zeugen aufgetrieben. Oder Frankie hatte in einer Bar damit geprahlt, wie er Mister G zusammengeschlagen hatte. Vielleicht hatte man auch seine Fingerabdrücke gefunden. Es musste irgendeine andere Erklärung geben. Bitte keinen Judas. Hoffentlich.

Trotzdem hatte Michael Angst. Er wünschte, seine Mutter wäre da, aber sie hatte noch mindestens drei Stunden an der

Kasse im Grandview zu arbeiten. Michael verriegelte die Küchentür hinter sich. Mit wild pochendem Herzen öffnete er die Badezimmertür, steckte den Kopf hinein und stellte erleichtert fest, dass sich niemand hier versteckt hatte. Auf Zehenspitzen kontrollierte er die übrigen Zimmer, machte überall Licht und spähte mit angehaltenem Atem in die Wandschränke. Schließlich fühlte er sich einigermaßen sicher. Er schaltete das neue Radio ein und zündete den Gasherd an, um den Eintopf aufzuwärmen, den seine Mutter für ihn vorbereitet hatte. Bei einem Song von Ella Fitzgerald öffnete er seine Schultasche, legte die Bücher auf den Küchentisch und starrte dumpf auf seine Aufgaben. Gottverdammt langweiliger Mist. Warum verschwendete man in Englisch so viel Zeit darauf, Sätze zu zergliedern? Sicher, es war manchmal ganz praktisch, wenn er Rabbi Hirsch etwas erklären wollte. Aber es war so einfach. Man könnte es in drei Tagen erledigen. Man brauchte doch keine drei Wochen für diese blöden Sätze! Warum las man in der Schule nicht Sherlock Holmes und analysierte die Sätze von A. Conan Doyle? Oder von Robert Louis Stevenson? Sie schrieben wunderschöne Sätze. Nicht solchen Quatsch wie: John gab Jane den Ball. Frank nahm sein Buch. Das war doch Blödsinn. Er überlegte, ob er zuerst ein bisschen lesen sollte und dann erst die Hausaufgaben machen, aber womöglich war er danach zu müde. Er musste morgen wegen der Acht-Uhr-Messe um sieben aufstehen, und wenn er ohne Hausaufgaben zur Schule kam –

Das Fenster zur Feuertreppe!

Das war nie verriegelt. Jeder konnte sich vom Erdgeschoss auf die Feuertreppe schwingen und dann einfach hier heraufmarschieren. Herr des Himmels!

Er rannte in sein Zimmer. Das Fenster stand ungefähr einen Zentimeter offen, und ein Handtuch war in den Spalt geklemmt, um den Regen aufzufangen. Hastig entfernte Michael das Handtuch und versuchte, das Fenster ganz zu schließen. Er schnaufte und ächzte, brachte den Riegel aber einfach nicht zum Einschnappen, weil er von den vielen übereinander aufgetragenen Farbschichten zu dick war. Immerhin schloss das Fenster jetzt einigermaßen dicht. Er lehnte ein Buch so dagegen, dass es herunterfallen würde, wenn jemand hereinzuklettern versuchte. Dann trat er in den Schatten zurück und blickte auf die Ellison Avenue hinunter. Keiner der Falcons war zu sehen. Auf einmal stieg ihm der Geruch von verbranntem Eintopf in die Nase, und er rannte zurück in die Küche.

Das Essen war nur ganz unten etwas schwarz geworden und ansonsten noch genießbar. Michael schöpfte seinen Teller voll, während Stan Lomax im Radio die Sportnachrichten des Tages verlas. Inzwischen war es fast sicher, dass Jackie Robinson bei den Dodgers anfangen würde. In zwölf Spielen gegen die Dodgers und andere Clubs in Panama hatte er einen Trefferdurchschnitt von 519 geschlagen. Umwerfend! *Fünfneunzehn!* Das hatte nicht mal Babe Ruth geschafft. Bis jetzt sei Robinson noch bei den Montreal Royals, sagte Stan Lomax, aber es wäre wohl so gut wie sicher, dass er nicht mehr lange in einer unteren Liga bleiben würde.

Während er seinen Eintopf aufaß und den Teller mit einem Stück Brot auswischte, versuchte sich Michael an Jackie Robinsons Stelle zu versetzen. Er untersuchte seine Haut, spannte sie mit der Hand, zwickte mit Daumen und Zeigefinger hinein. Sie war nicht richtig weiß. Papier war weiß. Seine Haut war eine Art Rosa. Im Sommer wurde sie rot und dann braun. Die Sommersprossen waren etwas dunkler, rötlich. Wie war es, wenn man schwarze Haut hatte? Oder nicht mal richtig schwarz. Dunkelbraun eher. Wie war es, jeden gottverdammten Morgen aufzuwachen und zu wissen, dass man sich garantiert wieder von irgendeinem Fiesling anhören musste, dass schwarze Haut schlechter sei als weiße? Da hat man eine Trefferquote von 519 im Frühjahrstraining, und dann entscheidet irgendein fetter Bürohengst in einem schicken Anzug, irgendein dahergelaufenes Arschloch, das wahrscheinlich nicht mal 019 schafft, ob man Baseball spielen darf oder nicht? Wie fühlte man sich da? Michael merkte, wie wütend er allein bei der Vorstellung wurde. Wenn ich mich schon ärgere, dachte er, wo ich hier sitze und immer noch weiß oder meinetwegen rosa bin, wie muss sich da Robinson erst fühlen?

In seiner Fantasie war er Robinson, der in Kuba oder Panama ganz allein in einem Restaurant saß, in einem Lokal voller Mädchen, die aufgemacht waren wie Carmen Miranda, mit bloßem Bauchnabel, hüpfenden Titten und Bananen auf dem Kopf. In einem todschicken Lokal mit Kerzen und Tischdecken und Kellnern, wie im Kino, wenn die Leute nach Rio fliegen. Und da kommen Dixie Walker und Eddie Stanky rein. Das Restaurant ist brechend voll. An meinem, also an Robinsons Tisch sind drei freie Plätze. Ich winke den beiden, meinen Teamkollegen, sie können rüberkommen und sich zu mir setzen. Aber Walker und Stanky setzen sich nicht zu mir. Sie verhungern lieber. Wie die Engländer, wenn ihnen ein Ire zuwinkt.

Und als Robinson war Michael noch wütender. Dann wurde er traurig. Was zum Teufel ist denn los mit diesen Blödmännern? Warum versuchen sie nicht wenigstens, mich kennen zu lernen? Vielleicht würden sie was lernen. Ich war auf dem College und sie nicht, da könnten sie doch das eine oder andere von mir erfahren. Warum tun sie so hochnäsig, wo sie doch weiter nichts über mich wissen als meinen Trefferdurchschnitt und meine Hautfarbe?

Idioten.

Saukerle.

Eine Stunde lang saß Michael an seinen Hausaufgaben.

Grammatik und Mathematik gingen schnell, Geschichte dauerte etwas länger. Es handelte sich um einen heroischen Jesuitenpriester namens Isaac Jogues, dem die Indianer die Finger abgebissen hatten. Deshalb konnte er bei der Messe die Hostien nicht halten. Michael fragte sich, wie er das Rabbi Hirsch erzählen sollte, ohne dabei zu lachen. Die Gojim sind verrückt. Ganz eindeutig.

Eine Weile hörte er der Musik im Radio zu. Als er *»Don't Fence Me In«* hörte, wünschte er sich ein Telefon, um Rabbi Hirsch anzurufen und ihm den Sender zu sagen. Aber Rabbi Hirsch hatte auch kein Telefon. Fast niemand in der Gegend hatte eines. Sonny nicht. Jimmy nicht. Im Pfarrhaus von Sacred Heart gab es eines. Bei Slowacki's gab es einen Münzfernsprecher und noch einen gegenüber in Casement's Bar, aber meistens stand davor eine Schlange. Die Polizei hatte natürlich Telefon. Eine Menge Telefone, genau genommen.

Er stand vom Küchentisch auf, putzte sich die Zähne und ging in sein Zimmer. Dort las er eine Weile in seinen Comics, dann hörte er seine Mutter von der Arbeit kommen. Sie klopfte an seine Tür.

»Alles in Ordnung, Michael?«, fragte sie.

»Alles bestens«, antwortete er. »Gute Nacht, Mom.«

Er machte das Licht aus und vergrub den Kopf im Kopfkissen. Er dachte daran, wie der Rabbi gestrahlt hatte, als er Ziggy Elman hörte, und stellte sich vor, Rabbi Hirsch zu sein. Dabei schlief er ein.

16. Kapitel

Bis zum nächsten Morgen wussten alle in der Gemeinde, dass man Frankie McCarthy wegen schwerer Körperverletzung im Fall Mister G angeklagt hatte und er im Gefängnis in der Raymond Street saß. Die Kaution war auf zweitausendfünfhundert Dollar festgesetzt worden. Die alten Ladys flüsterten darüber in den Treppenhäusern. Man sprach darüber an der Theke von Slowackis Süßwarenladen. Sogar Kate Devlin kannte die Geschichte, obwohl kein Wort davon in der Zeitung stand.

»Sie sollten ihn jahrelang einsperren«, sagte sie. »Aber das wird natürlich nicht klappen.«

Sie erklärte Michael, wie die Sache mit der Kaution funktionierte. Der Sträfling musste zehn Prozent der Kaution in bar an einen Bürgen – meist einen Mann, der gewerblich Kautionen stellte – bezahlen, der dann den vollen Betrag stellte, und Frankie McCarthy war bis zum Prozess ein freier Mann. Wenn er zum Prozess nicht auftauchte, verlor der Bürge die zweieinhalbtausend Dollar.

»Dieser Idiot McCarthy«, sagte sie, »hat bestimmt keine zweihundertfünfzig Dollar, also muss er warten, bis seine Freunde sie irgendwo zusammenstehlen können.«

Im Bezirk schien keiner überrascht zu sein, dass Frankie im

Gefängnis saß. Schließlich wussten alle, dass er schuldig war. Aber sie wussten ebenfalls, dass der Bezirksstaatsanwalt es schwer haben würde, das zu beweisen. Wenn Michael, Sonny und Jimmy Kabinsky vor Gericht nicht aussagten, dann stand das Wort von Frankie McCarthy gegen die Vermutungen der Polizei. Nach dem, was Rabbi Hirsch gesagt hatte, würde Mister G möglicherweise nie wieder sprechen können. Aber die Jungen wussten, dass innerhalb des Bezirks ein Geheimnis nicht lange geheim blieb. Es war allgemein bekannt, dass Michael und seine Freunde die einzigen Zeugen waren. Vor allem Michael, der den schlimmsten Teil des Verbrechens gesehen hatte.

»Dreimal in einer Woche waren die Polypen bei uns«, berichtete Sonny Montemarano an diesem Nachmittag, als sie neben der Tür zum Dach in seinem Wohnblock standen und in den Regen hinausblickten. »Abbott und Costello höchstpersönlich. Die drohen dir. Die versuchen, dir ein schlechtes Gewissen einzureden.«

»Bei mir waren sie auch«, stimmte Jimmy ein. »Vorgestern.«

»Wirklich?«, fragte Michael. »Was ist passiert?«

»Nichts«, antwortete Jimmy ausweichend. »Ich hab nichts gesagt, Ehrenwort.«

»Und dein Onkel?«, fragte Sonny und starrte Jimmy stirnrunzelnd an. »Hat *der* was gesagt?«

»Nee. Nur das Übliche.«

»Wie meinst du das – das Übliche?«

»Na, ihr wisst schon, über die Juden und so.«

Aha, dachte Michael. Die Juden und so. Dann war also Jimmys Onkel die Ratte. Eine Ratte, die so blöd war, dass sie nicht mal wusste, was sie tat.

»Was hat er denn gesagt, Jimmy?«, hakte Michael nach.

»Ich kann mich nicht mehr genau erinnern.«

»Versuch es«, sagte Sonny.

Jimmy blickte in den Regen, der durch die Hinterhöfe rauschte. Es war, als verstünde auch er jetzt, was passiert war.

»Ihr wisst schon, ›Seit wann ist es ein Verbrechen, wenn man einen Juden verprügelt? Was soll denn das ganze Theater?‹« Jimmy senkte voller Scham die Stimme. »Dann hat er noch gesagt – ich konnt's nicht verhindern, ich schwör's –, er hat also gesagt: ›Wenn Frankie McCarthy ihm den Schädel eingeschlagen hat – na und?‹« Er hielt inne, sah aber Michael und Sonny nicht an. »Solches Zeug.«

Sonny stöhnte. »Herrgott, Jimmy –«

»Er hat nicht verraten, dass *wir* dort waren«, sagte Jimmy.

»Vielleicht vorgestern nicht, aber vielleicht nehmen die Polypen ihn sich auf der Straße noch mal vor oder bei der Arbeit, irgendwo.« Sonny schüttelte den Kopf. »Sie könnten ihn verprügeln, bis er ihnen sagt, was sie hören wollen. Sie könnten ihm mit Deportation drohen, ihn nach Polen zurückschicken.«

»Eins ist jedenfalls sicher«, meinte Michael. »Die Polypen glauben vermutlich, *du* hast es deinem Onkel erzählt. Er hat sich Frankies Namen ja nicht aus den Fingern gesogen.«

»Sie werden deinen Onkel als Zeugen vorladen, garantiert«, sagte Sonny.

»Und dich auch, Jimmy«, fügte Michael hinzu.

»Und *uns*«, sagte Sonny und sah Michael an.

Bilder von Gerichtsszenen schossen Michael durch den Kopf. Eide. Lügen. Frankie McCarthy, der sie anstarrte. Die Reihen voller Falcons. Sie wussten, wo Michael wohnte. Sie wussten, wo seine Mutter arbeitete. Plötzlich kam ein Windstoß, und der Regen pladderte so heftig aufs Dach, dass sie unwillkürlich von der Tür zurückwichen. Sie starrten hinaus auf die glänzenden schwarzen Kiesel, die Wäscheleinen und die Schornsteine.

»Frankies Jungs denken bestimmt, *wir* haben ihn verpfiffen«, sagte Sonny leise.

»Nee«, widersprach Jimmy. »Warum sollten sie?«

»Weil das so funktioniert«, erklärte Sonny. »Sie kennen uns nicht. Und deinen verdammten Onkel auch nicht.«

Aus dem Platzregen wurde wieder ein leichtes Nieseln.

»Wir müssen sie überzeugen, dass wir es nicht waren«, meinte Michael. »Ohne dabei Jimmys Onkel zu verpfeifen.«

»Wie? Sollen wir ihnen einen Brief schreiben? Sollen wir in die Billardhalle gehen und sagen: ›Entschuldigt, Leute, aber wir haben euch nicht verpfiffen, also tut uns bitte nichts, ja?‹«

Sie schwiegen. Plötzlich wurde es Michael ganz kalt.

»Vielleicht war es gar nicht mein Onkel«, sagte Jimmy schließlich. »Vielleicht gibt es noch einen anderen Zeugen. Vielleicht war noch jemand im Laden. Vielleicht hat ein Nachbar vom Fenster aus alles gesehen –«

»Ja, mit einem Röntgenblick wie Superman«, fiel Sonny ihm ins Wort.

Wieder trat eine lange Stille ein.

»Wir stecken bis zum Hals in der Scheiße«, stellte Sonny schließlich fest.

17. Kapitel

An einem regnerischen Dienstag betrat Michael die Synagoge durch den Eingang an der Kelly Street. Die Tür stand weit offen, er wurde erwartet, aber er blieb einen Moment im Vorraum stehen. Hier fühlte er sich völlig sicher. Während er die Regentropfen von seinem Mantel schüttelte, hörte er ein lautes, schmetterndes Geräusch hinter der Tür, die zum Zimmer des Rabbis führte. Der Rhythmus kam ihm bekannt vor. *Brnaah, braawp, brah-brah, bruh, bruh-bruh, braawp* ... Es waren die Anfangstakte von *»And the Angels Sing«*.

Plötzlich brach der Lärm ab. Leise öffnete Michael die Tür und sah Rabbi Hirsch neben dem Bücherregal stehen. Völlig vertieft versuchte er, einem geschwungenen Instrument aus poliertem Horn Töne zu entlocken. Seine Augen waren fest geschlossen. Mit dem Fuß gab er den Takt vor, dann versuchte er es noch einmal. *Braah, braawp* ... dann hielt er inne, öffnete die Augen, entdeckte Michael und lachte.

»Du hast mich getappt!«

»Ertappt«, verbesserte Michael.

»Du hast mich ertappt«, wiederholte der Rabbi. »Ich dich wollte überraschen, aber ...« Er schwenkte das Horn hin und her. »Bald werde ich sein ein richtiger Ziggy Elman!«

Erstaunt blickte Michael auf das Horn. »Was *ist* das für ein Instrument?«

Der Rabbi erklärte, es sei ein Schofar, ein Widderhorn, das bei Zeremonien in der Neujahrszeit, der Rosch Haschanah, benutzt wurde und mit dem Josua in biblischen Zeiten die Mauern von Jericho zum Einsturz gebracht hatte.

Michael begann ein Lied zu singen, das er oft im Radio gehört hatte:

Joshua fit the battle of Jericho,
Jericho,
Jericho.
Joshua fit the battle of Jericho.
And the walls came tumbling down ...

»Warte, warte!«, rief der Rabbi und wedelte mit dem Schofar. »Jetzt, noch mal!«

Michael sang lauter, und der Rabbi spielte ein paar getragene Töne auf dem Widderhom. *Joshua fit the battle of Jericho* ... der Schofar klang durchdringend, primitiv, unheimlich, er klang, als käme er aus grauer Vorzeit, aber ohne erkennbare Melodie. Seine Töne waren nicht traurig, nicht klagend, sondern einfach nur laut und brutal, wie ein Nebelhorn.

Als der Rabbi fertig war, schüttelte er betrübt den Kopf.

»Ist unmöglich«, sagte er. »Eine Melodie man kann nicht entlocken dem Schofar, nur einen Lärm. Man braucht –« Er schlug sich auf die Brust, als sollte sich seine Lunge zu erkennen geben. »Was ist das Wort?«

»Das sind die Lungen«, antwortete Michael. »Damit man genug Luft bekommt.«

»Ja, ja, Lungen.«

Er drehte den Schofar in den Händen.

»Warum ich kann nicht Musik herausholen?«, fragte er leise. »Warum ich kann nicht *Freude* daraus machen?«

Darauf wusste Michael keine Antwort.

»Warum kann ich mit Schofar nicht werden ein richtiger Ziggy Elman?«

Rabbi Hirsch legte den Schofar aufs Bücherregal und knipste das Radio an. Auf WHN erklärte Red Barber gerade, dass die Dodgers mit jeweils einem Läufer auf dem ersten und dritten Base und keinem im Aus ziemlich gut dastanden. »Die haben ihr Schäfchen schon im Trockenen«, nannte es Red Barber.

»Gibt es in Amerika Tiere auf dem Sportplatz?«, fragte der Rabbi.

»Aber nein«, antwortete Michael.

»Warum sagt Red Barber dann, die Dodgers haben ein Schäfchen im Trockenen?«

»Er sagt das dauernd, genau wie er auch immer *Rhabarber* sagt.«

Der Rabbi blätterte im Wörterbuch.

»Rhabarber? Wie das Zeug, das ich sehe in Roulsons Gemüseladen?«

»Red Barber benutzt das Wort, um, na ja, um einen großen Kampf zu beschreiben. Wissen Sie, wenn ein Batter von einem Pitch getroffen wird und auf den Wurfhügel rennt. Oder wenn Leo Durocher die Schiedsrichter beschimpft. Das ist Rhabarber. Und wenn er sagt, wir haben unser Schäfchen im Trockenen, dann meint er, die Dodgers sind gut in Form. Sie behalten die Oberhand. Alles in Butter. Verstehen Sie?«

»Nein.«

Als Michael genauer darüber nachdachte, begriff er, wie sich solche Sachen für den Rabbi anhören mussten. Gut in Form und Oberhand und alles in Butter. Wie kamen solche Ausdrücke zustande?

»Es heißt, man ist im Vorteil«, erklärte er. »Man braucht sich keine Sorgen zu machen. Man kann nicht mehr verlieren. Man wird es schaffen.«

Rabbi Hirsch nickte, als hätte er Michaels ungeschickte Erklärungsversuche endlich doch verstanden. Dann ging er zum Bücherregal und holte den Schofar wieder.

»Wenn ich kann spielen wie Ziggy Elman diesen Schofar«, meinte er, »dann ich habe mein Schäfchen im Trockenen.«

Michael grinste.

»Genau.«

18. Kapitel

An einem Sonntagmorgen ein paar Wochen vor Ostern spielten Michael, Sonny und Jimmy an der Fabrikmauer in der Collins Street Ball. Der Tag war sonnig, aber immer noch zu kühl für ein richtiges Stickballspiel. Die meisten anderen Kinder blieben im Haus, und es gab demzufolge nicht genügend Spieler. Aber Jimmy hatte im Schrotthaufen seines Onkels einen alten Besenstiel gefunden, und Sonny hatte den Ball vom letzten Sommer aufgehoben. Sie entfernten das Stroh vom Besen und knallten den Ball dann abwechselnd gegen die Mauer. Das Homebase hatten sie mit Kreide vor O'Malleys Garage aufgezeichnet. Jeder bekam zehn Schlagversuche, dann wechselten sie. Die Baseballsaison begann erst am 16. April. Noch immer war nicht sicher, ob Jackie Robinson wirklich zu den Dodgers gehen würde. Als Mitglied der Royals hatte er inzwischen eine Trefferquote von 625 gegen den großen Club.

»Sie *müssen* ihn holen«, meinte Michael. »So einen Spieler können sie sich doch nicht entgehen lassen. Selbst wenn er ein Formtief hat, trifft er noch einen von drei.«

»Bald werden wir's genau wissen«, sagte Sonny. »He, Jimmy, wirf mir 'nen Curveball, dann kannst du sehen, was ich mit dem mache!«

Aber Jimmy warf weiter schnell und gerade, und Sonny traf

jeden Einzelnen, während Michael als Feldspieler herumlief und den Ball aufsammelte, wenn er von der Mauer abprallte. Als Sonny mit seinen zehn Schlägen fertig war, kam Michael an die Reihe und merkte gleich, dass er viel härter schlug als letzten Sommer. Er war dreizehn Pfund schwerer und fünf Zentimeter größer geworden, und aus irgendeinem Grund konnte er auch den Ball besser verfolgen. Er sah zu, wie er Sonnys Hand verließ, und tatsächlich wurde er im Heranfliegen immer größer. Jedes Mal, wenn er ausholte, traf er auch, und der Ball sauste hoch gegen die Mauer. Er war schnell fertig: zehn Würfe, zehn Treffer. Genauso gut wie Sonny. Jimmy verfehlte vier von seinen zehn Versuchen. Dann wechselten sie wieder. Gegen Mittag kam ein Müllwagen quietschend die Straße heraufgekeucht und hielt vor O'Malleys Garage, sodass er das Homebase blockierte. Die Jungen standen herum und sahen zu, wie die Müllmänner die Mülltonnen in den Wagen leerten.

»Was gibt's Neues aus der Kelly Street?«, erkundigte sich Sonny beiläufig. »Du weißt schon, aus der Synagoge?«

»Ich hab nichts gesehen«, antwortete Michael. »Ich hab gesucht und gesucht«, log er, »aber nichts gefunden.«

»Woher kommt denn dann die Geschichte?«, wollte Jimmy wissen.

»Drei Jungs haben Stickball gespielt«, erwiderte Michael, »dann kam ein Müllauto und hat sie gestört und –«

»Vielleicht sollten wir irgendwann mal nachts hingehen und nachsehen«, meinte Sonny kalt. »Vielleicht finden wir dann was.«

»Wir haben Wichtigeres zu tun«, widersprach Michael.

»Was ist wichtiger als ein Vermögen?«

»Die gottverdammten Falcons, die sind wichtiger.«

Sonny sah sich auf der Straße um. Kein Anzeichen von Gefahr an diesem kalten Frühlingsmorgen.

»Wenn wir ein Vermögen hätten«, sagte Jimmy, »könnten wir alle nach Florida umziehen. Du könntest deine Mutter mitnehmen, Michael, Sonny seine Tante –«

»Aber dein Onkel bleibt hier!«, rief Sonny dazwischen.

»Wisst ihr«, fuhr Jimmy fort, »wenn wir nachts in die Synagoge wollen, sollten wir bis nach dem Passahfest warten. Während des Passahfests –«

»– töten die Juden kleine Kinder und verarbeiten das Blut in den Matzen?«, ergänzte Michael mit scharfer Stimme.

»Hmm ... ja.«

Michael dachte an Bruder Thaddeus, an die unterirdischen Gänge in Prag und an den Golem. Auf einmal hatte er keine Lust mehr, Baseball zu spielen.

»Ich muss noch das Treppenhaus putzen«, sagte er und drückte Sonny den Schlagstock in die Hand. Sonny sah ihn verwirrt an, aber Michael schlenderte schon in Richtung Ellison Avenue davon. Du gottverdammter Idiot, Jimmy, dachte er. Wegen dir und deinem blöden Onkel, der sein Maul nicht halten kann, müssen wir auf der Straße höllisch aufpassen. Ich habe jedes Mal einen Mordsbammel, wenn ich zum Kohlenschaufeln in den Keller muss. Irgendwelche Kerle glotzen uns an, als wollten sie uns die Kehle durchschneiden – und du glaubst, die Juden tun Blut in ihre Matzen? Beschissener Blödmann. Ich muss endlich offen mit ihnen reden. Ich muss. Ihnen sagen, dass Rabbi Hirsch ein guter Mensch ist. Ihnen sagen, dass es keinen Schatz gibt. Ihnen erklären, was ich in der Synagoge mache. Ich muss, ich muss. Ich muss auch Rabbi Hirsch reinen Wein einschenken. Muss, muss, muss.

Er bog in die Ellison Avenue ein und erstarrte. Seine Beine fühlten sich an wie Blei, seine Hände wurden kalt. Da war Frankie McCarthy, zwei Blocks von ihm entfernt.

Und kam auf Michael zu.

Mit drei anderen Mitgliedern der Falcons.

Alle mit ihrem ausladenden Gang. Sie rempelten sich, sie rauchten Zigaretten.

Verdammte Scheiße.

Frankie McCarthy.

Er ist wieder da.

Er ist frei.

Herrgott.

Es war unmöglich für Michael, ungesehen ins Haus zu entwischen. Er presste sich ans Fenster von Pete's Diner und verdrückte sich dann möglichst unauffällig um die Ecke in die Collins Street. Er hoffte, dass Frankie und die Falcons damit beschäftigt waren, den Mädchen hinterherzupfeifen. Er hoffte, sie waren bei Unbeatable Joe's eingekehrt, um ein Bier zu kippen. Und vor allem hoffte er, dass sie ihn nicht gesehen hatten.

Das Müllauto war verschwunden. Sonny spielte Baseball mit Jimmy Kabinsky.

»Hey, lasst uns abhauen!«, rief Michael. »Frankie McCarthy ist aus dem Gefängnis raus. Er kommt die Ellison Avenue lang!«

»Ach du Scheiße«, sagte Sonny nur.

Er steckte den Ball ein und hielt den Besenstiel wie einen Knüppel, während sie in Richtung MacArthur Avenue trotteten, weg von der Ellison Avenue, weg von Frankie. Nur zwei Blocks rechts von ihnen, an der Ecke zur Kelly Street, lag die Synagoge. Dort wären wir in Sicherheit, dachte Michael. Aber wie konnte er Jimmy dort hinbringen, wenn der glaubte, die Juden mischten Blut in ihre gottverdammten Matzen. Das wäre meschugge, wie Rabbi Hirsch es ausdrücken würde.

Also rannten sie noch einen langen Block weiter bis zum Park, sprangen auf die Bretter der Bänke, kletterten auf die Steinmauer und ließen sich die anderthalb Meter herab. Keiner von ihnen sagte ein Wort; stumm und schwer atmend liefen sie durch den winterlichen Schutt: abgebrochene Äste, Kiefernzapfen, Bierdosen, umgeworfene Mülleimer, ein einzelner Schuh. Sie liefen, bis sie eine kleine Autounterführung erreichten. Dort verkrochen sie sich unter dem Brückenbogen.

Nachdem sie ein wenig verschnauft hatten, meinte Sonny: »Anscheinend hat er die Kaution zusammengekriegt. Die Falcons haben bestimmt ihren Beitrag zu den zweihundertfünfzig Dollar geleistet.«

»Jetzt wisst ihr, dass er hinter uns her ist«, sagte Michael.

»Wahrscheinlich«, gab Sonny zu. »Irgendeinen Sündenbock braucht er ja. Er hat eine Anklage am Hals. Vielleicht wegen eines Kapitalverbrechens, wenn Mister G nicht mehr aus dem Koma aufwacht. Das könnte Mord sein, um Himmels willen. Und er glaubt vermutlich, wir sind die einzigen Zeugen, wir können ihn ins Kittchen bringen.« Er schauderte in der feuchten Dunkelheit. »Die Geschichte mit Jimmys Onkel glaubt er uns nicht. Kein Mensch ist so beschissen dämlich.« Er sah Jimmy an und holte tief Luft. »Aber wisst ihr, wenn man ihn bei irgendeiner Scheiße erwischt, während er auf Kaution draußen ist, dann kriegen sie ihn wirklich am Arsch. Also, wenn ihr mich fragt – er wird nichts *direkt* gegen uns unternehmen, versteht ihr, was ich meine?«

»Mit anderen Worten«, sagte Jimmy, »die Falcons könnten sich uns vornehmen, auch wenn Frankie nicht persönlich dabei ist.«

»Genau«, bestätigte Sonny. »Wenn dann die Polypen an seine Tür klopfen, spielt Frankie den Unschuldigen und sagt, hey, was wollt ihr, ich war zu Hause und hab Radio gehört, und dafür hab ich Zeugen.«

»Und inzwischen beziehen wir Prügel«, sagte Jimmy.

»Wenn wir Glück haben«, meinte Sonny düster.

Ein Dutzend Autos fegte über die Steinbrücke über ihnen.

»Was zum Teufel sollen wir jetzt tun, Sonny?«, fragte Michael.

»Ich weiß noch nicht. Keine Ahnung.«

19. Kapitel

Drei Nächte hintereinander träumte Michael den gleichen Traum: Er war an einem gleichzeitig fremden und doch vertrauten Ort, in dem Betten mit braunen Decken und blauen Kissen und zugedeckte Sessel standen. Über den Betten hingen Rahmen ohne Bilder. Manche Betten waren sehr kurz, andere lang, sodass man nicht ungehindert von einem Raum in den nächsten gehen konnte. Wenn man ans Ende eines Zimmers gelangte, hörte die Wohnung nicht auf, sondern es öffneten sich immer neue Räume. Hunde bellten, aber Michael konnte sie nicht sehen. Dann war er wieder draußen und sah weiße Pferde auf dem Fabrikdach. Im dunklen Eingang von Slowacki's stand ein Mann mit einem bleichen Gesicht und einem breiten Grinsen und lüftete seinen Hut, eine Melone, doch statt Haaren kam rohes Hackfleisch zum Vorschein. Dann war Michael wieder in seiner eigenen Wohnung; an der Wand hing das Foto seines Vaters, und jemand schlurfte mit schweren Schritten durch die Dunkelheit. Weder seine Mutter noch sein Vater waren da; Michael rannte ins Badezimmer, schlug die Tür hinter sich zu und lauschte voller Entsetzen dem Schlurfen. Dann drehte er den Warmwasserhahn auf, aber es kam kein Wasser heraus, sondern roter Schnee, der in die Luft emporschwebte wie kleine rote Blumen.

Jede Nacht erwachte er schweißgebadet und zitternd, voller Angst, wieder einzuschlafen und weiterzuträumen. Er wollte seine Mutter nicht wecken. Schließlich bin ich kein Baby, dachte er. Es ist bloß ein Traum. Dieses Zimmer, das ist die Wirklichkeit. Dieses Fenster. Mein Bett. Meine Anziehsachen und meine Comics. Träume sind Schäume. Doch dann döste er wieder ein, und die Bilder kehrten zurück, manchmal allerdings in einer anderen Reihenfolge: zuerst die weißen Pferde, dann der Mann mit dem Hackfleisch-Schädel, dann die endlosen leeren Zimmer.

Er überlegte, ob er Mrs. Griffin aus dem zweiten Stock um Hilfe bitten sollte; sie besaß ein abgegriffenes Büchlein mit dem Titel *Madame Zadoras Traumbuch,* vielleicht konnte das die Träume erklären. Mrs. Griffin brauchte das Buch, wenn sie beim Pferderennen wettete oder Lotto spielte. Kate Devlin hatte nichts für Glücksspiele übrig, sie arbeitete zu hart für ihr Geld, fand sie. Aber Mrs. Griffin ging jeden Morgen in Casement's Bar und teilte Brendan, dem Buchmacher, ihre Zahlen für den Tag mit, und man behauptete, 1945 hätte sie tatsächlich einmal zweihundert Dollar gewonnen. Möglicherweise wusste sie auch in Michaels Fall einen Rat.

Eines Nachmittags klopfte Michael also an ihre Tür. Mrs. Griffin – klein, drahtig, in einem gesteppten rosaroten Hausmantel – lächelte, als sie ihn erkannte, bat ihn herein und setzte sofort Teewasser auf. Alles mit einer brennenden Pall Mall zwischen den Fingern.

»Ich habe immer wieder diese grässlichen Träume, Mrs. Griffin«, erklärte Michael. »Da dachte ich, vielleicht weiß Ihr Buch, was sie bedeuten.«

»Was sagt denn deine Mutter dazu?«, erkundigte sich Mrs. Griffin vorsichtig.

»Sie spricht nicht über Träume«, entgegnete er. »Und ich

weiß nicht – über manche Dinge kann man mit ihr nicht sprechen. Beispielsweise über Träume.«

Mrs. Griffin zog an ihrer Zigarette und drückte sie auf einer Untertasse aus.

»Was für Träume?«

Er erzählte sie ihr. Beim Zuhören wurde ihr Gesicht ernst, schließlich sogar entsetzt. »Junge, Junge«, sagte sie atemlos. Und am Schluss noch einmal: »Junge, Junge.«

Als er fertig war, saßen sie sich einen Moment lang schweigend gegenüber, und Mrs. Griffin musterte den Jungen durchdringend.

»Du steckst in Schwierigkeiten, Michael«, sagte sie. Ihre Stimme war ganz kratzig von den Zigaretten.

»Vielleicht.«

Sie klopfte die nächste Pall Mall aus dem Päckchen und zündete sie mit einem Holzstreichholz an. Ihre Augen funkelten.

»Aber du hast die Schwierigkeiten nicht verursacht, richtig?«

»Richtig.«

»Du machst dir Sorgen um jemanden mit einem eingeschlagenen Schädel, richtig?«

»Richtig.«

»Daher der Hackfleischkopf. Und du versuchst, hinter die Bedeutung von etwas Bestimmtem zu kommen – als wolltest du ein Bild in einen Rahmen tun, weißt du.«

Das war ihm noch gar nicht in den Sinn gekommen, aber dann fiel ihm Jackie Robinson ein, und er nickte.

»Könnte man sagen.«

»Du denkst an einen fremden Ort, nicht hier bei dir, deshalb sind die Möbel alle zugedeckt und so.«

Die Synagoge? Prag? Rabbi Loews Studierzimmer? Der Speicher, wo die Sachen des Golem aufbewahrt werden?

»Manchmal.«

»Und du denkst daran, wegzugehen. Auf einem weißen Pferd in den Sonnenuntergang zu reiten wie Gene Autry oder was Derartiges.«

Michael lachte. Mrs. Griffin schenkte Tee ein, ohne die Zigarette wegzulegen.

»Gelegentlich.«

Sie ging ins Nebenzimmer und kehrte mit *Madame Zadoras Traumbuch* zurück. Es hatte einen rot-schwarzen Einband, auf dem eine Frau in einem mit Symbolen verzierten Gewand und einer Kristallkugel in den Händen abgebildet war. Die Symbole erinnerten Michael an die Alchimisten.

»Tja, ein paar Sachen haben wir durchschaut«, meinte Mrs. Griffin. »Aber ich müsste lügen, wenn ich behaupten wollte, ich könnte mir auf die Melone und den roten Schnee einen Reim machen.«

Sie brach ab und inspizierte mit zusammengekniffenen Augen eine Buchseite. Michael trank einen Schluck Tee, aber er hatte einen metallischen Beigeschmack, und er sehnte sich nach Rabbi Hirschs Tee.

»Lass mal sehen. Sich mit Schnee waschen bedeutet, dass Schmerzen verschwinden. Schnee essen heißt, man geht von zu Hause weg. Aber – war es der *Warmwasserhahn*?«

»Ja.«

»Vielleicht ist das gut. Schnee in einem warmen Klima bedeutet Glück. Es ist nicht das Gleiche wie ein Warmwasserhahn, aber immerhin irgendwie ähnlich.«

Sie schlug eine andere Seite auf.

»Die Melone, die Melone. Lass mal sehen ... ein Männerhut bedeutet gewöhnlich ... eh, Kummer«, sagte sie. »Den Hut verlieren, das bedeutet, nimm dich in Acht vor falschen Freunden. Ein neuer Hut ist ein Zeichen für Reichtum. Ein großer Hut für Freude und Wohlstand. Aber eine Melone? Himmel, das weiß ich wirklich nicht. Nicht mal Madame Zadora sagt was über Melonen. Kennst du jemanden, der eine hat?«

»Ich hab welche im Film gesehen, aber noch nie im richtigen Leben.«

Sie musterte ihn durchdringend.

»Dir geht eine Menge im Kopf herum, stimmt's, mein Junge?«

»Ja.«

»Wen wundert's«, sagte sie. »Jeder weiß doch, was mit Mister G passiert ist.« Sie nippte an ihrem Tee. »Und jeder weiß, dass Frankie McCarthy es getan hat und dass er dafür eine ganze Weile hinter Schloss und Riegel kommen sollte. Vor allem, wenn man ihn verpfiffen hat. Dass du dir darüber Sorgen machst, ist ganz normal. Und darum geht es hauptsächlich in deinen Träumen, denke ich, um diese *Sorgen.* Und der Geist, der durch die Wohnung schleicht? Das ist dein Vater, Michael, Gott gebe seiner Seele Frieden. Du wünschst dir, er wäre da. Du wünschst dir, er könnte mit dir kommen und dir helfen, diesem Frankie McCarthy eine Tracht Prügel zu verpassen.« Sie drückte ihre Zigarette aus. Michael zählte sechs Kippen auf der Untertasse. »Aber dein Vater ist nicht da. Und du kannst nicht weglaufen.«

»Was soll ich denn dann tun?«

»Beten«, antwortete sie. »Und am Glauben festhalten. Wenn man fest daran glaubt, kommen die Dinge wieder in Ordnung. Denk an meine Worte.«

In dieser Nacht träumte er nicht. Von nun an betete er jeden Morgen. Er blieb wachsam. Doch es passierte nichts auf der Straße.

Michael war vorsichtig, wenn er das Haus verließ. Er behielt die Dächer im Auge, falls Backsteine oder Mülleimer von dort herabfielen. Er sorgte dafür, dass die Wohnungstüren stets verschlossen waren. Er holte sich von seiner Mutter die Erlaubnis, im Treppenhaus hellere Glühbirnen in die Lampen zu schrauben. Wenn er zu Rabbi Hirsch oder zur Messe ging, machte er Umwege. Bei der Messe war es am leichtesten, denn Frankie McCarthy und die Falcons standen nie vor Mittag auf.

Unterdessen versuchte Sonny, seine Freunde zu beruhigen. Vom Haus seiner Tante neben dem Venus-Kino konnte er in die Billardhalle sehen. Klar, Frankie war dort, stundenlang, rauchte, spielte Pool, lachte mit seinen Kumpels. Aber anscheinend machte er draußen keine Kontrollgänge. Er benahm sich nicht, als würde er jemanden suchen.

»Vielleicht hat er rausgefunden, dass wir es nicht waren«, meinte Michael.

»Nee«, widersprach Sonny. »Dafür ist er viel zu gerissen. Eine Schlange. Er weiß, wenn uns was zustößt, dann machen ihn die Polypen fertig.« Er kaute auf der Unterlippe. »Er wartet. Er vergisst uns nicht.«

Auch die drei Jungen warteten. Sie gingen zur Schule. Sie spielten auf der Straße. Michael lernte neue Worte und Sätze in der Synagoge. *Fressing* zum Beispiel, was bedeutete, essen wie ein Schwein. Ein *momser* war ein Mistkerl. *Latkes* waren Kartoffelpuffer, und Dreck hieß *schmutz.* Aber Frankie McCarthy blieb stets in seinen Gedanken, wie ein eitriger Zahn. Sogar wenn das Leben seinen ganz normalen Lauf nahm.

Am Palmsonntag fuhren Kate Devlin und Michael mit der U-Bahn zur Orchard Street in Manhattan. In der Bahn wimmelte es von Frauen, die mit ihren Kindern zum Kleiderkauf in die Orchard Street unterwegs waren, denn nirgends in New York bekam man Kleidung so billig. An der Station Delancey Street leerte sich die Bahn, und Hunderte von Müttern zerrten ihren Nachwuchs die Treppe hinauf in die Lower Eastside, ins Judenviertel.

Michael war zum ersten Mal hier und fand die engen, von Menschen wimmelnden Straßen, die winzigen Läden, die bärtigen Männer, die drei Meter hohen Kleiderständer auf den Gehwegen kolossal aufregend – es erinnerte ihn an das Fünfte Viertel, an Prag! An das Ghetto. Seltsame Gerüche durchzogen die Luft. Männer und Frauen feilschten in fünf oder sechs Sprachen, Musik tönte aus unsichtbaren Radios und trug zum allgemeinen Getöse bei. Angebote wurden gemacht, Widerspruch eingelegt und in den meisten Fällen ein Kompromiss gefunden. Mit hochgehobenen Fingern, um Zahlen Nachdruck zu verleihen. Junge Männer mit Jarmulke, schwarzer Hose und kragenlosem weißem Hemd, mit Zottelbärten und langen Schläfenlocken, die ihnen über die Ohren baumelten, maßen Taille und Brustumfang und Hosenbeine mit abgenutzten gelben Maßbändern, markierten Kleidungsstücke mit Schneiderkreide und schoben Kleiderständer beiseite, wenn ein Kunde sich im Spiegel bewundern wollte. Kinder bestaunten sich in ihrer ungewohnten Aufmachung. Mütter zupften an Säumen und ermahnten ihre Sprösslinge, sich aufrecht hinzustellen. Michael hatte das Gefühl, irgendwann würden sie hier bestimmt Rabbi Loew begegnen. Oder Bruder Thaddeus, die Glatze mit einer Perücke getarnt.

Eine Stunde lang untersuchte und verwarf seine Mutter alle möglichen Anzüge. Zu teuer. Zu fein. Zu klein. Zu groß. Langsam arbeiteten sie sich eine Straßenseite der Orchard Street hinauf und die andere wieder hinunter. An einer Ecke spähte Michael die Delancey Street hinunter und entdeckte die dunklen, hässlichen Umrisse der Williamsburg Bridge, gekrönt von gezackten Türmchen. *Prag,* dachte er. So musste Rabbi Hirsch die Türme von Sankt Veit gesehen haben, wenn er vom Ghetto zum Altstädter Rathaus gegangen war. Nur dass wir U-Bahn-Tunnel haben und keine unterirdischen Geheimgänge, in denen

Fanatiker sich verschwören und kleine Kinder erwürgt werden. Hier auf der Orchard Street fühlte sich Michael noch sicherer als ein Jude im Ghetto. Hier würde Frankie McCarthy ihn nie finden.

Endlich fiel sein Blick auf einen dunkelblauen Anzug, der vor einem kleinen Laden auf der anderen Straßenseite hing. Ein ordentliches Revers, dunkle Knöpfe. Der richtige Anzug für einen Zwölfjährigen. Auch gut für Ostern, aber noch besser, wenn er zwölf geworden war. In diesem Anzug würde er älter aussehen: wie dreizehn, vielleicht sogar vierzehn. Fast wie ein Mann.

»Sieh dir den da drüben an, Mom«, sagte er und führte seine Mutter durch das Gedränge, plötzlich voller Sorge, dass ihm jemand den Anzug wegschnappen könnte. Ein junger Verkäufer kam aus dem Laden. Er war sehr dünn, hatte rote Haare und trug eine Jarmulke. Kate Devlin befühlte prüfend den Stoff des Anzugs.

»Für Sie vierzehn Dollar«, sagte der junge Mann mit einem ziemlich starken Akzent.

»Das ist sehr teuer«, flüsterte Kate Devlin ihrem Sohn ins Ohr.

»Es is saier taier«, sagte Michael.

Der Verkäufer blickte ihn verblüfft an.

»Du bist Jude?«

»Nein«, antwortete Michael. »Ire.«

»Ire? Ah, *ains fon di aseres haschwotim.* Einer von den verlorenen Stämmen.« Der Verkäufer lachte.

»Drei Dollar billiger!«, sagte er und hob den Anzug hoch.

»Sie machen wohl Witze«, meinte Kate Devlin.

»Dreieinhalb«, entgegnete der Verkäufer. »Sie sind *die mutter?*«

»Ja«, antwortete sie ein wenig unbehaglich. »Kann er ihn anprobieren?«

»Ja, ja. Hier drin.« Er deutete auf eine dunkle Nische zwischen den Kleiderständern. Dann wandte er sich wieder an Michael: »Deine Mutter möchte *ain glasel tai*?«

»Mom, möchtest du ein Glas Tee?«

»Das wäre nett«, sagte sie.

»Mit tzuker?«, fragte der Verkäufer.

»Bitte«, antwortete Michael, denn er wusste, dass seine Mutter ihren Tee mit Zucker trank. *»Sait asoj gut.«*

Während Michael sich umkleidete, schlängelte sich der Verkäufer durch die Kleiderbündel und verschwand im Inneren des Ladens. Michael war zuerst fertig. Der Anzug saß beinahe perfekt. Nachdem sich Michael ein paarmal vor ihr im Kreis gedreht hatte, nickte sie zustimmend. Michael schob ein paar Kleiderständer zur Seite, um sich in einem zersprungenen Spiegel betrachten zu können. Ein Fremder blickte ihm entgegen. Man hätte ihn fast für sechzehn halten können.

»Wunderbar«, flüsterte er. Kate lächelte. Dann kam der Verkäufer mit drei Gläsern Tee zurück. Unter den Arm geklemmt hielt er einen hölzernen Kleiderbügel. Er reichte Kate eins der Gläser.

»Asoj schain!«, rief er dann. So schön! »Du siehst aus wie ein Mann.«

»Wir nehmen den Anzug«, sagte Kate.

»Der Bügel ist gratis«, sagte der Verkäufer lächelnd und gab auch Michael ein Glas.

»A dank«, sagte Michael.

Alle drei stießen mit dem Tee an.

»Lang leben solt ir«, rief Michael.

»Gott segne Amerika«, sagte der Verkäufer.

»Ein Hoch auf die Republik!«, sagte Kate Devlin und drückte ihren amerikanischen Sohn an sich.

20. Kapitel

Zurück in Brooklyn, konnte Michael gar nicht schnell genug zur Synagoge, um mit Rabbi Hirsch über sein Abenteuer in der Orchard Street zu plaudern. Es war wie eine Geschichte aus einem Buch aus der Leihbibliothek: Er sagte die Zauberworte – Sesam, öffne dich! –, und schon passierten die erstaunlichsten Dinge. Es war nicht *Shazam*! Es war Jiddisch! Die Worte von Rabbi Hirsch! Sie hatten funktioniert.

Doch der Seiteneingang der Synagoge war verschlossen, und auch die vordere Tür ließ sich nicht öffnen. Hoffentlich war mit dem Rabbi alles in Ordnung. Aber es war solch ein schöner Tag, mit blauem Himmel und vom Frühlingsregen sauber gewaschenen Straßen, da schien es beinahe unmöglich, dass jemandem etwas Schlechtes zustieß.

Michael ging am Arsenal entlang und betrachtete die Bronzestatue des Helden aus dem Ersten Weltkrieg mit seinem kleinen Zinnhelm und den Gamaschen. Warum gab es eigentlich keine Statuen für die Männer, die in der Ardennenschlacht gefallen waren? Vielleicht waren sie noch in Arbeit, bei irgendeinem Atelier in Washington oder in Paris, wo alle diese Künstler wohnten. Er setzte sich auf die Treppenstufen und sah hinauf zu den grünen Blätterknospen der Ulmen, zu den Spatzen, die in den Zweigen pfiffen, und fragte sich, wie weit es von Paris nach Prag war. Bestimmt gab es in Prag kein Ghetto mehr. Die Nazis hatten alle Juden umgebracht. In seiner Fantasie erschienen Bilder von Konzentrationslagern, Wochenschauen aus dem Venus-Kino, die hohlwangige Männer und zu Skeletten abgemagerte Frauen zeigten sowie Leichenberge, aufeinander geworfen wie der Schrott im Hof von Jimmy Kabinskys Onkel. Wie konnten Menschen so etwas nur tun? Warum hatte niemand eingegriffen? Und wo war Gott gewesen? Wie konnte er zulassen, dass so viele Unschuldige starben? Männer. Frauen. Babys.

Plötzlich dachte er: Bestimmt haben die Nazis auch die Frau des Rabbis umgebracht.

Natürlich! Diese gottverdammten Nazi-*momser* hatten Leah ins Konzentrationslager geschleppt. In die Gaskammer gesteckt. Verhungern lassen. Oder sie hatten sie erschossen. Lebendig begraben.

Natürlich!

Deshalb blickte der Rabbi so oft auf Leahs wunderschönes Gesicht und sah so unendlich traurig aus. Vielleicht erklärte das auch noch etwas anderes. Er hat mir einmal gesagt, er hätte versucht, ohne Gott zu leben. Doch dann kehrte er zu Gott zurück und wurde Rabbi. Er hatte nicht viel dazu gesagt. Aber es musste für ihn etwas bedeutet haben, sonst hätte er es nicht erwähnt. Vielleicht jetzt ... vielleicht hatte er wegen dem, was Leah, was Millionen von Juden zugestoßen war, an Gott gezweifelt, und vielleicht hat er es sich jetzt wieder anders überlegt. Manchmal war sein Blick dann ... na ja, nicht direkt verwirrt. Nicht mal richtig unglücklich, denn in der nächsten Minute konnte er umschwenken und Michael ein jiddisches Wort beibringen oder über Ziggy Elman sprechen. Nein, in diesem kurzen Moment, diesem raschen Blick wirkte er ... verbittert. Als wäre er sauer auf Gott, als wäre er vielleicht sogar ein Rabbi, der nicht an Gott glaubte.

Michael stand auf. In seinem Bauch rumorte es, und er fragte sich, wie er so dumm hatte sein können, dass er nicht früher auf den Gedanken gekommen war. Jetzt war ihm klar, dass er Rabbi Hirsch nicht nur nach Worten oder dem fernen Prag fragen musste. Er musste erfahren, was mit Leah passiert war, mit seiner Frau. Er wollte ihre Geschichte kennen lernen. Und die des Rabbis ebenfalls.

Da sah er Rabbi Hirsch in der Ferne auftauchen; mit schweren Schritten kam er unter den Frühlingsbäumen vom Park her die Kelly Street entlang. Von weitem sah er klein und verletzlich aus, mit seinem schwarzen Mantel und seinem schwarzen Hut. Michael rannte ihm entgegen. Er wollte dem Rabbi sagen, wie Leid es ihm tat, dass er sich nie eingehender nach seiner Frau, nach Leah, erkundigt hatte. Er hatte eine Menge zu erzählen. Da sah er, dass Rabbi Hirsch zwei Einkaufstüten schleppte. Als er den Jungen entdeckte, begann sein Gesicht zu strahlen.

»Hallo, Michael. *Wos machst du*?«

»Alles in Ordnung. *Saier gut, a dank*«, antwortete Michael, nahm dem Rabbi die erste Tüte ab und griff nach der zweiten. Doch der Rabbi zog die zweite Tüte weg und bestimmte, dass jeder von ihnen einen Teil der Last übernehmen sollte.

»Stellen Sie sich bloß vor«, berichtete Michael mit aufgeregter Stimme, »wir haben heute einen Anzug dreieinhalb Dollar billiger bekommen, *weil ich Jiddisch gesprochen habe*!«

Während der Rabbi die Synagoge aufschloss, erzählte Michael die ganze Geschichte. Der Rabbi lachte leise und forderte Michael auf, die jiddischen Sätze zu wiederholen. Zusammen gingen sie in die Küche und stellten die Einkaufstüten auf den Tisch. Michael blickte zum Foto von Leah hinüber, aber er brachte es nicht übers Herz, den Rabbi nach ihrem Tod zu fragen. Er war so fröhlich. Sie packten zwei Flaschen Wein aus, eine Schachtel Matzen und drei Dosen Suppe.

»Wofür ist das alles?«, wollte Michael wissen.

»*Pessach*. Wie sagt man? Pisser?«

»Passah«, verbesserte Michael. »Pisser, na ja – pissen ist das Wort für ... eh, für urinieren. Und –«

Kurz sprachen sie über Ausdrücke wie »pissen gehen« und »gegen den Wind pissen« und »sich verpissen«. Und als sie genug gelacht hatten, erklärte der Rabbi, was es mit dem Passahfest auf sich hatte. Er erzählte von der Zeit, als die Juden Sklaven in Ägypten waren und wie Gott eine Reihe von Plagen gegen den Pharao geschickt hatte, damit er die Juden gehen ließ. Die zehnte Plage war die letzte und schlimmste. Alle erstgeborenen Kinder ägyptischer Familien kamen ums Leben. Doch an den Türen der Juden ging der Todesengel vorüber. Er wusste, wo die Juden wohnten, denn sie hatten die Türpfosten und Schwellen mit dem Blut eines Lamms bestrichen. Michael war begeistert: Ein magisches Zeichen hatte die Juden gerettet! Nach diesem Vorfall begriff der Pharao endlich und ließ die Juden gehen. Michael versuchte sich den Todesengel vorzustellen, wie er über Ägypten schwebte, mit schwarzen Schwingen und einem wilden, strengen Gesicht, wie die Statue von Moses im Lexikon. Er stellte sich die weinenden ägyptischen Mütter vor. Er sah die Juden, die sich in der Morgendämmerung versammelten, um nach Norden zu ziehen, ins Land, wo Milch und Honig fließt.

»Seit dieser Zeit versammeln wir uns am ... am Jahrestag? Ja, am Jahrestag. Um zu feiern und zu danken Gott. Acht Tage dauert das Fest. Ein großes Essen haben wir am ersten Tag: einen Seder. Die Familie, die Freunde, alle essen und beten. Pessach, das große Frühlingsfest. Das Fest der Freiheit.«

»Vielleicht macht Jackie Robinson nächstes Jahr auch so ein Festessen«, meinte Michael. »Einen Seder.«

»Wenn er wohnt dann in Booklyn, wir sagen ihm, Jackie, komm her.«

»Wäre das nicht großartig?«, rief Michael.

Der Rabbi klopfte mit dem Finger auf den *Brooklyn Eagle.* »Siehst du, er kommt zu dem anderen Land, wo Milch und Honig fließt: Brooklyn!« Er ballte die Fäuste, als wollte er mit einem Baseballschläger ausholen. »Dies Jahr in Jerusalem!«

Michael lachte. Der Rabbi nahm die Packung mit den amerikanischen Matzen.

»Geht alles zurück auf Ägypten«, erklärte er, riss die Packung auf, holte eine Matze heraus und gab sie Michael. »Die Matzen zum Beispiel. Als die Juden bekommen Nachricht von Pharao, dass sie können gehen, wollen sie ihm nicht Zeit lassen, es anders zu überlegen. Aber sie haben keine Zeit für das Brot zu –« Er machte eine Geste. »Zu werden dick?«

»Aufgehen.«

»Ja, um aufzugehen. Also nehmen sie, was da ist. Brot, das nicht ist aufgegangen. Das da.« Er hielt es hoch. »Matze.«

Michael biss in den langen dünnen Cracker. Er war trocken und ohne Geschmack.

»Ist nicht wie Schokoriegel«, räumte der Rabbi sofort ein.

Dann öffnete er ein Schränkchen, holte einen braunen Papierbeutel heraus und stellte ihn vor Michael auf den Tisch.

»Für dich«, sagte er. »Für deine Mutter.«

Michael sah ihn verwundert an.

»Brot«, erklärte Rabbi Hirsch. »Gewöhnliches Brot. Was man findet im Laden hier in Amerika. *Hametz,* wir nennen es.«

Michael lugte in die Tüte. Ein paar Brötchen und einige Scheiben Roggenbrot.

»Die Thora sagt uns, wir sollen – wie heißt es? – gesäuertes Brot oder *hametz* in den acht Tagen von Pessach aus unseren Häusern entfernen. Wenn du es nicht tust, dann begehst du nicht richtig Pessach. Und Matzen zu machen ist noch wichtiger. Die Thora sagt uns, wir sollen jedes Stückchen *hametz* finden und jeden Winkel im Haus schrubben. Manche heiligen Männer sagen, *hametz* ist wie Stolz: Brot, das ist dick und leer – wie heißt das Wort? Aufgeblasen.«

Er lächelte.

»Ich bin nicht dieser Meinung«, ergänzte er. »Brot ist Brot, außer an Pessach.«

Er reichte Michael die Tüte.

»Das ist ein Beutel mit *hametz*«, sagte er. »Ist noch gut. Gib es deiner Mutter.« Er hielt inne, als versuchte er, sich vorzustellen, wie diese irische Frau, die er ja nicht kannte, auf seine Gabe reagieren würde. »Oder du kannst tun etwas anderes damit, wenn deine Mutter könnte beleidigt sein.«

»Meine Mutter hat immer Angst, *Sie* könnten beleidigt sein«, meinte Michael. »Sie mag Roggenbrot sehr gern.«

»Was für eine meschuggene Welt«, seufzte der Rabbi.

»Voller Meschuggener«, ergänzte Michael und war richtig stolz, wie beiläufig er das jiddische Wort in den Mund nehmen konnte.

Der Rabbi putzte den Herd und den Fußboden; Michael half ihm, die Möbel zu verrücken, damit ihm kein Schmutz entging. Dabei erzählte der Rabbi von den großartigen Seders, die er in Prag erlebt hatte, auf riesigen Eichentischen, an denen sich Generationen der Familie Hirsch drängten. Michael sah die alten Leute, die gemütlich auf der Couch saßen und rülpsten, herumrennende Kinder, die Spiele mit verstecktem *hametz* erfanden, und unter den jungen Leuten eifriges Flirten. Und währenddessen berichtete der Rabbi von den »Vier Fragen«, dem Vorlesen der Haggada, von den bitteren Kräutern, und alle waren sich so nahe und dachten, es würde immer so weitergehen, und immer würden die Jungen die Alten begraben.

»Das war Glück«, sagte der Rabbi. »Aber alles ist vergangen.«

»Werden Sie hier auch einen Seder veranstalten?«

»Vielleicht nächstes Jahr«, sagte der Rabbi. »Wir sparen ein wenig Geld. Deine Mutter kann kommen und du und, wer weiß, auch ein paar Leute von der Synagoge sogar.«

Er versuchte Michael zu erklären, wie die letzten altersschwachen Mitglieder der Gemeinde zu Hause darauf warteten, dass ihre Kinder sie endlich abholten, mürrisch, peinlich berührt, um mit ihnen irgendwohin zu verreisen. Manche flogen nach Florida, andere fuhren mit dem Auto nach Long Island. Aber sie würden nicht hier sein. Nicht hier, wo man sie brauchte.

»*Nu,* der Seder soll helfen, alles Schwere zu machen wieder gut, den schweren Teil im Jahr, den schweren Teil im Leben«, meinte der Rabbi. »Wir sind alle zusammen, und das bedeutet, wir überleben noch ein Jahr.«

Aber dieses Jahr kam niemand, und Michael spürte die Einsamkeit wie einen Nebel, der im Zimmer aufstieg.

»Vielleicht könnten Sie zu uns kommen, Rabbi«, schlug er zögernd vor. »Vielleicht könnten wir bei uns einen Seder feiern.«

»Nein«, entgegnete Rabbi Hirsch mit fester Stimme. Dann seufzte er und fügte etwas fröhlicher hinzu: »Nächstes Jahr, wir machen hier einen Seder. Dann wir schicken an Jackie Robinson auch eine Einladung.«

So unterhielten sie sich noch eine Weile. Der Rabbi schrubbte und wischte, Michael kochte zum ersten Mal Tee.

»Wie kommt es eigentlich, dass das Passahfest und Ostern um die gleiche Zeit stattfinden?«, fragte Michael.

Der Rabbi lächelte.

»Ist ganz einfach«, antwortete der Rabbi. »Du kennst das letzte Abendmahl? Das berühmte Bild? Das Essen, das stattgefunden hat direkt vor Ostern?«

»Klar.«

»Nun, das letzte Abendmahl, das war ein Seder«, sagte der Rabbi. »Jesus und seine Freunde waren zusammen, um zu sagen Dank für die Befreiung aus Ägypten.«

»Sie machen sich über mich lustig!«

»Nein. Du nimmst besser dieses *hametz* mit nach Hause. Das Putzen ich muss beenden.«

Michael nahm die Tüte und ging zur Tür. Die Hand auf der Klinke, blieb er noch einmal stehen und wandte sich an den Rabbi, der gerade eine Schachtel mit Stahlwolle öffnete.

»Rabbi?«

»Ja?«

»Ich habe eine Frage.«

»Ja?«

Zwei Fragen. Nicht eine. Los. Nein, frag ihn nicht. Doch. Frag ihn. Frag.

Michael holte der Luft, atmete langsam wieder aus und stellte die erste Frage.

»Wenn Gott dem Pharao zehn Plagen geschickt hat, um die Juden zu retten«, sagte er, »warum hat er das dann bei den Nazis nicht auch getan?«

Der Rabbi schwieg. Er rührte sich nicht, seine Hände hingen schlaff herab.

»Ich weiß nicht«, flüsterte er mit brüchiger Stimme, in der eine tiefe Verzweiflung zu hören war. »Ich weiß nicht.«

Es klang nicht, als würde er Gott mögen, geschweige denn lieben. Vielleicht glaubte er ja nicht einmal mehr richtig an ihn. Deshalb stellte Michael seine zweite Frage nicht. Er fragte nicht, was mit der Frau des Rabbis geschehen war.

21. Kapitel

Als Michael am Ostermorgen die Ellison Avenue entlangging, betrachtete er sein Spiegelbild in jedem Ladenfenster. In der Kirche erzählten einem die Priester zwar, dass man an Ostern die Auferstehung Jesu feierte, aber jeder wusste, dass das nicht ganz stimmte. An Ostern ging es um neue Kleider. Und in seinem neuen blauen Anzug, dem weißen Hemd, der gestreiften Krawatte und den gewienerten schwarzen Schuhen sah Michael älter aus, reifer, was immer dieses verschwommene Wort bedeuten mochte. Noch kein richtiger Mann, aber auch kein kleiner Junge mehr.

Er sah Mary Cunningham aus ihrem Wohnblock gegenüber der Fabrik kommen, ein dünnes Mädchen mit langen braunen Haaren. Zur Feier des Tages trug sie einen hellblauen Mantel und einen Strohhut mit Blumen. Sie lächelte Michael an, auf eine Art, die ihm neu vorkam. Sie war in der gleichen Klassenstufe wie er, aber da Jungen und Mädchen getrennt unterrichtet wurden, sahen sie sich nur auf dem Schulhof oder auf der Straße.

»Fröhliche Ostern, Michael«, rief sie lächelnd. Im Gegensatz zu vielen Mädchen ihres Alters trug sie keine Zahnspange. Ihre Zähne waren so weiß und fest wie die von Lana Turner.

»Danke, ebenfalls«, antwortete er.

»Das ist ein schicker Anzug«, sagte sie.

»Ich mag ihn auch«, gab Michael zurück. »Gehst du zur Messe?«

»Na klar«, erwiderte sie. »Wir müssen uns beeilen, stimmt's? Aber ich muss auf meine Eltern warten.«

Michaels Mutter war schon um acht Uhr zur Messe gegangen, was Michael ganz recht war. Sie musste ihn nicht unbedingt zur Messe begleiten wie einen Erstklässler.

»Bis dann!«, rief er Mary Cunningham zu und schritt noch leichtfüßiger in den hellen Frühlingsmorgen hinein. Plötzlich hörte er Mrs. Griffins Stimme, die von der anderen Straßenseite seinen Namen rief. Sie trug einen hellbraunen Mantel und hohe Schuhe und lachte hysterisch.

»Michael, Michael, hey, Michael Devlin!« Hektisch sah sie sich nach beiden Seiten um, ob ein Auto kam, dann stürzte sie zu ihm herüber. »Hast du schon das Neueste gehört?«

»Was?« Sie war aufgeregter, als er sie je gesehen hatte, seit der Krieg zu Ende war.

»Hat deine Mutter es dir nicht erzählt?«

»Nein.«

»Mein Pferd hat gewonnen!«, jubelte sie. »Was hab ich dir gesagt? Man muss nur daran glauben. Und du bist schuld daran, Michael. Du hast mir doch von deinen Träumen erzählt, richtig? Und ein paar davon konnten wir deuten. Aber ich kam einfach nicht auf die verdammte Melone, auf den Hut. Tage- und nächtelang hab ich darüber gebrütet. Und gestern seh ich die Listen in der *Daily News,* und was meinst du, was für ein Pferd da im dritten Rennen in Belmont läuft? Eins mit Namen Melone! Da sag ich zu mir, ich sag, Gott hat Michael geschickt, damit ich gewinne. Ich wusste es. Gott sagt zu sich, diese Mrs. Griffin, die braucht einen Gasherd und mal wieder welche von den schicken Nylonstrümpfen. Deshalb schickt er *mir* durch *dich* diese Träume. Ich renne also rüber zum Buchmacher, setze fünf Dollar auf Melone, und der Teufel soll mich holen, der gewinnt tatsächlich mit anderthalb Längen Vorsprung, und zwar zweiundzwanzig zu eins. Ich bin reich, Michael!«

Sie umarmte ihn und drückte ihm einen Geldschein in die Hand.

»Du musst nur fest daran glauben, Michael«, sagte sie noch einmal, »und weiter träumen.«

Damit tänzelte sie davon. Michael sah in seine Hand. Ein Fünfdollarschein! Für einen Albtraum! Er hatte noch nie einen Fünfdollarschein besessen, und während er zur Messe eilte, ging ihm alles Mögliche durch den Kopf, was er davon kaufen könnte: Blumen oder Pralinen für seine Mutter, Comics, vielleicht sogar ein richtiges Buch. Oder er könnte das Geld seiner Mutter geben, damit sie es für das Grammofon sparte. Vielleicht sollte er sich mit Mary Cunningham verabreden. Ihr eine Limonade spendieren. Oder sie ins Grandview einladen, wenn seine Mutter gerade mal nicht arbeitete. Er war noch nie mit einem Mädchen ausgegangen, aber er kannte Verabredungen aus Filmen und aus den *Archie*-Comics und *Harold Teen* in den *Daily News.* Sonny erzählte dauernd, was man mit Mädchen macht. Im Park.

Er bog in die Kelly Street ein, hüpfte ein Stück und dachte an Mädchen und die Geheimnisse des weiblichen Körpers und was Sonny darüber erzählte. Er überlegte, was Mary Cunningham wohl dachte, wenn sie ihn in seinem neuen blauen Anzug sah, und was sie denken würde, wenn er ihr etwas auf Jiddisch sagen oder ein bisschen Latein aus der Messe zitieren würde. Würde sie ihn sonderbar finden? Oder würde sie ihn für den klügsten Kerl der Welt halten? Er überlegte auch, was für ein Gefühl es sein musste, ihre Haut zu berühren oder mit ihren Haaren zu spielen und ob solche Gedanken Sünde waren.

Und dann blieb er wie angewurzelt vor der Synagoge stehen, denn er hörte ein klagendes Geräusch. Einen Laut tiefen, hoffnungslosen Schmerzes.

Als er um die Ecke kam, sah er Rabbi Hirsch, das Gesicht aschfahl, voller Wut und Trauer. In der Hand hielt er ein grobes Handtuch, mit dem er wie wild an der Vorderwand der Synagoge herumschrubbte. Jemand hatte etwa ein Dutzend Hakenkreuze auf die schmutzigen weißen Steine gemalt. Auf die verschlossene Vordertür waren die Worte JUDEN RAUS geschmiert. Nicht einmal Michaels Anblick beruhigte ihn.

»Wieso tut jemand das?«, rief er außer sich. »*Wer* tut das?«

Michael schlang den Arm um den Rabbi und wollte ihn trösten, aber der Rabbi machte sich wütend los. Michael wich zurück, verletzt und vor den Kopf gestoßen, gleichzeitig aber auch besorgt um seinen neuen Anzug. Unterdessen hatte der Rabbi einen Mopp gepackt und ging damit auf die Hakenkreuze los, wobei er aber die frische rote Farbe lediglich weiter verschmierte.

»Warten Sie hier«, sagte Michael. »Gehen Sie nicht weg.«

Er rannte den ganzen Weg zur Kirche, ohne auf das Seitenstechen und den Schweiß zu achten, der sein frisches Hemd durchweichte. Jedes Mal, wenn er nach Luft schnappen musste, sah er Rabbi Hirsch wieder vor sich, und sein Zorn trieb ihn weiter. Vor der Kirche wimmelte es von Menschen mit blumengeschmückten Hüten und neuen Anzügen. Zeitungsjungen verkauften *The Tablet.* Es war, als hätte sich die gesamte Nachbarschaft zur Zehn-Uhr-Messe versammelt, um die Auferstehung Jesu zu feiern. Michael bahnte sich einen Weg durch das Gedränge und dachte, weg da, verdammt, weg da! Zwei Stufen auf einmal nehmend, rannte er die Kirchentreppe empor.

Die Neun-Uhr-Messe war vorbei, aber die Bänke waren noch gefüllt mit Gläubigen, die zur Hochmesse um zehn, die von drei Priestern zelebriert wurde, noch bleiben wollten. Michael spähte hinauf und sah, dass die Messdiener sich bereits versammelt hatten. Ein Ordner versuchte ihn aufzuhalten, aber er stieß den Mann zur Seite und rannte den Mittelgang hinunter zur Sakristei. Zu seiner Erleichterung fand er Father Heaney, der auf einem Stuhl saß und rauchte; er hatte für heute seinen Dienst hinter sich. Die drei anderen Priester halfen sich gegenseitig beim Anlegen ihrer wunderschönen goldbestickten weißen Ostergewänder.

»Father Heaney!«, keuchte Michael. »Hören Sie, da ist – ich muss – Sie müssen –«

»Hol erst mal tief Luft, Junge«, brummte der Priester, »und dann erzähl mir eins nach dem anderen.«

Father Heaney hörte Michael zu, der mit gedämpfter Stimme – um die anderen Priester nicht zu stören – seine Geschichte hervorsprudelte. Father Heaneys Gesicht wurde ernst, eine tiefe senkrechte Falte erschien auf seiner Stirn.

»Ich rufe die Polizei«, sagte er, sprang auf und ging zum Waschbecken, um seine Zigarette auszudrücken.

»Nein, das dürfen Sie nicht, Father. Der Polente ist es egal, wir rufen sie nie, Sie – *wir* müssen dem Rabbi helfen.«

»Warum?«

In diesem Augenblick stürmten vier Ministranten in die Sakristei. Michael nickte ihnen zu, und die Jungen stellten sich vor die Tür, die zum Altar führte. Draußen begann der Chor zu singen. Einer der Priester sah zur Wanduhr. »Gehen wir«, sagte er, und Messdiener und Priester verließen gemeinsam die Sakristei und traten hinaus in die wogende Musik. Father Heaney musterte Michael. Jetzt waren seine Augen klarer, als hätte sich ein Schleier von Gleichgültigkeit oder Langeweile von ihnen gelöst.

»Wir sind nicht die Polizei«, sagte er, als er mit Michael allein war. Draußen schwoll die Musik an. »Warum sollten wir uns einmischen, Junge?«

»Weil Rabbi Hirsch ein guter Mensch ist!«

»Woher willst *du* das wissen?«, fragte Father Heaney im Ton eines Menschen, der zu viel Böses gesehen hat.

Doch das brachte Michael endgültig in Rage. »Woher ich das weiß?«, explodierte er. »Ich bin der Schabbes-Goj in der Synagoge! Ich mache jeden Samstagmorgen das Licht für ihn an. Ich bringe ihm Englisch bei. Ich lerne Jiddisch von ihm. Und seine Frau ist tot, und er ist allein, und da braucht er nicht auch noch dieses gottverdammte Nazigeschmier an seiner Synagoge!« Die Worte blieben ihm fast im Hals stecken, als er merkte, dass er vor dem Priester »gottverdammt« gesagt hatte, aber dann sprudelte es weiter aus ihm heraus: »Mein Vater ist gefallen, weil er gegen die Nazis gekämpft hat. Sie haben doch auch eine Menge Männer im Krieg sterben sehen, Father Heaney, Sie –«

Father Heaneys Schlitzaugen wurden groß, und er trat einen Schritt zurück, als hätten die Worte etwas in ihm zu neuem Leben erweckt, das lange Zeit geschlummert hatte. Er hob die Hand, um Michaels Redefluss zu unterbrechen. Dann griff er nach seinem Mantel.

»Dann mal los«, sagte er nur.

Er ging hinaus in die Kirche, winkte ein paar Männern, ihm zu folgen, und packte einen der Messdiener der vorangegangenen Messe, einen großen italienischen Jungen namens Albert, am Kragen. Einige Gemeindemitglieder blickten von ihren Gebetbüchern auf und starrten Father Heaney entrüstet an. Warum störte er die Messe? Der Chor schmetterte gerade einen lauten Schlussakkord. Mr. Gallagher, dem der Eisenwarenladen auf der anderen Straßenseite gehörte, war zu spät gekommen und suchte einen Platz, aber Father Heaney nahm ihn am Ellbogen und zog ihn mit nach draußen.

Am Fuß der Kirchentreppe begann Father Heaney Befehle auszuteilen. Er drückte Albert, dem Messdiener, zwei Dollar in die Hand, um beim Bäcker Kaffee und Brötchen zu holen. Er überredete Mr. Gallagher, in seinen Laden zu gehen und Lappen, Schrubber und Lösungsmittel zu holen. An der Ecke beim Schulhof sah er Charlie Senator, der auf seinem Holzbein in Richtung Kirche hinkte. Er wechselte ein paar leise Worte mit ihm, Senator salutierte und reihte sich ein.

Dann marschierten alle die Straße hinunter, bewaffnet mit Lappen, Schrubbern, Eimern und Chemikalien. Österlich aufgeputzte Passanten sahen ihnen verwundert nach, aber ein paar weitere Männer schlossen sich dem Zug an. Von Father Heaney und Michael angeführt, überquerten sie den großen Platz vor dem Park und bogen in die Kelly Street ein.

Jetzt zeigte Father Heaneys Gesicht einen Ausdruck gerechten Zorns. Er hatte die Lippen aufeinander gepresst, seine Kiefermuskeln waren angespannt. Er sagte kein Wort. Michael fragte sich, ob er zu weit gegangen war, als er seinen Vater ins Spiel gebracht hatte. Seine Mutter tat das nie, nicht beim Vermieter, nicht bei Michael, niemals, und bisher hatte er sich an ihr Vorbild gehalten. Aber es war ihm einfach rausgerutscht, und es war die Wahrheit. Tommy Devlin hatte gegen diese *momser* gekämpft. Gegen diese lausigen Saukerle. Auf einmal stellte er sich vor, wie sein Vater mit ihnen die Kelly Street hinunter marschierte, um noch einmal gegen die Nazis zu kämpfen. Plötzlich fiel ihm auf, dass er der einzige Junge unter fast einem Dutzend Männer war. Er sah sich im Zug seines Vaters. Mit Helm und Maschinengewehr. Sie würden es diesen Mistkerlen schon zeigen, die Babys und alte Frauen umgebracht und Männer in lebende Skelette verwandelt hatten.

Als sie die Synagoge erreichten, kämpfte Rabbi Hirsch noch immer mit dem ersten Hakenkreuz.

»Rabbi, ich bin Joe Heaney«, rief der Priester. »Ich war Kaplan in der 103. Luftlandetruppe. Die meisten der Männer hier waren vor zwei Jahren bei der Invasion dabei, einer hat sein Bein in Italien verloren. Wir werden nicht zulassen, dass so ein Bockmist in unserem Bezirk passiert.«

»Bitte«, entgegnete Rabbi Hirsch, »ich kann das selbst tun.«

»Nein, können Sie nicht«, widersprach Father Heaney.

Und ohne weitere Umschweife machten sie sich an die Arbeit. Mr. Ponte, der Steinmetz, befühlte die Textur der Backsteine, während Mr. Gallagher die Farbe untersuchte. »Sapolin Nummer drei«, stellte er fest. »Jeder Idiot in der Gegend streicht seine Stühle damit und setzt sich drauf, ehe sie trocken sind.« Gemeinsam mit Mr. Ponte mischte er die Lösungsmittel in einem Blecheimer. Die anderen zogen ihre guten Oster-Jacketts aus, lösten ihre Krawatten, krempelten die Ärmel auf und packten Lappen und Schrubber. Father Heaney arbeitete im T-Shirt. Nach kurzem erschien Albert, der Messdiener, mit Brötchen und Kaffee und ergriff auch gleich einen Lappen. Ein Streifenwagen kam vorbei, und die Polizisten wollten ein Protokoll aufnehmen, aber Father Heaney sagte ihnen, er und Rabbi Hirsch wollten sich lieber auf ihre eigene Weise um die Sache kümmern.

»Wir glauben beide an den Gott des Alten Testaments«, erklärte Father Heaney. »Er sorgt dafür, dass solche Idioten ihre Strafe bekommen.«

Die Polizisten zuckten die Achseln und fuhren wieder davon. Michael hängte sein Jackett und seine Krawatte über Charlie Senators Mantel an den Zaun und machte sich ebenfalls ans Putzen. Kaum einer sagte ein Wort, sie arbeiteten und schrubbten inbrünstig. Die Augen der Männer schienen wie von Erinnerungen verschleiert, als würden sie angetrieben durch das, was sie vor ein, zwei Jahren erlebt hatten. Bald war

Michael erschöpft, aber er dachte an die körnigen Schwarzweißbilder in den Wochenschauen, an die abgemagerten Männer, die hohläugigen Frauen, die Leichenberge, an tote Soldaten im Schnee und mobilisierte neue Kräfte. Immer wieder schielte er zu Rabbi Hirsch hinüber, aber der hatte sich ganz in sich zurückgezogen; nur seine Lippen bewegten sich lautlos, während er mit der roten Farbe kämpfte. Das Wort JUDEN verschwand. Dann das RAUS. Und noch ein Hakenkreuz.

Bestimmt denkt er an sie, überlegte Michael.

An seine Frau.

An Leah.

Mitten in der Arbeit tauchten Frankie McCarthy und vier Falcons von der Ellison Avenue her auf und blieben an der Ecke neben dem Arsenal stehen. Für sie, fand Michael, war das reichlich früh. Gewöhnlich ließ sich keiner der Bande vor Mittag sehen. Sie reichten eine Literflasche Rheingold-Bier herum, und einer sagte etwas, über das alle in höhnisches Gelächter ausbrachen. Aber mit den Männern, die hier schufteten, wollten sie sich offensichtlich nicht anlegen. Komm schon, Frankie, dachte Michael, sag doch irgendeines von deinen blöden Schimpfwörtern wie zum Beispiel Judenschweine! Die Jungs hier haben die Wehrmacht besiegt, Frankie, und General Tojo obendrein. Komm schon, du Arschloch.

Einen Moment lang starrte Charlie Senator die Burschen wütend an, doch dann rückte er wieder mit aller Kraft der Farbe zu Leibe. Eine Weile noch beobachteten die Falcons die Szene, rauchten, klimperten mit dem Kleingeld in ihren Hosentaschen und schlenderten schließlich in Richtung Park davon.

Endlich war die Arbeit erledigt. Dort, wo die Hakenkreuze gewesen waren, war die Mauer jetzt etwas heller, aber die Flecken waren so unregelmäßig, dass man unmöglich erkennen konnte, was hier passiert war. Rabbi Hirsch ging auf und ab, stieg die Stufen zur verschlossenen Vordertür hinauf, untersuchte die Mauer und kam endlich zu den Männern zurück. Noch immer kopfschüttelnd, sein Mund ein verbitterter schmaler Strich. Die Männer hatten sich die Hände gereinigt und zogen jetzt Jacketts und Krawatten wieder an. Die meisten tranken Kaffee, rauchten und verdrückten mit Heißhunger die Brötchen. Jetzt wirkten sie plötzlich gehemmt, brachten kein Wort heraus, starrten auf die Mauer oder den Gehweg oder in den Himmel. Im Krieg waren sie doch bestimmt mit jüdischen Soldaten zusammen gewesen. Aber sicher kannten sie nicht viele Rabbis. Die Synagoge war fremd für sie, genauso wie für Michael an jenem ersten Morgen in Eis und Schnee. Er sah, wie Rabbi Hirsch Anstalten machte, seinen Helfern die Hände zu schütteln, aber seine eigenen waren noch voller Farbe.

»Danke euch, Gentlemen«, sagte er schließlich heiser.

»Hier, Rabbi, damit können Sie Ihre Hände sauber machen«, sagte Mr. Gallagher und tunkte einen Lappen in den Eimer mit Lösungsmittel. »Es riecht grässlich, aber es wirkt.«

»Danke Ihnen und danke Ihnen, Father Heaney«, stammelte der Rabbi, während er sich die Hände reinigte. »Und Michael ...«

Ein trockenes, ersticktes Schluchzen schüttelte ihn, aber er weinte nicht.

»Ich wünschte, ich könnte Sie einladen in die Synagoge«, sagte er. »Um heute Abend einen großen Seder zu feiern alle ... Aber Essen wir haben nicht hier, nur Tee und Matzen und –«

»Ist schon in Ordnung, Rabbi«, erwiderte Father Heaney beschwichtigend. »Ein andermal.«

Der Rabbi verbeugte sich steif und würdevoll. Michael sah an seinen Augen, dass er nicht an ein andermal glaubte. Sie würden alle in ihre Welt zurückkehren, und er würde in seiner bleiben.

»Auf Wiedersehen, Rabbi«, sagte Mr. Gallagher, nahm den Eimer, leerte den Rest Lösungsmittel in den Gully und winkte den anderen, die Schrubber zu holen. »Dann mal los«, meinte er. »Es ist ein wunderschöner Tag heute.«

Charlie Senator warf einen Blick auf seine Armbanduhr und sah zu Father Heaney hinüber.

»Tja«, sagte er, »dann erledige ich auch mal lieber meine Osterpflicht.«

»Das haben Sie doch gerade getan«, meinte Father Heaney und klopfte eine Camel aus seiner Packung.

22. Kapitel

Nachdem Michael am Nachmittag seinen Anzug aufgehängt hatte und in die Badewanne gestiegen war, um den Geruch des Lösungsmittels loszuwerden, gab er seiner Mutter den Fünfdollarschein. Er erklärte ihr, warum Mrs. Griffin ihm das Geld geschenkt hatte, ging aber, was seine Träume betraf, lieber nicht allzu sehr ins Detail.

»Ach Michael, du solltest das Geld behalten«, meinte sie und hielt dabei den Geldschein vorsichtig zwischen Daumen und Zeigefinger. »Schließlich war es *dein* Traum.«

»Nein, lass uns lieber auf ein Grammofon sparen.« Er erzählte ihr von den Komponisten, die Rabbi Hirsch erwähnt hatte. Er hatte sich ihre Namen eigens in sein Notizbuch geschrieben. Smetana, Dvořák, Mahler. »Dann können wir auch Musik hören, die nie im Radio kommt.«

»Na gut«, meinte sie schließlich und steckte den Schein in ihre Handtasche.

Dann nahmen sie zu einem etwas verfrühten Abendessen Platz. Da Kate Devlin den Vorfall bei der Synagoge nicht erwähnte, vermutete Michael, dass sie die Straßenbahn zur Acht-Uhr-Messe genommen hatte. Wenn sie zu Fuß gegangen wäre, hätte sie die Hakenkreuze sehen müssen. Aber Michael wollte das Festmahl nicht mit einem Bericht von den Ereignissen des

Morgens verderben, denn wegen des Essens war sie extra früh aufgestanden und zur Messe gegangen, um rechtzeitig wieder zu Hause zu sein, Kartoffeln zu schrubben, Möhren zu schaben und den kleinen Schmorbraten vorzubereiten. Außerdem hatte sie für Michael den neuen Anzug erstanden, aber sie selbst war leer ausgegangen. »Ich glaube, ich schwänze die Modenschau bei der Elf-Uhr-Messe, danke sehr«, hatte sie gemeint, ehe sie aufgebrochen war. Nun füllte Bratenduft die Küche, und bevor sie sich an den Tisch setzten, röstete sie noch das *hametz,* das Rabbi Hirsch ihnen geschenkt hatte.

»Fröhliche Ostern, Sohn«, sagte sie, »und allen anderen, die nichts zu essen haben.«

Sie sprach ein Dankgebet, Michael fügte ein »Amen« hinzu, und sie begannen zu essen. Das Fleisch war rosa und schmackhaft; Michael versuchte, kleine Stückchen abzuschneiden und sie ganz langsam zu kauen. Er ließ Butter auf den Backkartoffeln und dem knusprig gerösteten *hametz* zergehen. Er häufte noch mehr Möhren auf seinen Teller. Seine Mutter ermahnte ihn, nicht zu viel Salz zu nehmen. Er trank kaltes Wasser. Dann erzählte er ihr, was ein Seder war und dass das letzte Abendmahl von Jesus und seinen Jüngern eigentlich ein Seder gewesen war und dass Rabbi Hirsch nächstes Jahr ein Seder in der Synagoge veranstalten und dazu sie beide und auch Jackie Robinson einladen wollte. Kate Devlin fand die Idee großartig und sagte, sie würde gern dafür kochen und das Essen in die Kelly Street bringen.

Als sie beinahe fertig waren, erzählte Michael doch noch, was am Morgen passiert war. Kate Devlin war sehr wütend über die Hakenkreuze und freute sich darüber, wie Father Heaney und die anderen Männer reagiert hatten.

»Wenigstens sind sie nicht allesamt nur selbstgerecht und intolerant«, sagte sie. »Es gibt immer noch eine Menge anständiger Leute in der Gegend, auch wenn du's manchmal nicht glaubst.«

Sie redeten darüber, dass die Polizei die Schuldigen hoffentlich dingfest machen konnte und dass es vermutlich die Falcons gewesen waren. Warum wären Frankie McCarthy und seine Jungs sonst eigens vorbeigekommen? Gewöhnlich frühstückten sie ja erst, wenn andere Leute längst zu Mittag aßen.

»Man braucht kein Sherlock Holmes zu sein, um sich das zusammenzureimen«, meinte Kate.

Aber weil Ostersonntag war und ihr Sohn den Tag genießen sollte, ging sie nicht weiter auf das schreckliche Ereignis ein. Nach dem Essen spazierten sie zusammen zum Grandview. Weil am Ostermontag keine Schule war, durfte Michael sich das ganze Programm ansehen, zwei Spielfilme, Kurzfilm, Wochenschau und alle Vorschauen. Nach der Vorstellung konnte er dann mit seiner Mutter nach Hause gehen. Sie führte ihn durchs Foyer zu einer Seitentür, kaufte ihm eine Schachtel Good and Plenty und setzte sich dann an die Kasse.

Der erste Film war ein Western mit Joel McCrea. Zwar verpasste Michael den Anfang, aber er hatte das Gefühl, die gleiche Handlung schon x-mal im Venus-Kino gesehen zu haben, nur mit anderen Schauspielern. Dann gab es *Rue Madeleine 13* mit James Cagney, in dem es um vier Militärspione ging, die nach Frankreich eingeschleust wurden, um vor dem D-Day eine deutsche Raketenbasis zu zerstören. Die Adresse im Titel bezog sich auf das Gestapo-Hauptquartier, und einer der vier war ein deutscher Doppelagent. Der Film faszinierte Michael, und er trainierte mit Cagney, bediente geheime Funkgeräte in Scheunen und Kellern, schlich mutig durch dunkle europäische Straßen, um seine heilige Mission gegen die Nazis zu erfüllen. Doch danach fühlte er sich unbehaglich. Die Hakenkreuze waren doch ganz offensichtlich Nazisymbole, und die Nazis waren eindeutig die Bösen. Wie kam jemand auf die Idee, die Nazis nachzumachen und Hakenkreuze auf eine Synagoge zu schmieren? Vielleicht waren es die Falcons gewesen, aber vielleicht auch jemand anderes. Vielleicht jemand, der hier mit ihm im Kino saß.

Das unbehagliche Gefühl wurde noch schlimmer, als nach den Vorschauen die Wochenschau begann. Hier ging es unter anderem um Jackie Robinson und die Dodgers. Man sah, wie Branch Rickey ihm die Hand schüttelte, dann Robinson in Havanna, wie er den Ball ins linke Feld schlug und ein bisschen o-beinig zum ersten Base sauste und dabei seine Mütze verlor. Ein paar Leute klatschten Beifall. Aber die Hälfte des Publikums buhte! In Brooklyn! Sie buhten einen *Dodger* aus!

Auf dem Nachhauseweg unterhielt sich Michael mit seiner Mutter darüber. Natürlich war Robinson nicht als Dodger ausgebuht worden, sondern als Neger, meinte er, und seine Mutter versuchte ihm zu erklären, dass viele Menschen eben entweder unwissend oder verängstigt oder verbittert waren und dass man Mitleid mit ihnen haben und für sie beten musste.

»Sie wissen es einfach nicht besser«, meinte sie. Mit gesenkter Stimme fügte sie hinzu: »Aber ehrlich gesagt, manche von ihnen ...«

Sie sprach den Satz nicht zu Ende, sondern schüttelte nur vielsagend den Kopf, während sie in die Ellison Avenue einbogen. Am Nachthimmel funkelten unzählige Sterne, und der Mond schien hell. Für die späte Stunde herrschte noch relativ viel Betrieb auf der Straße. Die Nacht war kühl, aber nicht kalt, ein frischer Wind blies vom Fluss herauf, und sie waren froh, dass sie ihre warmen Mäntel angezogen hatten. Eine halb volle Straßenbahn rumpelte vorüber. Im Fitzgerald's und Casement's drängten sich die Leute. Inzwischen waren sie am Haus angekommen.

»Jetzt trinken wir noch eine schöne Tasse Tee«, meinte Michaels Mutter, »und dann schlafen wir eine Runde.«

Auf dem Treppenabsatz im ersten Stock, als sie an Mrs. Griffins Wohnung vorbeikamen, hörte Michael, wie die Tür zum Dach quietschte und zuschlug. Plötzlich wurde er argwöhnisch. Er wusste genau, dass er den Riegel vorgelegt hatte. Er überholte seine Mutter. Durch die offene Tür sah man ein rechteckiges Stück Himmel.

»Warum ist die Tür da oben offen?«, rief Kate Devlin erschrocken, während sie nach ihrem Schlüssel fummelte. »Geh bitte rauf und mach sie zu, Michael.«

Langsam stieg er die letzte Treppe empor. Als er zur Tür kam, sah er es: Ein dickes rotes Hakenkreuz war auf die schwarze Tür geschmiert. Auf dem schmalen Treppenabsatz waren überall Farbspritzer.

»Mom! Komm lieber mal hier rauf, Mom!«

Sie hatte den Mantel schon ausgezogen, ließ die Wohnungstür offen stehen und rannte zu ihrem Sohn.

»Guter Gott«, flüsterte sie.

Sie trat aufs Dach hinaus; Michael folgte ihr. Im hellen Sternenlicht sahen sie die Worte JUDNFREUND von außen auf die Tür geschmiert. Die Farbe war noch feucht. Die Buchstaben nahmen die ganze Tür in Anspruch. Es sah aus, als wäre für das E in JUDEN kein Platz mehr gewesen.

»Diese feigen Hunde«, flüsterte sie und trat durch die Tür wieder ins Treppenhaus. »Sei vorsichtig, komm nicht an die Farbe.«

Sie hakte den Riegel ein und ging voran nach unten. In der Küche zog sie ihren Mantel an. Ihr Gesicht war kalt und konzentriert.

»Das reicht«, sagte sie. »Ich gehe zur Polizei.«

»Die werden nichts unternehmen, Mom.«

»Ich gehe trotzdem. Schließ hinter mir ab.«

Vom Fenster sah er, wie sie die Ellison Avenue überquerte und durch die Hintertür in Casement's Bar ging, wo es einen öffentlichen Fernsprecher gab. Ich hätte sie begleiten sollen, dachte er. Wenn die Falcons ihr da unten auflauern? Wenn sie ihr was tun, bin ich daran schuld. Ich bin ja derjenige, der mit Rabbi Hirsch zu tun hat. Ich habe Father Heaney geholt. Nicht sie. Er stellte sich Männer in schwarzen Uniformen und glänzenden Stiefeln vor, die sich aus der Dunkelheit auf sie stürzen. Ein Satz kam ihm in den Kopf. *Got schtroft, der mentsch is sich nojkem.* Gott straft, der Mensch nimmt Rache. Wenn sie seiner Mutter auch nur ein Haar krümmten, würde er die Kerle fertig machen. Es war ihm egal, wenn man ihn dabei erwischte. Es war ihm egal, wenn sie ihn nach Sing-Sing in die Todeszelle schleppten und auf den elektrischen Stuhl fesselten. *Got schtroft, der mentsch is sich nojkem ...*

Doch es dauerte nicht lange, da kam seine Mutter aus der Hintertür von Casement's, sah sich zwischen zwei geparkten Wagen um und rannte über die Straße. Michael schloss die Küchentür auf und spähte ins Treppenhaus. Kurz darauf sah er ihre Hand auf dem Geländer, hörte ihre Schritte, dann war sie da. Er führte sie in die Küche und schloss hinter ihr zu.

»In Ordnung«, sagte sie und zog den Mantel aus. »Trinken wir endlich unseren Tee.«

Etwa eine Stunde später erschienen zwei uniformierte Polizisten. Einer war dicklich, grauhaarig und gelangweilt. Er hieß Carmody, der andere, dessen Haut die Farbe von Hafergrütze hatte, Powers. Ihre höfliche Gleichgültigkeit brachte Kate Devlin in kurzer Zeit zur Weißglut.

»Was erwarten Sie denn von uns, Lady?«, sagte Carmody. »Sollen wir das Zeug vielleicht abputzen?«

»Sie sollen Ihre Arbeit tun und ermitteln!«, fauchte sie. »Der ganze Fußboden hier oben ist voller Farbe. Diese Idioten haben den Farbtopf wahrscheinlich mit aufs Dach genommen und von dort in den Hof geworfen. Vielleicht finden Sie den Topf. Vielleicht finden Sie den Pinsel. Vielleicht finden Sie sogar Fingerabdrücke!«

»Na, na, Sie sind ja ein regelrechter Spürhund«, meinte Carmody. »Wir haben hier einen echten Spürhund vor uns, Powers.«

»Himmel, wir sollten lieber tun, was der Spürhund uns sagt«, dröhnte Powers.

Kates Augen verengten sich zu wütenden Schlitzen.

»Sie können sich Ihren Sarkasmus sparen, Officer. Sie werden vom Staat nicht dafür bezahlt, dass Sie freche Sprüche klopfen. Also seien Sie gefälligst höflich und tun Sie Ihre Arbeit.«

Carmody seufzte, halb überrascht, halb resigniert. Kate hatte Michael einmal erklärt, viele Iren würden vor der Polizei gleich katzbuckeln, aber so war sie nicht. Michael beobachtete sie fast ehrfürchtig. Wie sie mit diesen beiden Tölpeln umsprang! Richtig abgebrüht. Carmody zog ein Notizbuch und einen Bleistiftstummel aus der Tasche und ließ sich auf einen Stuhl am Küchentisch sinken. Der andere Polizist machte ein paar Schritte, blickte sich in der Wohnung um und spähte in die dunklen Zimmer hinter der Küche.

»Name, Alter, Arbeitsstelle, wie lange sind Sie schon hier ansässig?«

»Kate Devlin. Vierunddreißig. Ich arbeite im RKO Grandview. Wir wohnen hier seit 1940.«

»Wo ist Ihr Ehemann, Lady?«, fragte der Bleiche.

»In Belgien.«

»Wie meinen Sie das, in Belgien?«

»Er ist dort begraben. Weil er da gestorben ist«, antwortete sie und zeigte zum Dach. »Beim Kampf gegen Leute, die solche Zeichen benutzt haben.«

Jetzt erst bemerkte Carmody das Foto von Tommy Devlin, wurde rot, räusperte sich verlegen und sah seinen Partner an. Auf einmal wurden beide bedeutend höflicher.

»Na ja, wissen Sie, Mrs. Devlin, das ist eigentlich Angelegenheit der Kriminalbeamten, und die können bei Nacht nicht viel ausrichten.« Er klappte sein Notizbuch zu und stand auf. »Aber wir gehen aufs Dach und sehen nach, ob alles in Ordnung ist, ja? Und fassen Sie bitte nichts an.«

Sie gingen hinaus, und Michael hörte ihre schweren Schritte auf dem Dach über der Küche. Schweigend wusch seine Mutter die Teetassen ab. Er liebte sie sehr für das, was sie getan hatte. Noch nie hatte sie den Tod ihres Mannes eingesetzt, um Mitleid zu erregen. Nie. Und auch jetzt nicht. Es war eher so gewesen, als hätte sie ihnen gesagt: Wenn mein Mann bei der Erfüllung seiner Pflicht sterben musste, dann kann ich von Ihnen wenigstens verlangen, dass Sie Ihre Arbeit machen. Sie weinte nicht in der Öffentlichkeit. Sie stellte sich auch nicht als große Patriotin hin. Jedes Jahr um die Weihnachtszeit, zum Jahrestag seines Todes, ließ sie für ihren Mann eine Messe lesen. Mehr nicht. Manche Dinge sollte man für sich behalten, sagte sie immer. Und heute hatten sie und Michael am selben Tag die Erinnerung an Tommy Devlin heraufbeschworen.

»Mom, konnte mein Vater tanzen?«

»Warum willst du das wissen?«

»Ich hab mich nur gefragt«, sagte er. »Rabbi Hirsch hat mir erzählt, dass er nie dazu gekommen ist, mit seiner Frau zu tanzen. Und ich, na ja –«

»Dein Vater war ein hervorragender Tänzer«, sagte sie. »Samstagabend sind wir immer in die Webster Hall nach Manhattan gefahren. Im Sommer haben wir bei Feltman's auf Coney Island getanzt. Er hat einen prima Jitterbug aufs Parkett gelegt und einen wunderschönen Foxtrott. Aber am liebsten mochte er Walzer. Ich übrigens auch.«

Walzer, dachte Michael, was ist ein Walzer? Es war wunderbar, sich seinen Vater beim Tanzen vorzustellen. Er hatte sich ihn bei einem langsamen Jitterbug ausgemalt, aber jetzt, wo er wusste, dass Tommy Devlin tatsächlich ein guter Tänzer war, fiel es ihm schwer, sich diesen anderen Tanz, diesen Walzer, zu vergegenwärtigen. Kate schien seine Gedanken zu lesen.

»Ein Walzer geht immer eins-zwei-drei, eins-zwei-drei«, sagte sie. »Komm, ich zeig es dir.«

Sie nahm ihn bei der Hand, legte den anderen Arm um seine Taille und begann zu tanzen, eins-zwei-drei, eins-zwei-drei, drehte ihn mit sich auf dem engen Raum zwischen Tisch und Spüle und summte dabei eine Melodie. *Do-do-da-da-die, da-da da-da, do-do-da-da-die ...*

»Das ist Strauß«, erklärte sie ihm. »›An der schönen blauen Donau‹. Das hast du bestimmt schon gehört.« Michael kannte das Stück tatsächlich und stellte sich seinen Vater in einem Ballsaal vor, und auch Rabbi Hirsch war da und forderte seine Frau zum Tanz auf. Aber dann sah er plötzlich den Strahl einer Taschenlampe über die Hinterhöfe gleiten.

Er ließ die Hand seiner Mutter los und trat ans Fenster. In einer Wohnung in der Collins Street ging das Licht an, und Michael sah Mr. Rossiter, der verärgert nach dem Ursprung der Störung Ausschau hielt. Michael öffnete das Fenster, um besser hinaussehen zu können. Er hörte, wie seine Mutter in der Küche den Warmwasserhahn zum Geschirrspülen aufdrehte.

»Sei vorsichtig, Michael. Fall bloß nicht raus, um Himmels willen.«

»Bestimmt nicht.«

Dann blieb der Lichtstrahl stehen, und er hörte aufgeregte

Stimmen vom Dach. Tatsächlich – da lag sie im Unkraut. Die Farbdose.

»Mom, du bist besser als Sherlock Holmes«, sagte Michael.

Sie kam zum Fenster, die Hände an einem Geschirrtuch trocknend.

»Gott sei Dank«, sagte sie.

»Ich sollte ihnen sagen, dass es Sapolin Nummer drei ist.«

»Selbstverständlich, mein lieber Watson.«

Sie lachten beide, und nachdem das Licht auf dem Hof verschwunden war, schlossen sie das Fenster. Kate Devlin setzte sich mit ihrem Buch in den Sessel, Michael ging ins Bett. Als er so im Dunkeln lag, dachte er an die anmutigen Tanzschritte, die seine Mutter ihn gelehrt hatte, und summte leise »An der schönen blauen Donau« und versuchte sich einen Walzer vorzustellen. Im Kino hatte er bestimmt schon viele Walzer gesehen. In diesen langweiligen Filmen, die in früheren Jahrhunderten spielten, in denen Engländer sich mit Perücken schmückten, mit Federn schrieben und die Frauen lange, fließende Gewänder mit großem Dekolleté trugen, gab es immer irgendwelche Tanzszenen. Man konnte der Handlung dieser Filme immer nur schwer folgen, denn sobald die Engländer zu sprechen begannen, schwatzten auch sämtliche Kinder im Venus-Kino; sie waren nur still, wenn sie Männer auf Pferden zu sehen bekamen, die sich mit ihren Feinden duellierten oder sich in Marmorschlössern gegenseitig erdolchten. Im Schloss von Kaiser Rudolf war sicher auch Walzer getanzt worden.

Aus dem Geografieunterricht erinnerte er sich daran, dass die Donau direkt durch Wien floss, die Stadt, in die Rabbi Hirschs Mutter gegangen war. Er fragte sich, ob die Moldau vielleicht erst durch Prag floss und dann in die Donau mündete.

Dann stellte er sich seinen Vater im Smoking vor, eine größere, dunklere Ausgabe von Fred Astaire, wie er mit seiner Mutter über den glänzenden Fußboden der Webster Hall schwebte. Das war lange vor dem Krieg gewesen, vor Michaels Geburt sogar. Die Musik schwoll an, alle traten zurück, um seinen nimmermüden Eltern beim Tanzen zuzusehen. Dann kam von der anderen Seite des riesigen Ballsaals Rabbi Hirsch mit Leah aufs Parkett, und der Rabbi war genauso jung wie Michaels Vater. Mit strahlendem Gesicht verbeugte er sich vor seiner Frau und begann ebenfalls Walzer zu tanzen.

Als Michael am Ostermontag bei Tagesanbruch erwachte und in den Hof schaute, sah er dort die beiden Kriminalbeamten in Regenmänteln und Filzhüten herumstehen. Sie hoben die Farbdose auf, kamen dann ins Haus, machten Fotos von der Tür und den Fußspuren und nahmen noch eine Aussage von Kate und Michael auf. Es waren nicht dieselben Beamten, die Frankie McCarthy verhaftet hatten. Abbott und Costello hatten heute ihren freien Tag. Aber sie wussten Bescheid über die Hakenkreuze an der Synagoge, und sie wussten auch, was Mister G zugestoßen war.

»Du solltest versuchen, dich daran zu erinnern, was damals passiert ist«, sagte einer zu Michael. »Eines Tages wirst du Hilfe brauchen.«

Michael antwortete nicht. Die Kripobeamten gingen wieder, und am nächsten Tag kaufte Michael nach der Schule von dem Geld, das seine Mutter ihm mitgegeben hatte, Lösungsmittel und etwas schwarze Farbe. Sie hatte sich wegen der Kosten mit Mr. Kerniss abgesprochen, dem Vermieter, den Michael noch nie zu Gesicht bekommen hatte. Während seine Mutter bei der Arbeit war, schrubbte Michael die rote Farbe von den Fußböden im Treppenhaus. Dann übermalte er die Hakenkreuze und das andere Geschmier auf der Tür. Aber der Schmutz blieb an der Ellison Avenue Nummer 378 haften, und Michael wusste, dass er sich hier nie mehr wirklich sicher fühlen würde.

23. Kapitel

Wochenlang passierte nichts. Jeder hatte von den Hakenkreuzen gehört, es kam allerdings zu keinen Festnahmen. Frankie McCarthy geisterte durch den Bezirk, ohne von Michael, Sonny Montemarano und Jimmy Kabinsky Notiz zu nehmen. Trotzdem blieb Michael wachsam. Das Wetter war warm und windig geworden, und alle Kinder waren wieder auf der Straße. Sie spielten Stickball in der Kelly Street, und Michael schlug den Ball so weit wie nie. Gelegentlich jedoch schlug er ihn auch ins Aus, wenn er einen der Falcons die Ellison Avenue entlangkommen sah. Zwar war er größer geworden, aber das galt auch für die Falcons, und sie zogen umher wie die unbestrittenen Herrscher über den Bezirk.

Angetrieben von Rabbi Hirschs »Lerne, lerne, lerne«, arbeitete Michael intensiver an seinen Hausaufgaben, und seine Noten verbesserten sich. Noch immer gab er alte Comics in Zahlung und kaufte sich neue, die er dann in seinem Zimmer las. Er entdeckte eine Zeitschrift namens *Hit Parader* und lernte die Texte neuer Songs, die er dann an den Rabbi weitergab. Gelegentlich begann der Rabbi plötzlich »*Zip-a-Dee-Doo-Dah*« oder »*Cool Water*« zu singen oder auch »*How Are Things in Glocca Morra?*« Das gefiel Michael am allermeisten, und der Rabbi hatte versprochen, es beim Seder nächstes Jahr zum Besten zu geben.

Michael erledigte noch mehr Hausmeisterarbeit, wischte jeden Samstagmorgen das Treppenhaus, polierte mit einer Creme namens Noxon die Messingbriefkästen im Vestibül und schaufelte Kohlen in den Boiler im Keller. Deshalb verpasste er regelmäßig die ersten Stickball-Partien am frühen Morgen, aber abends konnten sie spielen, bis es dunkel wurde. Er war stets auf der Hut, denn Frankie McCarthy kam ihm vor wie eine tickende Zeitbombe. Nachts träumte er immer noch von blutrotem Schnee, der aus dem Warmwasserhahn emporstieg, von weißen Pferden auf den Dächern und von Männern, die statt Haaren Hackfleisch auf dem Schädel hatten.

Er war froh, dass seine Zeit mit anderen Dingen ausgefüllt war, und am wichtigsten war ihm Jackie Robinson. Irgendwie schien er ihm immer mehr ans Herz zu wachsen, ihm immer ähnlicher zu werden. Wenn er allein war, versuchte er sich in den Baseballspieler hineinzuversetzen, in seine Gedanken, seine Einsamkeit, versuchte sich vorzustellen, wie es war, wenn alle Augen auf einen selbst gerichtet waren, wenn man Brooklyn zu Ruhm und Ehre verhelfen wollte, obwohl man wusste, dass man vielen Leuten dort verhasst war. Das war die Lektion, die Michael aus der Wochenschau im RKO Grandview gelernt hatte: An der Frage der Hautfarbe schieden sich die Geister, selbst wenn die Menschen aus dem gleichen Ort stammten und sich für die gleiche Baseballmannschaft begeisterten. Und Religion konnte dasselbe anrichten, das hatte Rabbi Hirschs Wut am Ostersonntag deutlich bewiesen. Der Frühling war wunderschön, aber manchmal hatte Michael das Gefühl, dass die Welt verrückt war.

Als die Baseballsaison begann, las Michael sämtliche Artikel im *Brooklyn Eagle*, in der *Daily News* und im *Journal-American.* Er hörte Red Barber auf WHN. Die Tage vergingen. Michael wusste, dass Robinson Schwierigkeiten hatte. Seinetwegen war Ebbets Field ausverkauft, aber plötzlich brachte er nichts mehr zu Stande. Pflichtschuldig schnitt Michael jeden Artikel über ihn aus und klebte ihn in ein großes Heft, das er bei Germain's für zwanzig Cents gekauft hatte. Das würde einmal Baseballgeschichte sein, dachte er, und er wollte es sein Leben lang aufheben. Aber mit jedem Bericht über Robinsons Versagen ging es ihm schlechter, und er fragte sich, ob er das Heft überhaupt je voll kriegen würde. Irgendwie hatte er das Gefühl, wenn Robinson versagte, hatte auch er versagt.

»Vielleicht kann der Knabe hier einfach nicht treffen«, meinte Sonny eines grauen Nachmittags in Michaels Küche. »Vielleicht steht er zu sehr unter Druck. Vielleicht wird er Auswechselspieler oder so.«

»Er wird schon treffen«, entgegnete Michael. »Ich sag dir, er wird treffen.«

Er glaubte daran, wie Mrs. Griffin an Madame Zadora glaubte. Michael hatte Robinson nie spielen sehen, außer in jener Wochenschau im Grandview – er war auch noch nie im Stadion von Ebbets Field gewesen. Zusammen mit Sonny und Jimmy war er in den letzten Tagen der Saison von 1946 um das Stadion herumgewandert. Jetzt hätte es ihnen nicht einmal etwas genützt, wenn sie genug Geld gehabt hätten, denn es war immer ausverkauft. Michael fand das nicht so wichtig – schließlich war er ja auch noch nie im Vatikan gewesen und trotzdem katholisch. Ein Baseballspiel kostete viel Geld. Sogar für die billigen Plätze musste man fünfzig Cents hinlegen. Unter der Woche, wenn die Tribüne halb leer war, mussten die Jungen zur Schule, und am Wochenende war ausverkauft. Natürlich hätte Michael die fünf Dollar von Mrs. Griffin dazu benutzen können, einen reservierten Platz zu ergattern, aber er musste ja auch für Sonny und Jimmy zahlen – alle für einen und einer für alle –, aber drei Tickets kosteten mehr, als die meisten Leute in einer Stunde verdienten. Deshalb war er ganz froh, dass er seiner Mutter das Geld gegeben hatte, auch wenn er sich seinen Freunden gegenüber manchmal egoistisch vorkam. Warum gewann Mrs. Griffin nicht mit einem Pferd namens Roter Schnee ein Vermögen? Dann könnten sie alle zum Baseball nach Ebbets Field. Sogar Rabbi Hirsch.

Unterdessen waren die Dodgers, einschließlich Robinson, in seiner Fantasie mindestens so lebendig wie im wirklichen Leben. Er schaute sich die Fotos in den Zeitungen an, er hörte Red Barbers Reportagen. Er stellte sich Robinson auf dem ersten Base und Stanky auf dem zweiten vor, Reese auf dem Shortstop und Spider Jorgensen auf dem dritten Base. Aber er konnte sie natürlich nicht wirklich sehen, nicht in Fleisch und Blut, jedenfalls nicht bis zu den Sommerferien. Sonny behauptete, dann würde die Polizei Athletic-League-Freikarten verteilen. Über solche Dinge wusste Sonny immer Bescheid. Aber bis Juni war es noch lange. Wenn Jackie nicht bald anfing zu treffen, würde man ihn nach Montreal zurückschicken, und Michael fragte sich allmählich, ob er ihn überhaupt jemals direkt zu Gesicht bekommen würde.

Tag für Tag wurde es dringender. Die Phillies kamen für drei Spiele nach Ebbets Field und fingen an, Robinson Beleidigungen nachzuschreien. Sonnys Cousin Nunzio war Platzanweiser im Stadion und erzählte ihm alle Kleinigkeiten. Der Manager der Phillies war ein Südstaatler namens Ben Chapman, der vor dem Krieg von den Yankees gefeuert worden war, weil er die New Yorker Fans als Itzigs bezeichnet hatte. Und jetzt beschimpften seine Spieler Robinson als Nigger, der lieber zum Baumwollpflücken gehen sollte. Robinson konnte nichts dagegen tun, denn er hatte Mr. Rickey versprochen, sich nicht zu wehren. Jedenfalls nicht im ersten Jahr.

»Das ist die Abmachung, die er mit Rickey getroffen hat«,

sagte Sonny. »Ein Jahr lang muss er stillhalten. Wenn sie ihn anspucken, muss er ihnen die andere Wange hinhalten.«

Michael hörte Sonnys Geschichten, las die Artikel und versuchte sich vorzustellen, wie Robinson sich fühlte. Immerhin hatte er seinen Collegeabschluss gemacht, drüben in Kalifornien. Er war schlauer als die meisten Phillies. Musste er sich diese Scheiße trotzdem gefallen lassen? Wenn Michael wie Robinson dachte, stieg eine unbändige Wut in ihm hoch. Er sah sich mit einem Schläger zur Spielerbank rennen und auf die Schreihälse einprügeln. Er sah sich mit den Spikes absichtlich ins zweite Base hineinrutschen. Wie du mir, so ich dir.

Jackie Robinson braucht die Kabbala, dachte er.

Jackie Robinson braucht den geheimen Namen Gottes.

Jackie Robinson braucht den Golem.

Alle anderen meinten, die Dodgers brauchten Leo Durocher. Leo die Lippe war vor dem Krieg Manager der Dodgers gewesen, und er ließ sich nichts bieten. Er war ein hartgesottener Kerl. Er würde zur Spielerbank der Phillies gehen, meinte Sonny, und Ben Chapman eine scheuern. Wenn Robinson sich nicht wehren konnte, dann würde es Durocher für ihn erledigen, Ende der Geschichte. Aber Durocher war vor Beginn der Saison vom Baseballbevollmächtigten Happy Chandler suspendiert worden, einem fetten Hohlkopf aus dem Süden. Man warf Durocher ein »dem Baseball abträgliches Verhalten« vor. Dabei wusste jeder, dass der Vorwurf völlig aus der Luft gegriffen war.

Eines Nachmittags, während Red Barber aus dem alten Admiral-Radio über ein Spiel berichtete, versuchte Michael, es dem Rabbi zu erklären.

»Zuerst, was heißt ›aus der Luft gegriffen‹?«

»Das bedeutet, man beschuldigt jemanden für etwas, was er nicht getan hat.«

Im Fall Durocher hatte das abträgliche Verhalten in Havanna stattgefunden. Die Dodgers hatten gegen die Yankees gespielt, die Erzfeinde aller Brooklyner. Die Giants wollte man nur besiegen, aber die Yankees wurden aktiv gehasst. Jedenfalls hatte man Durocher gewarnt, sich von bestimmten Leuten fern zu halten. Von Glücksspielern. Von irgendwelchen Leuten, die er aus irgendwelchen Nachtclubs kannte.

»Das er hat nicht getan?«

»Doch, doch, er hat sich von ihnen fern gehalten«, erwiderte Michael. »Aber bei diesem Spiel gegen die Yankees bemerkte er plötzlich, dass zwei von den Typen, von denen er sich fern halten sollte, in Larry MacPhails Loge saßen. Larry MacPhail ist der Präsident der Yankees.«

»Das ist – wie heißt das Wort ... eine Unbeschämtheit?«

»Eine Unverschämtheit, ja. Leo hat den Sportreportern davon erzählt, und die haben die Geschichte natürlich veröffentlicht. Aber Happy Chandler hat nicht etwa MacPhail suspendiert, sondern *Durocher,* weil er darüber *geredet* hat!«

»Unverschämtheit!«

»Und das Schlimmste kommt noch, Rabbi. Wissen Sie, was dahinter steckt, was der wahre Grund dafür ist? Ich hab es in der *Daily News* gelesen. Der Grund war, dass Larry MacPhail Happy Chandler den Job besorgt hat!«

»Ist korrupt!«

»Eine offenkundige Bestechung!«

Oh, es gab noch mehr Einwände gegen Leo. Er hatte eine geschiedene Frau namens Loraine Day geheiratet. Letztes Jahr hatte er angeblich einen Fan zusammengeschlagen. Aber hauptsächlich bestand sein abträgliches Verhalten darin, dass er die Wahrheit sagte. Das Ergebnis war, dass jetzt ein alter Opa namens Burt Shotton Manager der Dodgers war. Und Burt Shotton trug kein Trikot, er erschien in Anzug und Krawatte, denn beim Abschied von seinem letzten Club hatte er sich geschworen, nie wieder ein Baseballtrikot anzuziehen. Er ging nicht aufs Spielfeld hinaus. Und er war viel zu alt, um Ben Chapman in den Arsch zu treten.

Rabbi Hirsch gab sich große Mühe, Baseball zu verstehen. Auf dem Tisch lagen mit Rotstift markierte Sportseiten aus der Zeitung und haufenweise Zettel mit Namen und Zahlen und hebräischen Buchstaben. Allem Anschein nach war für ihn Baseball der Schlüssel, um Amerika wirklich zu verstehen. Seit Beginn des Frühjahrstrainings hörte er die Spielreportagen im Radio, und sogar seine Ausdrucksweise begann sich zu verändern. An manchen Tagen klang er fast wie Red Barben.

»Ho, Jungchen, da hast du aber 'nen schönen Rhabarber verpasst«, sagte er eines Nachmittags mit einem wunderschönen Südstaatenakzent. »Aber nur keine Sorge. Unser Freund Higbe hat sein Schäfchen schon im Trockenen.«

Die Spielberichte und Barbers Stimme machten Rabbi Hirsch glücklich. Aber Robinsons schlechte Form machte auch ihm zu schaffen. Eines Nachmittags hörten sie wieder einmal eine Reportage an, als Robinson einen Ball auf den Shortstop schlug, was zum Aus führte. Kopfschüttelnd meinte der Rabbi, bald müssten Michael und er ihre Geisteskräfte einsetzen, damit Robinson endlich traf. Sie mussten beten. Singen. Kerzen anzünden. Und vor allem an ihn glauben.

»Warum sehen wir nicht in der Kabbala nach?«, fragte Michael. »Es muss doch irgendwelche besonderen Worte geben, die wir einsetzen könnten.«

Der Rabbi musterte Michael.

»An die Kabbala wenden wir uns erst, wenn alles andere misslingt«, erklärte er. »Noch ist nicht so weit.«

Aber Rabbi Hirsch verstand durchaus, wie wichtig es war, dass Robinson endlich Erfolg hatte.

»Für die farbigen Menschen es ist sehr wichtig«, sagte er. »Und für arme Menschen auch. Und für uns, für die Juden.«

Michael wartete gespannt auf die Erklärung.

»Ein Mann wie er, er ist ein ... ein ... Ich weiß nicht das Wort. Aber er ist da für andere. Für Katholiken, wenn sie werden gehasst, Jackie Robinson ist Katholik. Für Juden, wenn sie werden gehasst, Jackie Robinson ist Jude. Du verstehst?«

»Ich glaube schon.«

»Also wir müssen helfen Jackie Robinson«, meinte Rabbi Hirsch abschließend. »Wir helfen ihm und helfen uns.«

»Stimmt.«

»Du musst auch sprechen mit Father Heaney.«

»Mach ich.«

Als Michael Father Heaney später erklärte, was Rabbi Hirsch gesagt hatte, wurde der Priester sehr ernst. Er nickte und versprach, die Sieben-Uhr-Messe am nächsten Morgen für Jackie Robinson zu lesen. An diesem Nachmittag traf Robinson bei drei Versuchen keinmal, bekam aber einen Walk. Abends im Bett flüsterte Michael auf Jiddisch: *A gefalenem helft Got.*

Gott hilft den Versagern. Gott hilft den Verlierern. Gott hilft denen, die ganz unten sind.

Er beendete seine Gebete mit zehn »Vaterunser« und zehn »Gegrüßet seist du, Maria«. Er hoffte, dass die Albträume heute ausblieben. Vielleicht konnte er träumen, dass Robinson einen Triple schlug und dann einen Homerun stahl. Gegen die Phillies.

»Bitte Gott, hilf den Verlierern«, flüsterte er. »Mach, dass Jackie Robinson endlich trifft.«

24. Kapitel

Mitten in Robinsons Formtief kam ein Gerücht im Bezirk auf: Frankie McCarthy hatte die Schuld für die Schmierereien auf sich genommen. Die Kriminalbeamten hatten die Farbdosen mit Sapolin Nummer drei direkt zu ihm zurückverfolgt und sechs Blocks von Frankies Haus entfernt einen farbverkrusteten Pinsel gefunden. Das Gerücht besagte außerdem, dass ein Verkäufer von Pintchiks Farbenladen auf der Flatbush Avenue Frankie bei einer Gegenüberstellung erkannt hatte. »Es gab sogar Fingerabdrücke auf dem Pinsel«, berichtete Sonny. »Und auf der Farbdose. Dieser Kerl ist wirklich dumm wie Bohnenstroh.« Frankies Anwalt hatte ihm angeblich gesagt, es wäre besser, sich der mutwilligen Zerstörung schuldig zu bekennen, als wegen des Überfalls auf Mister G vor Gesicht zu stehen.

»Und stellt euch vor«, fuhr Sonny fort. »Der Anwalt war Jude und der Richter auch!«

»Sie hätten ihn in den Fluss werfen sollen«, meinte Michael.

»Na ja, wegen des Überfalls wäre er jedenfalls ein Stück flussaufwärts gelandet«, entgegnete Sonny. »Für ein paar Jahre. Wenn er sich jetzt wegen der Schmiererei schuldig bekennt, ist er in ein paar Monaten wieder draußen.«

Das konnte doch nicht angehen! Der arme Mister G lag mit

zertrümmertem Schädel im Krankenhaus. Er konnte nicht mehr denken. Sein Laden war weg. Seine Frau musste sich jeden Abend in den Schlaf weinen. Seine Kinder versuchten, ihm ein altes Gebetsbuch zu bringen, damit sie mit ihm darüber sprechen konnten, bevor er starb. Aber Frankie bekam eine warme Zelle und mehr als genug zu essen. »Dreimal warm und 'ne Pritsche«, sagte Sonny immer. Außerdem war Frankie noch schuld daran, dass Rabbi Hirsch vor Entsetzen gezittert und Michaels Mutter einen Wutanfall bekommen hatte. Aber in ein paar Monaten würde er wieder frei herumlaufen, andere verspotten, auslachen, wieder jemandem wehtun. Das war einfach nicht richtig.

Die Gerüchte bewahrheiteten sich. Aber als Michael Rabbi Hirsch davon erzählte, sagte der Rabbi nichts. Er gab nur einen komischen Laut von sich. *Humpf.* Weiter nichts. Nur *Humpf.* Als wüsste er, dass manche Verbrechen nie gesühnt werden.

Rabbi Hirsch war viel zu sehr mit Theorie und Praxis des Baseball beschäftigt. Wenn er allein in der Synagoge war, machte er sich seitenweise Notizen, und sobald Michael kam, bombardierte er ihn mit Fragen.

Ein Bunt – was ist das?

Dieser Red Barber, ist er Sozialist?

Was bedeutet *abgeschossen?*

Warum nennt man Harold Reese Pee Wee?

Ist *Double Play* zwei *Runs*?

Heißt Mr. Shotton *Boit* oder *Burt*?

Was ist ein *Old Goldie?*

Das war alles nicht einfach zu erklären. Michael hatte versucht, seiner Mutter Baseball zu erklären, und irgendwann resigniert aufgegeben. Obwohl sie seit fünfzehn Jahren in Amerika lebte, konnte sie das erste Base immer noch nicht vom dritten unterscheiden. Aber Rabbi Hirsch war mit talmudischem Eifer bei der Sache. Er schrieb Michaels Erläuterungen der Baseballausdrücke von den losen Blättern in ein Schulheft ab. Er zeichnete Diagramme. Er paukte Regeln. Vieles davon war abstrakt, denn in den Zeitungen sah man nie das gesamte Spielfeld. Aus einer alten Ausgabe der *Sporting News* hatte Michael eine Zeichnung von Ebbets Field ausgeschnitten und benutzte diese jetzt, um die Spielerpositionen und die Bases zu erläutern. Wenn sie über Baseball sprachen, wich die Traurigkeit aus den Augen des Rabbis. Über Frankie McCarthy sprachen sie nie. Ein paar Tage sprachen sie auch nicht über Jackie Robinson. Was gesagt werden musste, war gesagt. Sie hatten ihre Gebete gesprochen. Gott wusste, was sie sich von ihm erhofften. Aber es war zu früh, um die Kabbala einzusetzen.

Und da begann Jackie Robinson zu treffen.

Und er begann vom zweiten Base wegzutanzen, trieb die Pitcher zum Wahnsinn, provozierte die Catcher zu unbesonnenen Spielzügen, sauste ums dritte Base, dass Red Barber nur noch rufen konnte: *Und hier kommt Robinson!*

Robinson machte Punkte, und die Dodgers gewannen. In der Synagoge schnitt Rabbi Hirsch fleißig Artikel aus dem *Brooklyn Eagle* und dem *Forvertz* aus. Michael brachte sein Heft mit, um es Rabbi Hirsch zu zeigen, und dieser kaufte sich gleich selbst eines.

»Ist wie erzählen«, meinte er. »Jeden Tag ein neues Kapitel.«

»Es ist Geschichte«, entgegnete Michael.

»Und noch etwas«, fügte der Rabbi hinzu. »In Amerika, er ist *neu*. Genau wie ich.« Er hielt inne und strich mit der Hand einen ausgeschnittenen Artikel glatt. »Mit Jackie Robinson ich nicht beginne das Buch in der Mitte. In Amerika es dauert sehr lange zu erfahren, was ist geschehen früher. Aber hier sind wir am Anfang.«

Wenn ein Spiel im Radio kam, schienen alle Sorgen von Rabbi Hirsch abzufallen. Er sprach nicht von Prag. Nicht von den Kirchtürmen. Wenn Jackie Robinson losrannte, brauchte er keinen Golem. Es gab zu viele Fragen, zu viel zu lernen. Wenn er mit Baseball beschäftigt war, gab es in Rabbi Hirschs Gedanken keinen Platz für Nacht und Nebel.

Zip-a-dee-doo-dah, sang der Rabbi beim Spiel, wenn Robinson vom zweiten Base aus den Rest des Felds umrundete.

Zip-a-dee-ay.
My-oh-my, what a wonderful day ...

Baseball brachte ihn zum Singen. Meistens ziemlich falsch, aber das spielte keine Rolle. Er lernte den Text von *»Don't Fence Me In«*, und Michael fand den englischen Text von *»And the Angels Sing«*. Manchmal mogelte der Rabbi ein bisschen. »Wenn du schlägst«, sang er, »dann die Engel singen.«

An einem warmen Abend im Juni schlenderte Michael von der Synagoge nach Hause und grübelte über Pete Reiser nach. Noch neun Tage bis zu den Sommerferien, dann besorgt Sonny die Freikarten, und wir können ins Stadion, und ausgerechnet da rennt Pete Reiser gegen die Wand! Jetzt liegt er bewusstlos im Krankenhaus. Genau wie '42! Damals haben wir deswegen die Meisterschaft verloren. 1941 hat er 343 geschlagen, war Spitzenreiter der Liga mit Doubles und Triples, und wir haben gewonnen. Wir brauchen Pistol Pete! Und da liegt er nun im gottverdammten Krankenhaus, genau wie Mister G, er kann nicht mehr sprechen, und der Reporter hat gesagt, es wurde einem ganz schlecht bei dem Geräusch, als er mit dem Kopf gegen die Mauer knallte. Auch wie bei Mister G. Als Frankie McCarthy ihm die Kasse auf den Schädel geschlagen hat. Das hat mir auch fast den Magen umgedreht. Wir haben Mister G nie wiedergesehen, seine Frau ist weg und seine Kinder auch, der

Laden steht leer, als laste ein Fluch auf ihm. Der Fluch von Pete Reiser. Na klar, sie haben ihn erst mal durch Carl Furillo ersetzt. Nicht schlecht, aber eben nicht Reiser. Mist. Allein schafft Jackie Robinson es nicht. Die Dodgers brauchen ihn und Reiser. Ich wünschte, ich könnte zum Krankenhaus gehen und beten und beten. Vielleicht würde Pete Reiser dann auf einmal die Augen aufschlagen und im Taxi zum Stadion fahren, als wäre nichts passiert. Wenn ich genug bete, könnte vielleicht sogar Mister G wieder gesund werden und seinen Süßwarenladen wieder aufmachen, und alles wäre wieder wie früher. Der Sommer würde kommen, heiß und grün, und wir könnten Reiser und Robinson ansehen. Wie Reiser einen Homerun stiehlt. Wir könnten Robinson zujubeln, wenn er vom zweiten Base losrennt gegen die gottverdammten Phillies, genau wie Barber es beschreibt. *Hier kommt Robinson! Da ist Reiser ...*

Bei der Fabrik überquerte Michael die Straße, den Kopf voller grüner Spielfelder und jubelnder Fans. Und da erwischten sie ihn.

Seine Arme wurden gepackt, er wurde hochgehoben, zur Seite gerissen und gegen den Fabrikzaun geschleudert. Die Straßenlaterne war kaputt, aber Michael sah ihre Gesichter. Die Falcons. Tippy Hudnut und Skids, Frettchen und der Russe. Er roch saures Bier und alten Schweiß. Wie mit Schraubzwingen umklammerten sie seine Arme, und sein Herz pochte wie rasend. Das kann nicht sein. Nicht jetzt. Nein. Nicht heute. Bitte nicht. Dann wurde er brutal umgedreht, und einer der Kerle versetzte ihm einen Faustschlag in den Magen. Ein stechender Schmerz durchzuckte seinen Körper. Er spürte seine Beine nicht mehr. Sein Bauch fühlte sich an wie aufgeschlitzt. Er bekam keine Luft. Als er zu sprechen versuchte, kamen keine Worte aus seinem Mund, sondern nur ein Wimmern. Babyjammern.

Plötzlich roch es nach Scheiße.

Es war seine eigene!

Nein!

Dann traf ihn ein weiterer Schlag. *Nein.* Er krümmte sich zusammen, nein, nein, und etwas – vielleicht ein Baseballschläger, ein Knüppel – krachte gegen seine Beine.

»Kleiner Scheißer«, knurrte eine Stimme. »Gesungen haste, gesungen wie'n Kanarienvogel.«

»Beschissener Judenfreund«, fauchte eine zweite Stimme, keuchend, als ein weiterer Hieb in Michaels Magen landete. »Bist ja selbst 'n halber Itzig. Na, wie gefällt dir *das*!«

»Das ist von Frankie«, sagte eine dritte Stimme. »Mit besten Grüßen. Er wünscht dir einen schönen Sommer. Dir und deinen beschissenen Freunden.«

Ich sterbe, dachte Michael. Sie bringen mich um.

Dann explodierte die ganze verdreckte Welt in einer weißen dröhnenden Leere.

25. Kapitel

Die Stimme seiner Mutter klang leise und tröstlich, ihre Augen waren groß und besorgt. Dann verschwand sie, und an ihrer Stelle erschien ein kahler Mann mit einer dicken Brille, beäugte Michael und zupfte mit weichen Fingern an seinen Augenlidern herum. Hinter dem kahlen Mann sah Michael horizontale Streifen von Licht und Dunkelheit. Auch sie verschwanden wieder, und Father Heaneys Gesicht tauchte auf, seine Lippen bewegten sich, aber es kam kein Laut heraus, und dann war auch er wieder weg. Ein kaltes Glasröhrchen wurde unter Michaels Zunge gesteckt und wieder herausgezogen, als es endlich warm geworden war. Jedes Mal, wenn er sich bewegte, tat es weh. Er fühlte sich warm und feucht und bemerkte plötzlich, dass er ins Bett gepinkelt hatte. Er schämte sich furchtbar. In seinem Mund war ein metallischer Geschmack. An seinem Arm war irgendetwas befestigt. Schließlich war er wieder allein und starrte auf die Streifen von Licht und Dunkelheit. Dann schloss er die Augen, und die Streifen wurden dunkelrot und rosa. Von weitem drangen Geräusche an sein Ohr. Räderquietschen. Geschirrklappern. Eine verschwommene Lautsprecherstimme. Aneinanderklickende Rosenkranzperlen. Er roch etwas Seifiges. Jemand rüttelte ihn, etwas piekte, er wurde bewegt, gewaschen, wieder hingelegt.

Zwei Tage lang wusste er von nichts.

Dann erwachte er wieder und sah erneut ins Gesicht seiner Mutter. Jetzt waren ihre Augen groß vor Erleichterung. Er spürte ihre kühle Hand an seiner Wange. »Hallo, Mom«, sagte er, und sie atmete hörbar auf und erwiderte: »Gott sei Dank.«

Seine Zunge fühlte sich pelzig an, und seine Mutter hielt ihm ein Glas an die Lippen, aus dem er kaltes Wasser nippte. Der metallische Geschmack war noch da. Nach einer Weile wurden ihre Augen plötzlich ganz schmal und ihr Gesicht zornig. »Wer hat dir das angetan, Michael?«, fragte sie.

Er versuchte es ihr zu sagen. Er beschrieb die Falcons, ohne Namen zu nennen. Er sagte nicht Tippy Hudnut und Skids, Frettchen und der Russe. Er wollte sagen, was er konnte, ohne die Regeln zu brechen. Die irischen Regeln. Die Regeln des Bezirks. Obwohl sie ihn so zugerichtet hatten. Tippy Hudnut und Skids, Frettchen und der Russe. Obgleich sie ihn zusammengeschlagen hatten, obgleich er ihretwegen in diesem Zimmer lag.

Aber dann erinnerte er sich plötzlich an den erniedrigenden Geruch, als er in die Hose gemacht hatte, und da konnte er sich nicht mehr zurückhalten. Er war nicht bei der Polizei. Auch nicht beim Staatsanwalt. Er war bei seiner Mutter, im dritten Stock des Brooklyn Wesleyan Hospitals. Er sagte ihr die Namen, einen nach dem anderen: Tippy Hudnut und Skids, Frettchen und der Russe. Ihre vollen Namen kannte er nicht. Aber er wusste, wie man sie auf der Ellison Avenue nannte. Er erzählte ihr, wie Frettchen und Skids ihm die Arme festgehalten hatten, während Tippy und der Russe abwechselnd auf ihn einprügelten. Er erzählte ihr von dem Biergestank. Er erzählte ihr, dass sie ihm eine Botschaft von Frankie McCarthy überbracht hatten. Dass er in die Hose gemacht hatte, erwähnte er allerdings nicht.

»Hatten sie einen Knüppel?«

»Ja, damit haben sie auf mein Bein geschlagen. Ich konnte nicht sehen, was es war – ein Baseballschläger oder ein Stock oder so was.«

»Die werden hier keinen Jungen mehr verprügeln«, sagte seine Mutter. »Das versprech ich dir.«

Ihr Gesicht war voller Falten, ihre grünen Augen funkelten. Sie ging hinaus, um den Arzt zu holen. Er hatte wirklich kein Haar auf dem Kopf, aber im Gegensatz zu Bruder Thaddeus einen Schnurrbart, Augenbrauen und Wimpern. Er lächelte, als er sah, dass Michael wach war.

»Nun«, meinte er, »du hast zwei ziemlich üble Rippenprellungen, junger Mann, ein gebrochenes Schienbein, eine Menge Quetschungen und ein paar lockere Zähne.« Er grinste. »Ansonsten bist du in Topform.«

Michael versuchte zu lachen, aber sein Brustkorb schmerzte zu sehr. Er fragte sich, ob Pete Reiser auch solche Schmerzen hatte. Oder Mister G. Seine Mutter meinte, er solle lieber still liegen.

Als der Arzt hinausgegangen war, nahm Michael ihre Hand.

»Was ist mit meinen Freunden?«, fragte er. »Was ist mit Sonny und Jimmy?«

»Nichts«, antwortete sie mit einer Spur Bitterkeit in der Stimme. »Nichts, soweit ich weiß.«

»Sicher?«

»Sicher. Warum? Was soll mit ihnen sein?«

»Die Falcons haben gesagt, sie würden sie sich auch noch vornehmen«, sagte er. Seine Stimme klang enttäuscht, obwohl er das nicht wollte. »Sie denken bestimmt, wir hätten Frankie McCarthy alle drei verpfiffen.«

»Wenn ihnen etwas passiert wäre«, sagte sie, »hätte ich es bestimmt erfahren.«

»Wir haben den Polypen nichts gesagt, Mom«, flüsterte er. »Wir sind keine Spitzel.«

Sie drückte seine Hand und sah auf sein Gipsbein hinunter.

»Aber Jimmys Onkel, der ist so blöd, deshalb könnte es sein, dass er was verraten hat und vielleicht –« Michaels Kopf schmerzte, wenn er so intensiv nachdachte. »Womöglich haben sich die Polizisten aus seinem Geschwätz irgendwas zusammengereimt, und dann, ach, ich weiß nicht. Aber ich hab nicht gesungen. Ich schwör's dir ... ich hab den Mund gehalten. Ich hab niemanden verraten.«

Ein langes Schweigen trat ein, und Michael spürte, wie verwirrt seine Mutter war.

»Sonny und Jimmy – als ich – na, du weißt schon, als ich bewusstlos war – waren sie hier, um mich zu besuchen?«

»Ich weiß es nicht, Michael«, antwortete sie leise, denn sie hatte die Verlassenheit in seiner Stimme gespürt. »Sie haben keinen Besuch zu dir gelassen, weil es ... na ja, weil es eine Polizeiangelegenheit war, vermutlich. Ich kenne die Leute hier ja größtenteils von der Arbeit, deshalb hatte ich keine Schwierigkeiten. Außerdem bin ich deine Mutter. Father Heaney ist auch da gewesen ...« Sie wandte sich ab, starrte auf die Lamellen des Rollos und die Straße dahinter. »Ich sage Sonny und Jimmy Bescheid, dass mit dir alles in Ordnung ist.«

»Und was ist mit Rabbi Hirsch?«

»Ich hab ihn nicht gesehen«, sagte sie.

»Wenn sie einen Priester zu mir lassen, dann muss er doch auch reindürfen.«

»Ich kenne die Regeln nicht, Michael, aber ich werde mich erkundigen. Du solltest dich jetzt ausruhen.«

Erschöpfung überkam ihn wie eine große Flutwelle. Er wollte die Augen offen halten, aber die Hand seiner Mutter war warm, und die Welle nahm ihn mit.

26. Kapitel

Neun lange leere Tage blieb Michael mit seinem Gipsbein im Brooklyn Wesleyan Hospital. Ein paar Mal hatte er Besuch. Father Heaney kam vorbei, um ihm zu sagen, dass er sich keine Sorgen wegen der Schlussprüfungen zu machen brauche; er konnte sie nachholen, wenn es ihm besser ging, gegebenenfalls auch nach Schuljahresende. An einem anderen Morgen blickten Abbott und Costello auf ihn herab, als er erwachte. Die Kriminalbeamten wollten Namen von ihm hören. Michael behauptete, sie nicht zu kennen.

»Komm schon, Junge, hör auf, uns für dumm zu verkaufen«, sagte Costello. »Jeder kennt doch diese Saukerle.«

»Dann kann Ihnen doch auch jeder die Namen sagen«, entgegnete Michael.

»Du willst dir einfach nicht helfen lassen, stimmt's?«, sagte Abbott.

»Dafür ist es sowieso zu spät.«

Die beiden seufzten resigniert und gingen. Michael überlegte, warum er ihnen die Namen eigentlich nicht einfach sagte. Tippy Hudnut und Skids, Frettchen und der Russe. Nur diese Namen. Straßennamen. Dann konnten die Polypen die richtigen Namen und die Adressen der Kerle rausfinden. Aber er brachte es nicht über sich. Er wusste, wenn er sie verpfiff, würde es ihm für den Rest seines Lebens Leid tun. Jedesmal, wenn er daran denken würde, dass er jemanden an die Polizei verraten hatte, würde es ihm den Tag versauen. Später, beim Militär, wo niemand ihn kannte, würde er es immer geheim halten müssen, wenn jemand etwas über sein Leben wissen wollte. Selbst wenn er Polizist würde und im gleichen Revier arbeitete wie Abbott und Costello, würden sie sich daran erinnern, dass er ein Spitzel war, und es allen anderen gottverdammten Polypen verraten. Und die würden ihn schneiden, weil jeder wusste, dass die Polypen einen Informanten fast ebenso hassten wie einen Kriminellen. Wenn er die Namen ausplauderte, war er genauso schlecht wie ein Verbrecher. Dann hatten diese Saukerle ihn wirklich besiegt. Dann war er genauso dreckig wie sie.

Jeden Morgen erschien der kahle Arzt mit einem Assistenzarzt und einer Schwester. Sein Lieblingswort war *wunderbar.* Michael ging es wunderbar. Er machte wunderbare Fortschritte. Seine Verletzungen verheilten wunderbar. Dann ging er zum nächsten Patienten weiter und fühlte sich dabei bestimmt wunderbar.

Jeden Nachmittag vor der Arbeit kam Kate Devlin vorbei, brachte ihm Eis und Zeitungen und einmal auch den neuesten *Captain Marvel.* Aber der Comic erschien Michael plötzlich furchtbar kindisch. Er hatte inzwischen die Erfahrung gemacht, dass es auf der Welt wirklich böse Menschen gab und dass man, wenn sie hinter einem her waren, echte Verletzungen davontrug. Er sagte seiner Mutter, dass er keine *Captain Marvels* mehr wolle, sondern sich mehr für die Zeitungsberichte über Jackie Robinson interessiere. Und über das Befinden von Pete Reiser, der inzwischen wieder bei Bewusstsein war und hoffentlich bald wieder spielen konnte. Tag für Tag las Michael den Sportteil und riss die Berichte über Robinson sorgfältig heraus. Wenn seine Mutter dann das nächste Mal kam, gab er sie ihr mit nach Hause.

»Bald ist das Heft mit deinen Artikeln über diesen Knaben dicker als unsere blauen Bücher«, meinte sie.

»Eines Tages wird sein Name in den blauen Büchern stehen, Mom«, entgegnete er. »Er wird Geschichte machen.«

Aber wenn sie weg war und auch der Arzt und die Schwestern sich um andere Patienten kümmerten, blieb Michael allein mit seinen Gedanken. Und er fühlte sich furchtbar allein. Kein Zeichen von Rabbi Hirsch. Nicht mal eine Nachricht. Noch schlimmer – weder Sonny Montemarano noch Jimmy Kabinsky hatten sich blicken lassen. Seine besten Freunde. Einer für alle und alle für einen. Von den anderen Kindern aus der Schule erwartete er gar keinen Besuch. Aber er hätte Sonny oder Jimmy besucht, wenn einem von ihnen etwas zugestoßen wäre. Er wünschte, sie hätten Telefon, dann hätte er sie wenigstens vom Münzfernsprecher auf dem Korridor bei der Schwesternstation anrufen können. Aber sie hätten ins Krankenhaus kommen müssen, um ihn zu besuchen, und offensichtlich hatten sie Besseres zu tun. In den ersten Tagen dachte er sich noch Entschuldigungen für sie aus. Vielleicht büffelten sie für die Abschlussprüfungen. Vielleicht hatten sie eine Arbeit nach der Schule. Vielleicht war Sonnys Mutter krank geworden. Oder Jimmys Onkel. Vielleicht hatten die Falcons ihnen ja auch gedroht und gesagt, sie sollten vom Krankenhaus wegbleiben.

Aber vielleicht lag es auch an etwas anderem. Wenn er nachts wach lag, überlegte er, ob sie ihn für einen Verräter hielten. Nicht wegen des jetzigen Überfalls, sondern wegen Frankie McCarthy und Mister G. Womöglich hatten sie es auf der Straße gehört, womöglich verbreitete Frankie Gerüchte, dass der Staatsanwalt Michael als Zeugen benutzte. Vielleicht hatten auch die Polypen behauptet, sie hätten Michael endlich zum

Reden gebracht, um Frankie Angst einzujagen. Warum nicht? Sie logen doch alle. Polizisten und Richter und Politiker. Das wusste jeder.

In seinem Kopf herrschte ein heilloses Durcheinander von Mutmaßungen. Vielleicht hatten sie auch gehört, dass Michael die Hosen voll gehabt hatte. Und das wiederum wäre für sie ein Beweis, dass er keinen Mumm in den Knochen hatte und Schläge nicht wie ein richtiger Mann wegstecken konnte. Gleichgültig, wie lange er ihr Freund gewesen war – jetzt hielten sie ihn womöglich für ein Muttersöhnchen.

Wenn er nur mit Rabbi Hirsch sprechen könnte! Bestimmt hatte er irgendein jiddisches Sprichwort in petto, das Michael ein bisschen aufbauen würde. Der Rabbi würde ihn fragen, ob er jemanden wüsste, der ihn als Schabbes-Goj vertreten könnte, bis er wieder fit war. Wie Carl Furillo für Pete Reiser eingesprungen war. Und weil Michael nicht Sonny oder Jimmy in die Synagoge schicken wollte, würde er Rabbi Hirsch sagen, er solle sich an Father Heaney wenden, der war der Richtige für so etwas. Dann würde Rabbi Hirsch das Thema wechseln, und sie würden über Jackie Robinson und das letzte Spiel sprechen, und der Rabbi würde ein paar neue Worte ausprobieren, die er von Red Barber gelernt hatte. Vielleicht würde er auch *»Zip-a-dee-do-dah«* singen oder *»Don't Fence Me In«* und Michael zum Lachen bringen. Oder er würde darüber reden, dass man die Rache Gott überlassen sollte. Selbst wenn Rabbi Hirsch wütend auf Gott war. Auch wenn er selbst nicht mehr an die Güte Gottes glaubte, nach allem, was in Europa geschehen war.

Aber kein Rabbi Hirsch erschien in den Gängen des Brooklyn Wesleyan Hospitals. Es war, als hätte es ihn nie gegeben.

Und Michael fühlte sich so einsam wie noch nie in seinem Leben.

Am vierten Tag erlaubten ihm die Schwestern, allein zur Toilette zu gehen. Das war eine enorme Erleichterung, denn Michael hasste die kalten metallenen Bettpfannen der ersten Tage und dachte immer, die Schwestern grinsten ihn höhnisch an, weil sie daran dachten, was ihm am Abend des Überfalls passiert war. Jetzt konnte er sich aus dem Bett schwingen und ohne Hilfe zur Toilette hinken, die sich in einer Ecke des Zimmers befand. Der Gips fühlte sich an, als wäre er aus Blei. Aber noch schlimmer war es, als Michael das erste Mal in den Spiegel sah und einen Fremden erblickte. Das Gesicht des Fremden war knubbelig und geschwollen. Die Haut auf der rechten Gesichtsseite hatte die Farbe einer Aubergine. Michael berührte erst den Spiegel und dann sein Gesicht, um sich zu überzeugen, dass er selbst dieser Fremde war.

Als er später im Bett lag und döste, dachte er an den Überfall und an die vier bierstinkenden Falcons, und in ihm schrie alles nach Rache. Er wollte es ihnen heimzahlen. Er wollte ihre Gesichter grün und blau prügeln. Ihnen ihre beschissenen Beine brechen. Arschlöcher. *Momser.* Und dann überkam ihn plötzlich ein Schluchzen, weil er so wehrlos war. Selbst wenn er einen nach dem anderen allein erwischte, konnte er sie nicht verprügeln. Wenn sein Vater noch am Leben wäre – er würde diesen Kerlen eine Lektion erteilen, dass sie es sich genau überlegten, ehe sie es noch einmal wagten, auf einen kleineren Jungen loszugehen. Aber Michael war einfach noch zu klein. Zwar konnte er einen Baseball weiter schlagen als letztes Jahr, aber er konnte noch lange keinen Mann verprügeln. Und die Falcons waren Männer. So groß wie Soldaten. So groß wie Polizisten. Vielleicht hätte er mit einem Baseballschläger eine Chance gegen sie, aber wenn sie ihm den abnahmen, war er geliefert. Und ein Revolver ... die Polizei würde es herausfinden, seine Mutter würde sich für ihn schämen, und überhaupt – woher sollte er einen Revolver kriegen? Er versuchte, sich vorzustellen, wie er die Kerle mit dem Revolver bedrohte und wie sie um Gnade winselten. Doch er konnte sich nicht vorstellen, abzudrücken.

Sein Gesicht war eine permanente Erinnerung an die Macht der Falcons. Er fragte sich, was Mary Cunningham denken würde, wenn sie ihn so sehen könnte. Gegen dieses Gesicht konnte auch sein neuer Anzug nichts ausrichten. Genauso wenig wie gegen Jackie Robinsons Hautfarbe.

Und er dachte: Mein Gesicht ist jetzt genauso dunkel wie das von Robinson, jedenfalls zum Teil. Er stand auf und hinkte noch einmal zum Spiegel. Sie haben einen Jackie Robinson aus mir gemacht, dachte er. Sie haben mit mir das gemacht, was eine Menge Leute gern mit Jackie Robinson machen würden. Sie haben mich verwandelt. In Jackie Robinson. Mein Gesicht ist schwarz wie das von Robinson. Ich bin genauso hilflos wie er. Er kann sich nicht wehren, weil er es Branch Rickey versprochen hat. Er kann mit seinem Baseballschläger kämpfen, mit seinem Handschuh, mit seiner Schnelligkeit. Aber nicht mit der Faust. Ich auch nicht. Noch nicht.

Während er an Robinson dachte, überkam ihn von neuem eine tiefe Einsamkeit. Er wollte nach Hause. Wenn er schon allein sein musste, wenn seine Freunde ihn wirklich im Stich ließen, dann wollte er wenigstens in seinem Zimmer sein. Nicht hier im Krankenhaus, wo es so seltsam nach Äther und Medizin roch, wo es von fremden Gesichtern wimmelte. Nach Hause. Wo er in Ruhe lesen konnte, wo er noch mehr büffeln würde als bisher. Jawohl. Und die besten Noten seiner Klasse bekommen würde. Ja. Wie Robinson mit seinem Schläger, seinem Handschuh und seiner Schnelligkeit kämpfte. War eine Trefferquote nicht auch eine Art Note? Wenn man in einer Arbeit die richtige Antwort weiß, ist das wie ein Treffer. Wenn man viele Antworten richtig hat, ist die Trefferquote höher.

Das war seine Chance. Er konnte ein Highschool-Diplom

bekommen. Niemand in der Nachbarschaft machte je einen Abschluss. Sie arbeiteten in der Fabrik. Oder in den Docks. Sie wurden Stahlarbeiter oder Polizisten oder Feuerwehrleute. Aber ich mache ein Diplom, dachte Michael, und dann verschwinde ich aus Brooklyn. Ich gehe zur Armee oder zur Marine – Mist, vielleicht sogar aufs College. Warum denn nicht? Im Kino sahen die College-Studenten immer aus wie Blödmänner. Sie trugen kurzärmelige Pullis mit Buchstaben auf der Brust und sagten Sachen wie »boola-boola« und betranken sich bei Footballspielen. Ich könnte es besser machen als die. Ich könnte hier rauskommen und aufs College gehen. Auf dem weißen Pferd über das Fabrikdach. Ich könnte in Manhattan in einem Penthouse wohnen, ganz oben über den Dächern. Und dann arbeite ich in einem Büro, wo ich mir die Hände nie schmutzig mache, und hab einen Schrank voller Anzüge und Hemden und Krawatten und Schuhe. Mehr als ein Gangster, und ich brauche nicht mal das Gesetz zu brechen. Ja, sieh zu, dass du hier rauskommst. Streng dich an.

Wenn er dann ein richtig großes Tier war, würde es Sonny und Jimmy Leid tun, dass sie ihn geschnitten hatten. In seinem Penthouse würde er beim Frühstück in der Zeitung lesen, dass Frankie McCarthy in Sing-Sing saß und ihn der elektrische Stuhl erwartete. Und dass Tippy Hudnut bei einem Überfall in Coney Island erschossen worden war. Dass Skids und der Russe lebenslänglich bekommen hatten und Frettchens Leiche mit zwei Löchern im Kopf an den Strand gespült worden war. Dann würde er Sonny und Jimmy eines Tages ganz zufällig auf der Park Avenue begegnen, wenn er gerade aus seinem Haus kam, einem Wolkenkratzer mit fünfzig Stockwerken. Sie würden den Müll mit irgendeinem gottverdammten Laster abholen und sagen: »Himmel, Michael, es tut uns wirklich Leid, dass wir damals, als man dich zusammengeschlagen hat, so blöd waren«, und er würde eine Augenbraue hochziehen wie Joseph Cotton und sagen: »Entschuldigt bitte, aber wie waren doch gleich eure Namen?«

Jawohl.

Vielleicht konnte er nicht *Shazam* rufen und sich in den stärksten Menschen der Welt verwandeln. Aber er konnte in Ruhe abwarten, wie der Graf von Monte Christo, und sich vorbereiten. Zuerst einmal wollte er sich bilden, genau wie Edmond Dantès, der in den Verliesen von Chateau d'If seine Bücher studierte. Außerdem würde er Gewichte heben und boxen lernen. Vielleicht würde er sich die Falcons noch nicht dieses Jahr vornehmen und vielleicht auch nicht nächstes. Er würde sich zurückhalten wie Jackie Robinson, und wenn er bereit war, dann würde er zuschlagen. Womöglich hatten sie ihn bis dahin schon vergessen, aber er würde sie finden und ihnen alles zurückzahlen. Ganz allein. *Got schtroft, der mentsch is sich nojkem.* Gott wird sie strafen, aber ich werde mich rächen.

Und dann das Weite suchen. Mit meiner Mutter. Ich werde ihr ein Haus mit einem eigenen Garten kaufen. Und Zentralheizung. Weit weg. Irgendwo draußen.

Am Abend des sechsten Tages gab ihm die Schwester ein Paar Krücken und ließ ihn in einem hellgrünen Bademantel auf dem Korridor herumlaufen. Auf Krücken konnte er den Gips besser hinter sich herschwingen. Jetzt bekam er auch die anderen Patienten auf der Station zu Gesicht: einen Mann, auf den geschossen worden war, einen anderen, der in der U-Bahn einen Herzanfall gehabt hatte. Ein Stahlarbeiter war vom Hals bis zu den Zehen eingegipst, weil er von einem Haus gefallen war, und seine Freunde besuchten ihn und lachten und johlten und hielten ihm eine Bierflasche an die Lippen. Jeder hatte seinen Namen auf den Gips des Unglücksraben geschrieben. Michael wünschte sich, seine Freunde würden ihn auch besuchen und lachen und jubeln und ihre Namen auf seinen Gips schreiben. Wenigstens irgendeiner.

Dann endlich kam der Tag, an dem er nach Hause durfte. Gegen neun kam seine Mutter mit warmen Sachen und einer alten Hose mit einem aufgeschlitzten Bein, durch das er den Gips stecken konnte. Sie packten die Zeitungsausschnitte und Comics in eine Einkaufstüte und fuhren mit der Straßenbahn heim. Als er einstieg, fühlte er sich sehr unbeholfen mit seiner Krücke, ungeschickt und hilflos. Sie nahm die Tüte, und er ließ sich von ihr an der Hand die zwei Stufen emporziehen. Dinge, die er früher völlig selbstverständlich getan hatte, waren plötzlich ein Problem, und er fragte sich, wie oft er wohl diese Stufen mit einem Satz hinaufgesprungen war, ohne darüber nachzudenken. Der Fahrer nickte ihnen zu und fuhr erst weiter, nachdem Kate und Michael sicher auf den Sitzen neben der hinteren Tür gelandet waren. Die Straßenbahn war fast leer. Michael starrte aus dem Fenster und hatte Angst, dass sie Tippy Hudnut und Skids, Frettchen und dem Russen begegneten. Er wollte sie nicht sehen, und er wollte nicht gesehen werden. Er wollte nur in sein Zimmer. Und die Tür hinter sich zumachen. Ins Bett schlüpfen. Und über die Dodgers lesen. Seine Mutter warf ihm einen Blick zu.

»Du denkst an die Schläger, stimmt's?«, sagte sie.

»Nein. Doch. Sozusagen.«

»Brauchst du nicht.«

»Warum nicht?«

»Sie sind festgenommen worden.«

Er blickte um sich, voller Angst, dass jemand sie hören könnte, obwohl die Bahn fast leer war.

»Du hast ihre Namen nicht weitergesagt, oder?«, flüsterte er.

»Es gab jede Menge Zeugen«, entgegnete sie. »Der Abend war warm, da gab es Spaziergänger. Eine Menge Leute –«

»Mom, die werden *dir* was tun. Die werden dich als Verräter brandmarken.«

»Hör auf damit, Michael.«

Er fühlte sich schrecklich. Jetzt hatte er auch noch seine Mutter verärgert, weil er sich so kindisch aufführte. Aber sie nahm seine Hand, als die Bahn sich ihrer Haltestelle näherte, und er holte tief Luft und fühlte sich etwas sicherer. Dann zog sie an der Klingelschnur, stand auf, nahm Michael am Ellbogen und führte ihn zur Tür. Die Straßenbahn hielt. Die Tür ging auf. Kate stieg zuerst aus und half ihm die Stufen hinunter. Dann fuhr die Bahn weiter, Stahlräder quietschten auf Stahlgleisen, und sie gab ihm seine Krücken. Dann sahen sie sich beide nach allen Seiten vorsichtig um. Überall vertraute Gesichter. Vor dem Obstladen polierte Teddy die Apfel, Mrs. Slowacki ordnete Zeitungen in den Ständer ein, Peggy McGinty schob gedankenverloren einen Kinderwagen. Keine Spur von den Falcons.

»Die Polizei hat die ganze verkommene Bande gewarnt«, sagte Michaels Mutter, während sie ins Treppenhaus von Ellison Avenue 378 traten. »Wenn sie dir auch nur ein Haar krümmen, landen sie allesamt im Gefängnis und kommen so schnell nicht wieder raus.«

»Ja, und was ist mit dir? Was ist, wenn sie auf Kaution rauskommen? Was ist, wenn sie dir vor dem Grandview auflauern? Sie –«

»Ach Michael, das ist bloß eine Bande von Feiglingen«, erwiderte sie. »Und ganz so dämlich sind sie nicht. Sie wissen, dass sie zu weit gegangen sind.«

Michael war sehr still, als sie die Wohnungstür aufschloss. Sie gingen hinein, und die Küche sah genauso aus, wie er sie das letzte Mal gesehen hatte. Er beobachtete seine Mutter, die Teewasser aufstellte, und er wollte ihr glauben, wollte genauso mutig sein wie sie. Aber er hatte Angst vor den Falcons, Angst um sich und Angst um seine Mutter.

»Lass dich von denen nicht ins Bockshorn jagen, Michael«, sagte sie, indem sie in sein erschöpftes Gesicht sah und seine Hand berührte. »So kriegen sie dich nämlich klein.«

Doch Michael zitterte im warmen hellen Morgenlicht.

27. Kapitel

Weil ihr Sohn endlich heimgekommen war, hatte Kate beim Grandview mit einer anderen Kassiererin die Schicht getauscht, sodass sie den Abend freihatte. Sie kochte einen dicken Eintopf mit Kartoffeln, Möhren, Zwiebeln und Rindfleisch, das zerfiel, wenn man es nur mit der Gabel berührte. Nach dem Essen wuschen sie zusammen ab, hörten Radio und sprachen über unwichtige Dinge. Durch die weit geöffneten Fenster kam die warme Nachtluft herein, aus den dunklen Hinterhöfen hörte man Geschirrgeklapper, Gelächter und Radiomusik – die typischen Geräusche eines Brooklyner Sommerabends. Kate schlug vor, noch eine Tasse Tee zu trinken, und in diesem Augenblick klopfte es an die Küchentür.

Auf der Stelle war Kate in Alarmbereitschaft. Sie knipste das Radio aus, um besser zu hören, und holte ein Fleischmesser aus der Schublade neben der Spüle. Michael hob einen Stuhl hoch und verlagerte sein Gewicht auf sein unverletztes Bein, um manövrierfähiger zu sein. Es klopfte noch einmal.

»Wer ist da?«, fragte Kate.

»Ich. Ein Freund von Michael.«

Als Michael die Stimme hörte, stellte er den Stuhl weg, stieß den Riegel zurück und riss die Tür auf.

»Rabbi Hirsch!«, schrie er.

Da stand der Rabbi mit seinem schwarzen Anzug und seinem schwarzen Hut, das bärtige Gesicht unruhig und besorgt. In einer Hand hielt er einen Blumenstrauß, in der anderen eine kleine Schachtel von der Bäckerei.

»Hallo an alle«, sagte er und verbeugte sich tief vor Kate. Sie seufzte erleichtert und legte das Messer auf die Spüle.

»Mom, das ist Rabbi Hirsch«, stellte Michael vor. »Rabbi, das ist meine Mutter.«

»Schön, Sie zu kennen lernen, Mrs. Devlin.«

»Kommen Sie rein, kommen Sie rein, Rabbi«, sagte sie und streckte ihm die Hand entgegen. Erneut machte er eine steife Verbeugung und überreichte ihr die Blumen und die Schachtel von der Bäckerei. Kate nahm sie an der dünnen weißen Schnur entgegen.

»Danke Ihnen, danke Ihnen«, sagte der Rabbi und trat endlich ein. Michael verriegelte die Tür hinter ihm, aber der Rabbi blieb unbeholfen stehen. Er sah sich in der Küche um, schien aber Michaels zerschundenes Gesicht bewusst zu meiden.

»Setzen Sie sich doch bitte, Rabbi«, sagte Michaels Mutter. »Wir wollten gerade Tee trinken, und ich weiß, Sie mögen Tee. Michael hat es mir erzählt.«

»Danke Ihnen«, sagte er wieder und nahm auf einem Stuhl Platz. Michael setzte sich ihm gegenüber.

»Früchtekuchen!«, rief Kate. »Mein Lieblingsgebäck!«

Ihre Stimme war ein bisschen höher als sonst, und Michael stellte fest, dass sie tatsächlich ein bisschen nervös war. Sie füllte den Kessel frisch auf, ließ Wasser in eine billige Blumenvase laufen, stellte den Strauß auf den Tisch, suchte einen Teller für den Kuchen, ein Messer, eine Tasse und eine Untertasse für den Rabbi. Alles mit ungewohnt hektischen Bewegungen. Es kamen nicht sehr viele Männer zu Besuch zu den Devlins, und einen Rabbi hatte sie noch nie empfangen.

»Es dauert nur eine Minute«, sagte sie.

»Vergeben Sie, ich nicht wollte Störung sein«, erwiderte der Rabbi. Der Duft der kleinen violetten Blumen erfüllte die Küche und rief Michael ins Gedächtnis, dass Sommer war.

»Oh, Sie stören doch nicht, Rabbi. Hat Michael Ihnen erzählt, was wir in der Orchard Street erlebt haben? Die Sache mit dem Anzug?«

Rabbi Hirsch lächelte. Ein sommerliches Lächeln.

»Ja, ja. Das war sehr gut. Eine andere Sprache ist gut.« Er machte eine Pause. »Jederzeit.«

Noch immer sah er Michael nicht ins Gesicht.

»Michael sagt, er kann jetzt drei Sprachen: Englisch, Latein und Jiddisch«, meinte Kate vom Herd her, mit dem Rücken zum Rabbi.

»Ein sehr guter Junge«, sagte der Rabbi. »Er wird lernen noch viele Sprachen. Ein Diplomat er könnte werden.«

»Wäre das nicht schön«, seufzte sie. »Vielleicht könnte er sogar helfen, Irland zu vereinigen.«

»Oder Palästina zu einem Land machen, wo Milch und Honig fließt.«

Lächelnd nahm sie den pfeifenden Teekessel vom Gas und goss Wasser auf die schwarzen Blätter in der Teekanne.

»Sie machen Tee, wie wir haben ihn gemacht in Prag«, stellte der Rabbi fest.

»Teeblätter sind billiger«, meinte sie. »Ich mache es nicht aus Prinzip.«

Er lächelte. »Ja, aber die Teebeutel in Amerika sind sehr sonderbar. Der Geschmack nicht gleich.«

»Wie lange sind Sie schon in Amerika, Rabbi?«

»Neun Monate.«

Michael sah ihn verblüfft an. Erst neun Monate? Er hatte angenommen, der Rabbi wäre während des Kriegs hergekommen.

»Michael sagt, Sie stammen aus Prag«, fuhr Kate fort. »Sind Sie direkt von dort nach Brooklyn gekommen?«

Jetzt war der Tee fertig, und sie goss ihn in die Tassen. Frag weiter, dachte Michael, hol die Geschichte aus ihm raus. Die Geschichte von Leah. Die Geschichte von seiner Frau. Stell ihm die Fragen, die ich ihm nicht zu stellen wage.

»Nein«, antwortete er. »Auf anderem Weg, auf einem langen Weg hierher.«

Jetzt sah er Michael zum ersten Mal direkt ins Gesicht. Er setzte die Brille ab und rieb sich das rechte Auge mit den Fingerknöcheln. Seine Mundwinkel verzogen sich, Tränen traten ihm in die Augen. Michael hätte ihn am liebsten in die Arme genommen, um ihn zu trösten. Aber dieser Schmerz bewies ihm zugleich, wie sehr er dem Rabbi am Herzen lag, auch wenn dieser nicht ins Krankenhaus gekommen war. Am Ostermorgen hatte er gemerkt, dass der Rabbi nicht leicht weinte.

»Sie dich haben grässlich behandelt«, meinte er heiser.

»Es wird schon besser«, entgegnete Michael. »Vor ein paar Tagen, im Krankenhaus, da hat es scheußlich ausgesehen. Stimmt's, Mom?«

»Ja, entsetzlich.«

Der Rabbi wandte sich ab, räusperte sich und nahm einen Schluck Tee.

»Dreimal ich bin gekommen in das Krankenhaus«, sagte er leise. »Aber die Polizei, sie lässt mich nicht herein.« Seine Augen wanderten zum Gasherd und dann zurück zu Michael. »Ich dachte, vielleicht sie sehen einen Juden dort nicht oft. Aber nein, ist ernst, sagt Polizei. Großer Fall. Sehr ernst. Also ich gehe zurück in die Kelly Street und bete.«

Michael blickte zu seiner Mutter hinüber.

»Vermutlich wollte die Polizei kein Risiko eingehen«, sagte

sie. »Womöglich wären die Mistkerle ins Krankenhaus gekommen.«

Michael wurde froh ums Herz.

»Vielleicht sind Sonny und Jimmy deshalb nicht aufgetaucht«, sagte er.

»Vielleicht«, erwiderte sie, aber Michael spürte, dass sie nicht alles aussprach, was sie dachte. Rabbi Hirsch löffelte Zucker in seinen Tee und nickte dankend, als Kate ihm ein Stück Früchtekuchen auf den Teller legte. Nachdenklich sah er dann von Michael zu dem gerahmten Foto an der Wand.

»Das ist Ihr Ehemann, Mrs. Devlin?«, fragte er. Sie wandte sich um und folgte seinem Blick.

»Ja, das ist mein Mann, Tommy Devlin.«

»Von seinem Vater Michael hat Kinn und Nase, und er hat Ihre Augen«, sagte der Rabbi. Michael spürte einen dumpfen Schmerz, tief im Kopf, wie eine dunkle Erinnerung. Er trank seinen Tee.

»Das sagen alle«, bestätigte Kate.

»Ein guter Mensch er muss gewesen ein«, meinte der Rabbi. »Und Sie auch, Mrs. Devlin. Ein Sohn wie Ihrer ist kein Zufall.«

»Danke«, lächelte Kate. »Haben Sie Kinder, Rabbi?«

»Nein.«

Mach weiter, Mom, dachte Michael. Hör nicht auf.

»Aber Sie waren verheiratet?«

Sie hat mich gehört!

»Ja«, antwortete der Rabbi.

Eine Pause trat ein. Michael verrückte seinen Stuhl ein wenig, damit er den Rabbi ansehen konnte, ohne sich den Hals verdrehen zu müssen.

»Seine Frau hieß Leah«, schaltete er sich ein. »Sie ist während des Krieges gestorben.«

»Dieser verdammte Krieg«, sagte Kate.

Musik wehte von den Hinterhöfen herein. Bing Crosby, der von fernen Orten mit seltsamen Namen sang. Dann sagte Kate plötzlich: »Erzählen Sie mir von ihr.«

Rabbi Hirsch starrte seinen Tee an, wie Michael so oft das Foto von Leah angestarrt hatte. Schweißperlen erschienen auf seiner Stirn. Er hielt die Teetasse seltsam ungeschickt in der Hand.

»Verzeihen Sie«, sagte Kate. »Ich wollte nicht neugierig sein.«

»Neugierig, nein, nein, das sind Sie nicht. Aber ... eine Wunde, eine schlimme Wunde – ist manchmal besser, sie zu lassen in Ruhe.«

»Manchmal ist es aber besser, darüber zu reden, statt alles in sich hineinzufressen.«

Er sah sie an und atmete hörbar aus.

»Wahr«, sagte er.

Und dann begann der Rabbi der Witwe aus Irland und ihrem amerikanischen Sohn seine Geschichte zu erzählen. Vielleicht erzählte er sie sich auch selbst an diesem warmen Brooklyner Sommerabend, an dem man durchs offene Fenster die Nebelhörner vom Hafen herüberhallen hörte.

»Wir sind uns begegnet in Prag 1937«, sagte er. »Zionistin war sie, voll von – wie sagt man? –, voll von Leidenschaft. Sie kam aus Warschau. Achtzehn Jahre alt. Ihr wisst, was ist ein Zionist?«

Während Rabbi Hirsch den Zionismus zu erklären versuchte, versetzte sich Michael wieder nach Prag, wo sich Rabbi Loew und Kaiser Rudolf einst im Geheimen getroffen hatten, aber diesmal war es eine Stadt mit Automobilen und Straßenbahnen. Michael sah Leah Yaretzky, schlank und dunkelhaarig, mit strahlenden Augen, eine Studentin aus Polen, die Deutsch,

Jiddisch und ein wenig Tschechisch sprach. Er stand neben dem jungen Rabbi Hirsch, der sie bei einer Versammlung in der Karls-Universität beobachtete. Es herrschte großes Gedränge, alle rauchten und lauschten gebannt, voller Angst und Sorge.

»Aber die Geschichte beginnt noch vor diesem Abend, an dem ich sie hatte gesehen zum ersten Mal«, erklärte der Rabbi. »Schon 1923, in Bildern aus München. Hitlers Namen wir hörten im Radio, lasen in Zeitungen und Zeitschriften, und in Italien, Mussolini hat bereits genommen die Macht. Hitler hat versucht einen Putsch schon im November, in einem Bierkeller, und alle ihn haben ausgelacht. Er ist ein Clown, wer ihn sollte ernst nehmen? Aber ein paar kluge Menschen, sie sagen: Er ist die Zukunft. Mein Vater sagt, ich werde wahlen müssen.«

»Wählen«, verbesserte Michael.

»Wählen. Ich kann werden mehr ein Jude, sagt er, oder ich kann aufhören damit. Ich wähle zu sein mehr ein Jude.«

Noch im selben Jahr starb Rabbi Hirschs Vater. Michael sah, wie Judah Hirsch am Krankenhausbett seines Vaters gelobte, Rabbi zu werden. Dann ging er auf die Universität, studierte heilige Bücher und lauschte weißhaarigen alten Rabbis, die die Thora und den Talmud auslegten. Er arbeitete als Gehilfe in einer modernen Synagoge. Dann kam 1937. Michael war zwei Jahre alt, sein Vater lebte noch und tanzte mit Kate Devlin Walzer in der Webster Hall. Rabbi Hirsch hörte bei einer großen Versammlung zum ersten Mal eine Rede von Leah Yaretzky.

Ihre Worte bedeuteten ihm wenig. »Ein jüdisches Heimatland in Palästina, das war wie ein Märchen. Wie etwas aus einem Lied. Nichts für mich. Juden waren in Prag gewesen tausend Jahre, als Ärzte, Anwälte, Geschäftsleute. Als Maler und Schriftsteller. Warum sollten wir gehen in die Wüste und Bauern sein?«

Aber Leah Yaretzky nahm kein Blatt vor den Mund. Ihre

Rede war nicht sentimental, kein bisschen religiös, und sie sagte Dinge, die niemand von einer Frau erwartet hätte. Michael hörte das wunderschöne Jiddisch, mit dem Leah die Menge in ihren Bann schlug, während sie über Hitler berichtete, der jetzt in Deutschland die absolute Macht innehatte. Hitler war kein Clown. Leah warnte ihre Zuhörer vor dem Unheil, das über ganz Europa kommen würde und natürlich auch nach Prag. Neben Rabbi Hirsch hörte Michael, wie Leah Yaretzky über Tod und Vernichtung sprach. Mit leidenschaftlichen Gesten beschwor sie ihre Zuhörer, Mitteleuropa zu verlassen und nach Palästina zu ziehen. Sie sprach von Israel. Vom Zionismus. Von Waffen. Rabbi Hirsch hatte noch nie eine Frau so sprechen hören. Michael auch nicht.

»Sie sagte, wenn die Juden leben wollen, dann sie müssen bereit sein zu sterben«, sagte Rabbi Hirsch. »Und wie Recht sie hatte.«

»Sie wollte mit Waffen gegen die Nazis kämpfen?«, fragte Michael aufgeregt flüsternd.

»Ja. Und gegen die Briten auch, in Palästina. Die Briten, sagte sie, verstehen nur Gewalt mit Waffen.«

»Nun, da hatte sie allerdings ebenfalls Recht«, warf Kate Devlin mit einem schwachen Lächeln ein.

Inzwischen war der Tee ausgetrunken. Kate Devlin stand auf, holte eine Weinflasche vom obersten Regalbord und stellte sie auf den Tisch.

»Ein Glas Wein, Rabbi?«

Er spähte auf das Etikett des halben Liters Mogen David.

»Sie haben koscheren Wein?«, fragte er zufrieden.

»Ich mag den süßen Geschmack«, meinte sie und holte zwei saubere Gläser aus dem Geschirrständer auf der Spüle. »Die meisten Weine sind mir zu sauer. Aber den hier mag ich.«

»Ich auch.«

Kate goss etwas von der dunkelroten Flüssigkeit in die beiden Gläser. Der Rabbi nickte und nippte daran, und der Wein machte ihn noch redseliger und entspannter. Er erzählte, wie er immer wieder zu den Versammlungen ging, mehr, um Leah Yaretzky zu sehen, als um etwas über den Zionismus zu erfahren. Nach den großen Versammlungen beschrieb Leah den Interessenten geheime Routen nach Palästina und händigte den verängstigten Männern und Frauen die Listen mit Kontaktpersonen auf dem Weg aus. Sie organisierte Jobs in Tel Aviv. Und spät am Abend eilte sie auf nebelnassen Straßen durch die Stadt, Hand in Hand mit Rabbi Hirsch.

»Es war – wie sagt man? – die große Liebe«, erklärte er, nach Worten ringend, aber – überraschenderweise, wie Michael fand – kein bisschen verlegen. »Für mich es war kein Wunder, dass ich sie liebte. Sie war gut. Sie war schön. Sie hatte, was ich nicht habe, eine große Leidenschaft. Bis heute ist ein Rätsel, warum sie mich hat geliebt, einen armen Rabbi, der nicht glaubte, was sie glaubte.«

»Auf solche Fragen weiß niemand eine Antwort«, warf Kate Devlin ein.

»Nein. Niemals wir werden es nicht wissen.« Er hielt inne. »Aber da war eine Sache, die wir haben nicht geschafft. Ich sah sie, ich hörte sie, ich liebte sie, meine Leah. Aber in meinem Kopf ist das eine: zu tanzen mit ihr. Bevor ich ein Rabbi-Schüler bin, ich liebe zu tanzen. Ich liebe das Cabaret, die Musik. Ich liebe Walzer von Strauß, die wir hören am Radio aus Wien. Ich liebe auch den Jazz, den wir hören, Bix Beiderbecke, Paul Whiteman ... Also will ich mit ihr gehen zum Tanz, dorthin, wo es gibt Musik und Lachen und keine Sorgen über Zeit und Hitler. Nicht in Rabbikleidern, nur zu tanzen. Nichts weiter. Zu tanzen mit Leah Yaretzky, zu tanzen mit der Frau, die ich liebe.«

Kate Devlins Augen wurden feucht. Sie nahm einen Schluck Wein.

»Konnten Sie Walzer tanzen?«, fragte Michael, der an seinen Vater in der Webster Hall dachte.

»Selbstverständlich, Jungchen! Wir sind nur eine Tagesreise von Wien, der Walzerstadt, entfernt.«

Doch Judah Hirsch und Leah Yaretzky hatten keine Zeit mehr zu tanzen. Und Michael stellte sich den Rabbi an einem Zeitungsstand in Prag vor, wie er las, dass Hitlers Truppen ins Saargebiet einmarschierten. Er sah ihn mit Leah zu Versammlungen gehen, sah sie Spionen und Spitzeln ausweichen. Er stand mit Rabbi Hirsch auf den Stufen der Synagoge, als verängstigte Juden aus dem Sudetenland eintrafen, um auf dem Boden oder in Planwagen zu übernachten, und zusammen hörten sie, wie Hitler im Radio verkündete, das Sudetenland sei deutsch. Alle wünschten sich ein Visum nach Amerika, wie Ingrid Bergman in *Casablanca.* Aber Amerika wollte keine Juden mehr. Ob es daran lag, dass es auch in Amerika Leute gab, die Synagogen mit Hakenkreuzen beschmierten?

Dann gab es ein Treffen aller wichtigen jüdischen Persönlichkeiten von Prag. Einige meinten, sie hätten doch schon alle möglichen Judenhasser überlebt, bis zurück zu Bruder Thaddeus; also würden sie auch Hitler überstehen. Außerdem würden die Großmächte England und Frankreich niemals zulassen, dass der Clown Hitler seinen Willen durchsetzte. Und Hitler würde gewiss keinen Weltkrieg riskieren.

»An manchen Tagen ich glaubte diesen Blödsinn«, gestand Rabbi Hirsch. »Nur Leah weigerte sich, davon auch nur ein Wort zu glauben.«

Jetzt sah sich Michael mit Rabbi Hirsch in einem dunklen verrauchten Kino in Prag eine Wochenschau an, in der darüber berichtet wurde, dass Hitler Österreich annektiert hatte. In

München standen neben ihm ein Engländer in gestreiften Hosen und ein Franzose, die Hitlers Anspruch auf das Sudetenland bestätigten. Im Kino herrschte Totenstille, aber Leah rief: »Feiglinge! Faschistische Mistkerle!« Sie rauchte viel, schlief auf dem Schreibtisch in schmuddeligen Büros. Sie war nervös und reizbar. Sie nahm ab. Michael sah sie weggehen, zwei Tage hier, drei Tage dort, um Reden zu halten, Geld zu sammeln. Rabbi Hirsch war allein. Michael half ihm, seine wichtigsten Bücher zusammenzupacken und an eine Adresse in Palästina zu schicken. Er ging mit ihm an der Tanzhalle vorüber, in der das Orchester spielte, aber niemand tanzte.

Er stellte sich den Rabbi nachts allein in der Synagoge vor. Wie er zu Gott betete, er möge sich um Hitler kümmern und die Juden beschützen. Vor allem betete er für Leah Yaretzky.

»Waren Sie damals schon verheiratet?«, fragte Kate Devlin.

»Ja«, antwortete er. »Seit dem 7. März 1939. Nur eine kleine Zeremonie. Keine Party, kein Spaß. Kein Tanz. Sie sagte, solche Dinge – Tanzen, Lachen –, sie sind alle falsch, wenn die Juden sind in Gefahr. Sie sagte, wenn zusammen wir in Israel, alle sind sicher zusammen, dann wir werden haben eine große Party und Tanz für eine Woche.«

Dann kam der Tag nach der Hochzeit. Michael sah Rabbi Hirsch an der Tür, wie sich Leah verabschiedete. Sie musste für fünf Tage nach Lublin in Polen, wo einige dringende Zusammenkünfte stattfanden, und bat Rabbi Hirsch, ob er für sie nach Österreich fahren könnte, um dort ein Päckchen abzuliefern. Sie würden sich in Prag wieder treffen und sich dann gemeinsam auf den Weg nach Süden machen. Nach Palästina.

Rabbi Hirsch stritt sich mit Leah. Das ist dumm, sagte er. In Wien sind die Nazis an der Macht. Und Hitlers Truppen rücken auf die tschechische Grenze vor. Es liegt Gefahr in der

Luft, sagte er zu Leah, man riecht den Tod. Und in so einer Zeit will ich bei meiner Frau sein.

Aber Leah ließ sich nicht umstimmen. Rabbi Hirsch sollte mit dem Auto über die Berge in ein kleines Dorf fahren. Dort würde er an einem bestimmten Platz einen bestimmten Mann treffen, ihm einen Umschlag geben und auf demselben Weg nach Prag zurückkehren.

»Ich sage: ›Leah, sogar ein Esel merkt, dass ich bin ein Rabbi.‹ Sie sagt: ›Nicht wenn du rasierst deinen Bart. Nicht wenn du wechselst deine Kleider. Bitte‹, sagt sie zu mir, ›von diesem Umschlag, dem Geld darin, hängen ab Hunderte von Leben.‹«

Der Rabbi hielt inne. Michael beugte sich vor, den Kopf voller Bilder von James Cagney in *Rue Madeleine 13*.

»Was haben Sie getan?«, fragte er gespannt.

»Meinen Bart ich habe rasiert, meine Kleider ich habe gewechselt.« Wieder stockte er. »Wir sagen Lebewohl. Einen Scherz sie hat gemacht, dass mit meinem rasierten Gesicht und den Kleidern von der Universität sie fühlt, als küsst sie einen anderen Mann. Ich küsse sie noch einmal und sage, wenn wir sind in Sicherheit, ist mit Rasieren für immer Schluss.«

Dann saß Michael neben dem bartlosen Rabbi Hirsch im Auto, am Steuer ein blonder Jude, der Deutsch konnte. Sie rasten über Seitenstraßen, krochen Berge hinauf, verschwanden in dunklen Wäldern und erreichten schließlich eine Jagdhütte. Zwei Mitglieder der Untergrundbewegung erwarteten sie, bewaffnet mit Maschinengewehren. Rabbi Hirsch übergab den Umschlag mit dem Geld. Sein Begleiter reiste allein weiter nach Wien, und als er weg war, erfuhr Rabbi Hirsch, dass Hitler in der Tschechoslowakei einmarschiert war. Kein Schuss war gefallen. Die Wehrmacht war in Prag, die Nazis schlossen die Grenzen, einschließlich der zu Polen. Und Leah Yaretzky war auf der anderen Seite.

Rabbi Hirsch jedoch wanderte in den Wald. Er wanderte und wanderte, mied die großen Straßen, schlief unter Brücken und auf Bahnhöfen und einmal sogar auf einem Stuhl in einer Bibliothek. Michael wanderte neben Rabbi Hirsch zurück in die Tschechoslowakei und sah die deutschen Truppen mit ihren Lastwagen zu Tausenden. Die Hakenkreuzfahnen flatterten im Wind.

Endlich kam Rabbi Hirsch wieder nach Prag. Er ging zu der kleinen Wohnung gegenüber der Synagoge, in die er mit Leah Yaretzky ziehen wollte. Niemand öffnete. Er sah Männer mit schwarzen Gestapo-Uniformen in glänzenden schwarzen Wagen umherfahren. Ein alter Mann erzählte ihm, dass schon einige Juden verhaftet worden waren, deren Namen auf den Gestapo-Listen standen. Rabbi Hirsch ging zum Postamt, das von Männern in SS-Uniformen bewacht wurde; man sagte ihm, es gebe keinen Telefonkontakt mit Polen. Von einem Café am Wenzelsplatz versuchte er, ein paar Mitglieder aus Leahs Bewegung anzurufen. Bei den ersten drei meldete sich niemand, bei der vierten eine deutsche Stimme. Die Bewegung war ebenso vom Erdboden verschwunden wie Leah.

Schließlich wagte er sich in die Wohnung. Von den Deutschen keine Spur. An der Synagoge hing ein Schild, dass sie geschlossen sei, aber es standen keine Wachen auf den Stufen. In der Wohnung packte Rabbi Hirsch eine kleine Tasche mit Bildern von Leah und seinem Vater, ein paar Anziehsachen und den wichtigsten Papieren. Er verbrannte alle zionistische Literatur. Dann packte er zwei weitere Bücherpakete, schlich durch den Seiteneingang in die Synagoge und verstaute sie im Kellerraum. Die Thora-Schriftrolle brachte er zu Mr. Fischbach, dem Kirchendiener, der sich sofort auf den Weg in die Berge machte, damit die Schriftrolle nicht den Deutschen in die Hände fiel.

»Ich wollte weg, sofort weg«, sagte der Rabbi, während Michael in Gedanken seinen Weg durch Prag verfolgte. »Aber Leah, sie war da draußen, irgendwo. Ich wusste es, ich glaubte es, ich hoffte es.«

Mr. Fischbach erzählte ihm noch, dass um vier Uhr früh ein letztes Treffen in der Altneu-Synagoge stattfinden sollte. Die Türen waren verschlossen, aber es gab einen Gang vom Keller eines Nachbarhauses. Michael schlich mit dem Rabbi durch den Nebel, vorbei an den Naziwachen, das Licht der Straßenlampen meidend, stets auf der Hut vor Spitzeln. Inzwischen waren ihm die Straßen des Ghettos vertraut. Sie gingen in das moderne Wohnhaus, das an der Stelle des ehemaligen Fünften Palais errichtet worden war. Im Keller erwartete sie ein Mann und zeigte ihnen die geheime Tür, durch die man erst in den feuchten, dumpfigen Gang und dann in die Altneu-Synagoge gelangte. Dort wurde gebetet, junge Rabbis arbeiteten an Verkleidungen, alte Rabbis starrten gedankenversunken an die Wand. Man traf Vorbereitungen, die heiligsten Gegenstände aus der Synagoge zu schmuggeln, in den Bergen zu verstecken oder irgendwie nach Palästina zu befördern. Michael dachte an den Dachspeicher, das verschlossene Zimmer, die beiden winzigen Särge, den Silberlöffel.

Dann tauchte ein junger Mann der Untergrundbewegung auf und erklärte den Versammelten die aussichtsreichsten Fluchtwege. Am Ende nahm er Rabbi Hirsch beiseite.

»Er mir sagt, dass an der polnischen Grenze Leah ist verhaftet worden. Sie und noch zwei weitere. Von der Gestapo. Sie haben gefunden zwei Gewehre und zionistische Schriften.«

Er stockte. Lange schwieg er, als grübelte er darüber nach, was sie seiner Frau angetan hatten.

»Ich sie nicht habe wiedergesehen«, sagte er schließlich.

Kate Devlin berührte mit der Hand seine Schulter, zog sie

aber rasch zurück, als könnte der Rabbi die Geste für unangemessen halten.

»Später wir hörten, dass sie starb in einem Lager.«

»Guter Gott«, sagte sie.

»Nein, Mrs. Devlin. Gott war nicht gut.«

Wieder dachte Michael: Er zweifelt an Gott. Er ist Rabbi, und doch zweifelt er an Gottes Güte. Plötzlich merkte er, dass er seit einiger Zeit ein Stück Kuchen in der Hand hielt, und steckte es hastig in den Mund. Wie kann jemand Rabbi sein, der an Gott zweifelt?

»Und Sie, Rabbi Hirsch?«, fragte Kate Devlin. »Wie sind Sie entkommen?«

»Ganz einfach«, antwortete er ohne Stolz. »Ich bin gerannt.« Er zuckte die Achseln. »Oder besser gelaufen. Ich bin gelaufen in die Berge und habe getauscht meine Kleider mit einem Holzfäller. Ich habe rasiert auch die Haare vom Kopf, sodass ich war kahl und ohne Bart.« Er lächelte schwach. »Wie Bruder Thaddeus. Aber alle schwarzen Kleider ich werfte weg. Meine Papiere ich verbrenne. Auch das Bild meines Vaters. Jeder, der es ansieht, wird merken, er ist Jude. Nur noch das Bild von Leah, ein paar Hemden, eine Zahnbürste ich lasse in meiner kleinen Tasche. Ich lief weg und versteckte mich, wie ein Tier.«

So irrte er durch Rumänien, durch Jugoslawien, bis nach Griechenland. Von Piräus brachte ihn ein Schiff schließlich in die Dominikanische Republik, denn dort ließ ein Diktator namens Trujillo Juden ein, als Gegengewicht zu den vielen Schwarzen in seinem Land. Rabbi Hirsch lebte in einer jüdischen Kolonie, die bei den Dominikanern Sosua hieß. Er war einer von mehreren Rabbis. Die Sonne war heiß, die Strände waren weiß, und hier blieb er, solange der Krieg dauerte.

»Und das ist sie, die Geschichte meines Lebens«, sagte Rabbi Hirsch. Er lächelte zögernd und trank einen Schluck Wein.

»Oder wie sie in Sosua sagen, *la historia de mi vida.* Ein wenig Spanisch ich habe auch dort gelernt. Ein paar Häuser gebaut. Im Meer gefischt. Dauernd ich habe gelesen – Zeitungen auf Spanisch und Englisch, das *Time Magazine.* Die meisten Bücher wurden aus Palästina zu mir geschickt, so habe ich sie auch dort, habe ich Prag in den Büchern.«

Er fuhr sich mit der Zunge über die Lippen.

»Die Kolonie in Sosua war ein Misserfolg. Stadtmenschen wir sind, keine Bauern. Als der Krieg ist vorbei, die meisten Juden gehen fort. Ich bleibe ein wenig länger, aber letztes Jahr die Synagoge hat gesucht einen Rabbi in der Zeitung.« Mit einem langsamen Kopfschütteln fügte er hinzu: »Wie sagt ihr? Das war alles. Das Spiel ist vorbei. *Nada más.*«

Michael blickte zur Uhr über dem Herd. Fast Mitternacht. Er war erschöpft, aber er wünschte sich, diese Nacht der Geständnisse und Offenbarungen würde nie zu Ende gehen.

»Sind Sie denn wirklich sicher, dass Ihre Frau tot ist, Rabbi?«, fragte Kate Devlin leise.

Er war in sich zusammengesunken, sein Gesicht wirkte matt und ausgemergelt.

»Auf Ellis Island da draußen ich bin begegnet einem Mann«, antwortete er und gestikulierte mit dem Weinglas zum Fenster und dem fernen Hafen hin. »Er erzählt, er kennt Leah von Untergrund. Und er sagt, sie hat erschossen drei Nazis, als sie wurde festgenommen, und deshalb sie wollen sie nicht gleich töten. Töten wäre Gnade. Sie halten sie am Leben, im Gestapo-Gebäude. Und als sie dort fertig sind mit ihr, sie wird geschickt ins Lager. Vielleicht Treblinka. Vielleicht Auschwitz. Niemand weiß.«

»Aber es muss doch irgendwelche Unterlagen geben«, meinte Kate.

»Nach dem Krieg ich habe geschrieben Briefe an die Amerikaner, die Briten, sogar die Russen. In Deutsch, in Tschechisch, in nicht so gutem Englisch.« Er sank noch weiter in seinem Stuhl zusammen. »Nur nicht in Jiddisch. Niemand ist übrig, der es kann lesen.« Er holte tief Luft. »Nach Prag ich habe geschrieben, nach Wien, nach Warschau, an die jüdischen Agenturen in Tel Aviv. Allen ich habe geschrieben. Alle haben ihren Namen auf derselben Liste, ein Name von Millionen. Tot, sagen sie. Keine Einzelheiten. Nur ein Wort. Tot. In verschiedenen Sprachen. Mit gleicher Bedeutung.«

Der Rabbi sah Michael an, streckte die Hand aus und berührte kopfschüttelnd die blauen Flecken im Gesicht des Jungen. Kate stand auf, ging ins Badezimmer und machte die Tür hinter sich zu. Michael starrte den Rabbi an.

»Rabbi?«, flüsterte er.

»Ja?«

»Als Sie zu der Versammlung in der Altneu-Synagoge gingen ...«

»Ja?«

»Warum haben Sie da nicht den Golem gemacht?«

Der Rabbi wandte sich ab und blickte durchs Fenster auf die nächtliche Stadt und die ferne Silhouette von Manhattan.

»Daran ich denke die ganze Zeit«, erwiderte er leise. »Vielleicht ...«

Er sprach den Satz nicht zu Ende, weil Kate zurückkam und wieder ihm gegenüber Platz nahm. Ihre Augen waren geschwollen. Die Weinflasche war fast leer, und sie verteilte den letzten Schluck auf die beiden Gläser.

»Ihre Frau war eine Heldin, Rabbi«, sagte Kate Devlin mit fester Stimme, doch Michael entging das leise Zittern nicht.

»Ja. Sie sagen es. Eine Heldin.«

»Und wenn Sie mich fragen – Sie sind auch einer.«

»Nein.«

»O doch.«

»Leah, ja. Tommy Devlin, Ihr Ehemann, ja. Aber ich? Ein Held? *Nejn. Kejn mol.* Nein.«

Sie trank ihren Wein; ihr Gesicht war besorgt und verwirrt, aber sie äußerte sich nicht dazu. Es war, als hätte ihr schon den ganzen Abend eine Frage auf der Seele gebrannt und sie könnte den Rabbi nicht gehen lassen, ohne sie ihm gestellt zu haben. Michael beobachtete sie und wartete.

»Glauben Sie noch an Gott, Rabbi?«, sagte sie endlich.

Er schüttelte den Kopf, ganz langsam.

»Ich glaube an die Sünde«, antwortete er und trank seinen Wein aus. »Und ich glaube an das Böse.«

28. Kapitel

Als sich Rabbi Hirsch auf den Heimweg machte, blieb er an der Tür noch einmal stehen und kramte in seinen Taschen. »*Wart a minut* ... Moment mal. Ah, hier!« Grinsend zog er einen kleinen Umschlag hervor. Darin waren zwei Tickets. Für Ebbets Field.

»Für uns«, verkündete er. »Um zu sehen Jackie!« Sein Gesicht leuchtete.

Michael konnte seinen Dank nur murmeln, er brachte keinen richtigen Ton heraus. Der Rabbi hatte ihm erzählt, dass er noch nie bei einem Baseballspiel gewesen war, und für Michael galt das Gleiche. Die meisten Jungen wurden von ihren Vätern ins Stadion mitgenommen. Michael spielte zwar selbst, er hatte sich auch die Sandplatzspiele auf der anderen Seite des Prospect Parks angesehen, aber die großen Spieler der Dodgers kannte er bisher nur aus Wochenschauen und aus dem Radio. Er hatte immer gedacht, er würde mit Sonny und Jimmy in den Sommerferien zu den Dodgers gehen. Aber nun wusste er nicht einmal, ob er überhaupt jemals wieder etwas mit den beiden zu tun haben würde. Und da kaufte Rabbi Hirsch, dieser wundervolle Mensch, einfach zwei Tickets für Ebbets Field! Wir werden zusammen die Dodgers sehen. Und Jackie Robinson. Himmel noch mal! Michael musste sich wegdrehen, damit der Rabbi die Tränen in seinen Augen nicht sah.

»Das ist wirklich großartig von Ihnen«, sagte Kate Devlin und lächelte den Rabbi strahlend an. Michael überlegte, ob dieser sie wohl auch so schön fand wie er selbst. Sie inspizierte das Datum auf den Karten und reichte sie dann dem Rabbi zurück. Das Spiel war in zwei Wochen. »Aber da hat er seinen Gips noch, wissen Sie.«

»Wir schaffen das schon, Mom«, meinte Michael. »Keine Sorge.«

Dann bat er Rabbi Hirsch um einen letzten Gefallen: um seine Unterschrift auf Michaels Gips. Der Rabbi lächelte und schrieb wunderschöne hebräische Buchstaben auf den glatten, harten Verband. So etwas hatte bestimmt kein Stahlarbeiter! Dann sagten sie sich gute Nacht.

»Bitte passen Sie auf sich auf, Rabbi«, sagte Kate Devlin.

»Mom, nicht mal die Gestapo hat ihn erwischt. Da schafft er es auch bei den Falcons.«

Der Rabbi lächelte müde und ging davon.

»Er ist ein guter Mensch«, sagte Kate, während sie die Tür hinter ihm verriegelte. »Und sehr traurig.«

Am nächsten Morgen begann Michael sein Frühjahrstraining. Er ging aufs Dach, packte zwei Suppendosen voller Steine, klebte sie zu und trainierte damit seine Arme. Dann legte er sich auf den Rücken und begann in der Luft Fahrrad zu fahren. Der Gips am rechten Bein war schwer, und zuerst konnte er nur sechs Mal strampeln. Dann acht Mal. Dann zehn Mal. Nach ein paar Tagen schien der Gips leichter zu werden, und er band sich die Suppendosen ans linke Bein, um das Gewicht auszugleichen. Sein Fuß schwitzte furchtbar unter dem Gips, und er musste sich mit dem Lineal oder einem Buttermesser darunter kratzen. Aber er wurde stärker, das spürte er.

Jeden Tag, sobald seine Mutter zur Arbeit gegangen war, holte er seine Schulbücher hervor, setzte sich an den Tisch und lernte, machte sich Notizen, büffelte Mathematik, den Katechismus und Geschichte. Den ganzen Tag spielte das Radio, aber er konnte sich trotzdem konzentrieren. Bald würde er seine Prüfungen nachholen, und die wollte er mit einer hohen Trefferquote bestehen, wie Jackie Robinson. Er wiederholte sogar sämtliche Grammatikregeln und rief sich zur Ordnung, wenn seine Gedanken auf das wesentlich interessantere Terrain der jiddischen Sprache abwanderten. Seltsamerweise verstand er jetzt, da er Jiddisch lernte, die englischen Regeln viel besser. Grammatik war sozusagen die Grundstruktur eines Gebäudes, auf der man dann Böden, Wände und das Dach aufbauen konnte. Wie die Regeln beim Baseball. Erst wenn man sie intus hatte, konnte man richtig Baseball spielen, nicht nur als Hobby. Für Robinson war Baseball spielen nicht wie Briefmarken sammeln oder Modellflugzeuge bauen. Es war sein Leben.

Und es gab so viel zu lernen. Nicht nur, um die Prüfungen zu bestehen, sondern um sich aufs Leben vorzubereiten. Rabbi Hirsch hatte ihm einmal ein jiddisches Sprichwort übersetzt: »Der Ozean ist grenzenlos, und das Lernen hört nie auf.« Wenn er hier so allein am Tisch saß, konnte Michael genau nachvollziehen, was er damit meinte. Er schlug die Worte nach, die er von Rabbi Hirsch an dem langen Abend in ihrer Küche gehört hatte: München, Sudetenland, Piräus, Trujillo, Dominikanische Republik. Außer der Dominikanischen Republik fand er nichts davon in den blauen Büchern. In der Dominikanischen Republik war Columbus begraben, besagte der Eintrag, und sie lag auf derselben Insel wie Haiti, wo man Französisch sprach. Weiter stand zu lesen, dass ein Mann namens Trujillo dort regierte und viel Gutes für sein Land getan hatte.

Er fand auch einen Eintrag über Anton Dvořák, gestorben

1904. Als sein Meisterwerk galt eine Symphonie mit dem Titel »Aus der Neuen Welt«, in der er Musik der Neger und Indianer verarbeitet hatte. Über Mahler und Smetana fand er nichts. Sie waren irgendwo da draußen, in dem grenzenlosen Ozean. Leider konnte er mit dem Gipsbein noch keinen Ausflug zur Bibliothek in der Garibaldi Street wagen, wo es eine wesentlich umfassendere Enzyklopädie gab. Er musste warten. Und seine Zeit für andere Dinge nutzen. Und wenn sie sich dann endlich das Grammofon leisten konnten, würde er sparen, um auch noch »Aus der Neuen Welt« zu kaufen.

Da er nicht allein auf die Straße hinunterging, wurden ihm alle Neuigkeiten durch seine Mutter oder Mrs. Griffin überbracht. Mrs. Griffin kam alle paar Tage vorbei, um mit ihm über Träume zu sprechen. Die schlimmste Nachricht war, dass es im Parkett des Venus gebrannt hatte und der Besitzer das Kino geschlossen hatte. Es gab Gerüchte, die Falcons hätten das Feuer gelegt, weil der Besitzer Tippy Hudnut hinausgeworfen hatte, als der sich vor einem zwölfjährigen Mädchen entblößte. Weder für das Entblößen noch für die Brandstiftung gab es Beweise. Michael stellte sich vor, wie sich alle Leinwandhelden noch einmal versammelten: Gunga Din und Dr. Cyclops, Ken Maynard und Durango Kid, Humphrey Bogart und James Cagney, Bing Crosby und Edward G. Robinson, Tarzan, King Kong, Superman, Masked Marvel und Dick Tracey. Er stellte sich vor, wie sie aus der Leinwand heraustraten, auf Pferden ritten, in Autos herumfuhren, sich von Lianen schwangen und alle von ihrem Publikum Abschied nahmen. Sogar Dracula. Sogar Dr. Frankenstein und sein Monster.

Aber es gab kein Lebewohl. Vom Dach aus konnte Michael die Markise sehen, und er wusste, dass »Geschlossen« darauf stand. Manchmal lag er verschwitzt und müde vom Gewichtheben auf dem Bauch am Dachrand und blickte hinunter auf die Ellison Avenue und seinen verlorenen Sommer. Oft sah er Sonny Montemarano und Jimmy Kabinsky mit anderen Kindern vorbeigehen und schaute zu, wie sie Limonade tranken und Pennies an die Dinerwand warfen und Stickball spielten. Aber sie sahen nie zu ihm herauf, und er machte nicht auf sich aufmerksam.

Manchmal starrte er auch hinauf in die Wolken. Er beobachtete, wie sie sich wie durch Zauberhand veränderten, gigantische Skulpturen im blauen Sommerhimmel. Einmal sah er Winston Churchill dort, samt Zigarre. Er sah CúChullain, der seine Faust gegen die Engländer ballte. Er sah Indianer, die von Klippen spähten, und Soldaten mit Handgranaten. Er sah Pilger, Löwen, Lastwagen, Berge, Frauenkörper, den Glöckner von Notre Dame, riesige Segelschiffe, Tiefseetaucher, Hunde, Iglus, den Pilz der Atombombe. Einmal waren die Wolken an einem Spätnachmittag, als sich die Sonne in Richtung New Jersey senkte, hellgrün und lavendelfarben, und da sah er den Golem.

Riesengroß.

Ohne Gesicht.

Mit ausgestreckten Armen.

Er wartete darauf, gerufen zu werden.

Eines Nachmittags, nachdem er über Dvořák gelesen hatte, versuchte er sich die Symphonie »Aus der Neuen Welt« vorzustellen. Er hatte noch nie auch nur einen Ton daraus gehört, aber er wollte sie sich ausdenken. Also schloss er die Augen und sah Columbus auf dem Atlantik, die Wellen höher als der Schiffsmast, und in der Musik war Gefahr und das Tosen der Wogen, es war eine dunkle Musik voller Angst, denn sie mussten sich zu Tode gefürchtet haben, hier, wo noch niemand vor ihnen gewesen war. Die Angst vor dem Ertrinken. Die Angst vor Seeschlangen. Dann wurde die Musik sanfter. Die Sonne brach durch die Wolken. Das Meer war wie Glas. Und in der Musik war Vogelgesang. Die Vögel kamen vom Land, von Amerika. Jetzt war die Musik fröhlich, voller Sonne und dem dichten grünen Blattwerk des Dschungels. Sie erzählte von dem Klang von Flöten und von den Indianern, die ihnen in ihren Kanus entgegenkamen und sie mit Wasser und Blumen willkommen hießen. Die Neue Welt!

Michael summte diese Fantasiesinfonie, sah die Kämpfe mit den Indianern, Pfeile in der Luft und Blut auf der Erde, sah noch mehr Weiße kommen, mit Farbigen in Ketten, und dann hörte er Trommeln aus Afrika. Und Indianertrommeln, als Cortez Mexiko unterwarf, die Trommeln der Revolution, die Schnarrtrommeln des Bürgerkriegs. *BUM bum bum bum, BUM bum bum bum*, dazu Trompeten für die Schreie. Er erfand Hörner für George Armstrong Custer, der am Little Big Horn fiel und im RKO Grandview wieder auferstand, nur um dort für immer zu sterben. Er erfand laute Ooh- und Aah-Klänge, während das Land sich mit Weizen und Vieh und Schulen füllte, für den Grand Canyon und die Rockies, einen majestätischen Klang, wie in den Cowboyfilmen, wenn die Planwagen das Gelobte Land erreichen oder, wie Rabbi Hirsch es nannte, das Land, wo Milch und Honig fließt. Dem Sonnenuntergang verlieh er eine traurige Färbung, doch der Sonnenaufgang wurde fröhlich, wie Louis Armstrong. Er versuchte sich den Klang der Farbe Rot vorzustellen. Ein *Wuusch* für einen schnellen Fluss und ein Pfeifen für den Zug, der nach Westen tuckerte, dann der Blues, voller Melancholie, Jigs und Reels für die Iren, *»O Sole Mio«* für die Italiener, und als er sich gerade die jüdische Musik vorstellte, kam Bing Crosby, um die Berge zu sehen ... und die Reise endete in Ebbets Field. Die Musik für die Farbe Grün klang wie ein munterer kleiner Schlager.

Er schlug die Augen auf. Vom Schornstein beobachteten ihn

zwei Tauben. Er fragte sich, wie Dvořáks Symphonie wirklich klang, und er schwor sich, wenn er je wirklich in einem Penthouse wohnte, würde er beim Frühstück Dvořák hören.

Die Nachholprüfungen fanden zwei Tage vor dem Baseballspiel in Ebbets Fiels statt. Michael wollte nicht, dass seine Mutter ihn begleitete, aber sie bestand darauf. Allerdings versprach sie, sofort zu gehen, wenn er das Schulgebäude betreten hatte. Sie nahmen die Straßenbahn, und als sie an der Billardhalle vorbeikamen, sah er Skids und den Russen davor stehen. Sie lachten, rauchten und kämmten sich die pomadigen Haartollen. Er sank auf seinen Sitz zurück.

»Ich dachte, sie wären im Gefängnis«, sagte er.

»Das waren sie auch«, antwortete seine Mutter. »Aber man hat sie wieder rausgelassen.«

»Warum?«

Ihr Gesicht war besorgt, aber sie sprach betont gelassen, wahrscheinlich, um ihn vor der Prüfung nicht aufzuregen.

»Der Bezirksstaatsanwalt hat gesagt, du würdest gegen sie aussagen müssen. Sie waren bei mir im Grandview, und ich hab ihnen gesagt, dass du dich kaum an was erinnern kannst. Dass alles viel zu schnell ging. Ich hab ihnen gesagt, ich sei bereit, mit ihnen zu reden, aber sie meinten, alles, was ich ihnen erzählen könnte, wäre Hörensagen. Sie brauchten dich. Ich hab ihnen erklärt, dass sie dich nicht kriegen. Und damit basta.«

Michael erinnerte sich an ihre kalte Wut, als er im Krankenhaus aufgewacht war. Jetzt hatte sie sich verändert. Vielleicht konnte sie nur nicht zulassen, dass ihr Sohn ein Spitzel wurde. Vielleicht hatte sie Angst.

»Es ist schrecklich«, sagte sie. »Dass sie damit davonkommen, meine ich. Aber darüber unterhalten wir uns nach deiner Prüfung.«

»Irgendwann wird man sie drankriegen, Mom.«

»Hoffentlich.«

Fünf Minuten vor zehn setzte sie ihn an der Schule ab, und er humpelte auf seinen Krücken ins Klassenzimmer. Der Raum war leer bis auf Bruder Donard, einen jüngeren Lehrer mit rötlichen Locken. Er sagte Michael, er solle sich einen Platz suchen, dann könnten sie gleich anfangen.

Die Prüfung kam ihm vor wie der Ball an jenem kalten Frühlingsmorgen, als er und Sonny und Jimmy noch Musketiere waren. Dick und fett, berechenbar. Man brauchte nur auszuholen. Vor eins war er mit allem fertig. Bruder Donard warf einen Blick zur Uhr und machte ein überraschtes Gesicht; dann nahm er die Papiere und wünschte Michael einen schönen Sommer. Gleichfalls, erwiderte Michael und schwang sich auf seinen Krücken über den Korridor. Doch plötzlich hielt er inne.

Durch die Doppeltür, die zum Schulhof führte, trat Sonny Montemarano. Auch er hatte Michael gesehen, drehte sich halb um und schien weglaufen zu wollen.

»Sonny! Hey, Sonny, warte mal!«

Sonny machte ein verlegenes Gesicht und blieb stehen.

»Wo warst du?«, fragte Michael. »Was machst du hier?«

»Sommerkurse.«

»In welchem Fach?«

»Ich darf nicht mit dir reden«, entgegnete Sonny und sah sich unruhig nach eventuellen Augenzeugen um. Doch der Korridor war leer.

»Wer sagt das?«

»Alle.«

»Warum?«

»Sie sagen, du bist ’ne Ratte.«

»Das ist Bockmist, Sonny, das weißt du doch genau.«

Sonny schwieg.

»Sonny, man hat die Anklage gegen diese Typen fallen lassen. Ich habe Skids und den Russen gerade vor der Billardhalle gesehen. Und warum sind sie wohl draußen? Weil ich nicht geredet habe.«

»Sie sagen, du hast sie verpfiffen und dann hast du Schiss gekriegt. Das sagen sie.«

»Die Polypen waren bei mir im Krankenhaus, Abbott und Costello höchstpersönlich. Aber ich habe nichts gesagt. Ich schwöre es bei Gott. Geh hin und frag sie.«

»Warum sollte jemand *denen* glauben? Das sind Polypen!«

»Warum sollte jemand den Arschlöchern glauben, die mir das angetan haben? Vier gegen einen – sie haben mich festgehalten, mich verprügelt, und wofür? Sind die Kerle vielleicht Helden? Denen glaubst du eher als mir, Sonny, und du willst mein *Freund* sein?«

Sonny starrte Michael ins Gesicht, dann auf das Gipsbein und schließlich hinaus auf den Schulhof.

»Tut mir Leid, Michael«, sagte er schließlich. »*Ich* glaub nicht, dass du gesungen hast, aber alle anderen glauben es.«

»Dann haben sie alle Unrecht.«

»Aber wir müssen mit ihnen auskommen.«

»Okay«, sagte Michael und ging auf seinen Krücken weiter.

»Hey, Michael«, rief Sonny.

»Spar dir die Mühe, Sonny«, erwiderte Michael. »Ich hab verstanden. Bis dann.«

»Vielleicht können wir später, wenn du den Gips nicht mehr hast, ein bisschen Baseball spielen.«

»Wo? In der Bronx?«

So hinkte er davon, wütend und zutiefst einsam und mit dem Gefühl, dass ein Teil seines Lebens ein für alle Mal vorüber war.

29. Kapitel

Am letzten Dienstag im Juni stand die Sonne hoch am Himmel, eine frische Brise wehte vom Hafen herüber, und endlich war der Tag für das Baseballspiel in Ebbets Field gekommen. Michael und der Rabbi trafen sich am Eingang des Prospect Parks, der Rabbi wie üblich in seinem schwarzen Anzug, dem schwarzen Hut und weißen Socken, Michael in einer Gabardinehose und einem Anorak. Inzwischen kam er auf seinen Krücken ganz flott voran. Sein Gesicht war nicht mehr dunkel und angeschwollen, nur unter den Augen sah man noch Reste der Blutergüsse, und wenn er lachte, taten ihm die Rippen ein bisschen weh. In den Taschen des Anoraks trug er Käsesandwiches von seiner Mutter.

»Wir sollten nehmen ein Taxi«, schlug der Rabbi vor.

»Das kostet zu viel, Rabbi«, entgegnete Michael. »Außerdem komme ich mit den Dingern hier ganz gut zurecht. Und ich brauche Bewegung.«

Von dem Hügel an der Big Meadow sahen sie die Fans, die in Massen über den grünen Rasen herbeiströmten. Alt und Jung, Jung und Alt, zu sechst und zu siebt, dicht hintereinander, bepackt mit Provianttüten und Bier und Limonade. Michael und der Rabbi reihten sich ein. Da sich die Gummistopfen seiner Krücken ins weiche Gras bohrten, musste Michael das Tempo etwas drosseln. Manche Fans trugen Dodgers-Mützen und -T-Shirts, andere Arbeitskleidung. Einige hatten tragbare Radiogeräte dabei, und die Musik dröhnte über die große Wiese und hallte von dem Hügel wider, auf dem sich seit vor der amerikanischen Revolution der Quaker-Friedhof befand. Michael erklärte dem Rabbi, dass George Washington sich durch diesen Park zurückgezogen hatte, nachdem die Schlacht von Long Island verloren war, und der Rabbi sah sich aufmerksam um, als erinnerte er sich an andere Truppen und Rückzüge.

Die kleineren Gruppen trafen sich an dem Pfad, der sich am Swan Lake entlangschlängelte. Auf dem engen Raum wurden die Stimmen abrupt lauter, Musik verschiedenster Herkunft vermischte sich wie beim Karneval. Sie gingen an der Devil's Cave vorbei und über eine Steinbrücke, ließen den Zoo links liegen, dann noch einen See rechter Hand, wo die Bäume höher waren und die Erde dunkler gefärbt. Es gab keine Wegweiser, doch die brauchte auch keiner, denn jeder kannte den Weg nach Ebbets Field.

»In den Beinen wirst du haben große Muskeln wie ein Fußballspieler«, meinte der Rabbi.

»Ich hab noch nie Fußball gespielt«, sagte Michael. »Sie?«

»Heimlich«, gestand der Rabbi. »Mein Vater machte sich zu viele Sorgen, und dann wurde mein Geheimnis entdeckt. Da er hat es verboten.«

Er seufzte und schüttelte den Kopf.

»Mein Vater sagte, Juden spielen nicht Fußball und Rabbis schon gar nicht!«, erklärte er. »Vielleicht er hatte Recht. Aber ich glaube nicht.«

Aus allen Richtungen reihten sich neue Gruppen in den Strom ein, Männer, Jungen und auch ein paar Frauen, aus allen Teilen Brooklyns, als wäre es eine Pilgerfahrt zu einem heiligen Schrein.

»Ich liebe Amerika!«, rief Rabbi Hirsch plötzlich.

Michael grinste.

»Sieh doch! Überall ist Amerika! Siehst du es? Verrückte Menschen kommen zu dem Baseball, um zu sehen Treffer und Schläge und Rhabarber. Schau: Iren und Juden und Italiener und Spanier, alle Arten. Und Polen! Ich höre sie sprechen. Hör zu: Worte von überall. Aus allen Ländern! Alle kommen nach Abbot's Field.«

»*Ebbets* Field«, verbesserte Michael.

»Das ich habe gesagt. Abbot's Field. Sieh dir diese Menschen an, Jungchen. Früh am Morgen unterwegs mit nichts zu tun als zu sehen den Baseball. Was für ein Land.«

»Na ja, es sind Ferien und –«

»Aber die Männer! Sieh dir an die Männer! An einem *Dienstag!* Wie können sie nicht arbeiten? In jedem Land an einem Dienstag man arbeitet!«

»Vielleicht haben sie Nachtschicht. Oder Urlaub.«

»Nein. Nein, es ist – sie sind *Amerikaner.*«

Der Rabbi atmete tief ein, als wollte er alle Düfte dieses strahlenden Morgen in sich aufnehmen. Endlich kam er einmal aus der stickigen Synagoge ins Freie, und er genoss es aus tiefstem Herzen. In seinem schwarzen Anzug schwitzte er stark und musste sich immer wieder mit den Fingern den Schweiß von der Stirn wischen und Halt machen, um sich an einem der steinernen Trinkwasserbrunnen zu laben. Aber er zeigte keinerlei Anzeichen von Müdigkeit.

Hinter zwei großen Steinsäulen verschwanden die Bäume, es wurde heller, man roch brutzelnde Hotdogs und hörte Autohupen. Der Menschenstrom aus dem Park heraus trug sie mit in die Flatbush Avenue. Jetzt gesellte sich ein weiterer Nebenfluss zum großen Strom, ein dunklerer: Hunderte von Schwarzen, manche grauhaarig, korpulent und mit runzligen Gesichtern.

Sie kamen aus Bedford-Stuyvesant, von der U-Bahn-Haltestelle Franklin Avenue. Sie stiegen aus Bussen. Die Älteren von ihnen hatten jahrzehntelang auf einen Morgen wie diesen gewartet. Länger als Michael lebte.

Er betrachtete sie – so viele schwarze Menschen hatte er noch nie auf einmal gesehen. Manche waren schwarz wie Kohle, andere braun wie Schokolade, andere wie Tee mit Milch. Es gab flachgesichtige Neger und Neger mit Hakennasen, Männer mit großen Augen und Männer mit Schlitzaugen, dicke und magere Männer. Manche sahen aus wie Preisboxer und manche wie Lehrer. Alle begrüßten sich mit Witzen und Lachen und Händeschütteln.

»Amerika!«, sagte der Rabbi. »Was für ein Land!«

Und dann waren sie am Ziel: Direkt vor ihnen erhob es sich, weit über den Häusern und den Schirmen der Hotdog-Karren und Zuckerwatte-Stände: das Stadion von Ebbets Field. Dort oben war der Magnet, der all diese Menschen an diesem Sommermorgen so unwiderstehlich anzog. Dort oben war Jackie Robinson.

Michael kam sich ganz unwirklich vor, während er sich mit dem Rabbi durch die Menge drängte. Die Szenerie war wie eine Mischung aus Coney Island, einem Zirkus und dem Tag, an dem der Krieg zu Ende war, aber alles auf einmal. Und Michael mittendrin. Musik dröhnte von den Verkaufsständen. Männer mit Schürzen und Kleingeldautomaten verkauften Programme und Bilder von den Dodgers, Wimpel und Poster. Eine miesepetrige Frau stand neben einem stoffbezogenen Brett voller Anstecker für je 25 Cent.

»Such dir einen aus!«, sagte der Rabbi.

Michael wählte einen mit der Aufschrift ICH BIN FÜR JACKIE.

»Zwei davon!«, bestellte der Rabbi.

Sie befestigten die Anstecker direkt über ihrem Herzen und gingen weiter. Langsam wanderten sie die Sullivan Street entlang und starrten zu der verwitterten Steinfassade empor, die schöner und gigantischer war als alles, was Michael bisher gesehen hatte. Größer als jede Kirche. Er hielt inne, balancierte auf seinen Krücken und genoss den Anblick. Auch der Rabbi blieb stehen. Zusammen blickten sie hinauf zu den Zuschauerrängen und dem blauen Himmel darüber. Wie zwei Pilger standen sie da, während die Menge um sie wogte, und Michael spürte ein Prickeln wie bei der Hochmesse, wenn die Priester einen Gregorianischen Gesang anstimmten und der Altar geheimnisvoll zu leuchten schien.

Dann bogen sie wieder um die Ecke, in die Montgomery Street, und dort war ein weiterer Eingang, *ihr* Eingang. »Programme, hier gibt's Programme!«, rief ein Mann mit durchdringender Stimme. Der Rabbi schob sich die Brille auf die Stirn und betrachtete mit zusammengekniffenen Augen ihre Tickets.

»Das ist der schwere Teil«, meinte er. »Zu finden die Stühle.«

»Die Sitze, Rabbi.«

»Hier, du schaust nach.«

Michael inspizierte die Tickets und ging voran zum Eingang. Ein grauer kleiner Mann mit einer platten Boxernase stand als Kontrolleur am Drehkreuz. Rabbi Hirsch gab ihm die Tickets, er riss sie durch und gab ihnen die Hälfte zurück.

»Hamse viel Spaß, Rabbi«, sagte er kurz angebunden.

Der Rabbi machte ein schockiertes Gesicht.

»Hamse viel Spaß«, wiederholte er, während er kopfschüttelnd hinter Michael das Drehkreuz passierte. Amerika!

Unter der Tribüne musste Michael erst einmal stehen bleiben und den Augenblick auskosten. Tief sog er den kühlen Duft von Erde und Gras ein. Und hatte ein Gefühl von Ehrfurcht.

Ich bin hier, dachte er, ich bin wirklich hier in Ebbets Field. Endlich.

Dann stiegen sie die Rampen empor, immer höher, und die Krücken gruben sich in Michaels Achselhöhlen. Die feuchte, schattige Luft roch hier nach Beton und Metall. Die Platzanweiser schickten sie weiter und immer weiter, bis die Straße tief unter ihnen lag und Michael die Kirchtürme in der endlosen Weite Brooklyns zählen konnte. Allmählich wurde die Menge dünner. Noch einmal wurde es dunkel, Michael spürte einen Kloß im Hals, und dann verschlug es ihm den Atem.

Denn da war es, unter ihnen und um sie herum, grüner als alles, was er je gesehen hatte. Die hellbraune Raute, genau wie in seiner Fantasie. Die weißen Foul-Linien, schnurgerade, wie mit dem Messer eingeritzt. Die Spielerbänke. Und die Tribünen. Aber am allerschönsten war das grüne Gras von Ebbets Field. Einige Spieler tummelten sich bereits auf dem Rasen, warfen Bälle hin und her, sprinteten plötzlich los. Direkt unter Michael und dem Rabbi waren die Pirates. Einen Moment umklammerte der Rabbi das Geländer, als hätte er Angst, das Gleichgewicht zu verlieren und aufs Feld hinunterzustürzen.

»Ist sehr hoch«, meinte er etwas unsicher.

Aber ein Platzanweiser führte sie zu ihrem Abschnitt, und sie fanden ihre Plätze, am Gang, acht Reihen hoch, über der linken Spielfeldhälfte. Der Rabbi nahm ganz außen Platz, die Sitze neben Michael waren noch frei. Hinter ihnen saßen drei Männer mit Gewerkschaftsansteckern an der Mütze. Michael erklärte dem Rabbi, dass das Spiel noch nicht begonnen hatte, sondern dass sich die Spieler der Pittsburgh Pirates nur aufwärmten. Sie verzehrten Kate Devlins Käsesandwiches und kamen sich dabei vor wie Neuankömmlinge im Himmel. Nebenbei sahen sie sich um: Am rechten Feldrand entdeckten sie die berühmte Wand, zwölf Meter darüber die Anzeigentafel, dahinter die Bedford Avenue. Dank Red Barber existierte die Tafel bereits in ihrer Fantasie, aber nun stand sie vor ihnen, war so real wie ihre Sandwiches.

»Ein Old Goldie man kann schlagen über den Zaun?«, erkundigte sich der Rabbi.

Michael bestätigte dies: Ein Old Goldie war ein Schlag über den Zaun. Er zeigte dem Rabbi das berühmte Reklameschild im Centerfield: Abe Stark, ein Herrenausstatter aus der Pitkin Avenue, hatte versprochen, jedem Spieler einen Anzug zu spendieren, der seine Reklametafel mit einem Flyball traf. »Einen Herzanfall der Fielder müsste bekommen, wenn der Ball trifft das Schild«, meinte der Rabbi, und Michael lachte. Es gab auch noch mehr Werbung: für Bulova-Uhren und Van-Heusen-Hemden, für Gem-Rasierklingen und Winthrop-Schuhe, aber Abe Starks Schild war das Einzige, das man im Gedächtnis behielt. Michael erklärte die Entfernungsangaben an der Mauer und das Scoreboard. Aber als er gerade bei der Höhe des Wurfhügels angekommen war, hörte man ein plötzliches scharfes Knacken, und ein Ball segelte vom Homeplate hoch in die oberen Reihen.

Dann wieder ein Knall und der nächste Ball, der nach ganz oben ging. Die Zuschauer johlten.

Und noch einer.

»Herrgott, dieser Kiner hat wahrhaftig 'nen Schlag«, brummte ein Mann hinter ihnen.

»Allerdings«, bestätigte sein Freund.

»Auch wenn's nur Training ist.«

»Das macht er im Spiel auch, der Knabe.«

Ralph Kiner! Letztes Jahr ein Neuling, frisch aus der Navy, jetzt der Jungstar der Pirates. Einen Ball nach dem anderen jagte er hoch in die Zuschauerränge. Einen Moment lang hatte Michael Angst – wenn Kiner das nun mit Ralph Branca, dem Pitcher der Dodgers, machte? Heute mussten die Dodgers gewinnen, er wollte sich nicht sein Leben lang an sein erstes Spiel als Niederlage erinnern. Doch dann sagte er sich dasselbe wie der Mann hinter ihnen: Ist ja bloß Training.

Dann war Kiner fertig, und der nächste Batter trat an. Es gab einigen Jubel, und der Rabbi erkundigte sich, warum man in Brooklyn einen Spieler von Pittsburgh anfeuerte. Der Mann hinter ihnen lieferte die Erklärung.

»Das is' Greenboig.«

Michael erzählte dem Rabbi, dass Hank Greenberg sein Leben lang bei den Detroit Tigers gewesen war und in einem Jahr achtundfünfzig Homeruns erzielt hatte, nur zwei weniger als der legendäre Babe Ruth mit seinen sechzig. Michael wusste über die American League nicht so viel wie über die National League, aber solche Dinge erfuhr er aus der Zeitung. Auch dass Greenberg bei den Luftstreitkräften gewesen war, in Indien oder so, und dass dieses sein erstes und vielleicht letztes Jahr in der National League sein würde.

»Verstehe«, sagte der Rabbi, und erhob sich – so stolz, als wollte er gleich salutieren – und betrachtete die winzige Gestalt von Hank Greenberg. Dieser schlug zwei gerade Bälle gegen die Wand. Dann zwei Pop-ups, hoch und eher ungeschickt. Dann, als der Rabbi sich wieder setzte, einen langen Flyball in die Mitte des Felds. Die Verteidiger von Pittsburgh sahen ihm gespannt nach, und als sie sahen, wohin er flog, traten sie beiseite, nahmen die Kappen ab und verbeugten sich.

Der Ball knallte gegen Abe Starks Schild.

Ein so unglaubliches Gebrüll erhob sich, dass die Tauben vor Schreck vom Dach aufflatterten. Die Zuschauer standen auf, und die Outfielders lachten.

»Er hat getroffen das Schild!«, jubelte auch der Rabbi. »Er hat gewonnen einen Anzug!«

Die Männer hinter ihnen lachten ebenfalls und diskutierten über den Wurf, während das Aufwärmen zu Ende ging und die Pirates vom Feld trabten.

»Die könn' ihm den Anzuch nich geben, das war doch nur Training«, sagte einer.

»Moment mal, Jabbo, wart mal 'n Moment. Guck dir das Schild doch mal an. Steht da vielleicht': ›Triff das Schild, gewinn den Anzuch, bloß nich' beim Aufwärmen‹?«

»Nee, aber die Verteidiger ham auch nich' eingegriffen, Ralph. Die ham den Ball vorbeigelassen, ham nich' mal versucht, ihn abzufangen.«

»Ich sach, Greenboig kricht 'n Anzuch, wetten?«, sagte ein Mann namens Louis.

Die Debatte ging in einem neuerlichen Aufschrei unter, denn jetzt kamen die Dodgers aufs Spielfeld, und alle Zuschauer in Ebbets Field standen auf, um ihnen zuzujubeln. Zwei Schwarze kamen mit Programmen den Gang herauf. Einer war sehr dunkel und trug eine Dodgers-Mütze, der andere eher hell, hatte ein Hawaiihemd an und um den Hals einen Feldstecher hängen.

»'Tschuldigung, dürfen wir mal durch?«, sagte der mit der Mütze. Sie hatten die Plätze drei und vier. Der mit dem Feldstecher saß direkt neben Michael. Als er den Anstecker mit ICH BIN FÜR JACKIE sah, grinste er.

»Prima Tag für Baseball«, meinte er.

»Allerdings«, entgegnete Michael.

»Hamse viel Spaß«, sagte Rabbi Hirsch.

Jetzt erschien noch eine Gruppe von etwa sechs jungen Männern; lachend und schwatzend nahmen sie auf der anderen Seite des Gangs Platz, ein paar Reihen höher als Michael und der Rabbi. Sie trugen T-Shirts mit aufgerollten Ärmeln und enge Hosen mit Schlag. Von ihnen trug keiner eine Mütze, und ihr reichlich mit Vaseline bearbeitetes Haar glänzte in der Sonne. Sie rauchten Zigaretten, und einer hatte eine Flasche in einer Papiertüte dabei. Unwillkürlich musste Michael an die Falcons denken.

Einen Augenblick zog sich sein Magen vor Angst zusammen. Aber dann sah er schnell weg, hinunter aufs Spielfeld. Er war am helllichten Tag in Ebbets Field, nicht in einer dunklen Straße hinter der Fabrik. Die Dodgers nahmen ihre Positionen ein. Heiliger Gott, da kam Pete Reiser! Er war tatsächlich wieder gesund! Furillo stand in der Mitte, Gene Hermanski rechts und Pistol Pete Reiser links. Michael machte den Rabbi auf ihn aufmerksam.

»Er sieht gut aus, Jungchen«, meinte der. »Vielleicht unsere Gebete haben geholfen. Vielleicht er wird holen ein paar Punkte.«

Jetzt waren die verteidigenden Spieler der Dodgers direkt unter ihnen, warfen lässig den Ball hin und her, während der Jubel allmählich verebbte und die Orgel *»Take Me Out to the Ball Game«* spielte. Branca warf dem Fänger Bruce Edwards ein paar Bälle zum Aufwärmen zu. Die Infield-Spieler jagten die Bälle von Eddie Stanky zu Spider Jorgensen auf dem dritten Base, von Jorgensen weiter zu Pee Wee Reese auf Short und von Reese zu Robinson.

»Er sieht klasse aus«, sagte der Mann neben Michael zu seinem Freund und spähte durch seinen Feldstecher. »Entspannt, als hätte er sein Leben lang auf der Position gespielt.«

Dann erklang die Nationalhymne. Die beiden Schwarzen legten die Hand aufs Herz. Die Männer hinter Michael nahmen die Gewerkschaftsmützen vom Kopf, und Michael flüsterte dem Rabbi zu, er solle seinen Hut abnehmen. Die Hymne verklang, der Ruf »Play ball!« ertönte, und das Spiel begann. Branca warf und ließ die beiden ersten Pirates nach einem Groundball aussteigen.

»Der is' gut, der Knabe«, sagte der Gewerkschaftler namens Jabbo. »Sprich 'n Gebet für dein' Landsmann, Ralphie.«

»Lass mal sehn, was der mit Kiner anstellt.«

Kiner schlug den ersten Ball auf die Tribüne. Aber Foul. Das gesamte Stadion stöhnte auf. Michael erläuterte dem Rabbi schnell noch einmal den Foulball, dann machte Kiner einen Strike-Out, und alles applaudierte.

»Hat mir ordentlich Schiss gemacht mit seinem Foulball«, rief der Mann, der Louis hieß. »Dachte schon, der würd' im Prospeck Park landen.«

»Im Prospeck Park oder nich', es war immer noch 'n Foulball gewesen, Louis.«

Reese machte für die Dodgers den Anfang und fabrizierte einen Ground-Out, was Robinson auf den Plan brachte. Brausender Jubel erhob sich. Die beiden Schwarzen sprangen auf und klatschten.

»Dann mal los«, sagte der mit dem Feldstecher.

Den Schläger hoch erhoben, fixierte Robinson den Pitcher. Der erste Wurf traf ihn, und er konnte sich nur schnell umdrehen, dass er ihn wenigstens nur am Rücken erwischte. Die Menge buhte.

»Die verschwenden heut keine Zeit«, bemerkte der Mann mit dem Feldstecher, während Robinson zum ersten Base ging. »Verdammt!«

Von rechts hörten sie eine bellende Stimme. Einer der Halbstarken. In einem schwarzen T-Shirt.

»Schlag ihn nicht auf den Kopf, sonst geht der Ball kaputt!«

Seine Freunde lachten. Der Schwarze mit der Baseballmütze warf ihnen einen kurzen Blick zu.

»Vergiss es, Sam«, meinte der mit dem Feldstecher. »Reg dich bloß nicht auf, ja? Hörst du?«

Rabbi Hirsch starrte gebannt auf das Spielfeld. Hank Greenberg spielte auf dem ersten Base für die Pirates, und anscheinend sprach Robinson gerade mit ihm. »Ich wünsche, ich könnte hören die beiden«, meinte Rabbi Hirsch. »Ich wünsche, ich könnte wissen, was Henry Greenberg sagt zu Jackie Robinson. Einen Brief sollte ich ihm schreiben.« Dann rückte Robinson ein Stück vom ersten Base weg, die Hände locker herabbaumelnd, breitbeinig, auf den Pitcher konzentriert. Der behielt ihn über die Schulter im Auge, ging in die Wurfbewegung, und ehe der Ball auch nur den Handschuh des Fängers berührte, hatte Robinson das zweite Base gestohlen. Das Stadion explodierte förmlich. Das war typisch Robinson, und er erfüllte damit die Erwartungen, die man in ihn setzte. Er wurde von einem Wurf getroffen. Na gut, dann stahl er eben das zweite Base, leck mich, Blödmann.

»Gut so!«, rief der Gewerkschaftler Louis. »So gut wie'n Double!«

»Halt deinen Hut fest, Sam«, meinte der Schwarze mit dem Feldstecher und grinste breit.

Robinson hopste jetzt neben dem zweiten Base herum, mit kleinen Schritten, hellwach, bereit, das nächste Base zu erwischen. Er provozierte den Pitcher, der starrte ihn an und warf schließlich zum ersten Base, während Robinson abrupt wieder auf das Mal zurücktrat. Der Pitcher lieferte Furillo, dem Batter, zwei Fehlwürfe.

»Jackie treibt ihn zum Wahnsinn«, meinte der Mann mit dem Feldstecher. »Er verliert die Kontrolle.«

Noch einmal starrte der Pitcher wütend über die Schulter zu Robinson. Es herrschte Totenstille im Stadion. Der Pitcher warf. Furillo slicete den Ball auf die linke Linie, Robinson rannte um das dritte Base, seine Kappe flog ihm vom Kopf, er legte sich in die Kurve und überquerte das Homeplate in einer Staubwolke.

Ganz Ebbets Field brach in ohrenbetäubenden Jubel aus, Ballons stiegen in den Himmel, und man hörte einen Tusch von der Band in der Nähe des ersten Base. Die beiden Schwarzen lachten und applaudierten. Die Gewerkschaftler Louis, Jabbo und Ralph riefen: »Alles klar!« und »Genau das ham wer gebraucht« und »Hol'n Arzt, da Pitcha is' am Ende!« Michael hatte das Gefühl, im Film zu sein, Rabbi Hirsch tanzte herum, ballte die Fäuste und schwenkte seinen Hut.

»Was für eine Schönheit das ist!«, rief er Michael zu. »Was für eine Schönheit, was für eine Schönheit!«

Der Mann mit dem Feldstecher wandte sich zu Michael und meinte mit einem Blick auf seinen Anstecker: »Du hast ihn noch nie gesehen?«

»Nein, ich bin zum ersten Mal in Ebbets Field.«

»Dann guck doch mal hier durch.« Er reichte Michael den Feldstecher. »Du musst ihn einstellen«, sagte er. »Auf die Buchstaben brauchst du nicht zu achten, ich hab das Glas nämlich 'nem toten Deutschen abgenommen.«

Michael konnte bis zum ersten Base sehen, von dem Furillo jetzt losspurten wollte, bis hinunter zur Spielerbank, wo Burt Shotton in seinem Anzug saß und Robinson allein herumstand, einen Fuß auf der obersten Stufe. Er erkannte sogar den Schmutz auf Robinsons Trikot.

»Danke«, sagte Michael und reichte dem Mann das Glas zurück.

»Du kriegst heute ein großartiges Spiel zu sehen, Junge«, meinte dieser und stellte den Feldstecher wieder für sich selbst ein.

»Stimmt.«

Der Mann sagte ihm, er heiße übrigens Floyd, und stellte seinen Freund, Sam, vor – »Wir waren zusammen in der Army.« Auch Rabbi Hirsch gab den beiden Schwarzen die Hand. »Ist auch mein erstes Mal in Abbot's Field«, erklärte er. »Wie Michael.« Als Hermanski einen Groundball schlug, der zu einem Double Play führte, war das Inning beendet, und ein kollektives Aufatmen ging durch die Menge.

Mitten im zweiten Inning kam Hank Greenberg in den Schlagraum. Ein paar Zuschauer sprangen auf und klatschten, unter ihnen auch Rabbi Hirsch.

»Setz dich, Rabbi, brauchst dich gar nich' so anstrengen mit Klatschen«, erscholl eine Stimme. Es war der junge Mann im schwarzen T-Shirt ... »Der Stinker kann eh nich' mehr schlagen.«

Rabbi Hirsch wandte sich um und setzte sich dann ganz langsam wieder hin.

»Dieses Wort?«, fragte er Michael. »Was bedeutet das?«

»Welches Wort?«

»Stinker.«

»Ach, bloß einer von diesen blöden Ausdrücken.«

»Für Juden?«

»Ja.«

Der Rabbi drehte sich noch einmal um und warf den jungen Männern einen wütenden Blick zu. Sein Gesicht zuckte. Doch dann sah er wieder aufs Spielfeld.

»Na, dann lass den Hebräer mal am Ball riechen, Branca. Da gibt er doch gleich auf«, feuerte dieselbe Stimme jetzt den Pitcher der Dodgers an.

Wieder wandte sich der Rabbi zu Michael; seine gute Laune schien zu schwinden.

»Was heißt am Ball riechen?«

»Dass er ihm den Ball in die Nähe der Nase wirft, so was in der Art.«

»Also glauben sie, wenn der Ball nahe an Hank Greenbergs Kopf kommt, dann gibt er auf? Weil er Jude ist?«

»Das glaubt der Knabe da hinten.«

Greenberg bekam einen Fehlwurf gutgeschrieben.

»Du sagst, Hank Greenberg war ein Held im Krieg. Diese jungen Männer, sie wissen das nicht?«

Floyd hörte, was er sagte, und beugte sich zu ihm.

»Die haben keine Ahnung, Reverend«, sagte er. »Die sind einfach dumm.«

Doch das Großmaul im schwarzen T-Shirt gab nicht auf. »Knall ihm eins vor den Latz, Branca. Lass sehn, wie groß seine Salami is'!«

Ein paar lachten, aber Louis stand auf.

»Hey, warum haltet ihr Kerle nicht das Maul? Ihr beleidigt die Leute hier.«

»Was willste dagegen machen?«, schrie der junge Mann zurück. Wieder lachten seine Kumpel.

»Dir eins auf deine große Klappe geben, Freundchen!«

»Und wer hilft dir dabei?«

Jetzt holte Greenberg aus. Der Ball flog weit und landete außerhalb der Spielfeldbegrenzung. Das ganze Stadion stöhnte erleichtert auf.

»Sein Vetter hat ihn gefangen und gleich verkauft!«, schrie der junge Mann.

Jetzt sprang Rabbi Hirsch auf und drehte sich zu ihm um.

»Bitte! Den Mund halten, bitte! Wir sind in Amerika!«

Die Gruppe begann die ersten Zeilen von *»America the Beautiful«* zu grölen, voller Sarkasmus. Da sie in der Überzahl waren, fühlten sie sich ungeheuer stark.

»Bitte«, wiederholte der Rabbi. »Mund zu!«

Dann bekam Greenberg einen Walk.

»Was hab ich gesagt?«, schrie der junge Mann. »Der alte Itzig kriegt nix mehr gebacken!«

»Na schön, jetzt reicht's, Blödmann«, schrie Louis zurück.

»Leck mich«, konterte der Junge.

Das brachte das Fass zum Überlaufen. Im Nu war Louis über die Bänke gesprungen, hatte den jungen Mann an seinem schwarzen Hemd gepackt und ihm einen Faustschlag verpasst. Die Kumpel des Jungen stürzten sich auf ihn, aber die beiden anderen Gewerkschaftler kamen ihrem Freund zu Hilfe, und bald war die ganze Umgebung auf den Beinen. Floyd und Sam sahen zunächst vorsichtig zu, doch dann warfen sie sich einen kurzen Blick zu. Ohne ein Wort steckte Sam Brille und Armbanduhr in seine Tasche, und Floyd reichte Michael den Feldstecher. Wenn ich mein Gipsbein nicht hätte, wenn ich doch nur auch meine Fäuste schwingen könnte, dachte der Junge ... Inzwischen mischten immer mehr Männer mit. Jabbo schlug einen rothaarigen Kerl zu Boden. Ralph trat einem Braungebrannten in die Eier. Louis hatte das Großmaul noch immer in der Mache und schlug ihm den Kopf auf eine Sitzlehne. Der junge Mann heulte vor Schmerz.

»Ich blute! Verdammt, ich blute!«

»Falsch«, knurrte Louis, »du stirbst.«

Und wieder schlug er ihm den Kopf auf den Sitz. Schließlich sprang auch Rabbi Hirsch auf und wollte eingreifen, aber inzwischen hagelte es von allen Seiten Faustschläge, Tritte und Flüche, und er wurde zurückgeschubst. Seine Brille fiel zu Boden, und als er sie aufheben wollte, fingen zwei der jungen Männer an, auf ihn einzutreten. Michael packte seine Krücken und wollte zu ihm, aber Floyd und Sam drückten ihn auf seinen Platz zurück. »Pass auf unsere Sachen auf«, sagte Floyd, griff sich einen der beiden Kerle, die sich auf Rabbi Hirsch gestürzt hatten, drehte ihn blitzschnell um, sodass er Sam gegenüberstand, und dieser streckte ihn mit einem einzigen Hieb zu Boden. Der andere blickte ängstlich um sich, aber schon landete Floyds Faust in seinem Magen, dass er sich krümmte. Dann bekam er einen Tritt in den Hintern und taumelte die Treppe hinunter.

Plötzlich war alles vorüber. Die sechs Kerle waren erledigt – sie bluteten, stöhnten, wimmerten. Rabbi Hirsch fand endlich seine Brille und blickte verdutzt um sich. Sam und Floyd setzten sich wieder. Die Gewerkschaftler ebenfalls.

»Nich' mal mehr 'n Baseballspiel kann man sich in Ruhe ansehn«, brummte Louis.

»Hey, Louis, willste 'n Hotdog?«, fragte einer seiner Freunde.

Inzwischen war die Polizei eingetroffen, zehn rundliche, rotbackige Iren, ganz in Blau, mit gezückten Schlagstöcken. Rabbi Hirsch stand noch mit weit aufgerissenen Augen da. Einer von ihnen sah erst die zerschundenen jungen Männer an und dann den Rabbi.

»Haben *Sie* das angerichtet?«

»Wenn ich das nur könnte«, meinte der Rabbi.

»Die sind dort langgegangen«, rief einer der Gewerkschaftler. Jetzt lachten Floyd und Sam zum ersten Mal.

»Wer war es denn?«

»Die jüdischen Kriegsveteranen, Officer.«

Die Polizisten hievten die jungen Männer auf die Füße und führten sie ab. Der ganze Bereich applaudierte. Louis stand auf, schwenkte den Hut und verbeugte sich.

»Was für ein Rhabarber!«, rief Rabbi Hirsch, lachte und ballte die Faust. »Was für ein großer wunderbarer gottverdammter Rhabarber!«

30. Kapitel

Am 4. Juli sah sich Michael vom Dach aus das Feuerwerk an. Die Erwachsenen jubelten, der Lärm erinnerte an Artilleriefeuer. Sonny und Jimmy waren nicht da. Sie waren auf der Straße, damit sie glauben konnten, was alle anderen von Michael glaubten.

Auch an den folgenden Tagen hörte Michael das Gelächter der anderen Kinder, das Klatschen des Baseballs, das Auf und Ab hitziger Diskussionen. Aber er gehörte nicht mehr dazu. Seine Welt war auf die Wohnung und das Dach zusammengeschrumpft, auf sein Zimmer und den Keller und die gelegentlichen Ausflüge zum Grandview, wenn seine Mutter dort arbeitete. Im dunklen Kino sah er *Frau ohne Gewissen, Mutterherz* und *Die Wendeltreppe,* stellte sich vor, wie er mit Barbara Stanwyck Pläne schmiedete oder mit Olivia de Havilland durch London tanzte und Dorothy McGuire in einer riesigen Geistervilla beschützte. Aber wenn der Film vorbei war, hatte er immer noch sein Gipsbein und musste auf seinen Krücken heimhumpeln, durch Straßen, die viel gefährlicher waren als die im Film. Bei solchen Gelegenheiten fühlte er sich manchmal wie ein Fünfjähriger, der von seiner Mutter beschützt werden musste.

Allein in der Wohnung, studierte er weiter das *Wunderland*

des Wissens. Wenn er mit seiner Mutter zum Grandview ging, machte er bei der Bibliothek Halt, lieh sich Bücher aus und sah Begriffe nach, die im *Wunderland des Wissens* nicht vorkamen. Er verschlang *Howard Pyle's Book of Pirates, Tom Sawyer* und *Captain Blood.* Aber er konnte diese Fantasieabenteuer nicht mehr mit seinen Freunden teilen, wie er es bisher getan hatte. Er konnte ihnen keine Geschichten mehr erzählen, nicht mehr über die Helden diskutieren, die darin vorkamen, sie nicht mehr in die Realität der Straße eingliedern.

An ein paar Vormittagen, wenn Kate Devlin ebenfalls anwesend war, besuchte ihn Rabbi Hirsch. Sie tranken gemeinsam Tee. Michael und der Rabbi arbeiteten. Manchmal kam auch Mrs. Griffin vorbei, um Michael nach seinen Träumen zu fragen. Sie behandelte den Rabbi mit ausgesuchter Höflichkeit, und auch der Rabbi war ihr gegenüber sehr förmlich. Aber dann musste sich der Rabbi wie ein Spion ungesehen davonschleichen, denn es gab noch immer Menschen, die Hakenkreuze liebten.

Als Michael seine Prüfungsergebnisse bekam, freute er sich zunächst sehr. Er hatte einen Durchschnitt knapp unter der Bestnote. Aber nur seine Mutter feierte mit ihm, mit Keksen aus der Bäckerei und gutem, starkem Tee.

Aber abends hatte Kate höchst unangenehme Neuigkeiten für ihn. Father Heaney verließ Sacred Heart, um eine Stelle in Südamerika anzutreten. Sofort schwand Michaels Freude über seine guten Noten, und er bestürmte seine Mutter, ihn zur Kirche gehen zu lassen, um sich von Father Heaney zu verabschieden. Womöglich ging er in die Dominikanische Republik, wo Rabbi Hirsch Freunde hatte. Ganz bestimmt wollte sich auch Rabbi Hirsch verabschieden. Aber Kate Devlin blieb unerbittlich – solange Michael noch das Gipsbein hatte, war es noch zu gefährlich für ihn, allein durch die Straßen zu gehen. Als sie dann endlich zusammen in der Straßenbahn zur Kirche fuhren, war Father Heaney schon weg. Michael hatte das Gefühl, eine ganze Alliierten-Armee hätte Brooklyn verlassen.

Der Priester war nicht der Einzige, der verschwand. Jeden Samstag sah man jetzt vollgepackte Möbelwagen, die in Richtung Long Island oder Queens davonfuhren. Die Kriegsveteranen machten den Anfang, um mit den Sonderkonditionen der GI-Bill ein Haus mit Vorgarten in einer grünen, sicheren Gegend zu bekommen. An einem solchen Samstag räumte auch Billy Dorian die Wohnung im ersten Stock. Seine Nachfolge übernahm eine Familie namens Corrigan mit drei kleinen Kindern. Dann hörte Michael, dass auch Charlie Senator seinen Job aufgegeben hatte und umgezogen war in eine Stadt, die sich Levittown nannte. Er musste daran denken, wie Senator zusammen mit Father Heaney und den anderen Kriegsveteranen die Hakenkreuze von der Synagoge entfernt hatte. Er fragte sich, wer wohl heute noch den Mut dazu aufbringen würde.

Tag und Nacht schwirrten ihm jiddische Worte und Satzfetzen im Kopf herum. Er arbeitete hart am Alphabet und begrüßte seine Mutter jeden Morgen mit einem *»Wie gehts?«*, worauf sie antwortete: »Auch dir einen wunderschönen guten Morgen.« Er lernte den Unterschied zwischen einem *schlemiel* und einem *schlimasel* und erklärte ihn auch seiner Mutter: Ein *schlemiel* geht in ein Zimmer hinein, verbeugt sich vor dem Gastgeber und wirft dabei eine teure Lampe um; dem *schlimasel* fällt die Lampe auf den Fuß und bricht ihm die Zehen. Harold Stern aus dem ersten Stock war ein langweiliger *schlub*. Tippy Hudnut von den Falcons ein *grobber jung*, gemein und blöd, wie seine Mutter sagen würde. In Casement's Bar gab es viel zu viele betrügerische *gonifs* und kaum große *macher*, die sie doch alle so nötig brauchten. Die Falcons waren eine Bande von *chasernaj,* Abfallfresser. Und die Polizei? Die brachten auch nur *bupkis* zu Stande. Nichts. Null.

Ab der zweiten Juliwoche nahm Michael seine regelmäßigen Besuche bei Rabbi Hirsch in der Synagoge wieder auf. Zunächst nur dienstags (»Donnerstag wir werden machen, wenn dein Bein ist gesund«) und am Samstagmorgen, denn er wollte unbedingt wieder seine Pflichten als Schabbes-Goj übernehmen. Father Heaney hatte zwar einen Messdiener geschickt, der Michael vertreten konnte, aber dieser fuhr jetzt ins Sommerlager. Es gab nur ein Problem: Seine Mutter bestand darauf, ihn zu begleiten, sogar am Samstag, und er kam sich vor wie ein kleines Kind. Als er protestierte und meinte, die Falcons schliefen um diese Zeit am Wochenende noch ihren Bierrausch aus, entgegnete seine Mutter nur: »Und angenommen, sie machen die Nacht durch und sind gerade auf dem Heimweg?« Das nahm ihm den Wind aus den Segeln.

Also ging sie mit ihm. Allerdings machten sie auch zu zweit einen Umweg, um nicht an Unbeatable Joe's vorbei zu müssen, wo die Falcons oft an der Bar standen, und auch nicht am Stickball-Platz in der Collins Street. Michael legte keinen Wert darauf, Sonny Montemarano zu begegnen. Und auch Jimmy Kabinsky hatte er nichts zu sagen.

»Das ist mir wirklich sehr unangenehm«, meinte er eines Morgens, als sie endlich bei der Synagoge ankamen.

Doch seine Mutter antwortete trocken: »Noch mal verprügelt zu werden, wäre bestimmt wesentlich unangenehmer.«

Rabbi Hirsch freute sich immer, ihn zu sehen, und erzählte auch gleich aufgeregt von den Dodgers und Jackie Robinson und wie sehr er sich wünschte, sie könnten Stanley Musial von den Cardinals weglocken. Aber oft schien er bedrückter als vor ihrem gemeinsamen Ausflug nach Ebbets Field. Es war fast, als bereute er, dass er über seine Vergangenheit gesprochen hatte.

Als wäre ihm dadurch endgültig klar geworden, dass er nicht nach Amerika passte. Er sang noch immer bei den Liedern im Radio mit und kannte inzwischen auch den ganzen Text von *»Don't Fence Me In«*, aber manchmal verschleierten sich plötzlich seine Augen. Er hatte das Lied zum ersten Mal gehört, bevor die Hakenkreuze an der Synagoge aufgetaucht waren. Einmal sah ihn Michael zu Leahs Foto hinüberschielen, als wollte er sich dafür entschuldigen, dass er all dieses amerikanische Zeug mitmachte, das sie nie verstehen würde. Allzu oft trat in sein Gesicht der Ausdruck eines Menschen, der einen Schlag erwartet. Von einem Fremden. Von Amerika.

Aber sie hatten auch Spaß zusammen. Michael zeigte dem Rabbi, wie man sich aus einer leeren Chiclets-Schachtel ein Instrument basteln konnte: Man musste das eine Ende aufmachen, die Cellophanhülle aber intakt lassen. Er spielte dem Rabbi darauf *»Don't Fence Me In«* vor, und der Rabbi revanchierte sich mit *»And the Angels Sing«*.

»Endlich«, jubelte er. »Endlich ich bin Ziggy Elman!«

Bei seinem nächsten Besuch brachte Michael eine zweite leere Kaugummischachtel mit, und sie spielten im Duett. Sie versuchten auch eine Melodie von Count Basie, *»Open the Door, Richard«*, aber das klang erbärmlich. Bei *»How Are Things in Glocca Morra?«* waren sie schon wesentlich besser. Als sie mit *»And the Angels Sing«* aufhörten, legte Rabbi Hirsch sogar ein hervorragendes Trompetensolo hin. Sie waren beide der Meinung, dass die gelben Schachteln am besten klangen.

»Auf einem Schofar ich nicht kann spielen eine Melodie, aber auf einer Chiclets-Schachtel ich bin Mozart! Ich bin Ziggy Elman! Mein Instrument!«, sagte der Rabbi und strahlte. »Wenn wir üben fleißig, Jungchen, dann wir kommen womöglich in die Halle von Mr. Carnegie.«

Eines Dienstagnachmittags kam Michael in die Synagoge

und hörte den Rabbi allein auf einer Chiclets-Schachtel spielen. Es war *»And the Angels Sing«*, aber ganz langsam, klagend und melancholisch. Wie die jüdische Musik in den blauen Büchern beschrieben wurde. Aber als der Rabbi Michael entdeckte, wechselte er sofort das Tempo und wurde wieder Ziggy Elman.

»Musik wir bekommen von überall«, sagte er. »Vom Himmel, aus der Luft und sogar aus Kaugummipäckchen.«

Abends konnte Michael nicht einschlafen. Der Gips ließ ihn nicht vergessen, was ihm widerfahren war, und es fiel ihm schwer, sich zu entspannen und bequem zu liegen. Jede Nacht musste er an Sonny und Jimmy denken, und er überlegte sich, ob sie auch jemals an ihn dachten.

Der Sommer wurde wärmer, und Michael versuchte sich auszudenken, wie sein Leben wäre, wenn es an jenem Dezembertag keinen Schneesturm gegeben hätte, wenn sie nicht Schnee geschaufelt hätten und Unbeatable Joe ihnen keinen Dollar gegeben hätte. Wenn sie zu Slowacki's gegangen wären anstatt zu Mister G. Oder wenn sie eine Stunde früher unterwegs gewesen wären. Oder später. Dann wären sie nicht bei Mister G gewesen, als Frankie McCarthy hereinmarschierte, Mister G hätte sich nicht für Sonny eingesetzt, und Michael hätte Frankie McCarthys brutale Tat nicht mit ansehen müssen. Sonny und Jimmy wären nicht weggelaufen. Die Polypen wären nicht gekommen und hätten ihm keine Fragen gestellt. Dann würde ihn jetzt niemand für einen Polizeispitzel halten. Es wäre ein ganz anderer Sommer. Mister G würde immer noch Zeitungen, Zigaretten und Süßigkeiten verkaufen. Michael hätte kein gebrochenes Bein, seine Freunde würden ihn nicht meiden. Sie würden Stickball spielen, endlose Nachmittage lang, oder nach Coney Island an den Strand fahren. Zehn Minuten an einem verschneiten Winternachmittag hatten sein Leben verändert. Es war so gottverdammt unfair.

Eines Abends spazierte er mit seiner Mutter vom Grandview zurück. Sie unterhielten sich über einen Film namens *Bumerang*. Ein Landstreicher wurde verdächtigt, in einer Stadt in Connecticut einen Priester umgebracht zu haben. Die Polizei hielt den Landstreicher für schuldig, und die Presse forderte seine Hinrichtung auf dem elektrischen Stuhl. Aber ein von Dana Andrews gespielter Anwalt bewies, dass der Mann unschuldig war. Doch anders als in allen Filmen, die Michael bisher gesehen hatte, fand Dana Andrews nicht heraus, wer der wirkliche Mörder war.

»So ist das Leben eben manchmal«, sagte Kate Devlin nachdenklich. »Man denkt, man weiß etwas, aber in Wirklichkeit hat man keine Ahnung.«

»Aber das ist eine wahre Geschichte.«

»Das behauptet man. Aber es ist immer noch ein Film, Michael.«

Als sie in die Ellison Avenue einbogen, blieb Michael stocksteif stehen und umklammerte die Griffe seiner Krücken. Fünf Falcons, unter ihnen Tippy Hudnut, Skids und der Russe, kamen direkt auf sie zu. Sie unterhielten sich lautstark und riefen zwei Mädchen auf der anderen Straßenseite nach.

»Komm«, sagte Kate Devlin, legte die Hand auf Michaels Rücken und schob ihn vorwärts. Sie konnten nicht weglaufen, also ging sie geradewegs auf die Bande zu. Trotzig. Und dann wurden die Falcons auf sie aufmerksam. Tippy, dünn und langhaarig, mit tätowierten Armen, grinste und befahl den anderen mit einer Handbewegung, stehen zu bleiben. Seine Kumpel verteilten sich auf der ganzen Breite des Gehwegs. Kate ging auf die Lücke zwischen Tippy und dem stämmigeren Blonden zu, den alle den Russen nannten.

Aber Tippy machte einen Schritt zur Seite und versperrte ihr den Weg.

»Nanu, wer kommt denn da anspaziert?«, meinte Tippy spöttisch. Michael konnte seine Bierfahne riechen.

»Entschuldigung«, sagte Kate und wollte an ihm vorbei.

»Nee, ich entschuldige nicht, Lady.«

Kate sah sich um, aber die Straße war jetzt völlig menschenleer. Sie machte einen Schritt nach rechts, aber Tippy stellte sich ihr wieder in den Weg.

»Das sind doch diese beschissenen Unruhestifter«, grinste der Russe und bleckte seine gelben Zähne.

»Ich lege keinerlei Wert auf Unruhe, junger Mann«, entgegnete Kate.

»Sie mag keine Unruhe«, höhnte der Russe, und die anderen lachten.

»Aber ihr kriegt 'ne Menge Probleme, wenn ihr uns nicht in Ruhe heimgehen lasst.«

»Oh, hört doch bloß: eine Drohung!«, rief Tippy. Seine Augen funkelten, seine Nasenflügel bebten. »Habt ihr Angst, Leute?«

»Oh ja«, antwortete Skids, der Kleinste von ihnen, mit dicken Muskeln unter dem engen T-Shirt und Augenbrauen, die über der Nase zusammengewachsen waren. »Ich glaube, ich mach mir vor Angst gleich in die Hose.«

»'ne Puppe und 'n Waschlappen«, sagte Tippy. »Sehr, sehr gefährlich.«

»Die Puppe sieht nicht mal so übel aus«, sagte der Russe.

»Prima Titten«, sagte Skids.

Kate holte aus und versetzte ihm eine schallende Ohrfeige, aber Skids packte sie blitzschnell an der Bluse und riss sie von oben bis unten auf. Während sie versuchte, die Fetzen einigermaßen zusammenzuhalten, stürzte sich Michael ins Getümmel, die Krücken schwingend. »Ihr Mistkerle, ihr beschissenen Mistkerle!« Skids schubste Kate weg, dass sie nach hinten taumelte, riss Michael eine Krücke aus der Hand, wirbelte sie herum und schlug den Jungen damit auf den Nacken. Dann war auch die andere Krücke weg, Michael stürzte zur Seite, und einer der Falcons begann auf ihn einzutreten. »Polizeispitzel, beschissener kleiner Verräter ...« Michael sah, wie der Russe die Krücken zu Kleinholz zertrampelte. Als er sich mühsam aufzurappeln versuchte, bemerkte er, wie Tippy seiner Mutter die Hand unter den Rock steckte, während Skids sie von hinten umklammerte und ihre Brüste drückte. Sie schrie aus Leibeskräften. »Ihr Schweine, ihr dreckigen Schweine, ihr widerlichen Feiglinge!«

Da endlich öffnete sich ein Fenster, noch eins und noch eins, Stimmen wurden laut: »Hey, ihr Saukerle, macht, dass ihr wegkommt!«

Einer der Falcons brummte:

»Kommt schon, verduften wir!« Dann waren sie verschwunden.

Michael zog sich an einem Laternenpfahl in die Höhe. Sein Nacken schmerzte, seine Seite brannte höllisch. Das Gesicht seiner Mutter war verzerrt vor Wut und Erniedrigung. Mit einer Hand hielt sie ihre Bluse zusammen, die andere legte sie Michael auf die Schulter.

»Hey, Lady, alles in Ordnung?«, rief jemand von oben.

»Wir müssen gehen«, flüsterte Kate ihrem Sohn zu. »Wir müssen weg von hier. Wir müssen weg.«

31. Kapitel

Den ganzen Abend sprach sie kein Wort mehr und auch nicht am nächsten Morgen. Michael stellte ihr Fragen – hatte sie Schmerzen? Wollte sie zum Arzt? Doch sie schüttelte nur zweimal den Kopf. Michael kochte den Frühstückstee. Dann hinkte er hinunter in Teddys Lebensmittelladen, sich mit einer Hand an der Wand und der anderen auf dem Geländer abstützend, und kaufte einen Früchtekuchen für seine Mutter. Ihr Lieblingsgebäck. Sie stocherte mit der Gabel darin herum. Dann erzählte er ihr, er wolle nach dem Heizkessel im Keller sehen. Aber er nahm den Stickball-Schläger aus dem hinteren Korridor als Krücke, verließ das Haus durch die Vordertür und machte sich auf den Weg zur Kelly Street.

Die Gegend erwachte gerade erst, noch hingen Nebelfetzen in den Straßen. Michael nahm den langen Weg durch die MacArthur Avenue, wegen des Stocks ziemlich langsam, aber vorangetrieben von dem Wunsch, Rabbi Hirsch zu alarmieren, ihn zu bitten, mit seiner Mutter zu sprechen. Father Heaney war nicht mehr da. Den Nachbarn wollte Michael nichts von dem Vorfall erzählen, denn womöglich schämte sich seine Mutter vor ihnen. Zur Polizei konnte er nicht gehen. Er brauchte Rabbi Hirsch. Seine sanfte Stimme. Seinen Humor. Seine Klugheit. Endlich bog er in die Kelly Street ein.

Und blieb vor der Synagoge stehen, als hätte er einen Schlag ins Gesicht bekommen.

Jemand hatte mit einem groben Werkzeug, vielleicht mit einem Dosenöffner, ein Hakenkreuz in die Holztür geritzt. Michael hämmerte gegen die Tür, rief Rabbi Hirschs Namen, nahm den Schläger zu Hilfe, um lauter schlagen zu können. Und da sah er ihn.

Er lag im Straßengraben zwischen zwei geparkten Autos. Wie der arme Säufer, der damals im Schneesturm gestorben war. Am Ende der Straße, gegenüber vom Arsenal, dort, wo niemand wohnte.

»Rabbi Hirsch!« So schnell er konnte, hinkte Michael zu ihm hin.

Aber der Rabbi konnte ihm nicht antworten. Sein Gesicht war blutverkrustet. Über dem rechten Auge klaffte eine tiefe Wunde, sein Kiefer hing schlaff herunter, die unteren Zähne waren eingeschlagen. Auf der linken Kopfseite sah Michael eine dicke Schwellung; Blut tröpfelte aus seinem linken Ohr auf den Asphalt.

Michael hob seinen Schläger und schwenkte ihn zum Himmel.

Neeeeeeeein!

Dann sah er plötzlich rot, und er hieb mit dem Schläger auf die Kühlerhauben und Fenster der beiden Autos ein, schlug in die Luft und auf den Boden, fluchte und fletschte die Zähne, hämmerte wieder auf die Autos ein – aber Rabbi Hirsch blieb reglos liegen. Ein Stück weit weg riefen jetzt Leute aus den Fenstern. Aber er heulte weiter wie ein Wolf, wie eine irische Todesfee.

Neeeeeeiiiin!

Ein Krankenwagen und ein Polizeiauto fuhren vor, Kinder und Frauen und die Besitzer der beiden kaputten Autos erschienen. Ein Sanitäter sagte: »Er lebt«, aber als sie Rabbi Hirsch auf einer Trage in den Krankenwagen hoben, hörte Michael, wie einer der Polizisten fragte, ob er das dem Rabbi angetan hätte. Jemand schrie: »Sehnse sich mein Auto an! Wer bezahlt mir mein Auto, scheiße noch mal?« »Ihre Versicherung natürlich, Kumpel«, antwortete der andere Polizist, aber der Mann schrie: »Ich hab aber keine beschissene Versicherung!« Dann war plötzlich Mr. Gallagher da, wohl auf dem Weg zur Arbeit, und sagte zu den Polizisten: »Der Junge hat das nicht getan, er hat mit uns damals die Hakenkreuze weggescheuert, er ist ein guter Junge, und seht mal, er hat ein Gipsbein, und auf seinem Schläger ist kein Blut.«

»Und die Autos hier?«, wandte einer der Polizisten ein. »Wer hat die so zugerichtet?«

»Wenn ihr die Kerle findet, die den Rabbi so zugerichtet haben, dann wisst ihr die Antwort«, entgegnete Mr. Gallagher.

Während sie redeten, füllte sich Michaels Kopf mit Bildern, blutigen, gewalttätigen Bildern. Er stellte sich Tippy und Skids und die übrigen *momser* vor, wie sie stampften und lachten, während einer von ihnen das Hakenkreuz in die Tür ritzte; er stellte sich vor, wie Rabbi Hirsch auf sie losging, genau wie er es in Ebbets Field versucht hatte, wie er dann zwischen die Autos stürzte und Fausthiebe und Tritte und Stockschläge auf ihn herabprasselten. Er wünschte, er wäre da gewesen, zusammen mit seinem Vater und Sticky, dem Hund, mit Father Heaney und Charlie Senator. Das wäre wenigstens ein fairer Kampf gewesen. Er stellte sich vor, wie seine Mutter seinem Vater von dem Vorfall auf der Ellison Avenue berichtete, wie die Kerle sie angefasst hatten. Und wie sein Vater seine M-1 holte und auf die Jagd nach den Falcons ging. Ich wollte, ich könnte das. Ich wollte, ich könnte sie mir vorknöpfen.

Davon sagte er den Polizisten allerdings nichts. Und nachdem Rabbi Hirsch im Krankenwagen war, fuhr Mr. Gallagher Michael nach Hause. »Mach dir keine Sorgen«, sagte er, »die Polente wird die Saukerle schon kriegen.« Michael antwortete nicht.

Als er die Treppen emporstieg, fühlte er sich leer und träge, vollkommen kraftlos. Er umklammerte das Geländer, und nur mit größter Willensanstrengung schaffte er es die letzten Stufen hinauf. Seine Mutter saß an derselben Stelle, wo er sie verlassen hatte, aber plötzlich war ihre eigene Teilnahmslosigkeit wie weggeblasen. Sie sprang auf und lief ihrem Sohn entgegen.

»Jesus, Maria und Joseph! Was ist passiert, Michael?«

Er erzählte ihr alles, unter Tränen und erneut aufflammendem Zorn. Er schlug in die Luft. Er ballte die Fäuste. Er knirschte mit den Zähnen.

»Ich kriege sie!«, rief er. »Ich gehe rüber in die Billardhalle und bringe sie um! Es ist mir egal, was sie mit mir machen! Ich bring sie um, ich bring sie um, ich bring sie um!«

»Nein, Michael«, flüsterte sie und hielt ihn im Arm, bis die Wut verebbte. »Wir gehen weg von hier.«

Dann wandte sie sich ab, verschränkte die Arme vor der Brust und begann zum ersten Mal seit Tommy Devlins Tod lange und voll abgrundtiefer Verzweiflung zu weinen. Das werden sie büßen, dachte Michael. Hier. Auf der Erde, nicht im Fegefeuer oder in der Hölle. Hier.

Und dann fiel ihm ein, was die einzige Möglichkeit war, diese Strafe sicherzustellen.

32. Kapitel

Am nächsten Morgen war Kate Devlin früh auf den Beinen. Michael hörte, wie sie sagte, sie habe bereits einen Arbeitstag verloren und könne sich keinen weiteren leisten, aber das waren leere Worte für ihn. Viel realer war das Bild von Rabbi Hirsch, er sah sein Blut an den Wänden, auf dem Tisch, im Badezimmer – überall. Er hörte seine Mutter sagen, sie müssten sich beeilen, ins Krankenhaus zu kommen, denn heute sollte sein Gips entfernt werden, aber all das Blut überdeckte ihre Worte. Er kaute seine Frühstücksflocken und sah die ausgeschlagenen Zähne, er hörte Radio und sah das rote Rinnsal, das aus dem Ohr des Rabbis tröpfelte. Er drehte den Wasserhahn auf, um sich das Gesicht zu waschen, und sah Blut. Er kämmte sich die Haare und sah die Schwellung auf dem Kopf des Rabbis.

»Ich muss zu ihm«, sagte er. »Ich muss zu Rabbi Hirsch.«

Er hörte, wie seine Mutter sagte, wenn sein Zustand sehr ernst sei, würde man ihn vielleicht nicht zu ihm lassen.

Ihre Stimme schien aus einer großen Entfernung zu kommen. Er hörte sie sagen, sie wolle sich bei ihren Freunden erkundigen, die noch im Wesleyan Hospital arbeiteten. Hörte, wie sie nach tröstlichen Worten suchte.

»Sie haben gesagt, dein Bein wird wieder wie neu«, sagte sie.

»Wenn gebrochene Knochen verheilen, sind sie härter als vorher.«

Michael wollte das gern glauben, er wollte daran glauben, dass sie alle stärker sein würden als vorher, wenn er nur erst seinen Gips los war, wenn seine Mutter den Vorfall überwunden hatte und wenn Rabbi Hirsch wieder gesund war – falls er je wieder gesund wurde! Aber wenn Rabbi Hirsch nun starb?! Das Gesicht des Rabbis ging ihm nicht aus dem Kopf, und alles andere erschien ihm nebensächlich. Ich sitze auf demselben Stuhl, auf dem er an jenem Abend gesessen hat, dachte er. Ich sitze dort, wo er uns seine Geschichte erzählt hat. Er ist hier. Ich muss versuchen, daran zu glauben.

Sie traten in den warmen Morgen hinaus, noch immer langsam wegen Michaels Gips und dem Stickballschläger, auf den er sich stützen musste. Aus einem unsichtbaren Radio hörte man Harry James *»Sleepy Lagoon«* spielen, und Michael überlegte, wie das wohl auf einer Kaugummischachtel klingen würde. Oder auf dem Schofar. Dann sah er wieder Rabbi Hirschs Gesicht: die ausgeschlagenen Zähne, das Blut, die Beule. Versuch an seine Gesundung zu glauben, sagte er sich. Versuch ihn gesund zu machen, indem du daran glaubst.

Vor Casement's Bar saß ein dicker Mann im Unterhemd und fächelte sich mit einer Zeitung Luft zu. Der Asphalt war ganz weich, so heiß war es geworden. Eine einsame Taube segelte träge über die Dächer. Kate nahm Michaels Hand, als sie in die Straßenbahn stiegen, und als sie an der Pearse Street vorbeifuhren, sahen sie Frankie McCarthy.

»Mom, sieh mal dort!«

»Herr des Himmels ...«

McCarthy kam mit ein paar anderen Falcons die Straße heraufgeschlendert, in der Hand eine kleine Leinentasche. Er war zum zweiten Mal aus dem Gefängnis entlassen worden. Sie sahen Tippy und Skids, die lachten und Witze machten. Sie sahen den Russen. Das Frettchen. Frankie McCarthy wirkte stolz wie ein heimkehrender Kriegsveteran. Michael fragte sich, ob die Falcons ihm vielleicht gerade erzählten, was sie mit den Devlins gemacht hatten, mit Mutter und Sohn, und wie sie den Rabbi aus der Kelly Street verprügelten.

»Bleib ruhig sitzen«, hörte er seine Mutter mit kalter Stimme sagen. »Wir fahren gleich weiter.«

Im Krankenhaus verbannte er die Falcons aus seinem Gedächtnis, während die Schwestern ihn und seine Mutter die Korridore entlangführten. Hier ist Rabbi Hirsch auch entlanggekommen, dachte er. Begleitet von aufgeregten Krankenschwestern und Ärzten, die Befehle riefen. Sie kamen zu einem kleinen Zimmer im ersten Stock, und Michael stieg auf eine Trage. Vielleicht hatte Rabbi Hirsch auf derselben gelegen. Vielleicht hatten sie ihn darauf in den Operationssaal gefahren. Ein junger Assistenzarzt in einem grünen Kittel inspizierte Michaels Gips und griff nach der großen Schere.

»Bist du Jude?«, fragte er.

»Nein, Ire.«

»Aber hier steht was auf Hebräisch. Jemand wünscht dir ein langes Leben.«

»Kann ich das Stück aufheben?«, fragte Michael. Das Stück, auf das Rabbi Hirsch geschrieben hatte.

»Klar.«

Dann steckte der Arzt vorsichtig das eine Scherenblatt unter den Gips und begann zu schneiden. Es ging ganz einfach. Was Michael vorgekommen war wie Beton, bestand nur aus Stoff und Gips. Zuerst schnitt der Arzt an der Innenseite von Michaels Bein entlang, dann an der Außenseite, sodass der Verband in zwei Stücke zerfiel. Diese zog er vorsichtig auseinander, und mit einem krachenden Geräusch lösten sich Stoff und Gips vom Bein. Ein penetranter Schweißgeruch erfüllte den Raum. Michaels Haut war weiß und fleckig wie Gras unter einem Stein. Als würden Würmer darauf herumkriechen.

»Kann er darauf laufen?«, fragte Kate.

»Warum nicht?«

»Ohne Krücken?«

»Hey, es sieht doch gut aus«, meinte der Arzt. »Du musst es nur noch röntgen lassen, ehe du gehst.«

»Kann ich das Zeug jetzt gleich abwaschen?«, fragte Michael.

»Klar, hier drin.«

Michael stieg von der Trage und versuchte, sein Gewicht dem verheilten Bein anzuvertrauen. Unter seinem nackten Fuß war der Boden sehr kalt. Es tat nicht weh, aber das Bein fühlte sich schwach und seltsam und sehr leicht an, trotz der Übungen auf dem Dach. Unsicher humpelte er in das kleine Badezimmer, fand Seife und Papierhandtücher und wusch sich Wade, Knöchel und Fuß. Die seifigen Hände auf der Haut fühlten sich glitschig und irgendwie aufregend an. Als er fertig war, ging er wieder hinaus. Jetzt fühlte sich das Bein wesentlich frischer an, aber immer noch nicht ganz so, als gehöre es zu ihm. Der Assistenzarzt war verschwunden. Kate wartete an der Tür, in der Hand eine Socke, einen Schuh und das Stück Gips mit den hebräischen Buchstaben. Sie zwang sich zu einem Lächeln.

»Du hast es ja gehört«, meinte sie. »Es sieht gut aus.«

Nebeneinander gingen sie den Korridor hinunter. Hier ist der Rabbi sicher auch gewesen, dachte Michael. Bestimmt hat man seinen Kopf geröntgt. Der Raum war voller Menschen, Ärzte, Schwestern, Patienten. Während sie warteten, las Kate die Anzeigen im *Brooklyn Eagle* und umrahmte die Wohnungen, die in Frage kamen, mit einem blauen Stift. Sie meint es also ernst, sie gibt auf, sie will weg, dachte Michael. Ich kann es ihr nicht verübeln. Schließlich bin ich derjenige, der davon träumt, auf weißen Pferden über das Fabrikdach zu sausen.

»Du bist der nächste, junger Mann«, rief eine Schwester mit fransigen blonden Haaren. »Nur noch einer vor dir.« Mit ihrer munteren Stimme, die auch zu einer Frau bei der Telefonvermittlung gepasst hätte, fuhr sie, an Kate gewandt, fort: »Danke für Ihre Geduld, Kate, Sie wissen ja, wie es hier zugeht.«

»Allerdings«, antwortete Kate.

»Schwester«, mischte sich Michael ein. »Haben Sie gestern hier einen Rabbi geröngt?«

»Einen Rabbi? Ja, ich glaube schon. Er ist überfallen worden, der arme Mann, stimmt's?«

In diesem Moment rief jemand nach ihr, und das Gespräch war beendet, bevor es richtig angefangen hatte. Er hörte seine Mutter sagen: »Hier ist er in besten Händen, nicht wie in irgendeinem Stadtkrankenhaus. Die sind manchmal regelrechte Metzger.«

Michael wackelte mit den Zehen, massierte Haut und Muskeln, hielt ein Bein neben das andere. Das kaputte war eindeutig dünner. Er wollte hinaus in den Sonnenschein, sein Bein bewegen und es in der Sonne braun werden lassen. Und dann seinen Plan in die Tat umsetzen.

»Mom, ich möchte Rabbi Hirsch besuchen«, sagte er plötzlich. »Er ist bestimmt hier irgendwo, und ich muss ihn sehen.«

Sie sah ihn an, und er merkte, dass sie mit ihrer Geduld am Ende war. Michael spürte, dass sie überlegte, ob der Rabbi vielleicht ein Teil ihrer Probleme war.

»Es ist nicht *seine* Schuld«, fügte er deshalb hinzu. »Er ist ein guter Mensch. Aber die anderen sind das nicht. Das weißt du doch, Mom.«

»Na gut«, lenkte sie ein. »Solange du beim Röntgen bist, versuche ich rauszufinden, wo er liegt.«

Dann war er an der Reihe. Er folgte einer Schwester zum Röntgenzimmer; seine Mutter ging unterdessen auf den Korridor hinaus. Das Röntgen dauerte nur wenige Sekunden. Er fragte auch die dunkelhaarige Schwester, die den Röntgenapparat bediente, nach dem Rabbi. »Ich hatte gestern frei«, antwortete sie nur und rief dann: »Der Nächste, bitte!« Michael musste draußen warten. Seine Mutter war noch nicht wieder da, also setzte er sich in die letzte Reihe, hinter Dutzende von Frauen und Kindern und einige wenige Männer, und seine Wut pochte in ihm wie eine eitrige Wunde. Gottverdammte Krankenschwester. Vielleicht lügt sie. Vielleicht will sie mir nur nicht erzählen, dass sein Schädel gebrochen ist. Vielleicht hat er einen Hirnschaden. Er sah das Blut aus dem Ohr des Rabbis tröpfeln. Er sah die glänzend rote Pfütze auf dem Asphalt.

Endlich kam Kate zurück, aber sie schüttelte den Kopf.

»Er ist oben im siebten Stock«, sagte sie. »Auf der Intensivstation. Du kannst ihn nicht besuchen, Michael.«

»Ich muss ihn aber sehen«, widersprach er. »Ich will nicht, dass er allein ist wie ich.«

»Das weiß ich, Sohn«, erwiderte sie, immer noch etwas gereizt. »Aber er liegt im Koma. Weißt du, was das *heißt*?« Er nickte. »Vor seiner Tür sitzt ein Polizist und sorgt dafür, dass keiner rein kann. Wir müssen wiederkommen, wenn es ihm besser geht. Wenn er aus dem Koma erwacht. Dann bringen wir ihm Früchtekuchen und Eistee.«

Damit war die Sache erledigt. Sie gingen zusammen heim. Michael humpelte noch ein bisschen, aber er verlagerte immer mehr Gewicht auf das verheilte Bein und hoffte, es würde mit jedem Schritt stärker. Inzwischen war es fast Mittag. Die Sonne brannte von einem wolkenlosen Himmel. Blumen verwelkten auf den Ständern vor den Blumenläden. Der Asphalt war noch weicher geworden. Hunde kuschelten sich an kühle Hauswände und hechelten mit herabhängenden rosa Zungen. Kinder saßen im Schatten, lutschten Zitroneneis und tranken rote Limonade. Michael spürte, wie ihm unter dem Hemd der Schweiß über den Rücken lief, langsam und zäh wie Blut. Es ist bestimmt heiß im Krankenhaus, dachte er. Sicher schwitzt Rabbi Hirsch unter den Verbänden. Aber er wird nicht sterben. Daran muss ich glauben. Ich lasse nicht zu, dass er stirbt.

»Was für eine Hitze«, hörte er seine Mutter sagen, als zwinge sie sich, Konversation zu machen.

Er hörte seine eigene Stimme, die mitmachte. »Es soll über dreißig Grad werden, haben sie im Radio gesagt.«

»Für eine solche Hitze sind die Menschen einfach nicht gemacht«, meinte sie. »Wenn es in Irland mal über fünfzehn Grad gibt, denkt man schon, man sei in den Tropen.«

Im Treppenhaus war es kühler als auf der Straße, aber als sie die Stufen erklommen, bekam Michael plötzlich Magengrummeln, und die Hitze wurde drückender. Auf dem ersten Treppenabsatz machte er Halt und legte die Hand auf den Arm seiner Mutter.

»Da oben ist jemand«, sagte er.

Sie horchte. Man hörte das gedämpfte Geräusch einer Klospülung. In der Wohnung der Caputos klirrte ein Topf gegen die Spüle. Bei Mrs. Griffin sang Jo Stafford *»I'll Be Seeing You«.* Aber über ihnen hörte man keine flüsternden Männerstimmen, keine schlurfenden Schritte.

»Komm schon, Michael«, meinte Kate und ging rasch voraus.

Und blieb stehen, als sie auf den zweiten Treppenabsatz kam.

Auf den Stufen dort saßen Sonny Montemarano und Jimmy Kabinsky.

»Hey, Michael«, sagte Sonny.

»Ihr seid mir ja schöne Freunde«, sagte Kate Devlin. »Rückt zur Seite und lasst uns durch.«

Sonny stand auf, um ihr Platz zu machen. Einen Augenblick lang hatte Michael Angst, er würde sie schlagen, und er machte sich zum Angriff bereit.

»Ich kann verstehen, dass Sie sauer auf uns sind, Mrs. Devlin«, meinte Sonny leise. »Aber wir hatten keine andere Wahl.«

»Doch, die hattet ihr«, entgegnete sie und ging wütend weiter. »Wenn ihr ein bisschen Mumm in den Knochen hättet.«

Mit klapperndem Schlüsselbund schloss sie die Wohnungstür auf. Auch Michael wollte sich an Sonny und Jimmy vorbeidrängen.

»Wie geht's dir denn, Mann?«, sagte Jimmy mit beschämtem Gesicht.

»Du kannst mich mal«, flüsterte Michael.

»Wir müssen mit dir reden.«

»Worüber?« Michael ging weiter.

Sonny packte ihn von hinten am Gürtel.

»Über Frankie McCarthy«, sagte Sonny. »Er hat 'ne Knarre.« Michael klammerte sich ans Geländer. Seine Mutter erschien über ihnen an der Tür.

»Alles in Ordnung, Michael?«, fragte sie.

»Ja, Mom. Wir gehen rauf aufs Dach und unterhalten uns ein bisschen.«

»Aber geht nicht so nah an den Rand«, rief sie noch, blickte Sonny und Jimmy verächtlich an und ging wieder in die Küche.

Auf dem Dach lehnten sie sich an die Backsteinmauer. Die Luft war dick, heiß und voller Schornsteinqualm. Schmale Teergerinnsel drangen aus den Säumen der Teerpappe, und ein gelblicher Dunst hing über den Dächern von Brooklyn. Sonny konnte Michael nicht ins Gesicht sehen, aber seine Worte kamen hervorgesprudelt wie ein hektischer Wasserfall.

»Du weißt doch, dass Frankie wieder draußen ist, ja? Sein Anwalt hat irgendeinen beschissenen Richter bequatscht und gesagt, Frankie wäre zu jung, um mit all diesen schlimmen Jungs in der Raymond Street zu sitzen, weil er doch erst siebzehn ist und so, aber auch zu alt für Warwick oder Youth House mit den Kindern. Deshalb haben sie ihn wegen guter Führung gestern rausgelassen. Und als Erstes besorgt er sich eine Knarre von den Schiebern unten in der President Street. Das hab ich von einem Cousin gehört, der da wohnt. Gestern Nacht haben sie sich in der Billardhalle getroffen. Jimmy und ich hocken auf der Feuerleiter am Haus meiner Tante, du weißt schon, beim Venus-Kino. Es ist so beschissen heiß, dass man nichts anderes tun kann. Und da kommen Frankie McCarthy und der übrige Haufen, alle mit Bierdosen natürlich. Setzen sich auf die Stufen vor dem Kino. Das hat zugemacht, weißt du's schon? Die hängen jetzt immer da rum. Direkt unter uns. Und da sehen wir, wie Frankie den anderen die Knarre zeigt.«

»Sah aus wie 'ne 38er«, sagte Jimmy.

»Dann reden sie darüber, dass sie 'ne große Party veranstalten wollen«, sagte Sonny.

»Eine Willkommensparty«, sagte Jimmy.

»Und Frankie sagt: ›Ja, dann sind wir die ganzen beschissenen Leute endlich los, ein für alle Mal.‹«

»Sie haben dich erwähnt«, ergänzte Jimmy, »und deine Mutter auch.«

»Der Russe hat gesagt, sie müssen dafür sorgen, dass alle wissen, was sie draufhaben, sonst nageln die Polypen sie allesamt fest.«

»Und dieser Skids, du weißt schon, der Kleine mit den dicken Muskeln, der sagt, sie müssen mit dir und deiner Mutter das Gleiche machen wie mit dem Rabbi. Als warnendes Beispiel. Und Tippy Hudnut meint, sie sind nicht weit genug gegangen, sie hätten den jüdischen Mistkerl umbringen und die Synagoge niederbrennen sollen.«

»Dann fuchtelt Frankie noch mal mit der Knarre rum«, erzählte Sonny weiter, »und sagt, sie können sich greifen, wen sie wollen, ihn raus an den Gerritsen Beach schleppen oder sonst wohin und ihm die Rübe wegpusten. ›Dieses beschissene Volk hier in der Gegend muss endlich kapieren, dass wir's ernst meinen‹, sagt er. ›Im Knast hab ich 'n Mafia-Knaben kennen gelernt, der hat mir erklärt, wie man's macht.‹«

»Und die ganze Zeit über haben sie gelacht«, fügte Jimmy Kabinsky hinzu.

»Frankie sagt, der Mafioso hat ihm versprochen, er beschafft ihnen jede Menge Arbeit, bei der es jede Menge Geld zu holen gibt«, machte Sonny weiter. »Autodiebstähle, Leute zusammenschlagen für die Kredithaie, Kneipenbesitzer dazu bringen, Schutzgeld zu blechen. Weißt du, die Bars, die Läden, wenn die nicht spuren, dann schlägst du die Scheiben ein, brennst den Laden nieder, nimmst mit, was du brauchen kannst, schmeißt die Regale um oder was auch immer. Sie könnten 'n Haufen Geld machen, sagt Frankie. ›Aber man muss ihnen ordentlich Angst einjagen, damit es funktioniert‹, sagt er.«

»Diese Willkommensparty soll Freitagabend steigen«, berichtete jetzt wieder Jimmy. »In der Billardhalle. Damit alle wissen, dass er zurück ist. Um zu zeigen, dass die Polypen ihnen nichts anhaben können. Eine große Party, mit einem Schild und allem, ein Leck-mich für die Gegend. Alle sollen es wissen. Saufen und bumsen.«

»Dann wollen sie sich dich vornehmen. Und deine Mutter.«

»Die Synagoge niederbrennen.«

»Sich die Jungs schnappen, die damals die Synagoge sauber gemacht haben.«

»Alles in einer Nacht«, sagte Sonny.

»Herr des Himmels«, sagte Michael.

Er wandte sich ab und sah hinüber zum Dach der Fabrik. Die harten Umrisse des Backsteingebäudes flimmerten in der Hitze. Er konnte das weiße Pferd nicht sehen. Er holte tief Luft, atmete langsam aus und wandte sich den beiden wieder zu.

»Warum habt ihr mir das alles erzählt?«

Sonny sah richtig aufgelöst aus, Tränen standen in seinen Augen.

»Wir wollen nicht, dass dir noch mal was Schlimmes zustößt, Michael.«

»Du bist immer noch unser Freund«, sagte Jimmy. »Auch wenn du dich mit dem Rabbi zusammengetan hast, statt unseren Schatz zu suchen.«

»Ich hab den Schatz längst gefunden, Jimmy.«

»Ehrlich?«

Michael tippte sich mit dem Finger an die Schläfe. »Er ist hier oben.«

Er wollte gehen, aber Sonny packte ihn am Arm, noch immer zutiefst aufgewühlt.

»Es tut mir Leid, Mann«, sagte er und umarmte Michael.

»Mir auch«, sagte Michael und machte sich los.

33. Kapitel

Nach einem frühen Abendessen ging Michael in sein Zimmer. Das Fenster stand offen; es war ein schwüler Augustabend. Er konnte nicht länger warten, er musste endlich etwas unternehmen, um Rabbi Hirsch das Leben zu retten. Um jemanden für all das Blutvergießen bezahlen zu lassen. Von der Feuerleiter sah er seine Mutter mit raschen Schritten die Ellison Avenue entlanggehen; sie ging zum zum Grandview, und aus dieser Höhe sah sie klein und verletzlich aus. Vorhin hatte sie ihm voller Hoffnung von einer Wohnung in Sunset Park erzählt, mit einem Garten, in dem sie Geranien und Rosen pflanzen konnte. Sie hatte schon mit dem Geschäftsführer des Grandview gesprochen, er hatte Verständnis dafür gezeigt, dass sie umziehen wollte, und war bereit, ihr zu helfen, in einem RKO-Theater in Bay Bridge eine Stelle zu finden. Das alles hatte Michael gehört, auch, dass seine Mutter sicher war, sie könne sich bei der Dime Savings Bank Geld für den Umzug leihen.

»Wir müssen weg von hier«, hatte sie gesagt. »Hier grassiert eine üble Seuche, vor der müssen wir fliehen.«

Aber er dachte immerzu an Rabbi Hirsch im Straßengraben, an die Falcons, wie sie sich in jener Nacht auf ihn und seine Mutter gestürzt hatten, wie Skids ihre Bluse zerrissen und Tippy unter ihren Rock gefasst hatte, wie seine Krücken zu Bruch gegangen waren. Sie erklärte ihm, wie man das Geschirr am besten einpackte, und Michael sah, wie Frankie McCarthy die Kasse über dem gestürzten Mister G in die Höhe wuchtete. Sie sprach davon, dass sie in zehn Tagen umziehen wollten, damit er rechtzeitig zum neuen Schuljahr in die katholische Schule in Bay Ridge kam, und er sah Frankie McCarthys Messer in der kalten Dunkelheit hinter dem Venus-Kino aufblitzen. Er dachte an den verlorenen Sommer und seine verlorenen Freunde, während Kate das Beste aus dem bevorstehenden Umzug zu machen versuchte.

»Vielleicht ist es gut, wenn du mal in eine andere Umgebung kommst«, sagte sie, »du hast immer nur hier gewohnt.«

Stimmt nicht, dachte er. Ich kenne Prag. Ich bin durch neblige Straßen gegangen und durch geheime Gänge, ich habe zweiköpfige Alligatoren gesehen und Einhörner, Engel, die einen Palast aus einer fernen Stadt herbeitrugen. Ich habe Kirchtürme gesehen, die sich in die Luft erhoben. Ich habe gesehen, wie sich Steine in Rosen verwandelten.

Dann fragte sie ihn, wen er von hier überhaupt vermissen würde, und er antwortete: »Rabbi Hirsch. Er ist mein einziger Freund.«

»Na, wir gehen ja nicht nach Kalifornien«, entgegnete sie. »Du kannst ihn besuchen. Er kann uns besuchen.«

Und er dachte: Nicht, wenn Frankie McCarthy den Bezirk übernimmt. Nicht, wenn Rabbi Hirsch stirbt.

Er wartete, bis es dunkel war, und verriegelte dann die Tür hinter sich. Er stieg aufs Dach und ging den ganzen Block dort oben entlang bis zur offenen Tür von Pearse Street 290. Dann schlich er lautlos auf seinen Turnschuhen die Treppen des Gebäudes hinunter in die Vorhalle. Als er sich vergewissert hatte, dass niemand ihn beobachtete, flitzte er auf die Straße. Inzwischen war sein Bein viel stärker geworden. Er drückte sich an den Hauswänden entlang, duckte sich immer wieder in dunkle Eingänge, versuchte sich an *Rue Madeleine 13* zu erinnern und arbeitete sich so die Ellison Avenue in Richtung Krankenhaus vor. Wenn er an einer Bar vorbeikam, wandte er das Gesicht ab, damit ihn niemand erkannte. Sein Körper war gespannt wie ein Flitzebogen. Ich bin ein Spion, dachte er. Ein Spion in meinem eigenen Land.

Das helle, saubere Foyer des Brooklyn Wesleyan Hospitals war voller Besucher. Etwa ein Dutzend Leute wartete vor einem Schreibtisch auf eine Besuchsgenehmigung, aber Michael versuchte gar nicht erst, eine zu bekommen.

Als eine Gruppe von Besuchern sich zum Aufzug begab, schloss Michael sich ihnen einfach an. Die meisten hatten Blumen oder Eis oder Bücher dabei, viele machten besorgte Gesichter, aber ein rundlicher Mann spielte den Warenhaus-Liftbegleiter und rief: »Fünfter Stock, Damenwäsche, Haushaltwaren, Gummientchen ...« Damit war die Spannung durchbrochen. Drei ältere Frauen lachten, und Michael hätte gern mitgelacht, als er mit ein paar anderen im siebten Stock ausstieg.

Er fand Rabbi Hirsch in Zimmer 709.

Er lag im Halbdunkel, und Michael hätte ihn fast nicht erkannt. Um seinen Kopf war ein dicker Verband gewickelt, sein Gesicht war geschwollen und entstellt. Die Unterlippe war aufgeplatzt, und anstelle der Zähne gähnte ein schwarzes Loch. Ein Arm steckte von den Fingern bis zur Schulter in Gips. Aus Gummischläuchen tropfte eine Flüssigkeit in seinen anderen Arm. Seine Augen waren geschlossen. Diese Mistkerle hatten ihn entsetzlich verunstaltet.

So etwas kommt nicht wieder vor, dachte Michael.

Er beugte sich ganz nahe an das rechte Ohr des Rabbis.

»Rabbi Hirsch«, flüsterte er, »ich bin's. Michael Devlin.«

Die Augenlider des Rabbis zuckten und öffneten sich einen Spaltbreit.

»Michael«, sagte er leise. Er atmete schwer und versuchte zu lächeln. »Jungchen.«

Die Augen schlossen sich wieder, als hätte ihn diese Anstrengung erschöpft. Michael hielt seine kalte Hand in der seinen.

»Geh lieber«, krächzte der Rabbi. »Ist gefährlich.«

»Ich weiß«, entgegnete Michael. »Aber wir müssen etwas unternehmen. Wir dürfen nicht zulassen, dass sie gewinnen.«

Er erzählte dem Rabbi, was er erfahren hatte, was seiner Mutter und ihm zugestoßen war und was ihnen noch bevorstand. Er berichtete von der Pistole. Von dem, was Frankie McCarthy mit der Synagoge plante. Dass Father Heaney nach Südamerika gegangen und Charlie Senator weggezogen war. All das erzählte er dem Rabbi, ohne genau zu wissen, ob dieser ihn überhaupt hörte. Seine Augen blieben geschlossen, das entstellte Gesicht war regungslos. Sein Atem ging schwer und flach. Einen Augenblick überlegte Michael, ob er eine Schwester rufen sollte, selbst wenn diese ihn hinauswarf. Doch dann schlug der Rabbi die Augen auf und sah Michael direkt ins Gesicht.

»Wir müssen etwas unternehmen«, sagte Michael.

Ohne Worte fragte ihn der Rabbi: Und was?

Michael beugte sich noch näher an sein Ohr. »Sagen Sie mir den geheimen Namen Gottes«, flüsterte er.

Die Augen des Rabbis weiteten sich.

34. Kapitel

Früh am Donnerstagmorgen ging Michael in den Park, einen kleinen verrosteten Spaten in einer alten leinenen Umhängetasche des *Brooklyn Eagle* hatte er bei sich. Beides war im Keller neben dem Heizkessel gelegen. Seine Mutter schlief noch in der drückenden Augusthitze, und er hatte ihr eine Nachricht hinterlassen, er sei in die Kirche gegangen. Eine kleine Lüge, aber je weniger sie von seinem Vorhaben wusste, desto besser.

Es war fast acht Uhr, und die Hitze hatte die Stadt bereits fest im Griff. Ein Wassersprüher fuhr langsam die Pearse Street hoch. Sobald das Wasser mit dem weichen Asphalt in Berührung kam, füllte sich die trübe Luft mit Dampf.

Am Parkeingang saß ein grauhaariger Mann in Khakishorts auf einer Bank, neben sich ein tragbares Radio und eine Literflasche Bier. Auf seiner Haut sah man Schweißtropfen, aber er achtete nicht darauf, dass der Nachrichtensprecher Temperaturen um fünfunddreißig Grad vorhersagte und hinzufügte, es sei kein Ende der Hitzewelle in Sicht. Regungslos saß er da, als tröstete ihn der durchdringende, erdige Geruch, der von dem noch halbschlummernden Park aufstieg.

Mit raschen Schritten marschierte Michael über die feuchten Wiesen zu dem Hügel, auf dem der Quaker-Friedhof lag. Ein paar Männer schliefen auf dem Gras, umgeben von leeren Bierdosen. Eine Frau führte einen kleinen Hund aus. Die Ballspielplätze waren leer. Am Himmel zogen träge Wolken dahin, ohne eine bestimmte Form anzunehmen.

Michael eilte mit seiner Leinentasche über der Schulter weiter. Er überquerte den Reitweg, auf dem an Sommernachmittagen Männer und Frauen auf gemieteten Pferden entlangritten. Er sah zwei Jungen mit Angelruten unterwegs zum Big Lake. An einem Trinkbrunnen machte er Halt und erfrischte sich; als die Jungen hinter einer Anhöhe verschwunden waren, ging er weiter.

Er kam in den Wald. Hier war es kühler, die Bäume waren höher, und ihr dichtes Blattwerk hielt die Sonne ab. Er stieg höher und höher und atmete tief den Duft von Erde und vermodernden Blättern ein. Dann sah er zurück. An dieser Stelle war er vor allen Blicken geschützt. Kein Polizist würde ihn entdecken. Keine Falcons. Niemand. Kinder kamen kaum je hierher, denn die alten Gräber und Steine hinter dem Eisenzaun waren den meisten zu unheimlich. Seine Mutter hatte ihm einmal erklärt, dass der Friedhof schon vor dem Bürgerkrieg hier gewesen war, und als der Park angelegt wurde, erlaubte man den Quakern, ihren Friedhof für immer zu behalten. Manchmal veranstalteten die Jungen in Nebelnächten Mutproben, kletterten über den Zaun und wanderten zwischen den Gräbern umher. Michael hatte nie mitgemacht.

Jetzt wandte er den Gräbern den Rücken zu und fand einen freien Platz unter einer riesigen Ulme. Er scharrte den dünnen Teppich aus toten Blättern weg und begann zu graben. Die Erde war schwer und schwarz. Nach Rabbi Hirschs Anweisung entfernte er Zweige und Steine, denn sie musste sauber sein. Als die Tasche voll war, machte er eine Pause und atmete tief durch. Dann legte er den Spaten oben auf die Tasche und schwang sie über die Schulter. Sein gerade erst verheiltes Bein knickte unter der Last zusammen, tat aber nicht weh. Er rückte den Trageriemen zurecht und machte sich auf den Weg hügelabwärts. Er würde es schaffen.

Jetzt nahm er eine andere Route über die Wiese und hielt etwa alle fünfzig Meter inne, um die Tasche auf die jeweils andere Schulter zu wechseln. Er verließ den Park am Ausgang zur Pritchard Street.

Inzwischen waren die Straßen wesentlich belebter. Ein Mann mit Gummischrubber und Eimer putzte die Schaukästen des Sanders-Theater. Noch mehr Kinder kamen mit Angelruten in den Park. Niemand nahm von Michael Notiz.

Er ging die Kelly Street entlang. Seine Schultern taten weh. Beim Arsenal wartete er, bis er sicher war, dass niemand ihn beobachtete. Er zog aus der Tasche den Schlüssel, den er im Krankenhaus geholt hatte, und lief zum Seiteneingang der Synagoge. Er schloss auf, schlüpfte hinein und schloss die Tür hinter sich.

Eine Weile stand er im dunklen Vorraum, entschied sich dann aber, das Licht nicht anzumachen. Die Polizei wusste, dass Rabbi Hirsch im Krankenhaus lag; wenn die Streifenpolypen das Licht entdeckten, kamen sie womöglich herein und fanden ihn. Aber er wollte sie nicht sehen. Es war zu spät für sie, für alle.

Entschlossen ging er die drei Stufen hinauf und betrat die kleine Wohnung des Rabbis. Er stellte die Tasche ab und schob im Halbdunkel ein paar Bücher auf dem oberen Bord, hinter dem Radio und Leahs Foto, zur Seite. Dort fand er den zweiten Schlüssel. Er war etwa zehn Zentimeter lang, aus massivem Eisen und hing an einem bemalten Holzstöckchen.

Mit diesem Schlüssel öffnete Michael die schwere Eichentür in der Ecke des Zimmers. In seiner Anwesenheit hatte Rabbi Hirsch sie bisher nie aufgeschlossen, und zuerst wollte sie sich auch nicht öffnen lassen. Er musste seine ganze Kraft aufbieten, bis sie sich endlich auf quietschenden Angeln bewegte und den Blick auf eine staubige Treppe freigab, die steil ins Dunkel emporführte.

Mit klopfendem Herzen stieg Michael hinauf und tastete sich immer weiter vor. Einen Moment zog er in Erwägung, umzukehren, doch dann fand er den Griff einer weiteren Tür. Er drehte den Knauf und stemmte sich dagegen.

Vor ihm lag ein riesiger, hoher Raum; das Licht fiel durch die farbigen Glasfenster, teils bunt, teils grell, wo Scheiben fehlten. Endlich stand er in dem verlassenen Heiligtum, und eine Weile blieb er ehrfürchtig stehen. Der untere Gebetsraum der Synagoge glich dem in Sacred Heart: niedrig, schmucklos, staubig, Gebetbücher auf den Bänken. Aber hier war es, als beträte er einen geheimen Raum in einer verlorenen Stadt.

Vorsichtig ging er an der Wand entlang, stieg über abgebröckelten Putz, bunte Glasscherben und Steine, die wahrscheinlich durch die Fenster geworfen worden waren. Er zählte einundzwanzig Bankreihen. Auf jeder lagen Gebetbücher, teilweise von Ratten angenagt. Dicke Spinnweben zogen sich von den Bänken zum Boden. Im Marmorbogen des zweiflügligen Eingangstores waren die Worte KHAL ADAS JESHURUN eingeritzt. Der Balkon darüber ähnelte der Chor-Empore in Sacred Heart, nur war sie etwas kleiner.

Michael stand da und versuchte sich vorzustellen, wie es hier ausgesehen hatte, damals, als alle Plätze besetzt gewesen waren. Hier hatten sich die Gläubigen versammelt, erwartungsvoll und andächtig. Im schwachen Licht sah er am anderen Ende des Raums den Schrein, in dem die Thora aufbewahrt worden war. Er war riesig, vier- oder fünfmal so groß wie der im unteren Raum. Hinter den gläsernen Kerzenleuchtern sah er das *ner tamid,* das ewige Licht, von der Decke hängen, doch die Kerze brannte nicht mehr. Und im Zentrum war die *bimah,* das Rednerpult.

Und in dieser trostlosen Leere, aus der selbst Gott sich zurückgezogen zu haben schien, begann Michael plötzlich zu weinen.

Er weinte um Rabbi Hirsch mit seinem entstellten Gesicht, seinen Wanderungen und seinem bodenlosen Schmerz. Er weinte um Leah Yaretzky. Er weinte um Sonny und Jimmy. Er weinte um Mister G. Er weinte um die abgemagerten Menschen, die er in den Wochenschauen gesehen hatte, die mit toten Augen durch den Stacheldraht starrten. Er weinte um seine Mutter, die einen Ozean überquert hatte, um dem Hass zu entfliehen, und feststellen musste, dass er ihr gefolgt war wie ein hungriger Wolf. Er weinte um Father Heaney und Charlie Senator. Er weinte um die Menschen, die an diesen heiligen Ort gekommen waren, um zu feiern, dass sie noch lebten, dass sie Glück gehabt hatten, und die irgendwann weitergezogen waren.

Und dann weinte er um seinen Vater, der nie mehr auf dem Balkon eines Kinos sitzen würde, der im Schnee von Belgien geblieben war und der die Erinnerung an einen Walzer auf dem Parkett der Webster Hall mit sich genommen hatte. In der Tasche ein Bild von seiner Frau. Und vielleicht von mir. Oh, Daddy. Dad, bitte hilf mir jetzt.

Seine Knie gaben nach, er sank neben einer Bank nieder und saß weinend auf dem schmutzigen Boden.

Er weinte, bis er keine Tränen mehr hatte.

Irgendwann stand er auf und rief sich ins Gedächtnis, wie viel Arbeit er noch vor sich hatte. Arbeit, die nur er allein bewerkstelligen konnte. Morgen bei Sonnenuntergang begann der Sabbat. Und Frankie McCarthys Party.

Er ging zur *bimah.* Die Plattform war mit einem dunkelvioletten Tuch voller Gips- und Wasserflecken bedeckt. Er zog es beiseite und sah die hölzerne Klappe, die der Rabbi ihm vom Krankenbett aus beschrieben hatte und in deren Holz ein eiserner Griff eingelassen war. Er zog daran, und die Klappe öffnete sich. Unter ihm in der Dunkelheit sah er einen langen, tiefen, gekachelten Gegenstand, der einem Waschbecken ähnelte samt Wasserhahn und Abfluss. Auf dem Boden des Beckens stand ein hölzerner Kasten, geformt wie ein Sarg. Gut einen halben Meter lang und von einer groben Schnur umwickelt. Michaels Haut prickelte. »Es ist wahr«, sagte er laut. »Es ist wahr.« Der Kasten, den einst Rabbi Loew in der Hand gehabt hatte, war von Boten aus Prag nach Palästina gebracht und hier in Brooklyn untergestellt worden. Und stand jetzt vor ihm. Er hielt sich am Geländer der *bimah* fest, um das Gleichgewicht nicht zu verlieren, und bückte sich dann nach dem Kasten. Für seine Größe war er sehr schwer. Michael stellte ihn auf den Rand der *bimah*.

Da bemerkte er, dass die Schnur fast neu aussah. Die Kiste hatte seit Jahrhunderten auf einem staubigen Dachspeicher gestanden, aber jemand hatte sie vor nicht allzu langer Zeit geöffnet. Um den Deckel herum waren im Abstand von etwa sieben Zentimetern kleine Vertiefungen zu erkennen, als hätte jemand versucht, mit einem Splitthammer Nägel herauszuziehen. Unter dem Deckel waren die glatten Seiten der Kiste an ein paar Stellen rau, vielleicht von einem Schraubenzieher oder einem flachen Spachtel. In seiner Fantasie sah Michael, wie Rabbi Hirsch verzweifelt auf die Knie fiel, weil er nicht schaffte, was er sich vorgenommen hatte, während die Nazis durch Prag marschierten. Ich muss beten, dachte Michael, ich muss beten, damit nicht auch ich scheitere. Er entknotete die Schnur, entfernte sie und starrte den Kasten einen Augenblick lang an. Dann hob er den Deckel. Und der Geruch des Nebels von Prag schlug ihm entgegen.

Auf einem Stück verschlissenem Brokat lag der Silberlöffel. Er war ein wenig angelaufen, aber Michael sah die hebräischen Buchstaben auf dem Stiel und fühlte dasselbe unheimliche Schaudern, das Rabbi Loew gefühlt haben musste, als Kaiser Rudolf ihm den Löffel aushändigte. Daneben lag in einer kleinen Keramikdose ein zusammengefaltetes Stück Pergament. Der *shem.* Sie sind da, dachte Michael, genau wie Rabbi Hirsch es mir zugeflüstert hat. Nach ihren langen Irrfahrten sind sie hier zur Ruhe gekommen. In diesem verlassenen Raum haben sie gewartet, bis man sie braucht. Bis ich sie brauche.

Michael nahm den langstieligen Löffel; er wog mindestens drei Pfund. Mit zitternder Hand strich er über die Buchstaben und fühlte sich plötzlich eins mit der Vergangenheit. Ich bin so alt wie die Welt, dachte er. Ich habe unendlich viel gesehen. Am liebsten hätte er in tausend Sprachen gebetet, um diesem namenlosen Gefühl der Verbundenheit Ausdruck zu verleihen, einer Verbundenheit mit dem namenlosen Mann, der an einem namenlosen Ort jenseits der Ozeane diese Worte eingraviert hatte. Er versuchte sich sein Gesicht vorzustellen. Er wollte einen Namen erfinden. Aber ihm fiel keiner ein, und der Löffel bebte in seiner Hand. Diese Buchstaben sind nicht von Menschenhand geschaffen, dachte er. Diese Buchstaben stammen von Gott.

Mit beiden Händen umfasste er den Löffel und hielt ihn hoch wie eine Opfergabe, streckte ihn hinüber zu dem leeren Schrein und dem erloschenen ewigen Licht.

35. Kapitel

Im Lauf des langen schwülheißen Tages stieg Michael noch neunmal auf den Hügel neben dem Quaker-Friedhof. Gegen zwei ging er heim, um seiner Mutter zu versichern, dass mit ihm alles in Ordnung war. Er aß ein gegrilltes Käsesandwich zu Mittag und spülte es mit Eistee hinunter. Seine Mutter wollte sich vor der Arbeit noch einmal die Wohnung in Sunset Park ansehen, und nachdem sie weg war, lief Michael gleich wieder in den Park. Es war schon dunkel, als er die letzte Ladung Erde in die Synagoge schleppte.

Er schüttete alles in ein langes flaches Becken und drückte die Erde mit den Händen fest. Danach setzte er sich auf eine staubige Bank. Er war so müde, dass er sich vorkam wie unter Wasser. Ich muss schlafen, dachte er. Nur eine Stunde, auf irgendeiner leeren Bank. Nur ein bisschen ausruhen. Nur zehn Minuten. Fünf. Aber dann stellte er sich vor, wie er in der grauen Morgendämmerung erwachte, wie seine Mutter in Panik geriet und die Polizei den ganzen Bezirk nach ihm absuchte. Das durfte nicht passieren. Nein. Er stand auf, klatschte sich ein paarmal auf die Wangen, um wach zu werden, und dachte an Rabbi Hirschs aufgeschwollenes Gesicht. Nein, ich muss zu Hause schlafen. In meinem eigenen Bett. Ich muss stark und ausgeruht sein.

Inzwischen war es sehr dunkel, nur der Mond erleuchtete den verlassenen Raum. Michael sah nach dem *shem,* der in der Keramikdose wartete. Der Löffel lag unter einer Bank versteckt. Alles ist bereit, dachte er. Aber jetzt war es Zeit, heimzugehen. Schließlich war heute erst Donnerstag, er hatte noch einen ganzen Tag. Noch einen Tag bis zu Frankie McCarthys Party. Bis zum Sabbat.

Zu Hause badete er und schrubbte sich den Schmutz von den Fingernägeln. Er ging ins Bett, bevor seine Mutter von der Arbeit kam, und trotz der erbarmungslosen Hitze fiel er rasch in einen traumlosen Schlaf.

Als er am Freitagmorgen erwachte, war sein Bettzeug komplett durchgeschwitzt. Aus der Küche hörte er das Radio und die Stimme seiner Mutter, die mit den Ink Spots den Song »*The Gypsy*« trällerte. Er zog seine weiße Baseballhose an, wie Rabbi Hirsch es ihm gesagt hatte, dazu weiße Socken, Turnschuhe und ein weißes T-Shirt. Aber er fühlte sich seltsam, wie in einem Traum. Als er die vertraute Stimme seiner Mutter hörte, überlegte er, ob er sich vielleicht alles nur eingebildet hatte. Sie klang genauso wie früher, bevor Frankie McCarthy aus dem Schneesturm in Mister Gs Laden marschiert war. Auch sonst war alles gleich: sein Stuhl, seine Kommode, das Schränkchen mit den Comics, das Fenster, das auf die Feuerleiter hinausging. Zog er sich wirklich ganz weiß an, um aus Erde ein Wesen ins Leben zu rufen? Wurde er ein neuer Dr. Frankenstein? Er lebte doch in der wirklichen Welt, nicht in einem Kinofilm. Dann sah er das Stück von seinem Gipsbein, das mit Rabbi Hirschs akkuraten hebräischen Buchstaben geschmückt war. Er nahm es und küsste es andächtig. Er hatte sich nichts eingebildet.

»Guten Morgen, junger Mann«, begrüßte Kate Devlin ihn gut gelaunt, während sie in der Pfanne auf dem Herd herumstocherte. Er brummte ein »Guten Morgen« und ging dann ins

Badezimmer, um das Gesicht unters kalte Wasser zu halten und sich die Haare zu kämmen. Dabei ließ er wie immer die Tür offen.

»Du hast aber gut geschlafen, was?«, meinte seine Mutter. »Es ist fast zehn.«

»Ja, ich hab geschlafen wie ein Murmeltier«, antwortete Michael.

Er schloss die Tür, pinkelte und wusch sich die Hände, wobei er die Badewanne nach eventuellen Schmutzresten absuchte. Sie war sauber. Als er herauskam, hatte Kate ihm schon drei Scheiben French Toast auf den Teller gelegt. Er setzte sich, ließ ein großes Stück Butter auf dem gebratenen Brot zergehen und streute Zucker darüber. Dann machte er sich mit Heißhunger darüber her.

»Tja, jetzt ist es offiziell«, sagte seine Mutter als Erklärung für ihre gute Laune. »Ich hab uns eine neue Wohnung gemietet. Die mit dem Garten.«

»Du nimmst mich auf den Arm!«

»Nein, wir ziehen Mitte August um, also müssen wir morgen mit dem Packen anfangen.«

»Aber du arbeitest noch im Grandview?«

»Erst mal schon, jedenfalls heute Abend. Aber im RKO von Bay Ridge ist tatsächlich eine Stelle frei. Da hab ich wirklich Glück.« Sie blickte aus dem Fenster in den Sommerdunst. »Bald sind wir weg von hier. Mir kann's gar nicht schnell genug gehen.«

Wieder mischte sich ihre Stimme mit dem Radio; dann erklärte sie, dass sie Schachteln aus Roulstons Laden holen wollte und dass Michael am Samstag seine eigenen Sachen zusammenpacken konnte. Er versuchte nicht einmal, sich den Umzug vorzustellen, die neue Wohnung, den Garten. Er dachte nur an die Nacht, die vor ihm lag.

»Manchmal hat auch das Schlechte seine guten Seiten«, meinte sie. »Wir können eine Menge unnützes Zeug wegschmeißen und –« Plötzlich fiel ihr auf, wie er gekleidet war, und sie lächelte. »Du hast ja deine Baseballsachen an!«

»Ja.«

»Wo spielt ihr?«

»Oben im Park.«

Michael ging mit seinem leeren Teller zur Spüle, wusch ihn ab und stellte ihn auf das Abtropfgestell.

»Hast du dich mit deinen beiden so genannten Freunden versöhnt?«

»Na ja ... ich weiß nicht. Ich seh einfach mal, wo ich mitspielen kann.«

»Aber sei vorsichtig mit deinem Bein, ja?«

Weg war er. Er trug seinen ICH BIN FÜR JACKIE-Anstecker, und sein Bein fühlte sich wirklich an wie neu. Er nahm wieder den langen Weg zur Synagoge. Zur Kelly Street. Durch die Seitentür. Hinauf in den heiligen Raum.

Dort begann er an dem langen flachen Becken zu arbeiten und murmelte Rabbi Hirschs Instruktionen vor sich hin wie eine Liturgie. Er ließ ein wenig Wasser in das Becken laufen und rührte die Erde mit dem Löffel um, bis sie eine lehmige Konsistenz annahm. Dann zog er Hemd und Hose aus, um sie nicht schmutzig zu machen, weil er später ja vollkommen sauber gekleidet sein musste, und begann den Lehm zu formen. Einen Torso. Arme. Beine und Füße. Einen Kopf. Er trat ein Stück zurück, um die Proportionen zu kontrollieren. Die Einzelheiten des Gesichts formte er mit dem Löffelstiel. Eine Öffnung für den Mund. Finger und Zehen.

Er war am Ufer der Moldau. Er wartete auf Nebel. Er stellte sich einen roten Mond vor. Schweißtropfen fielen auf den Lehm. Stunden verstrichen, während er sein Werk verbesserte und verfeinerte. Das Licht im heiligen Raum veränderte sich mit dem Lauf der Sonne.

Als er fertig war, ging er, wie die Anweisungen es verlangten, zu allen vier Ecken des Raums, sammelte in jeder ein wenig Schmutz vom Boden und streute diesen über den Lehm. Während er trocknete, glättete Michael raue Stellen auf Händen und Gesicht, so gut er konnte. Schließlich ging er zu der Empore über der Eingangstür und fand dort eine abgenutzte, farbbespritzte hölzerne Trittleiter. Genau dort, wo Rabbi Hirsch ihm gesagt hatte. Er trug sie hinunter, stieß auf der engen Treppe gegen die Wand und schubste einen hölzernen Opferstock auf den Boden. Aber er schleppte die Leiter ganz nach vorn und klappte sie auf. Als er hinaufstieg, schwankte und quietschte sie; mit einem Streichholz zündete er die dicke Kerze in dem ewigen Licht an. Ein sanfter, goldener Schein durchflutete den Raum.

Jetzt war er hungrig. Er ging hinunter in Rabbi Hirschs Zimmer, wusch sich die Hände, holte Apfelsaft aus dem Kühlschrank und trank direkt aus der Flasche. Der Saft war kalt und süß, aber die Flasche zitterte in Michaels Hand, und er hörte nicht auf zu schwitzen. Es half auch nicht viel, als er sich mit einem Handtuch abtrocknete. Schließlich setzte er sich an Rabbi Hirschs Tisch, ganz still, und versuchte, seine Angst zu überwinden. Er fürchtete sich davor, dass sein Vorhaben misslingen könnte. Dass er versagen würde. Aber nein: Er würde nicht versagen. Er glaubte daran. Er würde alles wahr werden lassen. Gott würde ihn erkennen, seinen Glauben, seine Not. Es würde geschehen. Ja. Es würde geschehen.

»Glaube«, flüsterte er in die Stille. »Ich glaube.«

Sein Blick wanderte zu Leahs Foto, und er hätte gern mit ihr geredet. Und auch mit Rabbi Hirsch. Aber er war allein, es gab niemanden, mit dem er reden konnte. Nur Gott.

Ein Vaterunser flüsternd, stieg er erneut die dunkle Treppe hinauf. Er durfte nicht länger zögern. Bald brach der Sabbat an. Er zog seine saubere weiße Baseballhose und das weiße T-Shirt an, betrachtete den geformten Lehm und öffnete dann die Keramikdose. Darin lag der *shem:* ein zusammengerollter, gut zwei Zentimeter breiter Pergamentstreifen, so alt, dass er sich schon ledrig anfühlte. Jetzt nahm er den Löffel wieder zur Hand und schrieb mit der Stielspitze ein einziges Wort auf die Stirn des Lehmwesens:

'EMET.

Das bedeutete Wahrheit.

Nun stellte er sich an die Kopfseite des Beckens, holte tief Atem, hob den Löffel über den Lehmkopf und begann leise zu singen. Die vorgeschriebenen Laute waren allesamt Buchstaben. A, B, C, D und so weiter, das ganze Alphabet. Erst auf Englisch, dann natürlich auf Jiddisch. Siebenmal jeden Buchstaben, gefolgt von denen, die, wie Rabbi Hirsch ihm erklärt hatte, den geheimen Namen Gottes bildeten.

YHVH.
YHVH.
YHVH.
YHVH.
YHVH.
YHVH.
YHVH.

Mächtig hallte der geheime Name durch den heiligen Raum.

Dann fügte er die Vokale A-E-I-O-U hinzu, ebenfalls siebenmal, wieder gefolgt vom geheimen Namen Gottes. Die ganze Zeit über vollführte er eine Art Tanz um die offen stehende *bimah*, machte so einen Kreis, der sich von rechts nach links bewegte. Genau nach Rabbi Hirschs Anweisungen. Er spürte, wie die Kraft der Magie seinen Körper durchströmte. Glaube, dachte er. Glaube. Hier ist die Kabbala. Glaube.

Das Geheimnis der Kabbala lag in den Buchstaben, das hatte Rabbi Hirsch ihm gesagt. Auch in Zahlen, aber vor allem in Buchstaben. Aus Buchstaben kann man Worte bilden, und Worte sind die Namen alles Lebendigen. Sie benennen Arme, Beine und Gesichter. Männer und Frauen, Insekten und Säugetiere und die Kreaturen des Meeres. Ozeane, Flüsse und Städte, das Gras, die Bäume. Gott hat den Menschen die Buchstaben gegeben, und die Menschen haben Worte daraus gemacht und mit ihnen Gottes namenloser Welt Namen gegeben. Aus dem Katechismus-Unterricht erinnerte sich Michael daran: *Am Anfang war das Wort, und das Wort war bei Gott ...*

So tanzte und rezitierte er, wiederholte die Buchstaben in Zweier- und Dreiergruppen, sang sie wie heilige Musik, während es draußen immer dunkler wurde und Michael sich in den trägen Lehm hineinzuversetzen versuchte. Er steigerte sich in eine Ekstase von Worten und Buchstaben, hörte Laute aus seinem Mund kommen, die er nicht kannte, bewegte sich zu Musik, die niemand spielte, erhob sich in die Wolken, trug Paläste über ferne Himmel, sprach mit den Vögeln, reichte Mary Cunningham und dem Grafen von Monte Christo die Hand zum Tanz, schwebte empor, voller Regen, Feuer und Salz und Meer, ganz hinauf, und immer sang er die Namen der Galeonen und Cowboys, der Piraten und Indianer, getragen von den Buchstaben. So schwang er sich durch den goldenen Himmel, hoch über die verrückt gewordene Welt, über Brooklyn, über Irland, über Prag, über die Felder von Belgien.

Und dann fiel er in einem bodenlosen Nichts auf die Knie. Er hatte keine Worte mehr in sich. Keine Buchstaben. Keine Musik. Er wollte sich nur noch in einem traumlosen Schlaf verlieren, hier in der süßen, staubigen Dunkelheit. Er hörte einen Vogelruf, wie die Stimme des Morgens. Dann Hundegebell. Aber er stand nicht auf. Er streckte sich auf dem Boden vor dem Schrein aus.

Und da begann der Lehm zu glühen.

Tiefrot.

Ein helleres Rot. Wie in einem Brennofen. Michael sprang auf die Füße, und sein Herz begann angstvoll zu klopfen.

Er richtete sich auf und trat zurück in den Schatten, voller Furcht, in das Becken zu blicken, aber das Glühen wurde stärker. Zwei Minuten. Fünf Minuten. Zehn. Wie etwas in den Kohlen einer heiligen Feuerstelle.

Plötzlich wehte eine kühle Brise durch den heiligen Raum. Die Flamme im ewigen Licht flackerte. Staub wirbelte von den Bänken auf, Spinnweben spannten sich und zerrissen. Etwas fiel klirrend zu Boden. Die Fensterscheiben klirrten. Michael spürte den Boden unter seinen Füßen beben und hörte Vögel mit lautem Flügelschlagen vom Dach auffliegen. Dann ein hohes Geräusch wie von einer Hundepfeife, das schmerzhaft in seinen Ohren gellte.

Auf einmal kehrte Stille ein.

Nur noch das Pochen seines Herzens war zu hören.

Der Wind legte sich.

Und dann umfassten zwei dunkle Hände den Rand des Beckens, und der Golem erschien.

Er war es.

Der Golem.

Alles war wahr.

Der Golem war dunkel wie Jackie Robinson und hatte traurige braune Augen. Nachdenklich betrachtete er den trostlosen

Zustand des Heiligtums, als hätte er nichts anderes erwartet. Er beugte sich vor und sah auf seine riesigen Hände. Einen langen Moment starrte er Michael an, der sich nicht regte, dann stand der Golem langsam auf.

Michael wich noch ein Stück zurück, als er den Golem nackt in der Wanne vor sich stehen sah. Er war weit über zwei Meter groß, kräftig und muskulös. Michael hatte noch nie einen so großen Mann gesehen. Lautlos kletterte der Golem über den Holzrand der *bimah* auf den Boden.

Michael suchte nach Worten, doch sie wollten nicht kommen. Er kämpfte gegen den Drang, davonzulaufen. Sprich mit ihm. Sag etwas.

Der Golem streckte die Hand aus und berührte Michaels Gesicht. Seine Hand fühlte sich an wie eine Schuhsohle.

»Ich bin Michael Devlin«, sagte der Junge endlich. »Kannst du mich verstehen?«

Der Golem nickte.

»Kannst du sprechen?«

Traurig schüttelte der Golem den Kopf.

Michael versuchte, sein Zittern zu unterdrücken. Anfangs, als Rabbi Hirsch ihm die Geschichten vom Golem erzählt hatte, war er für Michael nur eine Comicfigur aus Linien und Farbtupfern gewesen. Eine simple, manchmal komische Kreatur, von einem guten Rabbi im Dienste der Gerechtigkeit ausgesandt. Diesen nackten Riesen hatte er nicht erwartet. Einen Moment lang wollte er alles wieder rückgängig machen und das Wesen dorthin zurückschicken, wo es hergekommen war. Aber dann dachte er an die Demütigung seiner Mutter und an Rabbi Hirschs entstelltes Gesicht, an sein eigenes gebrochenes Bein. Nein, es gab kein Zurück. Er hatte den Namen Gottes angerufen. Er musste weitermachen.

»Wir ... wir müssen Kleider für dich finden«, sagte Michael

und zupfte an seinem T-Shirt. »Verstehst du? Sachen zum Anziehen. Weil wir da draußen einiges zu erledigen haben heute Nacht.« Er deutete auf ein zerbrochenes buntes Glasfenster, durch das ein Stück Augustabend schimmerte. »Da draußen auf der Straße.«

Der Golem verstand und blickte sich um, als suchte er nach passenden Kleidungsstücken.

Sie öffneten Schränke und Kammern, und für den Golem waren betonartig verklebte Farbschichten ebenso wenig ein Hindernis wie alle Arten von Schlössern. Sie fanden Fahnen, Bücher, alte Vorhänge, aber keine Kleider. Bis der Golem schließlich mit einer Art Cape aus einem engen Kellerraum hervorkam. Es hatte goldene Quasten und eine Kordel, mit der man es am Hals zusammenband. In Rabbi Hirschs Küche musste er sich bücken, um nicht an die Decke zu stoßen, und schwenkte dabei den Umhang so ungeschickt herum, dass die ausgefransten Kordeln rissen und das Cape herunterglitt. Der Golem grunzte betrübt.

»Warte!«, rief Michael.

Er zog den ICH BIN FÜR JACKIE-Anstecker aus seinem T-Shirt und stellte sich vor dem Golem auf einen Stuhl. Dann heftete er die beiden Enden des Capes mit dem Anstecker zusammen.

»Großartig!«, rief er. »Es funktioniert.« Der Golem lachte lautlos. »Du siehst aus, als könntest du fliegen.«

Michael ging zu der kleinen Kommode, in der Rabbi Hirsch Hemden und Wäsche aufbewahrte, und fand in der untersten Schublade ein Laken. Perfekt. Das konnte der Golem wie eine riesige Windel um sich schlingen. Wie hieß es in den Geschichten von Rudyard Kipling immer? Ein Lendenschurz. Als er sich mit dem Laken in der Hand umdrehte, hielt der Golem Leahs Foto in seiner ledrigen Hand und starrte in ihr Gesicht.

»Sie ist einer der Gründe, weshalb du hier bist«, erklärte Michael, während der Golem das Foto auf das Regal zurückstellte. »Das ist die Frau des Rabbis. Von den Nazis ermordet.«

Dann zeigte er dem Golem, wie er sich das Laken umbinden sollte. Der Riese stellte sich recht unbeholfen an, aber Michael band die Enden schließlich ganz fest zusammen, und das Tuch hielt einigermaßen. Er trat einen Schritt zurück und sagte lächelnd: »Jetzt siehst du aus wie Gunga Din.« Doch der Golem lächelte nicht. Er deutete mit seiner Pranke auf das Foto, und Michael erzählte ihm die Geschichte. Von Rabbi Hirsch und Leah und Hitler und den Millionen Toten. Von Frankie McCarthy und den Falcons, von Mister G und dem Tag des Schneesturms, von dem, was man ihm und Rabbi Hirsch und seiner Mutter angetan hatte. Der Golem lauschte aufmerksam und runzelte immer wütender die Stirn, bis eine tiefe Falte mitten durch das Wort für Wahrheit verlief, heller als die übrige Haut. Er wiegte den Kopf. Je wütender er wurde, desto weiter zogen sich seine Augen unter die Stirn zurück. Er lächelte nicht, er lachte nicht. Er rang seine gigantischen Pranken. Als Michael ihm von Frankie McCarthys Plan berichtete, erschien ein heller Glanz auf seiner schwarzen Haut.

»Das ist so ungefähr alles«, schloss Michael. »Deshalb haben wir dich hergeholt. Wir müssen diese Kerle aufhalten. Wir müssen dafür sorgen, dass sie so etwas nie wieder tun. Wir müssen dafür sorgen, dass sie bestraft werden.«

Lange saß der Golem regungslos da. Dann blickte er wieder zu Leahs Foto hinüber, und Michael musste an die Geschichte denken, wie der Golem sich in Prag in ein Mädchen namens Dvorele verliebt hatte. Eine traurige Geschichte, die aber auch zeigte, dass der Golem nicht nur Befehle befolgte. Er hatte eigene Gefühle und eigene Ideen. Plötzlich bekam Michael Angst, dass er das Wesen vielleicht nicht richtig anleiten könnte.

Unterdessen hatte der Golem den Schofar entdeckt, der auf einem unteren Regalbrett lag. Schon stand er auf und hob das Instrument zwischen seinem riesigen Daumen und Zeigefinger vorsichtig hoch.

»Rabbi Hirsch hat versucht, Melodien darauf zu spielen«, erklärte Michael und lächelte. »Aber es hat nicht geklappt. Vielleicht kannst du es ... Vielleicht kannst du den Kerlen in der Billardhalle eine Botschaft schicken. Ihnen unser Kommen ankündigen.«

Mit einem leisen Seufzen nahm der Golem Michael bei der Hand und führte ihn wieder hinauf in den heiligen Raum. Dort stellte sich der Golem vor den Schrein und senkte den Kopf, den Schofar in beiden Händen. Dann ging er nach hinten und stieg auf die Empore. Michael folgte ihm. Der Golem schien sich genau auszukennen, fand eine weitere Tür und stieß sie auf. Sie kamen auf ein kleines flaches Dach. Nachdem der Golem einen Augenblick der Benommenheit überwunden hatte, spähte er hinaus über die unzähligen Lichter, die sich bis hinüber nach Manhattan erstreckten. Das war nicht Prag. Ganz still stand er da, und auch Michael schwieg. Die Augusthitze war fast unerträglich, kein Lüftchen regte sich. Aus der Höhe erkannte Michael das Neonschild des Grandview, den Turm des Williamsburg Bank Building, den Bogen der Brooklyn Bridge und links hinter dem dunklen Hafen, hellgrün und winzig, die Freiheitsstatue. Noch immer warteten die Leute auf den Dächern und Feuerleitern darauf, dass sich der Abend etwas abkühlte.

Dann setzte der Golem den Schofar an die Lippen.

Ein langer, furchtbarer Ton zerriss die Hitze der Nacht.

Und noch einer.

Ein dritter.

Michael wich zurück, so erschreckten ihn die mächtigen,

wilden Töne, die das Widderhorn hervorbrachte. Töne, die so alt waren wie die Welt.

Aber der Golem legte ihm beruhigend die Hand auf die Schulter. Und Michael begriff, dass gleich etwas geschehen würde.

Und so war es auch.

Es begann zu schneien.

Millionen von Schneeflocken, glitzernd und wunderschön, schwebten durch die Sommernacht. Schwarz, wenn Michael emporblickte, leuchtend weiß, wenn sie auf Augenhöhe vorübertanzten. Sie schmolzen auf den heißen Dächern und den Blättern der Bäume, auf dem weichen Asphalt und den geparkten Autos.

Schnee.

Doch plötzlich kam ein Windstoß vom Hafen her und fuhr in das Flockengewirbel. Vogelschwärme flogen auf, um die Nachricht weiterzutragen, Hunde bellten, Fenster wurden aufgerissen.

Schnee im August!

Der Golem lächelte. Er reichte Michael den Schofar und folgte dem Jungen zurück in die Synagoge. Jetzt tun wir es, dachte Michael. Nimm dich in Acht, Frankie, wir kommen! Er ließ den Schofar auf dem Küchentisch liegen und trat hinaus auf die Kelly Street. Der Golem duckte sich unter dem Türsturz und folgte ihm. Jetzt fiel der Augustschnee dicht und weich. Kinder hüpften in ihm herum, riefen und jauchzten. Eine alte Frau kam aus der Haustür, faltete die Hände und begann zu beten. Michael hörte das Wolfsgeheul des Windes, wünschte sich einen arktischen Sturm, und schon wurde der Wind heftiger. Im wirbelnden Schneegestöber sah niemand den weißen Jungen und seinen riesigen schwarzen Begleiter.

Auch Michael betete. Auf Englisch, Lateinisch und Jiddisch.

Betete zu Gott, Deus und Jahwe. Dankbar und ehrfürchtig. Aber er kehrte nicht um, sondern führte den Golem weiter, der mit seinen bloßen Füßen eine herumliegende Suppendose zertrat und dem Jungen mit grimmigem Gesicht und flatterndem Cape folgte. Trotz des Schnees fror Michael kein bisschen. Unsichtbar erreichten sie die Gasse hinter dem verlassenen Gebäude des Venus-Kinos, wo Frankie McCarthy Michael einmal mit dem Messer bedroht hatte. Dann kamen sie auf die Ellison Avenue. Gegenüber war das Star Pool Room, die Billardhalle, und über der Tür hing ein zwei Meter breites Band, auf dem stand: WILLKOMMEN DAHEIM FRANKIE BOY. Ein streunender Hund verkroch sich im Eingang neben der Halle.

»Sie sind da drin«, sagte Michael, als sie neben der verlassenen Kasse unter der Markise des Kinos standen. »Wir müssen rein und sie uns vorknöpfen.«

Der Golem legte die Hände auf Michaels Kopf. Er runzelte die Stirn, und der Schnee hielt einen Moment inne, nur um kurz darauf noch heftiger zu wirbeln. Michael warf einen Blick auf das schmutzige Glas des verrammelten Kassenhäuschens, in dem er sich noch am Ostermorgen in seinem neuen Anzug gespiegelt hatte. Jetzt konnte er sich nicht sehen. Auch den Golem nicht.

Herr des Himmels, dachte er. Wir sind unsichtbar!

Er trat hinaus auf die Straße, der Golem dicht hinter ihm, und sie marschierten durch den Sturm direkt zur Tür der Billardhalle. Der streunende Hund kam zu ihnen herüber, ein großes, schwarzes, muskulöses Tier, das ihnen um die Beine strich und aufgeregt schnüffelte, sie aber nicht sehen konnte. »Sticky?«, flüsterte Michael, und der Hund bellte. Oh, Dad, oh, Daddy, danke.

Leise öffnete Michael die Tür und trat zusammen mit dem Golem ein. Der Hund blieb draußen im Schnee, als wartete er auf einen Befehl. Etwa fünfzehn Falcons waren um die sechs Tische mit den grünen Überzügen versammelt. Wie ein Mann drehten sich alle zur Tür um. Der Wind heulte. Schnee wirbelte über den Fußboden, aber sie konnten Michael und den Golem nicht sehen.

»Hey«, rief eine Stimme, die Michael nur allzu gut kannte. »Macht die beschissene Tür zu!«

Michael sah Frankie McCarthy aus einem der Hinterzimmer kommen; er knöpfte sich gerade die Hose zu und sah aus wie ein Kinogangster: dunkler Nadelstreifenanzug, Schuhe mit dicken Sohlen, eine weiße Krawatte zu einem weißen Hemd. Tippy Hudnut schlug die Tür zu und drehte sich zu Frankie um.

»Schon was gefunden?«, fragte er.

»Zehn Minuten war ich am Telefon, hab bei Zeitungen, Radiosendern, überall angerufen«, antwortete Frankie. »Nichts. Kein Mensch hat je gehört, dass es im August schneit. Die haben getan, als wär ich bescheuert.«

Der Golem machte die Tür wieder auf, und er und Michael traten zur Seite. Der Hund blieb immer noch draußen sitzen.

»Hey, was ist denn mit dieser Scheißtür los?«, schimpfte Frankie.

»Du hast selbst gesehen, dass ich sie zugemacht habe, Frankie«, entgegnete Tippy, während er die Tür erneut schloss. »Vielleicht ist es der Hund da draußen.«

»Dann gib ihm ’nen Arschtritt und schließ die Tür ab.«

»Wenn wir abschließen, wie kommen dann die Mädchen rein?«, gab der Russe zu bedenken, während Tippy den Hund verscheuchte und die Tür verriegelte.

»Sie klopfen«, antwortete Frankie und warf einen Blick auf seine Armbanduhr. »Wo bleiben die überhaupt?«

Michael sah, dass die ganze Bande anwesend war. Nicht nur

Tippy und der Russe, sondern auch Skids und das Frettchen. Und die ganzen anderen Idioten, die Frankie und den anderen Anführern überallhin folgten und über ihre Witze lachten. Und natürlich Frankie selbst. Rechts war ein Tisch mit Wurst- und Käseplatten gedeckt, Brötchen in großen Körben, Kartoffelsalat, Whiskey-, Gin- und Bierflaschen. Auf einem hinteren Tisch spielte ein Grammofon »*Sleepy Lagoon*«. Frankie ging zum Fenster und starrte ärgerlich in den Schnee hinaus.

»Was soll dieser Scheiß denn bloß?«, zischte er. »Ich hab 'ne Party zu schmeißen.«

Wütend schlug er mit der Hand an den Türrahmen, und die Tür ging wieder auf.

»Na gut, wer von euch beschissenen Spaßvögeln hat sich diesen Witz ausgedacht?« Er lachte sonderbar. »Bedient jemand irgendwo 'nen beschissenen Knopf oder was?«

Jetzt!, dachte Michael. Wir warten nicht länger, wir sorgen dafür, dass dieses Grinsen aus seinem Gesicht verschwindet.

Der Golem verstand. Skids ging zur Tür und holte den Schlüssel aus der Tasche, um sie abzuschließen. Der Golem legte Michael wieder die Hände auf den Kopf. Die Lampen über den Tischen flackerten, und plötzlich wurden Michael und der Golem für alle sichtbar.

»Was soll der Scheiß?«, rief Frankie McCarthy und trat einen Schritt zurück. In seinem Gesicht zuckte es nervös. Die anderen wichen zur Seite und starrten den riesigen Schwarzen und den Jungen an, den sie aus dem Bezirk vergraulen wollten. »Hey, was soll das? Wer ist der Kerl, Devlin?«

Der Golem musterte ihn durchdringend und wandte sich dann an Michael. Ein Lächeln huschte über sein Gesicht.

»Das ist Frankie McCarthy«, sagte Michael fast förmlich. Er nahm den Schlüssel, sperrte die Tür zu und steckte den Schlüssel in die Tasche.

Frankies Hand verschwand blitzschnell unter seiner Jacke, fand dort aber nicht, wonach er suchte. Er hat Angst, dachte Michael. Einen Riesenbammel. Ohne den Golem aus den Augen zu lassen, fingerte Frankie ungeschickt nach einem Queue. Die übrigen Falcons verteilten sich im Raum. Hände verschwanden in den Taschen. Ein paar griffen sich ebenfalls einen Billardstock. Doch ihre Augen waren groß und unsicher, als versuchten sie verzweifelt, die Situation richtig einzuschätzen. Doch mit den anderen Falcons im Rücken, wurde Frankie McCarthy schon wieder etwas mutiger.

»Wenn ihr Ärger sucht«, meinte er, doch das Zittern in seiner Stimme strafte seine Großmäuligkeit Lügen, »den könnt ihr gerne haben. Hier dürfen nur Clubmitglieder rein. Also verschwindet, solange ihr noch laufen könnt.«

Skids klopfte drohend mit der Spitze seines Queues auf seine Handfläche. Auf die Hand, mit der er Michaels Mutter angefasst hatte. Ein paar Falcons imitierten Skids' Bewegung. Michael spürte, was sie dachten: Die Chancen stehen gut für uns. Fünfzehn zu eins. Oder fünfzehn zu eineinhalb. Das sieht gut aus, egal, wie groß der Kerl mit dem Cape ist. Der Russe holte ein Messer aus der Gesäßtasche. Frettchen schlich ein Stück zur Seite, eine Billardkugel in der Hand.

»Nur damit du's weißt, Frankie«, sagte Michael und trat einen Schritt vor. »Ich hab den Polypen kein Wort über dich verraten.«

»Verarsch mich nicht, du beschissener Idiot.«

»Ich verarsch dich nicht, Frankie«, entgegnete Michael. »Ich hab dich nicht verpfiffen. Aber weißt du, was ich dabei gelernt habe? Ich hätte der Polizei sofort sagen sollen, was du getan hast. Ich hätte von Anfang an allen erzählen sollen, was für ein gottverdammter Feigling du bist. Wie du den armen wehrlosen Mister G zusammengeschlagen hast.« Michael dachte daran, wie der Rabbi an jenem Abend im Frühling gesagt hatte, ein Verbrechen zu verschweigen sei manchmal genauso schlimm wie eines zu begehen.

»Ein Verräter bleibt ein Verräter«, höhnte Frankie.

»Nein, Frankie. Ein feiger Saukerl ist ein feiger Saukerl. Und du bist ein gottverdammter Feigling und ein Saukerl.«

Frankie sah, dass inzwischen alle seine Kumpel irgendwelche Waffen bereithielten. Er zwinkerte Skids zu und trat zur Seite, sodass er dem Golem den Rücken zuwandte.

»Wie geht's deiner Mutter, Junge?«, fragte Skids mit einem spöttischen Schnaufen. Die anderen um ihn herum schnalzten mit der Zunge, als wollten sie einen Hund anlocken. Ein paar lachten.

Michael wollte sich auf Skids stürzen, aber der Golem legte die Hand auf seine Brust und schob ihn zurück.

»Du Arschloch, Skids!«, schrie Michael. »Du feige Memme!«

Das Queue wie einen Schläger schwingend, stürmte Skids los, aber der Golem packte den Stock in der Luft, als wäre er ein dünner Zweig, riss ihn Skids aus der Hand, zerbrach ihn in zwei Stücke und ließ sie auf den Boden fallen. Dann packte er Skids am Hemd, wirbelte herum und warf den jungen Mann mehrere Meter durch die Luft, dass er krachend zwischen zwei Tischen landete.

Bis auf Skids' Stöhnen war danach nichts mehr zu hören.

»Das war nur der Anfang«, sagte Michael in die Stille hinein. »Also, Frankie, möchtest du, dass mein Freund hier sich auch um dich kümmert, oder möchtest du zur Abwechslung mal das Richtige tun? Möchtest du zur Polizeistation gehen, nach Abbott und Costello fragen und ihnen gestehen, was du getan hast? Was mit Mister G, mit mir und mit dem Rabbi passiert ist? Möchtest du deinen Freunden sagen, dass sie sich bei meiner Mutter entschuldigen sollen? Und meinen Freunden, dass ich niemanden verpfiffen habe, damit wir wieder leben können wie früher? Zeig doch mal echte Courage, Frankie. Nur zur Abwechslung.«

Schweigen.

»Ich warne dich, Frankie. Das ist deine letzte Chance.«

»Leck mich, Pisser«, sagte Frankie.

Er sah in die Runde, als wollte er den anderen Mut machen. Sie waren doch in der Überzahl. Sein Mund verzog sich, wurde ein schmaler Schlitz, aber seine Augen funkelten.

»Hier haben wir zwei echt harte Jungs, Leute«, höhnte er. »Wie findet ihr das?«

Der Russe überlegte nicht lange. Er ließ sein Messer aufschnappen und stürzte sich auf den Golem. Aber auch er wurde schon in der Luft abgefangen und landete auf dem Boden; das Messer fiel ihm klirrend aus der Hand. Der Golem setzte ihm den nackten Fuß auf den Nacken und schubste den jungen Mann dann wie eine betäubte Ratte beiseite.

»Schnappt euch den Jungen!«, rief Frankie in panischer Angst, wich zurück und rannte fluchtartig zu dem kleinen Büro im hinteren Teil des Gebäudes. »Schnappt euch den beschissenen Jungen!«

Zwei Falcons wollten Michael packen, aber der Golem trat dazwischen und schlug beide mit einem gezielten Fausthieb zu Boden. Okay, dachte Michael, jetzt ist es zu spät, um Gnade walten zu lassen. Ich habe Frankie gesagt, was er tun soll, und er hat mir mit einem »Leck mich« geantwortet. Also bekommt er jetzt seine Strafe. Für Mister G kommt sie leider zu spät. Wieder schien der Golem seine Gedanken zu lesen. Er sah auf seinen JACKIE-Anstecker hinunter, zog ihn heraus, und der Umhang glitt zu Boden. Da stand er nun, nur mit seinem Lendenschurz bekleidet, und musterte die Falcons. Mit einer blitzschnellen Bewegung schleuderte Tippy Hudnut hinterhältig seine Billardkugel von der Seite gegen den Kopf des Golem, aber sie prallte einfach ab und machte den Riesen nur noch wütender.

»Wir wollen Frankie«, sagte Michael. »Die anderen sind kleine Fische.«

Der Golem bedeutete Michael zu gehen, aber der Junge rührte sich nicht vom Fleck. Ich habe lange genug Angst gehabt, dachte er. Ich laufe nicht mehr weg.

Der Golem begriff wieder sofort, warf einen der Tische um, sodass die Kugeln durch die Gegend kullerten, und trat ein Loch in die Platte. Dann schob er die anderen Falcons aus dem Weg wie Puppen. Michael hatte gesagt, es gehe um Frankie McCarthy, also würde der Golem ihn sich holen. Inzwischen waren die Falcons völlig verstört. »Ach du Scheiße, ach du Scheiße, dieser Kerl, au Mann, oh verdammt, hey, kommt –«, stöhnten ein paar. Doch dann trat Frankie aus dem Büro, in der Hand einen Revolver. Breitbeinig stand er da, das Gesicht zu einer verächtlichen Fratze verzogen. Michael spürte, wie die Angst in ihm hochstieg; er hatte noch nie einen echten Revolver gesehen, außer im Halfter der Polizisten.

»Leg dich nicht mit mir an, Nigger«, zischte Frankie. »Ich schieß dir ein Loch in die Rübe, und alle Geschworenen der Welt werden mich dafür nicht auf den elektrischen Stuhl schicken.«

Doch der Golem ging einfach weiter auf ihn zu; seine Muskeln spannten sich. Michael sah, wie sich der Blick in Frankies Augen veränderte. Der Golem machte noch einen Schritt, und jetzt wich Frankie zurück, mit offen stehendem Mund, dann flackerten seine Augen, und er drückte ab.

Peng!

Die Kugel traf den Golem, aber er schritt unbeirrt weiter.

Peng! Peng!

Und dann war der Golem bei Frankie McCarthy angekommen. Er nahm ihm den Revolver ab und brach ihn mittendurch. Dann packte er Frankie am Revers und schubste ihn gegen die Wand, dass der junge Mann zurücktaumelte und wie ein Häufchen Elend liegen blieb. Aber der Golem war noch nicht fertig. Er schnappte Frankie an einem Bein und zog ihn quer durch den Raum zur Tür.

»Es reicht!«, rief Michael. »Das reicht fürs Erste! Wir wollen ihn ja nicht umbringen.«

Sofort hielt der Golem inne, ließ den stöhnenden Frankie bei der Tür liegen und wartete auf neue Anweisungen.

»Moment«, sagte Michael.

Dann wandte er sich an die übrigen Falcons. Sie hatten sich möglichst weit von der Tür zurückgezogen und kauerten Schutz suchend beieinander. Aber auch ihnen musste eine Lektion erteilt werden.

»Hey, hör mal, Mann, es tut uns Leid, was damals mit deiner Mutter passiert ist, okay?«, sagte Tippy Hudnut flehend. »Weißt du, wir hatten was getrunken, und weißt du, manchmal kriegt man dann einfach nicht mehr richtig mit, was man tut, und hey, weißt du ...«

»Zieht euch aus«, befahl Michael. »Alle.«

»Was?«

»Ich hab gesagt, zieht euch aus. Alles. Schuhe, Socken, alles.«

»Hey, Mann, es schneit draußen«, protestierte Frettchen.

Von der Tür her, wo Frankie lag, erklang ein Stöhnen.

»Zieht euch aus«, wiederholte Michael, »sonst erledigt *er* es für euch«, fügte er mit einem Seitenblick auf den Golem hinzu.

Frettchen war der erste, der sein Hemd aufknöpfte. Innerhalb weniger Minuten waren alle Falcons nackt und standen fröstelnd nebeneinander, eine jämmerliche Gruppe nackter

Körper, tätowiert, narbig, muskulös. Ihre Kleider lagen auf den Tischen samt Schlagringen, Klappmessern, einer selbst gebastelten Pistole, einem Stück Rohr. Ohne ihre Rüstung wirkten die Falcons wesentlich jünger.

»Und jetzt?«, flüsterte Tippy.

»Geht nach Hause«, sagte Michael.

»Durch den beschissenen Schnee?«

Michael schloss die Tür auf. Der Wind heulte. Am Bordstein wartete der schwarze Hund; Schnee hatte sich in seinem Fell gesammelt.

»Raus.« Zögernd tappten die nackten jungen Männer zur Tür.

Inzwischen war der Russe wieder auf die Beine gekommen. Er sah zu Frankie hinüber, der mit dem Gesicht nach unten neben der offenen Tür lag. Er sah zu Skids, der an der Wand hockte.

»Wartet, alles anhalten«, rief Michael, als hätte er es mit Kriegsgefangenen zu tun. »Russe, geh rüber und hilf Skids, sich für den Ausflug fertig zu machen. Zieh ihm die Klamotten aus. Dann deine eigenen. Und zwar ein bisschen plötzlich.«

»Machst du Witze oder was?«, meinte der Russe ungläubig.

»Du gehörst doch zu den Falcons, oder? Dann sieh sie dir an.« Gehorsam blickte der Russe zu den bleichen, frierenden Gestalten. »Alle für einen, einer für alle.«

Ganz nebenbei brach der Golem ein Queue mittendurch, und der Russe tat blitzschnell, was Michael angeordnet hatte. Skids hinkte nackt zur Tür, gestützt vom ebenfalls nackten Russen. Ich sollte ihnen allen ins Gesicht schlagen, dachte Michael. Ich sollte sie auf Händen und Knien kriechen und meine Mutter um Verzeihung bitten lassen. Aber nein. Das sparen wir uns für Frankie auf.

»Schön, jetzt raus mit euch. Lauft heim zu eurer Mama«, rief Michael.

Und schon rannten sie los, konnten sich gar nicht schnell genug zur Tür hinausschieben, vorbei an Michael, vorbei am Golem, vorbei an dem immer noch auf dem Boden liegenden Frankie, hinaus in den Schnee. Der schwarze Hund schnappte nach ihnen, bellte und knurrte. Als letzter stolperte der Russe hinaus, der sich noch immer den Unterkiefer hielt und den fröstelnden Skids stützte. Als alle draußen waren, schloss Michael die Tür.

Nun waren Michael, der Golem und Frankie allein. Wir sollten das Lokal kurz und klein schlagen, dachte Michael. Wie die Falcons es so oft bei anderen getan haben. Irgendwie hatte der Golem ihn wohl wieder gehört, denn er zertrümmerte im Handumdrehen alle sechs Billardtische, das Grammofon, das Telefon, die Büromöbel, die Sitzbänke. Er warf den Tisch mit Essen und Trinken um, Gläser zerschellten, Flaschen zerbrachen, Bier und Eis und Kartoffelsalat ergossen sich auf den Fußboden.

Sie achteten beide nicht auf Frankie McCarthy.

Plötzlich stand er hinter Michael und hielt eine Klinge an den Hals des Jungen.

»Okay, rühr dich nicht von der Stelle«, schrie Frankie den Golem an und fuchtelte mit dem Messer herum, dass Michael es im Lampenlicht glänzen sah. »Sag dem miesen Polizeispitzel hier, er soll die beschissene Tür aufschließen. Wenn du nicht augenblicklich tust, was ich dir sage, schneid ich ihm die Kehle durch.«

Trotz seiner Angst versuchte Michael ruhig zu bleiben. Niemand würde ihn je wieder dazu bringen, dass er sich in die Hosen machte.

»Die Tür ist nicht abgeschlossen, Frankie«, sagte er leise.

»Das glaub ich dir nicht. Du hast den Schlüssel. Ich hab genau gesehen, wie du ihn eingesteckt hast.«

Michael holte den Schlüssel aus der Tasche, und Frankie packte ihn. Doch das Messer blieb an Michaels Kehle.

»Und jetzt, großer Knabe«, sagte Frankie zum Golem, »jetzt gehst du nach hinten und legst dich brav hin.«

Der Golem rührte sich nicht. Er starrte Frankie McCarthy an mit einer Konzentration, die wie eine sichtbare Energie seinen Kopf zu umgeben schien. Michael sah die Schusslöcher in seiner Brust, aber er blutete nicht. Und er sah wieder ein kurzes Lächeln über sein Gesicht huschen. Wenn er Jackie Robinson wäre, würde er jetzt einen Homerun stehlen. Doch plötzlich wurde sein Gesicht ganz hart.

Und Frankie McCarthys Messer begann zu schmelzen.

Michael spürte die Hitze in seinem Nacken. Dann eine warme Flüssigkeit, kein Blut, aber auch kein geschmolzenes Metall.

Entsetzt trat Frankie einen Schritt zurück. Seine Hand war voller Wachs. Er rannte zur Tür, versuchte den Schlüssel ins Schloss zu stecken, aber seine Hand war vor Angst wie gelähmt. Der Golem trat zwischen ihn und die Tür, und Frankie wich schlotternd vor ihm zurück.

»In Ordnung, es reicht«, flüsterte er. »Ich kapier das nicht.«

»Natürlich kapierst du das«, sagte Michael. »Weißt du denn nicht, wie man für ein Verbrechen belohnt wird?«

»Bitte«, entgegnete Frankie mit angstverzerrtem Gesicht. »Was soll ich sagen? Es tut mir Leid, okay? Der ganze Scheiß tut mir Leid. Du weißt schon ... Mister G ... ich hab den Kopf verloren, verstehst du? Der blöde Jude, warum musste er sich auch unbedingt einmischen? Und ich wollte mit deinem kleinen Freund Sonny doch bloß ein bisschen Spaß machen und – und die Sache mit deiner Mutter, hey, Mann, in der Nacht war ich sowieso im Knast.« Der Golem machte einen Schritt in seine Richtung. »Und was hat dieser Rabbi hier überhaupt verloren? Wir bitten ihn bloß um ein paar Dollar, du weißt schon, weil er doch einen Schatz da oben versteckt hat, und da wird der Kerl frech. Was erwartet er denn da?«

Wieder kam der Golem ein Stück näher, das dunkle Gesicht ausdruckslos, und da roch Michael endlich das, was er sich gewünscht hatte. Aus Frankies Hose. Tränen der Scham stiegen dem jungen Mann in die Augen.

»Bitte, Kumpel«, bettelte er, »lass mich gehen. Ich kann's nicht mehr rückgängig machen. Vergessen wir die Sache, komm schon ...«

Der Golem sah Michael an. Plötzlich hörte der Junge Father Heaneys Stimme: *Wir glauben an den Gott des Alten Testaments.* Er nickte, und der Golem schlug zu. Dreimal, und mit jedem Schlag zerbrach etwas. Danach verbeugte sich der Golem vor Michael und zertrat das Glas in der Tür.

Er schob Frankie vor sich in den Schneesturm hinaus, griff nach dem Willkommensbanner über der Tür, zerrte es herunter und band ein Ende um Frankies Bauch wie eine Leine. Der schwarze Hund zerfetzte Frankies Hosenbeine. Michael stieg über die Glasscherben und folgte den beiden auf die Straße, das Cape des Golem über den Arm gelegt.

Der Golem zog den schreienden Frankie an dem Banner mitten auf die Straße. Fenster wurden aufgerissen. Michael schauderte, allerdings nicht vor Kälte.

»Denk daran, bring ihn nicht um«, rief er in den heulenden Wind. »Er soll zur Polizei!«

Der Golem sah Michael an und senkte leicht den Kopf. Dann ergriff er das Ende des Banners und begann Frankie herumzuschwingen wie ein Hammerwerfer. Schneller und schneller. Und schließlich ließ der Golem los.

Frankie flog im hohen Bogen durch den Augustschnee und landete mit einem lauten Krachen auf der Markise des ehemaligen Venus-Kinos, wo er laut stöhnend liegen blieb. Nun, dachte Michael, jetzt wird er ganz bestimmt so schnell keinem mehr wehtun. Durch den Wind war Frankies Wimmern kaum zu hören. »Helft mir«, jammerte er. »Bitte, bitte helft mir!«

Der Golem ging zu Michael, der mit dem Cape am Bordstein stand. Der schwarze Hund jaulte triumphierend und verschwand im Schneegestöber. Michael überreichte dem Golem das Cape. Jetzt sollte ich die Polizei rufen, damit sie Frankie abholen, dachte er. Und da fiel ihm auf, dass die Augen des Golem wie Gräber waren, so alt wie die Bibel. Der Riese schlang das Cape um die Schultern und fummelte mit dem JACKIE-Anstecker herum, bis er ihn geschlossen hatte. Dann legte er seine riesige Pranke auf Michaels Schulter, und gemeinsam verschwanden sie im Schnee.

36. Kapitel

An der Garibaldi Street erreichten sie eine Grenze. Hinter ihnen wirbelte der Schnee. Auf der anderen Straßenseite war Sommer. Ehe sie aus dem Schutz des Sturms traten, legte der Golem noch einmal die Hände auf Michaels Kopf. Dann wanderten sie unsichtbar an den schwitzenden Männern vorbei, die aus den Bars kamen, um sich den Schnee anzusehen. Kinder stürmten aus den Häusern. Niemand hatte je so etwas gehört. Schnee, der in einem genau abgesteckten Bereich fiel und sonst nirgends? Und das im August?

Im Foyer des Krankenhauses unterhielten sich die Assistenzärzte über ungewöhnliche Wetterphänomene, und dann sagte eine Schwester, seit der verdammten Atombombe sei doch sowieso nichts mehr wie früher, und alle lachten. Keiner sah den Jungen, der leicht hinkte, und den großen dunklen Mann neben ihm.

Michael ging voraus in den siebten Stock. Dort öffnete er die Tür zum Treppenhaus einen Spaltbreit und spähte auf den Korridor. Die Schwestern hatten sich an einem großen Fenster am anderen Ende des Ganges versammelt, sahen hinaus und plauderten und kicherten aufgeregt. Ungesehen traten Michael und der Golem auf den weißen Korridor und verschwanden in Rabbi Hirschs Zimmer.

Er schlief. Sein Gesicht war noch immer geschwollen und voller Blutergüsse. Noch immer tropfte aus einem Schlauch Flüssigkeit in seinen Arm.

Der Golem blickte auf ihn herab, und seine Augen füllten sich mit Tränen. Michael wünschte, er könnte die Zeit zurückdrehen und der Rabbi wäre wieder gesund. Der Golem bedeutete ihm, die Tür zu schließen, dann beugte er sich vor, küsste den Rabbi auf die Stirn und legte seine großen Hände an die Schläfen des Verletzten. Er berührte das Wort für Wahrheit an seiner Stirn und danach die Lippen des Rabbis.

Sofort ging die Schwellung zurück, und die Blutergüsse verschwanden. Der Golem riss den Gipsverband auf und ließ ihn auf den Boden gleiten. Jetzt zuckten die Augenlider des Rabbis, er versuchte, etwas zu sagen.

Wieder gab der Golem Michael ein Zeichen, und der Junge öffnete den Schrank neben dem Waschbecken, um die Kleider des Rabbis zu holen.

Da schlug Rabbi Hirsch endlich die Augen auf.

Mit einem fast durchdringend analytischen Blick, ohne Staunen oder Verwunderung, musterte er den Golem. Dann wandte er sich an Michael.

»Gott existiert«, flüsterte er mit großen Augen. »Nicht nur die Sünde.«

Der Golem trug ihn auf seinen Armen nach Hause. Inzwischen war der Schnee spurlos verschwunden. Sie hörten Sirenengeheul. Als Michael die Tür zur Synagoge aufschloss, sah er weiter unten auf der Kelly Street die Blaulichter der Polizei und des Krankenwagens blinken. Der Golem trug den Rabbi in sein enges Zimmer und setzte ihn dort auf einen Stuhl.

»Ein Glas Tee könnte ich brauchen«, meinte der Rabbi, und Michael merkte, dass auch seine Zähne wieder in Ordnung waren. »Setz das Wasser auf, dann erzähl mir alles.«

Der Golem ging zur Spüle. Als Michael den Wasserhahn aufdrehen wollte, warf ihm der Riese einen gekränkten Blick zu.

»Lass ihn machen und erzähl«, sagte der Rabbi. Ohne sich weiter um den Golem zu kümmern, lauschte er Michaels Bericht. Er nickte, schüttelte ernst den Kopf, kaute am Finger, hob die schwarzen Augenbrauen. Kein einziges Mal sagte er »Gut.« Erst als Michael zum Ende gekommen war und der Teekessel pfiff, lächelte er.

»Und was macht Jackie?«, fragte er.

»Gestern hat er zwei Treffer von vier gemacht.«

»Einen Homerun er wieder hat gestohlen, wie am 24. Juni?«, wollte der Rabbi weiter wissen.

»Noch nicht. Aber er tut's bestimmt bald noch mal.«

»Ich hoffe, wir werden sein dabei«, meinte der Rabbi. Seine Stimme klang schwach und angestrengt. »Ich hoffe, er tut es gegen die Philadelphias. Das wäre etwas. Wir hätten unser Schäfchen im Trockenen.«

Er sah auf den breiten Rücken des Golem und dann hinüber zu Leahs Foto. Sein Blick war bekümmert.

»Warum jetzt?«, murmelte er, mehr zu sich selbst als zu Michael. »Warum nicht damals?«

Michael verstand sofort und erinnerte sich an die Schnur um den uralten Kasten. »Haben Sie es auch versucht?«

»Ja.«

»Auf dem Speicher der Altneu-Synagoge?«

»Ja.« Seine Augen verschleierten sich. »Ich es habe nicht geschafft.«

Jetzt war die Nacht wieder warm, eine schwüle Augustnacht. Der Golem goss den Tee auf.

»Warum ich habe versagt? Ich denke, das weiß ich jetzt«, fuhr der Rabbi fort. »Ich habe nicht geglaubt genug. Vielleicht ich habe Gott nicht geliebt genug.«

Sein Mund formte Worte, aber sie kamen nicht. Der Golem reichte ihm ein Glas Tee.

»*A dank*«, sagte er.

Auch Michael bedankte sich. Dann sah er den Rabbi an, der traurig lächelte. Aber der Tee hatte ihn offenbar erfrischt.

»Jetzt bist du in Sicherheit, nein? Und auch deine Mutter. *Di tsayt ken alts ibermachn.* Die Zeit ändert alles.«

»Und jetzt müssen wir uns noch ... um ihn kümmern.«

Er blickte zum Golem hinüber, der neben der Spüle hockte und sie ansah.

»Wie meinen Sie das?«

»Wir müssen ihn zurückschicken«, erklärte der Rabbi. »Mit den Menschen er kann nicht leben.«

Michael fühlte einen Stich des Bedauerns. Ihn zurückzuschicken kam ihm unfair vor; sie kannten ihn ja kaum. Aber der Golem verstand, hob die Hand und deutete nach oben. Rabbi Hirsch nickte. Ja, dort oben stand die Kiste, die aussah wie ein kleiner Sarg. Als sie den Tee ausgetrunken hatten, stand der Golem auf und nahm den Schofar. Gemeinsam stiegen sie die Treppe empor. Der Rabbi, der Junge, der Golem. Es war Sabbat.

Auf der obersten Stufe lächelte der Golem. Rabbi Hirsch öffnete die Tür.

Und blieb erstaunt stehen.

Denn der heilige Raum hatte sich verwandelt, er war wieder wie früher. Tausend Kerzen brannten in den Kerzenhaltern an den Wänden und neben dem Schrein. Die Thora war aufgerollt. Die geschnitzten Eichensäulen glänzten frisch poliert, die Kupferkannelierungen an der *bimah* schimmerten. Die Kronleuchter warfen Lichtmuster an die Wände. Die bunten Glasfenster waren wieder intakt, der Staub verschwunden, der Putz einwandfrei. Und in den Bankreihen saßen Männer mit Gebetbüchern, bärtig, vital und stolz, neben sich ihre Söhne, alle zur Feier des Sabbat versammelt. Unter ihnen entdeckte Michael auch Mister G, mit dichtem Haar, und seine drei Söhne. Und so viele andere. Tausende, Millionen, all die Toten, die Verschwundenen, Juden aus Polen und Rumänien und Österreich und Prag. Auf der Empore drängten sich die Frauen, und als Rabbi Hirsch eintrat, zögernd und voller Hoffnung, als er die Gebete in der alten, verlorenen Sprache hörte, da blickte er durch den Lichterglanz nach oben.

Und sah sie.

»Leah«, flüsterte er.

Sie stand inmitten der Frauen, ihr Gesicht zart und blass, und Rabbi Hirsch ging mit schnellen Schritten durch den Raum und die Treppe hinauf. Michael und der Golem folgten ihm. Leah Yaretzky bahnte sich einen Weg durch die Menge, und ihr Gesicht strahlte vor Freude. Rabbi Hirsch umarmte sie, drückte sie fest an sich und flüsterte Worte in ihr dunkles Haar. Dann traten sie alle zusammen durch die offene Tür auf das kleine Dach hinaus, über dem in der Ferne die Wolkenkratzer von Manhattan glitzerten.

Michael hörte nicht, was Rabbi Hirsch zu Leah sagte, denn der Golem hob den Schofar an die Lippen.

Er blies eine melancholische Melodie zu den Sternen empor, voller Liebe, voller Kummer und Freude. Der Rabbi kannte sie auswendig. Sie war für die Engel gedacht.

Anmutig verbeugte sich der Rabbi vor Leah und nahm ihre Hand.

Da begriff Michael, dass sie noch viel Zeit hatten, um den Golem an den Ort zurückzusenden, woher er gekommen war; dass sie noch viel Zeit hatten, über ihm zu stehen, die Buchstaben des Alphabets in umgekehrter Reihenfolge aufzusagen und von neuem den Namen Gottes anzurufen. Niemand drängte sie, ihn wieder zu Staub werden zu lassen, seinen Umhang zusammenzufalten und den Anstecker zu entfernen. Sie hatten Zeit, den Silberlöffel auf den Lehm zurückzulegen, die Schnur um den *shem* zu wickeln, die Tür zu schließen und die *bimah* wieder so zu verschließen, wie sie gewesen war. Sie hatten Zeit.

Im Augenblick jedoch stand Michael ganz still in der heißen Nacht von Brooklyn, während die Wolken versuchten, Engel zu werden, während die Vögel zu ihm sprachen, während Steine sich in Rosen verwandelten und weiße Pferde über die Dächer galoppierten. Und während der Rabbi endlich mit seiner Frau tanzte.

Danksagung

Dieses Buch ist Fiktion, eine Mischung aus Erinnerung und Erfindung. Viele Menschen haben mir dabei immens geholfen.

Vor allem möchte ich meinem Freund Menachem Rosensaft danken, der mein Jiddisch geprüft und verbessert und mich bei den orthodoxen Traditionen beraten hat. Selbstverständlich ist er für keinen der Fehler verantwortlich, die übrig geblieben sind.

Außerdem bin ich Leo Rostens amerikanischen Klassikern zu Dank verpflichtet: *The Joys of Yiddish* und *Hooray for Yiddish!* Sie sind eine wundervolle Mischung aus Gelehrsamkeit und Humor und sollten in den Schulen als Lehrbücher verwendet werden. Auch aus dem von Hanan J. Ayalti herausgegebenen Buch *Yiddish Proverbs* habe ich viel gelernt; ebenfalls eine große Hilfe waren mir *Anglish/Yinglish: Yiddish in American Life und Literature* von Gene Bluestein, *The Meaning of Yiddish* von Benjamin Harshaw und *Words Like Arrows: A Treasury of Yiddish Folk Sayings*, gesammelt von Shirley Kumove. Alle diese Werke haben dazu beigetragen, diese vitale und flexible Sprache zu erhalten, und waren mir für diesen Roman eine Quelle der Inspiration.

Zu meiner Lektüre in jüdischem Mystizismus gehörten *Kab-*

balah for the Layman (Band I, II und III) von Rabbi Philip S. Berg, *The Essential Kabbalah* von Daniel C. Matt und *From the World of the Cabbalah* von Ben Zion Bokser. Bei einem Besuch in Prag hörte ich viele Geschichten über den Golem, aber ich habe auch *Der Golem* von Chaim Bloch gelesen (in der englischen Übersetzung von Harry Schneiderman), außerdem das höchst lehrreiche und detaillierte Werk *Golem: Jewish Magical and Mystical Traditions on the Artificial Anthropoid* von Moshe Idel sowie verschiedene Aufsätze von Gershom Scholem. Ich empfehle diese Bücher jedem interessierten Leser, wie auch einen wunderschönen Band namens *Magic Prag* von Angelo Maria Ripellino, übersetzt von David Newton Marinelli.

P.H.

Nr. 92061

Eli Amir

DER TAUBENZÜCHTER VON BAGDAD

Der junge Kabi liebt das bunte Leben im Souk Hinouni, dem jüdischen Viertel Bagdads: den Duft von frischem Brot, das Lärmen der Kinder, die schöne Amira, Tochter des Taubenzüchters.
Doch im Hintergrund lauern die Erinnerung an die Pogromnacht, als das Viertel brannte, und die Furcht vor der Polizei, die immer härter gegen die Juden vorgeht. Und so macht Kabis Familie sich auf in das Gelobte Land, um dort ein neues Leben zu beginnen.
Eli Amir, einer der erfolgreichsten Autoren Israels, nimmt den Leser mit in eine fremde, magische Welt.

Alice Walker

DAS LÄCHELN DER VERGEBUNG

Magdalena und Susannah wachsen im Norden Mexikos in der faszinierenden, mythischen Welt der Mundo auf, die ihr Vater, als Geistlicher getarnt, erforscht. Als sich Magdalena in einen jungen Indio verliebt, nimmt das Verhängnis, das mit einer Lüge begann, seinen Lauf. Ein Verhängnis, das über den Tod hinaus die Familie bestimmen wird. »Bewegend, sensibel, spannend bis zur letzten Seite – ein Meisterwerk der Fantasie!« Freundin

Nr. 92079

Nr. 92053

Peter Hedges

SCOTTY
IM HIMMEL MIT SIEBEN

Sieben ist ein tolles Alter. Und so beschließt Scotty, die Zeit seiner unbeschwerten Kindheit festzuhalten und niemals acht zu werden ...
Aus der Perspektive des Scotty Ocean erzählt Bestsellerautor Peter Hedges die bewegende, traurig-komische Geschichte eines kleinen Jungen, der nicht wahrhaben will, dass auf sieben acht folgt und dass Familien manchmal auseinander brechen können.
»Ein himmlisches Buch.«
Welt am Sonntag

BLT
Mit der Welt
auf Buchfühlung